# O Deus e a Raposa

# SOPHIE KIM

# O Deus e a Raposa

TRADUÇÃO
Yonghui Qio

HARLEQUIN
Rio de Janeiro, 2025

Copyright © 2024 by Sophie Kim. Todos os direitos reservados.
Copyright da tradução © 2024 by Yonghui Qio por Editora HR LTDA.
Todos os direitos reservados.

Título original: *The God and the Gumiho*

Todos os direitos desta publicação são reservados à Casa dos Livros Editora LTDA. Nenhuma parte desta obra pode ser apropriada e estocada em sistema de banco de dados ou processo similar, em qualquer forma ou meio, seja eletrônico, de fotocópia, gravação etc., sem a permissão dos detentores do copyright.

| | |
|---:|:---|
| Copidesque | Michelle Kwan |
| Revisão | Natália Mori e Isadora Prospero |
| Ilustração de capa | Sija Hong |
| Adaptação de capa | Julio Moreira \| Equatorium Design |
| Diagramação | Abreu's System |

---

Dados Internacionais de Catalogação na Publicação (CIP)
Sindicato Nacional dos Editores de Livros, RJ

Kim, Sophie
  O deus e a raposa / Sophie Kim ; tradução Yonghui Qio. – 1. ed. – Rio de Janeiro : Harlequin, 2024.

  Título original: The god and the gumiho.
  ISBN 978-65-5970-436-1

  1. Romance americano. I. Qio, Yonghui. II. Título.

24-93457
  CDD: 813
  CDU: 82-31(73)

Índice para catálogo sistemático:
1. Romance americano   813

**Bibliotecária responsável:** Meri Gleice Rodrigues de Souza - CRB-7/6439

---

Harlequin é uma marca licenciada à Editora HR Ltda. Todos os direitos reservados à Editora HR LTDA.

Rua da Quitanda, 86, sala 601A – Centro,
Rio de Janeiro/RJ – CEP 20091-005
Tel.: (21) 3175-1030
www.harpercollins.com.br

Para minha 할머니 e meu 할아버지.
Obrigada por tudo.
Amo vocês.

## SUMÁRIO

| | |
|---|---:|
| Nota da autora | 9 |
| O deus e a raposa | 11 |
| Glossário | 364 |
| Agradecimentos | 366 |

## NOTA DA AUTORA

Significa muito para mim você estar segurando este livro em suas mãos. *O deus e a raposa* não é nada mais nada menos do que uma declaração de amor aos k-dramas, aos romances que fazem os olhos brilharem, às fantasias vibrantes e aos personagens cativantes que se encontram em diversas das minhas produções favoritas de todos os tempos.

Aqui, na cidade de Nova Sinsi, você vai se deparar com muitas criaturas mitológicas. Gumiho, haetae, dokkaebi, gwisin e vários outros zanzam pelas ruas cobertas de flores de cerejeiras e estão ansiosos para conhecer vocês. Mas ao adentrar a cidade, por favor, tenha em mente que, apesar de as histórias de Nova Sinsi se basearem na mitologia tradicional coreana, suas representações em *O deus e a raposa* divergem do folclore original.

Tomei algumas liberdades criativas de acordo com o propósito desta história. Um exemplo notável é que nosso razinza deus da trapaça viciado em cafeína, Seokga, não é o irmão mais novo de Hwanin no mito original. É importante para mim lembrar o público, gentilmente, de que meus livros não têm a intenção de serem guias completos e precisos dessas belas e intrincadas crenças. Em vez disso, buscam reinterpretá-las e recontá-las para suscitar interesse nas fábulas tradicionais por meio de um ponto de vista diferente.

Eu costumo dizer que releituras mantêm histórias vivas. Também costumo dizer que, para recontar, a pessoa que escreve deve entender o contexto cultural original do folclore com o qual está trabalhando. Por favor, saibam que tenho um apreço genuíno pelas fábulas tradicionais de minha ancestralidade e tive o cuidado de pesquisar os séculos de história que as inspiraram. Nova Sinsi dá as boas-vindas a todos vocês. O que os aguarda é a história de um deus rabugento e uma gumiho alegre.

## CAPÍTULO UM

Nova Sinsi, Coreia do Sul, 1992

No reino mortal de Iseung, uma única flor de cerejeira é carregada pelo suave sopro do vento. As pétalas ondulam conforme são levadas pelo ar, rodopiando e rolando e girando ao longo da ruela de Nova Sinsi. A flor traz consigo um aroma agradável e adocicado de néctar e ambrosia, tão discrepante do cheiro da cidade: o amargor adstringente da gasolina, o chiado gorduroso de carne na brasa e o perpétuo rastro sutil de fumaça de cigarro que jamais parece se dissipar.

A cidade é pequena, mas não antiquada. Conforme a flor de cerejeira esvoaça pelo lugar, ziguezagueando entre postes de ferro e bancas de jornal cabisbaixas, ela desvia por um triz de pedestres exauridos carregando maletas surradas e copos de café morno nas mãos manchadas de tinta. Os sapatos desgastados se arrastam em direção aos arranha-céus de vidro encardido e concreto reforçado, e as mentes já se preparam para passar o dia lidando com pilhas de papelada.

A flor de cerejeira flutua pelo trânsito no cruzamento barulhento, passando por uma mulher que vende batata doce assada e estudantes uniformizados saltitando sobre as fissuras que fraturam as calçadas cinzentas. Ela está longe demais de casa, o parque da cidade. A flor suspira baixinho, cansada e com saudade.

Agora está perdendo o impulso, cambaleando precariamente com o apoio do vento, mergulhando para a calçada. A flor chegou ao distrito comercial de Nova Sinsi e paira do lado de fora de um prédio escuro e quadrado que ostenta uma placa que diz ARMAS, ARMADURAS E OUTRAS NECESSIDADES na escrita blocada do hangul*. Em letras menores na parte de baixo, estão gravadas as palavras PROIBIDA A ENTRADA DE MORTAIS.

O dono não deveria se preocupar. Aquela loja é, afinal, invisível para os homens comuns de Iseung.

Com um último tremor exaurido, a flor de cerejeira começa a despencar em direção à calçada do lado de fora do estabelecimento. Sua aventura chegou ao fim; agora, é hora de descansar. As delicadas pétalas rosadas murcham e se encolhem enquanto ela flutua mais baixo, mais baixo, mais baixo...

... e aterrissa, não na calçada, como havia planejado, mas no ombro de um homem de cabelo preto e cruéis olhos verdes, parado diante da loja com os lábios em uma linha firme.

Impaciente, ele tira a flor do terno preto bem engomado com um peteleco dos dedos finos. Já está farto dessas flores infernais. Para seu desgosto, elas floresceram mais cedo no ano. Ainda nem é abril, estamos no dia 2 de março.

É claramente obra de Jacheongbi. O homem xinga em um tom baixinho. A deusa da agricultura permitiu que as flores desabrochassem mais cedo para afrontá-lo. Ela sabe o quanto ele despreza essas porcarias. As flores o fazem espirrar sem parar, como um mortal ranhento.

— Será que ela não tem medo de mim? — indaga-se o homem em voz baixa, segurando mais firme a bengala preta lustrosa. Ele ergue o olhar verde para o céu, sorri de desdém e sibila: — Que insuportável.

Não há qualquer resposta.

O sujeito volta a olhar para o estabelecimento diante de si.

— Proibida a entrada de mortais — recita, depois solta uma risada baixa antes de estalar a língua uma, duas vezes.

Esse tipo de declaração não o incomoda, afinal, ele não é mortal.

A porta está trancada. O homem a encara com nojo e, com um gesto preciso do pulso, quebra a maçaneta para permitir a própria entrada. Há um chacoalhar intenso do lado de dentro.

— Jae-jin — chama o não mortal bruscamente enquanto adentra o recinto.

O sininho sobre a porta tilinta num tom agudo e suave para anunciar sua presença.

As paredes escuras grunhem sob o peso de armas polidas: jikdos afiados, pequenos yedos, woldos curvados e uma variedade de outros armamentos coreanos que homens comuns não usam há bastante tempo. O não mortal

---

* Alfabeto coreano [N.E.]

se dirige ao balcão, fazendo o chão de madeira ranger. Franze a testa para o jovem e rechonchudo dokkaebi que descansa a cabeça no vidro gelado da caixa registradora, adormecido. Sem dúvida passou a noite trabalhando até se exaurir.

Ao contrário da maioria dos outros dokkaebi, Jae-jin não tem vida.

Com um suspiro exasperado, o não mortal ergue um pouco a bengala e a bate no chão.

O baque abrupto e a reverberação que sacodem as paredes repletas de armas fazem Jae-jin se sobressaltar, balbuciando enquanto esfrega os olhos cheios de sono. Suas pupilas dilatam consideravelmente ao absorver a imagem da figura alta diante de si: a boca constantemente curvada de desgosto, o maxilar bem definido sustentando um músculo pulsante, a sobrancelha grossa ligeiramente arqueada como se dissesse *bom dia*.

— Detetive Seokga — cumprimenta Jae-jin, arfando e se levantando às pressas da banqueta atrás da caixa registradora para se curvar em uma reverência educada. — Eu ainda não... quer dizer... nós ainda não abrimos...

Seokga, o não mortal, sorri de leve, mas não é um sorriso amigável. É o sorriso de um lobo, afiado e mostrando os dentes brancos.

— Ainda não abriram? — pergunta Seokga com suavidade, claramente ignorando a maçaneta que, no momento, está girando em círculos lentos no chão. — Então sugiro que tranque a loja.

Ele observa, cheio de interesse, enquanto uma gota de suor escorre pelo pescoço de Jae-jin, umedecendo a camisa branca amassada do rapaz. Seu sorriso se alarga.

— E, quem sabe, invista em um desodorante.

Jae-jin engole em seco.

— Em que... em que posso ajudá-lo hoje, senhor? Talvez eu possa polir sua espada mais uma vez?

— Ah.

Seokga rodopia o cabo da bengala com a própria mão, girando o punho de prata na palma. Não é um punho comum: representa uma cobra, uma imoogi. A serpente monstruosa se enrosca no material preto lustroso da bengala, curvando-se graciosamente ao redor dela até finalmente repousar a cabeça no punho, satisfeita em permanecer sob os dedos de Seokga. Os olhos pretos da imoogi cintilam de malícia quando o homem deixa de girá-la para afagar sua cabeça com um toque carinhoso, quase reverente.

— Minha espada — murmura Seokga, apertando com mais firmeza a imoogi prateada — levou uma surra na noite passada.

*Snap*. Com um movimento do pulso, Seokga transforma a bengala em uma arma. O punho de imoogi cintila na luz da manhã que adentra a loja pela janela, e a lâmina longa e prateada brilha enquanto Jae-jin inspira admirado. A bainha da espada — a bengala — desapareceu. A imoogi agora se enrola pela extensão da lâmina, com escamas tão afiadas quanto dentes. Seokga ergue a espada em ambas as mãos e a coloca com gentileza no balcão.

— Conserte-a — ordena. — Vou precisar dela de novo esta noite.

Jae-jin franze a testa de leve e se curva para examinar a arma.

— Não consigo ver onde ela foi danificada, senhor.

De fato, a espada parece impecável, sem qualquer avaria à vista.

Seokga solta um suspiro longo e sofrido e, impaciente, aponta para uma pequena falha bem no fio da lâmina; um amassado que, para criaturas comuns, não seria perceptível sem uma lente de aumento.

— Ali — diz o homem, como se Jae-jin fosse uma criança particularmente burra. Ele se pergunta se o dokkaebi perdeu a visão aguçada que todos os duendes possuem. — Conserte-a dentro de uma hora.

— Ah! — exclama Jae-jin às pressas, apertando os olhos. — Sim, sim. Estou vendo agora.

Seokga ergue uma sobrancelha, desconfiado de que o dokkaebi esteja blefando e pegará uma lente de aumento assim que ele se retirar.

— Por acaso foi um gwisin Indomável? — pergunta Jae-jin, interessado, enquanto encontra o olhar de Seokga. — Um baegopeun gwisin? Ou... — Aqui, Jae-jin passa a sussurrar baixo — foi uma gumiho Indomável?

O tremor de animação em sua voz enoja Seokga. O trabalho dele não é tão magnífico quanto aquele tolo dokkaebi acredita que seja. As longas horas e a violência sem fim o deixam em um estado que seus colegas haetae costumam chamar de *ranzinza*.

— Foi um dokkaebi — avisa Seokga, com frieza — que fez perguntas demais.

Jae-jin se encolhe.

— Termino em meia hora — murmura. — Gostaria de acrescentar um polimento também, senhor?

— Apenas faça seu trabalho.

Seokga se dirige à porta.

— Sim, senhor! — responde o dokkaebi enquanto Seokga coloca os pés na rua. — Vou fazer meu trabalho, detetive! Eu prometo!

Seokga, o não mortal, revira os olhos e sai da loja, se esforçando ao máximo para esconder o leve mancar com o auxílio de sua amada bengala.

Os membros de seu corpo certa vez foram esmagados e arruinados por ter caído em desgraça, e, embora tenha se recuperado desde então, a perna direita nunca sarou por completo, e continua latejando com uma dor persistente e entorpecida. Ele aperta os lábios em uma linha firme para esconder o desconforto e segue seu caminho.

O reino mortal de Iseung o enoja, mas há uma única coisa — e, que fique registrado, apenas uma coisa — que ele não detesta com *toda* a extensão de sua alma amargurada.

Café.

## CAPÍTULO DOIS

# HANI

Kim Hani odeia café. Odeia o cheiro, odeia a aparência e, acima de tudo, odeia o som que o moedor de café emite: aquele *GRRR GRRR GRRR* insuportável que só cessa quando os grãos foram pulverizados até se tornarem uma poeira escura que se assemelha a terra. E que cheira a terra: amarga, pungente e com um odor único de adubo.

Dá para ver, então, o azar que é o fato de Kim Hani trabalhar em uma cafeteria.

O Café das Criaturas se localiza a algumas quadras da Armas, Armaduras e Outras Necessidades. O pequeno prédio de tijolos vermelhos fica espremido entre um restaurante de frango frito e uma movimentada casa de macarrão e, assim como a loja de armas, é invisível ao olho humano. Mesas redondas de madeira abarrotam a minúscula cafeteria, ocupadas por criaturas que bebem ruidosamente seus cafés e chás fumegantes, tão entusiasmadas quanto é possível estar em uma manhã de segunda-feira — ou seja, pouco.

Muito pouco mesmo.

Desanimada, Kim Hani está atrás do balcão, sob o quadro que exibe o cardápio, tapando os ouvidos contra o *GRRR GRRR GRRR* e firmemente ignorando Nam Somi, sua colega de trabalho, que implora para ela destapá-los.

— Tá passando uma impressão ruim — insiste a jovem gumiho, dando puxadinhas no avental marrom claro de Hani. — Você não vai conseguir ouvir os pedidos dos clientes quando eles aparecerem, e aí a chefia vai descobrir, e aí você vai ser demitida, e aí eu vou ter que trabalhar sozinha servindo aqueles ceifeiros horripilantes…

É claro que Hani não ouve nada disso. Escuta apenas um rugido abafado contra os dedos que lhe servem de tapa-ouvidos e o tom estridente das reclamações de Somi. Só quando o rugido abafado enfim dá lugar ao completo silêncio é que Hani abaixa as mãos. Ela lança um olhar para Somi.

— O que foi que você disse?

— Deixa pra lá.

Somi fecha a cara e sai pisando duro. Seus cachos pretos saltitam ao passo que ela retorna ao moedor de grãos para apanhar aquela poeira de café nojenta.

— *Aish*. — Hani ouve Somi resmungar às suas costas. — A pessoa vive por 1.452 anos e esquece os modos.

Hani solta uma risadinha sarcástica. Na verdade, já viveu *bem* mais do que aquilo, mas gosta de manter sua idade verdadeira… em segredo, por diversos motivos. Um sorrisinho se insinua em seus lábios enquanto ela se inclina no balcão e observa a loja.

Há apenas algumas mesas vazias, já que a vasta maioria está ocupada por jeoseung saja vestidos de maneira impecável — ceifeiros desfrutando dos últimos momentos de liberdade matutina antes de iniciar mais um dia em que irão recolher as almas dos mortos e preencher os formulários do submundo para mandá-las ao reino do rei Yeomra. Ao menos cinco chapéus-coco foram pendurados no cabideiro da cafeteria, prontos para serem trajados pelos donos conforme forem se retirando para trabalhar.

Hani acha engraçado que eles todos peçam a mesma bebida: café pequeno, preto, sem leite nem açúcar. *Preto, que nem as almas deles*, pensa com ironia enquanto um ceifeiro entra na cafeteria e equilibra precariamente seu chapéu preto em cima de todos os outros no cabideiro. Trabalhos corporativos têm mesmo a tendência de sugar a vida das pessoas.

Semideuses relaxam em seus assentos, bebendo lentamente suas bebidas daquela maneira narcisista que todos os semideuses fazem. Costumam parecer normais e humanos, mas o jeito como se comportam, com sorrisos presunçosos e narizes empinados, claramente indica sua ancestralidade divina.

Aquele ali, o rapaz que, no momento, está ocupado chiando para um jeoseung saja assustado, pedindo que ele deixe de lado o sanduichinho de salsicha que está comendo e salve as vacas, provavelmente é o filho do deus do gado, Hasegyeong. Hani apostaria um bom dinheiro nisso. Ela desvia o olhar, entediada. Semideuses não fazem muito a não ser zanzar por aí e às vezes trucidar umas poucas criaturas Indomáveis para tirar uma onda.

Na maior parte do tempo, só fazem o que pessoas normais fazem: frequentam a faculdade, trabalham, vão ao mercado... e também tentam chamar a rara atenção de seus pais divinos ao dar perda total em carros e organizar festas extravagantes. Apesar da ancestralidade divina, devem ser as criaturas mais sem graça que existem. Hani não se mistura com eles com frequência, a não ser para comparecer às festas quando está a fim de caos absoluto.

Além deles, há alguns haetae na cafeteria, vestidos com o uniforme padrão do departamento de polícia, os walkie-talkies zumbindo de estática a cada poucos segundos para passar atualizações quanto a ocorrências criminais sobrenaturais na cidade. Cansadas, as criaturas protetoras esfregam os olhos dourados que são sua marca registrada enquanto tomam goles de suas bebidas e cutucam a comida. Aqueles olhos sempre intrigaram Hani. Quando os haetae assumem sua forma bestial — um enorme leão com chifres e escamas —, aqueles olhos queimam com o mesmo brilho de um sol de verão.

Dokkaebi também visitam o Café das Criaturas, mas Hani não está vendo nenhum hoje. Os duendes raramente aparecem de manhã; preferem, em vez disso, causar confusão e fazer travessuras de noite, dançando nas baladas da cidade e dormindo durante todo o dia seguinte.

Hani suspira quando a porta da cafeteria é aberta por outro grupo de ceifeiros. Às suas costas, sente Somi se enrijecer. Eles são inofensivos (guiam os mortos, não matam os vivos), mas a jovem gumiho ainda se encolhe toda vez que uma daquelas criaturas pede um café preto pequeno, sem leite nem açúcar.

— Trabalhe com um sorriso no rosto — relembra Hani a Somi em voz baixa, virando-se para a amiga com um sorriso malicioso enquanto o sino da porta toca de novo.

Mas Somi está de queixo caído para algo além dos ombros de Hani.

— Unnie\* — sussurra ela. — Olha só quem é.

Hani suspira baixinho. A dualidade entre medo e tietagem se infiltrando na voz de Somi a informa de que só pode ser *ele*.

Apenas um cliente costuma deixar Somi tão vermelha de admiração. Faz um ou dois anos que ele frequenta o lugar, mas é impossível saber quando esperar sua visita. Ao contrário dos jeoseung saja e dos haetae de sempre,

---

\* Forma de tratamento, o honorífico significa "irmã ou amiga mais velha". [N.E.]

Seokga, o Caído, talvez apareça na cafeteria durante uma semana inteira, para então sumir pelos próximos três meses. O que não é um problema para Hani, já que o deus trapaceiro caído é o cliente mais detalhista que ela já viu: pede um café gelado com uma colher de creme e uma de açúcar, só para voltar, minutos mais tarde, com aquele brilho cruel nos olhos verdes, e acusar (injustamente) Hani de ter colocado *duas* colheres de creme em seu café e exigir um reembolso que, apesar dos esforços dela, costuma conseguir.

Não surpreende que o deus da trapaça e da trairagem seja bom de lábia, e também não surpreende que seus parentes o tenham expulsado do reino divino de Okhwang. A deidade é o maior pé no saco com que Hani já se deparou em sua vida muito longa e muito imortal.

Ela se deleita com o fato de que, se não tivesse se aposentado do cargo de mais notória gumiho da Coreia, teria facilmente devorado o fígado de Seokga da primeira vez que ele a acusara de colocar creme demais em sua bebida. É uma pena que Hani não pôde comer um homem nos últimos cento e quatro anos.

Seu banquetezinho mais recente, em 1888, a deixou incapaz de comer desde então. Em suma, ela está estufada.

Muito, muito, *muito* estufada. Está bem claro que não sentirá fome durante muitos anos.

Ainda assim, considera dar uma pausa na aposentadoria quando Somi assume um tom de um vermelho brilhante e flamejante, um sinal claro de que Seokga, o Caído, está aguardando no balcão.

— Hani. — Somi quase ofega. Seus olhos ansiosos saltam do deus para a gumiho na velocidade da luz. — Hani, ele está esperando. Será que eu deveria ir atendê-lo? Vou desmaiar se fizer isso. Hani? Hani?

Para o enorme pesar de Hani, Somi é fã de tudo que envolva o panteão. Seu favorito, como já disse a Hani diversas vezes, é Yongwang, o deus do mar de cabelo azul que governa o reino submerso de Yongwangguk. Mas isso não significa que Somi não tenha escrito fanfics sobre Seokga, o Caído. Hani viu no computador dela uma vez, e considerou deletar o documento inteiro de cento e cinquenta mil palavras para proteger Somi de si mesma.

O título era *O príncipe indecente: um romance sombrio e delicioso.*

Hani sentiu vontade de esfregar os olhos com sabão depois de ter lido a história por alto. Somi usara as palavras *saliente*, *gemeu* e *grunhiu* vezes demais para o próprio bem. E, é claro, *sexy.*

Seokga, ao menos para Hani, *não* é sexy.

Ele é *irritante pra caralho.*

Cerrando os dentes, Hani se vira, acertando o rosto de Somi com o cabelo.

— Olá — consegue dizer entre os dentes cerrados enquanto Somi emite um som de nítido desagrado. — Bem-vindo ao Café das Criaturas. O que posso fazer por você hoje?

— Trabalhe com um sorriso no rosto — sussurra Somi de algum lugar às suas costas, soando incrivelmente zangada. — Sua hipócrita. — E aí ela solta uma risadinha e olha para o deus. — Oi, Seokga — murmura.

Hani dá um tapa nas costas da amiga e encara a deidade. Como sempre, veste um terno preto bem engomado e, no momento, está examinando um relógio de bolso prateado com aqueles olhos verdes e aguçados. Ao ouvir as palavras de Hani, o deus ergue o olhar, fecha o relógio de bolso com um clique e a observa de cima do nariz arrebitado.

— Vejo que pontualidade não é um dos fortes do Café das Criaturas — comenta.

Hani sempre achou a voz dele estranha, por estar permanentemente áspera, numa eterna rouquidão.

Talvez ele tenha caído do céu aos gritos.

Somi solta um suspiro sonhador.

— Bem-vindo ao Café das Criaturas — repete Hani, tensionando a mandíbula. Ela sabe que, caso se permita sair do roteiro, haverá grandes chances de ser demitida. — O que posso fazer por você hoje?

Seokga desdenha de leve e inclina a cabeça para cima, para examinar o menu.

Hani aguarda enquanto se passam trinta segundos. Depois um minuto. Dois minutos.

— Se tivesse fila — diz Hani, enfim perdendo a paciência —, você a estaria atrasando.

Ela deixa o jondaemal* de lado com um certo quê de satisfação. A formalidade cai e se estilhaça no chão. Não faz sentido algum demonstrar a costumeira educação respeitosa que reserva aos clientes quando adoraria dar um chute em uma região do corpo bem sensível *deste* cliente.

O deus volta a baixar o olhar, com os lábios curvados de escárnio ressentido, o que informa Hani de que ele percebeu sua completa falta de respeito e *não* está feliz com isso.

---

\* O jondaemal é o discurso honorífico e formal do coreano, usado para demonstrar respeito ao interlocutor, que pode ser uma pessoa de posição social mais alta, mais velha, com quem não se tem intimidade ou um estranho. O discurso casual é o banmal, normalmente usado entre amigos, familiares ou pessoas íntimas da mesma idade. [N.T.]

— A palavra-chave é *se*. *Se* houvesse fila, eu estaria atrasando-a. *Se* você fosse mais agradável comigo, talvez eu considerasse dar uma gorjeta. *Se* um bulgasari raivoso não tivesse tentado morder minha espada, eu não estaria tendo que lidar com seu atendimento questionável.

Hani se empertiga de indignação, com as bochechas queimando de raiva.

— *Se* você continuar a me tirar do sério... — esbraveja ela, e os olhos de Seokga se acendem de interesse, como se estivesse aguardando ansiosamente o que quer que Hani planejasse dizer em seguida.

Mas Somi, com certa timidez, espia por cima do ombro de Hani e sussurra, metade espanto, metade anseio afeminado:

— Um bulgasari raivoso?

Hani arqueia uma sobrancelha. Aos poucos sua raiva dá lugar à satisfação arrogante porque Seokga se deparou com um bulgasari. Essas criaturas têm a tendência de ficarem possessas, o que é de se esperar quando se come metal enferrujado no café da manhã, no almoço e no jantar. Certa vez, Hani teve que escoltar para fora da cafeteria um bulgasari que tentou devorar os talheres.

Foi, ao mesmo tempo, engraçado e preocupante.

— Deixa eu adivinhar — diz Hani com suavidade, inclinando a cabeça. — Ele quis jantar sua espada. Sinto muito por isso.

Seokga fecha a cara.

É de conhecimento geral que, desde que caiu há seiscentos anos, Seokga, o Caído, vem tentando recuperar a estima do imperador Hwanin ao livrar Iseung de seres sobrenaturais que tendem a aterrorizar a humanidade (ou, indo direto ao ponto, os Indomáveis). Dokkaebi cruéis, gwisin vingativos, jeoseung saja desgarrados, gangcheori vorazes... vale qualquer ser sobrenatural que desobedecer às Leis das Criaturas. Ninguém está a salvo.

Incluindo uma gumiho faminta.

Mas, mesmo durante o auge do pânico que causava na Coreia e além, Hani jamais foi flagrada pelo deus caído. *Além disso*, pensa ela com arrogância, *a Raposa Escarlate agora não passa de uma lenda urbana. Ele não sabe que está diante dela, reclamando de seu atendimento. Não sabe que, se eu não estivesse tão estufada, poderia fazer da vida dele um inferno.*

Seria um enorme prazer consumir a cidade aos poucos e, com muita esperteza, despistar o deus caído. É mesmo uma pena que ela tenha se empanturrado em 1888.

Esse pensamento faz um sorriso presunçoso se espalhar pelo rosto de Hani, mesmo quando Seokga se inclina para a frente e, com uma voz fria o bastante para congelar toda a Coreia do Sul, diz:

— Quero um café gelado com uma colher de creme e uma de açúcar.

Hani inclina a cabeça.

— Tudo bem — confirma com doçura. — Um café gelado com uma colher de creme e uma de açúcar. É pra já.

Às suas costas, Somi anda de um lado para o outro, apanhando um copo de café de plástico e estendendo a mão até a garrafa usada para a infusão. Hani lança um olhar incisivo para ela.

— Eu posso fazer — oferece, embora não seja uma opção. É uma ordem.

Somi arregala os olhos, como se soubesse o que Hani planeja fazer... mas é tarde demais. Hani está preparando o café do deus e fazendo questão de despejar três colheres de creme e quatro de açúcar na bebida nojenta.

— Hani — alerta Somi, com um tom apavorado, enquanto Seokga lhe estende o cartão de crédito preto próximo ao caixa. Hani a ignora.

*Café já é ruim quente*, pensa, fervendo de raiva e misturando gelo, café, açúcar e creme em um copo de plástico com um canudo de plástico. *Pra que fazer ele gelado?*

Hani desliza o pedido pela bancada até Seokga, que observa a bebida com desconfiança.

— O café está claro demais para ter só uma colher de creme — afirma, mordaz. — Eu disse *uma* colher de creme e *uma* de açúcar. — Um músculo salta na mandíbula de Seokga. — Você repetiu o pedido para mim. É burra por acaso?

Ah, mas que *caralho*.

Hani dá de ombros.

— *Se* você tivesse sido mais agradável comigo, eu poderia ter pensado em seguir seu pedido direitinho. — Ela sorri com alegria para o deus enfurecido. — Engraçado como funciona, né?

Com um gesto brusco e rígido, Seokga devolve o café. Claramente não está achando graça.

— Faça de novo.

Minimamente ciente de como Somi está praticamente hiperventilando às suas costas, Hani pega o café e o empurra bruscamente de volta para Seokga.

— Não — desafia ela, e vê, horrorizada, a tampa de plástico sair voando, deixando escapar uma torrente de gelo e café que espirra no rosto do deus da malícia e mancha seu terno.

A cafeteria inteira fica em silêncio, em um profundo silêncio, conforme Seokga se põe à frente do balcão, pingando café gelado... com três colheres de creme e quatro de açúcar.

Inquietos, alguns jeoseung saja se remexem, como se estivessem se preparando para recolher a alma de Hani após seu inevitável assassinato pelas mãos de Seokga.

*Passei dos limites.* Hani segura o fôlego enquanto Seokga aos poucos ergue uma das mangas até a testa para limpar o café. *Dessa vez, eu passei dos limites.*

*Pinga.*

*Pinga.*

*Pinga.*

Gotas da bebida caem do cabelo úmido do deus para o chão. Ele ergue o olhar até Hani, e sua fúria flamejante é o suficiente para fazer Somi escapulir até a despensa, deixando a amiga sozinha diante da deidade furiosa.

Hani abre um sorriso que mais parece ser uma careta.

— Bom — diz ela —, pelo menos você está usando preto.

## CAPÍTULO TRÊS

# SEOKGA

—Detetive Seokga — fala o delegado Shim Him-chan. Confusão, incredulidade e *diversão* cruzam seu semblante enrugado quando ele ergue o olhar da mesa e ajusta os óculos de armação grossa. — Você... você parece...

Seokga entra na delegacia haetae cheio de ódio e pisando duro, segurando o punho da bengala com tanta força que os nós de seus dedos estão brancos.

— Não ouse comentar — avisa ele.

As manchas escuras por todo o terno preto estão irritantemente perceptíveis, assim como sua ira. Seokga tem que se controlar para não dar meia-volta até aquela maldita cafeteria e mostrar àquela mulher o verdadeiro poder de sua cólera. Ela não é nada, não é ninguém; é uma mera funcionária, provavelmente uma simples dokkaebi ou uma gumiho incompetente.

E, ainda assim, aquela *gumiho incompetente* ousou jogar *café* em seu *rosto*. Escorreu líquido o suficiente até a boca dele para que soubesse que, com toda certeza, a bebida não continha uma colher de creme e uma de açúcar, como pediu. E isso, acima de todo o resto, é o insulto final.

— Peço desculpas — diz o delegado Shim rapidamente, e logo faz uma reverência com a cabeça. A faixa de cabelo grisalho ali poderia bem ser fruto de anos lidando com o humor austero do deus trapaceiro.

— Desculpas recebidas — murmura Seokga, apoiando-se na bengala enquanto observa os eventos matutinos da delegacia.

O prédio em si é bem sem graça: um retângulo de concreto prensado entre uma clínica de massagem e uma floricultura cuja falência Seokga prevê dentro de um mês. O chão de linóleo está arranhado e desgastado, coberto com uma camada permanentemente brilhante de sujeira. Por sua vez, as luzes não estão muito melhores: são fortes e ofuscantes, e emitem um zumbido agudo parecido com o de uma mosca. Era de se imaginar que os deuses ofereceriam a suas amadas criaturas guardiãs um prédio que *não* estivesse decrépito, mas infelizmente não foi o caso. É naquele retângulo de concreto que Seokga está fadado a trabalhar por pelo menos mais meio século, até que o lugar inevitavelmente desmorone e vire pó. Então, seguirá para uma nova cidade, um novo departamento policial, até que tenha mandado vinte mil Indomáveis para o rei Yeomra em Jeoseung.

Seokga não gosta de remoer o fato de que só enviou 10.052 Indomáveis para o submundo e que, por isso, está longe de cumprir sua pena em Iseung.

Funcionários se debruçam sobre mesas de madeira barulhentas, folheando pastas e arquivos e batendo, impacientes, na lateral dos monitores travados. Seokga ouve um choro abafado vindo de um dos corredores — sem dúvida, de testemunhas trazidas para serem interrogadas —, e de outro corredor, o das celas, ouve sibilos úmidos e ameaças violentas.

— O que você tem pra mim hoje? — pergunta ao delegado, franzindo a testa enquanto ajusta o terno molhado.

Se existe algo que ele despreza mais do que Hwanin, seu irmão e imperador dos deuses, é não estar impecável. E, graças àquela gumiho, está longe de ter a elegância de sempre.

— Ah. — O delegado Shim vasculha uma das muitas gavetas abarrotadas em sua mesa. — Suspeita-se que uma mul gwisin anda afogando pessoas no rio Han. Duas vítimas foram retiradas da água nesta manhã. A testemunha… — Ele gesticula para o canto de onde vem o choro — foi trazida para o interrogatório.

— Sem dúvidas, a fantasma da água estará melhor em Seocheongang — responde Seokga, nomeando o rio vermelho que corre pelo reino de Jeoseung, no submundo. Ele pega o documento entregue pelo delegado e dá uma olhada no conteúdo. Kim Min-a, 20 anos. Causa da morte: afogamento. Kim Jong-hyun, 22 anos. Causa da morte: afogamento. — Mais alguma coisa?

O delegado Shim suspira, e Seokga percebe seu olhar preocupado.

— Você trabalha demais, detetive. Sabe disso, não sabe?

Seokga dá um sorriso de canto, o próprio retrato da indiferença, mesmo com uma parte dele chiando que *é claro que trabalho demais, essa é a minha punição eterna.*

— Não se preocupe, delegado. Livrar a cidade de Indomáveis é a minha maior paixão.

Não, não é. E Shim não parece convencido.

— Já pensou em contratar um assistente?

Quando Seokga bufa de irritação, o delegado se apressa para explicar a sugestão.

— Alguém que te traga café, que limpe a bagunça que os Indomáveis deixam pra trás, que dê conta da papelada por você...

— Eu já falei — diz Seokga, com frieza. — Não gosto de pessoas. Eu trabalho sozinho.

— Eu sei, eu sei. — Um sorriso triste se insinua nos lábios de Shim. — Você falou. Mas, Seokga, com um assistente sua pena poderia passar muito mais rápido. Você não teria que trabalhar feito um condenado na papelada depois de se livrar dos Indomáveis, sabia? Em vez disso, conseguiria dedicar mais tempo à sua penitência.

Seokga se dá conta de que não gosta muito do olhar paternal e de preocupação cansada do delegado. Para ele, é ridículo. Seokga pode até *parecer* ser um homem de vinte e tantos anos, desesperado por uma figura paterna, mas, *na verdade*, é uma deidade. O deus da malícia. O deus que levou na surdina *vinte mil* monstros Indomáveis do Mundo das Sombras até o reino divino de Okhwang, instigou um golpe contra o imperador Hwanin enquanto os monstros dilaceravam o palácio, governou por aproximadamente cinco minutos e, logo depois, foi destronado de uma maneira humilhante e gravemente ofensiva conforme os monstros covardes fugiam para este reino, onde agora o próprio deus está encarregado de se livrar daquelas coisas incompetentes. Seokga fecha os olhos e afasta aquela lembrança. Quando torna a abri-los, o delegado *ainda* está falando.

— Posso divulgar um anúncio nesta tarde...

— Não! — esbraveja Seokga, enfim perdendo o controle do humor já desgastado e impaciente.

Faz questão de falar de maneira informal, lembrando a Shim que Seokga é, na verdade, muito mais velho. O delegado sempre usa jondaemal com ele, mas o deus já se aborreceu tanto com aquele olhar terno que considera explicitar que já estava vivo antes mesmo da tatara-tatara-tatara-tatara-tatara--tatara-tatara-tatara-tatara-tatara-tatara-halmoni do homem ser concebida.

— Um assistente só vai me atrapalhar. E, verdade seja dita — Seokga dá um sorrisinho, mas sem achar qualquer graça; é um sorriso que diz a Shim para correr enquanto ainda pode —, provavelmente acabaria morrendo logo. O bulgasari da noite anterior amassou minha espada.

O delegado haetae arregala os olhos de preocupação. Ele sabe que é raro um Indomável dar esse tipo de golpe.

— É sério?

— É. Eu a levei a Jeong Jae-jin hoje de manhã para que a consertasse.

Seokga devolve os documentos.

— Nada de assistente — relembra ao sujeito com seriedade antes de se dirigir até onde as testemunhas estão reunidas. — Vou dar um jeito naquela mul gwisin — acrescenta por cima do ombro. — Mande qualquer outro Indomável para mim: dokkaebi, imoogi, mais bulgasari, todos. Quero no mínimo dez, não, quinze, antes de o dia acabar.

Já se afastando, Seokga não vê Shim assistir à sua partida com um triste meneio da cabeça que com certeza o enojaria. Não ouve os pensamentos frenéticos do haetae, sobre como Seokga é duro demais consigo mesmo, como merece voltar para casa, entre os outros deuses, como merece... companhia. Amizade. Alguém com quem passar as horas e que amoleça seu coração de pedra. Um assistente que poderia despertar o melhor naquele deus caído ranzinza, trazer de volta o calor e o brilho aos olhos verdes rígidos. Seokga não ouve nada disso, o que talvez seja bom — já que, se escutasse, com certeza *não* ficaria feliz.

Também não vê o haetae ligar o computador e digitar, com os dedos enrugados: *Procura-se ajuda: Detetive Seokga, Delegacia Haetae, Nova Sinsi.*

◆

— Pronto, pronto — diz Seokga sem muita convicção, gentilmente oferecendo um lenço para a mulher aos prantos e recuando a mão antes de tocar a dela. — Pronto, pronto.

Consolar mortais em lágrimas nunca foi bem o seu forte.

Nauseado, ele observa a humana afundar o rosto no lenço, assoando o nariz até sair ranho. Humanos. Tão sentimentais e tão detestavelmente *patéticos.*

A criatura ranhenta acredita que está na delegacia oficial de Nova Sinsi graças ao glamour específico para humanos, colocado sobre o prédio de concreto por um xamã. Assim que ela for embora, suas memórias do tempo que passou na delegacia e de seus encontros com o sobrenatural serão apagadas, deixando-a confusa e cansada.

Seokga meneia a cabeça. *Enganados com tanta facilidade.*

Houve uma época em que aquela cidade era exclusiva. O deus aproveitou bastante os dias de acesso restrito a membros de Nova Sinsi, desfrutou da permissão que apenas criaturas e, às vezes, algum xamã tinham para adentrar a metrópole localizada bem abaixo de Seul e acima de Suwon. Era a que mais se assemelhava a Okhwang no reino mortal, até que humanos (como *sempre* acontece) se infiltraram na cidade feito baratas roliças e sorrateiras.

Afinal de contas, foi o que fizeram à Sinsi original — a cidade dos deuses e espíritos, fundada por Hwanung no Monte Taebak. E fizeram a mesma coisa com a *Nova* Sinsi, certificando-se de que criaturas e deuses precisem se esconder em suas próprias casas por causa daquelas baratas invasoras.

Baratas que Seokga gostaria de pisotear e ouvir serem esmagadas.

Ele inspira de leve pelo nariz e tenta reunir o pouco que resta de sua paciência.

— Conte-me o que viu — ordena depois de alguns instantes, tamborilando os dedos impacientes na cabeça da imoogi prateada. — Por favor — acrescenta com relutância.

Humanos parecem gostar daquelas palavras. Respondem a elas como moscas ao mel.

Mas o choro da humana só se intensifica.

Pois bem. Uma tática diferente deve servir.

Antigamente, Seokga possuía um poder equiparável apenas ao do próprio Hwanin. Podia se infiltrar na mente dos humanos, detectar cada mentira, cada um de seus pecados. Podia revirar desejos vergonhosos, hipocrisias cruéis, qualquer artimanha. Era tão divertido — ainda mais quando tomava o controle das mentes e fazia os corpos dançarem feito marionetes em suas mãos.

E suas ilusões. Ah, suas ilusões. Como sente falta de copiar as vestes de Hwanin, produzindo réplicas a partir do nada e fazendo o imperador trajar a vestimenta falsa. O olhar dele quando Seokga acenou a mão e a ilusão se desfez, deixando o deus-rei nu diante da própria corte, é uma lembrança que Seokga guarda com muito carinho.

Entre tantos truques, transmutar-se era seu favorito — particularmente ao usá-lo para assumir a forma de outra pessoa e provocar caos em diversos reinos. Fingindo ser a amada deusa da lua no reino celestial de Okhwang. Tremulando feito uma borboleta escura pela melancólica fenda dos mortos que é Jeoseung, para espiar as muitas almas perdidas ali. Na forma de um dragão de água, Seokga chegou até mesmo a visitar o reino submerso de Yongwangguk — embora se transmutar em uma imoogi tivesse sido extremamente desconfortável, já que envolvia criar *escamas*.

E então, é claro, houve aquele outro reino que visitava com frequência disfarçado como uma das muitas bestas que habitavam aquele plano sombrio... como os jangsan beom, espíritos de tigre que imitavam vozes humanas para atrair mortais para suas bocarras vorazes. Ah, sim. Gamangnara. O Mundo das Sombras. Reino dos monstros.

Um sentimento amargo e familiar faz o estômago de Seokga se contorcer. É melhor não se torturar com o que aconteceu *lá* por mais tempo do que o necessário.

E, ainda assim, todos os dias que Seokga passa em Iseung são um lembrete exasperador daquele reino perdido.

*Iseung*. Seokga é acometido por um desgosto que, de alguma forma, consegue ser resignado e furioso ao mesmo tempo. O fútil mundo mortal sempre foi seu menos preferido. Ainda mais desde que Hwanin passou a governá-lo no lugar de sua mãe adormecida.

E Mago, deusa da terra, está adormecida há algum tempo.

Sua soneca começou quando Hwanin e Seokga aprisionaram Mireuk, o pai tirânico dos irmãos, em Jeoseung.

— Estou farta de todas essas brigas movidas a testosterona — resmungou Mago.

E agora Seokga percebe que ela estava mesmo cansada, porque tem dormido por milhares de anos. Em seu lugar, Hwanin ostenta a coroa, outorgando decretos a serem seguidos com a ajuda de Hwanung, seu filho e deus das leis.

O que Mago diria se visse quanto poder seu filho mais novo perdeu?

Seokga suspira. Teletransportar-se também era maravilhoso, dando-lhe a habilidade incrível de cometer um crime hediondo e prontamente escapar para muito, muito longe; tudo isso enquanto gargalhava baixinho consigo mesmo, feito um maníaco.

Mas, desde sua queda, mantém apenas uma sombra pálida de suas antigas habilidades. Alguns truquezinhos fajutos e nada mais.

Seokga fecha os olhos para se concentrar e deixa que o que resta de seu poder flutue em direção à humana. Precisa acalmá-la o suficiente para persuadi-la a dar um testemunho, e, a julgar pela histeria da mulher, só há uma maneira de fazer isso.

Ele é incapaz de coagir quem é verdadeiramente bom, o que sempre foi uma pegadinha irritante de suas capacidades.

Aqueles que já foram perversos, entretanto, ficam na palma da sua mão... durante certo tempo. Quanto mais pecados cometeram, mais tempo dura o controle de Seokga sobre essas pessoas, então é um alívio que tantos mortais se deixam levar pelo que é proibido. Será uma surpresa se essa mulher não estiver entre eles.

Seokga estreita os olhos conforme gavinhas bruxuleantes cor de esmeralda, invisíveis a todos exceto criaturas imortais, estalam ao redor da mortal. *Diga-a para se acalmar*, ordena a um dos fios esmeralda. *E para se calar.*

Uma leve camada de suor cobre a pele dele no momento em que seu poder *obedece* e envolve a mulher aos prantos, restringindo seus movimentos trêmulos.

*Fique. Calma.*

Seokga cerra os dentes, com dificuldade para manter controle sobre ela. Se a mulher já agiu de forma pervertida, não foi o bastante para facilitar aquilo — principalmente com os limites impostos a ele por Hwanin. Embora mantenha o poder até certo ponto, é extremamente exaustivo. Se não desmaiar imediatamente após esta abominável provação, será um choque.

Por fim, o choro da mulher cessa, embora um soluço avulso ainda escape aqui e ali.

— Pronto — fala Seokga, gentil.

Ele franze as sobrancelhas enquanto observa a humana com desdém e alívio. Ah, como queria ainda ter o poder de revirar mentes pecaminosas. Gostaria de saber o que essa mulher está escondendo.

— Agora... — Ele pega um bloco de notas e um lápis. — Por que não me conta o que viu, e onde, especificamente, você viu?

— Eu... — murmura a mulher. Mal dá para ouvi-la em meio ao barulho da delegacia.

— Mais alto — exige Seokga, sem tempo para ficar decifrando sussurros.

A mul gwisin ainda está por aí, e, sem dúvidas, sondando a cidade atrás de mais presas. Quase arrependido, Seokga se pergunta por que seu exército incluía tantos fantasmas de água. Lidar com eles costuma levar a diversas maneiras de ficar encharcado, o que ele não gostava nem um pouco.

Embora criaturas Indomáveis existissem em Iseung muito antes dos membros monstruosos de seu exército se dispersarem, vários daqueles que procura são seus antigos subordinados — os Indomáveis que outrora preferiam morar no Mundo das Sombras, as criaturas que compunham seus batalhões. Em meio à pressa para bater em retirada, aquelas coisinhas estúpidas caíram naquele plano existencial maldito e estão miseravelmente presos.

Com ele.

Para sempre.

Uma punição apropriada para todas as partes evolvidas.

Ao ouvir o tom de voz de Seokga, a humana se enrijece. Os poderes podem estar impedindo-a de voltar a chorar histericamente, mas não conseguem fazê-la se curvar à sua vontade por completo. Seokga fica carrancudo, e a mulher o encara com um olhar incisivo, quase matronal.

Agora que ela parou de chorar, Seokga observa cuidadosamente sua aparência. Talvez esteja na casa dos 30 ou 35 anos, veste um suéter branco de gola alta enlameado e óculos de armação preta e grossa salpicados de lágrimas, terra, poeira e outros tipos de sujeira. Rastros de lágrimas percorrem a camada de base em seu rosto em zigue-zague, e o rímel preto está borrado ao redor dos olhos. Seokga acha engraçada sua semelhança com um panda.

Um panda emocionalmente perturbado que testemunhou dois afogamentos.

— Está sorrindo por quê, detetive? — questiona a mulher com a voz rouca, ajustando as mangas do suéter para deixar as mãos visíveis.

Há uma pequena aliança em seu dedo anelar. Pareceria elegante se as mãos não estivessem manchadas de terra e as unhas, roídas até as cutículas.

Seokga ergue uma sobrancelha preguiçosa, mesmo ao sentir sua energia sendo drenada significantemente. Não será capaz de conter a humana por muito mais tempo.

— Por nada — mente com destreza, e batuca o bloquinho com a caneta. — Qual é o seu nome?

A mulher pisca, mas por fim ajusta a postura. As fitas esmeralda ao redor dela bruxuleiam com o movimento repentino, e Seokga range os dentes enquanto as força a permanecer em volta da mulher e conter sua onda de emoções.

— Eu me chamo Lee Choon-hee.

Seokga não se dá ao trabalho de anotar. Todos os nomes, exceto o seu, são triviais, ainda mais os de humanos.

— O rio Han. Você testemunhou dois afogamentos. Eu gostaria de saber onde, quando e como eles aconteceram. Seja específica — acrescenta, inclinando-se para a frente. — Não poupe detalhes. Ainda mais os mórbidos.

— Os mórbidos — repete Choon-hee, empalidecendo de leve. As fitas esmeralda começam a afrouxar.

— Isso — Seokga se força a dizer. Suor escorre de sua testa, e sua visão está começando a embaçar. — *Especialmente* os mórbidos.

Ele não vai desmaiar diante dessa mortal. Precisa se agarrar com firmeza à pouca dignidade que lhe resta.

— Por volta das oito horas da manhã... — Choon-hee engole em seco. — Eu... eu estava sentada em um banco no parque municipal, bem na beira do rio. Havia um casal próximo à água. Estavam fazendo um piquenique. E acho que comendo hotteok. E bebendo sikhye. Meu namorado... Eu estava esperando por ele.

Seokga desliza o olhar para a aliança no dedo de Choon-hee e reprime uma risada sombria. Então é por *isso* que ele é capaz de controlá-la. Que safadeza mais espetacular.

Choon-hee cora ao seguir o olhar dele.

— Q-quer dizer...

Seokga acena a mão em um gesto breve para que deixe a vergonha de lado.

— Sou Seokga, não Yeomra. — E aquilo é um pequeno conforto. O deus do julgamento e dos mortos é a personificação de um papel molhado. — Não vou te mandar para os sete infernos por infidelidade. Continue.

Ela parece confusa, claramente não faz ideia do que ele quer dizer. *Que pena*, pensa Seokga, *que esses mortais insuportáveis não se lembrem de seus deuses.* Ele fecha a cara e Choon-hee respira fundo.

— Não vi quando levaram a primeira. Só ouvi um grito. Um grito, depois o som de algo caindo dentro d'água. Quando olhei pra lá, a água estava se agitando, e o homem... o namorado dela... estava paralisado. E então começou a gritar.

— É, eles costumam fazer isso — corta Seokga, ajustando a gravata de maneira desconfortável enquanto o suor continua a escorrer por seu pescoço. Ele fecha os olhos com força e os abre novamente. O cômodo está girando. — E o que aconteceu depois?

— Ele entrou no rio, gritando o nome da namorada. Min-a. Pensei que ela tivesse caído, e eu ia pedir ajuda... Tinha acabado de começar a gritar quando *aquilo* emergiu da água.

— Aquilo — repete Seokga, baixinho.

*Aquilo* é, com quase toda certeza, um mul gwisin, o espírito de uma vítima de afogamento que agora atrai outras pessoas para seus próprios túmulos submersos. Mas ele precisa se certificar, já que não está disposto a gastar nem um precioso minuto sequer seguindo uma pista falsa.

— E o que era *aquilo*?

— Era tipo uma mulher — sussurra Choon-hee —, mas não era bem isso. A pele dela estava... inchada e azul. E quando ela estendeu a mão, os dedos tinham membranas, quase como um s-sapo.

A mulher começa a tremer. As amarras ao seu redor lutam para se manterem firmes. Seokga faz uma careta, percebendo aquele olhar novamente turvo e distante, o lábio inferior dela tremendo com força.

— E os olhos... Ai, Deus, os olhos dela... eram pretos, completamente pretos. Ela pegou ele, agarrou o homem pela cintura e...

"Ai, *deuses*", Seokga quer corrigi-la, mas morde a língua. A maioria dos mortais em Iseung já se esqueceu dele. É impossível travar uma batalha contra o Deus único, aquele que o substituiu na mente dos humanos.

Agora, o panteão coreano é venerado apenas pela comunidade de criaturas, que publica matérias banais no *Fuxico Divino* sobre suas rotinas de exercícios ou especulações obscenas sobre seus casos românticos e contrata fotógrafos furtivos (que geralmente são dokkaebi) para tirar fotos do deus caído local de Iseung. Essas fotos costumam ser acompanhadas de boatos cabulosos no que diz respeito a sua vida amorosa. *Alguém* naquele jornaleco de fofocas parece gostar *muito* de juntar Seokga com qualquer indivíduo desavisado que calhe de estar por perto. No passado, houve rumores de que ele estava em um relacionamento tumultuado com uma passeadora de cães idosa. Não se falou de outra coisa na delegacia durante dias.

Os fotógrafos do *Fuxico Divino* raramente se deparam com destinos agradáveis. E, embora Seokga deteste que tirem fotos dele, fica ainda mais irado pelo fato de que o perfeitinho Hwanin parece agraciar quase todas as capas da revista. Ele realmente não entende o fascínio de Iseung com seu irmão. Talvez seja por causa do reluzente cabelo prateado.

Pelo visto, homens e mulheres amam cabelo prateado reluzente.

Mesmo se tiver sido descolorido, tonalizado e frito.

E *esta* mulher ainda está tagarelando. Seokga volta a atenção para Choon-hee.

— ... e ela... ela o agarrou e ela...

— Ela o afogou — completa Seokga, deixando o bloquinho de lado.

Essa informação não é novidade, apenas uma confirmação de que o rio Han de fato abriga um mul gwisin. Com dificuldade, Seokga tenta manter os olhos abertos conforme a fadiga se instala no âmago de seus ossos. O custo de usar seu poder é alto, mas, felizmente, não é nada que um gelado, levemente adocicado, mas majoritariamente amargo copo de café — e possivelmente algumas horas inconsciente — não resolva.

— *Sim* — lamuria-se Choon-hee. — Ela o arrastou para o rio e o puxou para o fundo... Ai, Deus... Ai, *Deus!*

O poder esmeralda que a continha enfraquece, e Seokga afunda de exaustão quando perde o controle sobre a mulher. Livre das amarras, Lee Choon-hee se debulha mais uma vez em uma cascata de lágrimas e berros sem sentido.

Humanos.

Seokga não se dá ao trabalho de se despedir e se ergue, cambaleante, da mesa, segurando firmemente a bengala. Não está com tempo nem paciência para continuar a falar com aquela mortal.

Não, há uma mul gwisin que precisa ser exterminada.

Mas, primeiro, uma soneca.

## CAPÍTULO QUATRO

# Hani

—Não acredito que você jogou um copo de café no Seokga. Não acredito que você fez isso com o deus da malícia — lamenta-se Somi pela décima vez, esfregando o balcão de vidro da cafeteria com um pano e um spray de limpeza de cheiro azedo. — *E* que você falou com ele daquele jeito! Que desrespeito! Sério, Hani, não consigo acreditar que você fez isso. Você já tá na rua. Tá muito, muito, muito na rua. A chefe vai te *matar* quando descobrir.

Hani sorri enquanto mordisca um tortelete de cereja e lê a cópia de *Fuxico Divino* de Somi, inclinando a cadeira para trás para que balance um pouquinho mais. Que benção que, apesar de estar estufada até dizer chega de fígados e almas, ainda ache a comida humana *muito* deliciosa.

— Ela só vai descobrir se você contar. *Hmm.* Diz aqui que viram Yongwang visitando Iseung e comendo um sanduíche de peixe. Isso não é meio que canibalismo?

Nunca imaginaria que o deus do mar seria alguém que gosta de cavala.

Somi balança a cabeça, esfregando determinada uma mancha invisível no balcão. Com o silêncio, Hani ergue uma sobrancelha e atira a revista. Ela aterrissa fechada na mesa, virada para cima. A capa deste mês é uma foto do deus-rei Hwanin sorrindo com os braços ao redor de Hwanung, seu filho e deus das leis. Em letras garrafais, a manchete diz: cuidados capilares unem pai e filho! qual é o segredo da rotina deles?

Hani solta uma risadinha abafada. *Mataria alguém* para ter o cabelo prateado longo e lustroso que os dois deuses têm, e se pergunta qual salão frequentam. Logo precisará retocar o próprio cabelo. As raízes naturais já começaram a dar as caras, o que está estragando o efeito geral de um estilo que, tirando isso, é fabuloso.

Hani usa escova e secador para fazer seu penteado, no estilo que estourou no mundo da moda dos anos 1990, e no estilo que Hani decidiu que cai ainda melhor *nela*. As grandes madeixas foram tingidas de um castanho chocolate suntuoso, já que ela se sente nua com o vermelho profundo usual — como se, com apenas uma olhada, o mundo fosse apontar para ela e anunciar: *A Raposa Escarlate!*

Ela precisa mesmo retocar as raízes logo.

— Você *não* vai contar pra ela, vai? — questiona Hani.

A gumiho mais jovem fica levemente corada.

— Unnie, o nosso contrato diz que...

Hani revira os olhos.

— Eu sei o que diz.

O contrato entregue às funcionárias da cafeteria por Hak Minji, a dokkaebi fundadora e proprietária do Café das Criaturas, diz explicitamente (mais de uma vez) que, caso um colega de trabalho aja de maneira questionável e, de alguma forma, isso lhe passe despercebido, ela deve ser informada imediatamente.

Apesar de ser uma dokkaebi, Minji é tudo, menos divertida e espontânea. É a única dokkaebi que Hani já viu que não gosta de curtir a noite toda. Às vezes ela se pergunta se sua chefe é realmente uma duende.

— O que os olhos não veem, o coração não sente, Somi. — A colega faz uma expressão assustada, mas Hani continua sem pestanejar, dando outra grande mordida no tortelete. — Olha, não é como se eu tivesse feito completamente de propósito. As colheres extras de creme e açúcar, sim. Aquele deus é um pé no saco, e eu acho que merecia um pouco mais de lactose do que precisava. Mas derramar tudo no rosto, cabelo e terno dele? Prometo que isso foi, pelo menos em parte, um acidente. E o lado bom é que duvido que ele vá voltar aqui, então... — Hani sorri com a boca cheia de cereja açucarada. — Na verdade, você deveria estar me *agradecendo*.

Somi emite um barulho baixo e ininteligível pelos lábios finos. Hani franze a testa ao notar que a amiga ficou assustadoramente pálida.

Uma conclusão terrível se assenta em seus ombros e ela suspira, derrotada.

— A chefe tá bem atrás de mim, não tá?

Quando Somi assente, brusca e rigidamente, Hani deixa as pernas da cadeira baterem no chão e se vira para encarar os olhos de Hak Minji.

Ops.

Ela se impede de estremecer. Não ouviu nem sentiu a chegada de Minji, mas dokkaebi têm a reputação de serem particularmente sorrateiros.

— Oi, chefe — cumprimenta-a, ficando de pé rapidamente e se curvando em uma reverência respeitosa.

Minji não repete o gesto.

Em vez disso, a dokkaebi faz cara feia, cruza os braços e estala a língua de maneira desaprovadora. Por trás da armação grossa e roxa de óculos de gatinho, decorada com strass cintilantes e que provavelmente custam mais do que um ano inteiro do aluguel de Hani, seus olhos escuros se estreitam. São óculos sem grau (a visão de Minji é perfeitamente aguçada, assim como a de todos os dokkaebi), o que, de certa forma, acrescenta-lhe um efeito cômico. Mas um fogo azul e gélido se agita na escuridão das profundezas daqueles olhos. Fogo de dokkaebi. Hani reza para que não seja usado contra ela.

— Kim Hani — fala Minji, com lábios rosa-choque —, gostaria de repetir exatamente o que acabou de dizer à jovem Somi aqui? *Hein?*

Minji sempre lembrou Hani de uma tia fofoqueira — rápida para julgar, e mais rápida ainda em espalhar tal julgamento. Hani faz uma careta. Sua mente está em polvorosa com possíveis declarações que poderiam lhe salvar. Ela olha para a bolsa de Minji: enorme, rosa, de couro falso e cravejada de lantejoulas e uma quantidade abominável de glitter. *Elogia a bolsa dela*, diz a si mesma, mesmo quando o nojo a faz torcer o nariz. É a bolsa mais feia que já viu. *Elogia a bolsa e fica de boa com ela.*

Hani abre a boca, invocando as palavras com dificuldade.

— Gostei da bolsa — comenta debilmente. — É tão… *hã…* maravilhosa?

A palavra quase fica presa em sua garganta, mas ela a força para fora com a voz rouca e fraca.

Minji fica toda orgulhosa.

— Ai, obrigada. Comprei no distrito comercial na semana passada. — Mas então seus lábios franzem. — Não me distraia, raposa. Ficou maluca?

Ela estapeia o ar ao redor de Hani com uma manicure feita à perfeição. As longas unhas rosa quase arranham sua bochecha.

— Seokga, o Caído, é um deus, sua idiota. Quando ele recobrar todo o poder e decidir mandar este lugar pelos ares, saiba que a culpa será sua.

Hani fica indignada. Detesta a forma como é repreendida. Aos 1.700 anos de idade, ela é pelo menos 1.670 anos mais velha que Minji. Mas Minji ainda é sua chefe. Então Hani se curva, pedindo desculpas, e se lembra de usar o tom formal.

— Sinto muito, chefe — murmura. — Não irá acontecer de novo.

*Por favor, não me demite.* Hani precisa daquele emprego, já que não foi muito sensata quando a ideia de *cartão de crédito* surgiu pela primeira vez. Ela pode sempre adotar uma nova identidade, forjar mais documentos e encontrar um novo emprego que pague melhor, como médica ou advogada, mas essas opções exigem estudo demais. Hani não gosta de estudar, e odeia ler qualquer coisa que não sejam seus livros de romance que importa das livrarias americanas.

— Vou me comportar a partir de agora. Prometo.

Minji suspira pelo nariz, ajustando aqueles óculos ridículos. Alguns momentos excruciantes de silêncio se passam, e Hani não consegue evitar se remexer de culpa sob o olhar da duende.

— Traga um pouco de geleia memil-muk pra mim amanhã — acrescenta a chefe por fim —, e eu te perdoarei por tudo. Mas mais uma advertência e você vai pra rua, Hani. — Ela fecha a cara. — Jogar café em deuses... *Aish* — reclama baixinho antes de se virar de costas.

Hani troca um olhar de alívio com Somi.

Então ela não foi demitida.

Por enquanto.

◆

— Nunca entendi a obsessão de dokkaebi por trigo-sarraceno — resmunga Hani para Somi enquanto as duas estão na fila do Mercado Yum para pagar pela geleia.

A fila está longa e se arrastando em uma velocidade extremamente lenta. Música pop toca dos alto-falantes ruidosos do supermercado. Algumas pessoas balançam a cabeça ao ritmo de "I Know", um single recém-lançado por Seo Taiji and Boys.

Somi dá de ombros.

— Dokkaebi nascem de itens domésticos sujos de sangue e descartados — diz ela. — É de se esperar que sejam um pouquinho birutas. Quer dizer, é isso que acontece quando você já foi uma colher.

Hani bufa.

— Não tão birutas quanto a gente — retruca com orgulho abundante. — Acho que nossa habilidade de virar uma raposa de nove caudas ultrapassa um gosto por trigo-sarraceno.

— E o fato de termos sido raposas por mil anos antes de conseguirmos ter uma forma humana — acrescenta Somi em um sussurro, olhando em volta para se certificar de que nenhum dos mortais ao redor a ouviu.

— Isso também — concorda Hani. — E nossa tendência de comer o fígado dos homens.

Somi fica boquiaberta.

— Unnie, ninguém mais faz isso.

Ah. É mesmo. Hani ri baixinho, e Somi arregala ainda mais os olhos.

— Você nunca comeu o fígado de um homem? — pergunta, curiosa. — Nunquinha?

— Claro que não — sibila Somi. E então o sangue some de seu rosto. — *Você* já?

— Já — admite Hani com um sorriso furtivo.

— *Quantos*?

Milhares. Mas Hani apenas exibe um sorrisinho misterioso.

— O suficiente para me satisfazer durante uma vida inteira.

— Hani!

— Que foi? Nem sempre foi uma prática antiquada. Hoje em dia as pessoas são *tão* sensíveis quanto a esse assunto...

O que pode ou não ter a ver com o fato de que uma certa gumiho tratou o ano de 1888 como se fosse um bufê livre.

Nervosa, Somi morde o lábio inferior.

— Qual... qual era o gosto?

Hani se detém e examina o rosto de Somi com curiosidade. A jovem gumiho é a mais inocente que já conheceu, inclusive na aparência. Tem olhos grandes e redondos, emoldurados apenas por uma fina camada de rímel. As bochechas são levemente rechonchudas, e estão coradas tanto de espanto quanto de um blush cremoso da cor de uma pétala rosada. O cabelo é curto e ondulado, chegando até o queixo em um corte chanel fofinho, e ela veste um suéter branco macio que, de alguma forma, conseguiu manter livre de qualquer tipo de mancha. E, ainda assim, há um quê de curiosidade mórbida se revolvendo por baixo daquele rosto sincero em formato de coração...

É algo de que Hani gosta bastante.

— Maravilhoso — sussurra em resposta, com os olhos castanho-avermelhados se agitando de malícia. — Delicioso, na verdade. A quantidade de poder que dá pra absorver na sua pérola de raposa ao comer homens não tem comparação. Bulgogi normal não é nada perto dos fígados deles. E as almas... — Ela abaixa o tom. — As almas deles são a coisa mais deliciosa que você poderia imaginar.

Roubar almas já foi o principal hobby de Hani. Uma gumiho rouba a alma com um beijo ao segurar sua pérola de raposa na boca e absorve a vida e a energia da vítima. A pérola de raposa é uma essência de poder que toda gumiho possui, e que pode ficar maior e mais potente dependendo de quantas almas e fígados a gumiho consumir.

Nem é preciso dizer que a pérola de Hani está explodindo de puro poder.

— Você conheceu a Raposa Escarlate? — pergunta Somi em voz baixa, de olhos arregalados. — Dizem que ela comeu mais homens do que qualquer outra gumiho viva até hoje, e é três vezes mais poderosa do que uma raposa comum.

Hani sorri de canto.

— Quem me dera ter conhecido.

As duas pagam pelo memil-muk. Hani tateia a bolsa atrás de uns trocados e por sorte é salva por Somi, que é um pouco mais sensata quando o assunto é cartão de crédito.

— Até amanhã — diz Somi quando estão do lado de fora do mercado, com o ar frio noturno contra a pele e o brilho amarelo dos postes de luz repleto de mariposas trêmulas que se amontoam em seu calor.

— Quer que eu te acompanhe até sua casa? — pergunta Hani enquanto olha para a rua escura diante delas e coloca a gelatina na bolsa.

Somi pode até ser uma gumiho, mas o mundo é cheio de perigos tanto para mulheres humanas quanto não humanas.

— Não, não, tá tudo bem — responde Somi com um sorriso tranquilizante. — Consigo cuidar de mim mesma muito bem. Olha.

Ela ergue o punho direito e, com uma careta, expõe três pequenas garras curvadas, cada uma se projetando dos espaços entre os nós de seus dedos. *Snick.*

Hani sorri.

— Essa é a minha menina.

— Também posso usar minha pérola de raposa se precisar — acrescenta a amiga, retraindo as garras. Elas afundam de volta na pele, deixando marcas vermelhas inflamadas em seu encalço. — Vou acabar energeticamente com quem quer que eu precise.

O sorriso de Hani fraqueja. Para uma gumiho como Somi, que nunca tomou a alma ou comeu o fígado de alguém... Sem dúvidas sua pérola de raposa é bem pequena.

— Use a pérola com moderação — alerta ela. — Não vai querer exauri-la.

Porque, se fizer isso, Somi vai morrer. Uma gumiho não consegue viver sem sua pérola de raposa.

Mas Somi não parece preocupada.

— Vou ficar bem — garante, e dá um aceninho alegre para Hani. — Então até amanhã.

— Até.

Hani dá uma piscadinha antes de as duas seguirem por caminhos diferentes.

Conforme se dirige até o coração da cidade, com as botas pretas esmagando o cascalho, Hani se detém para admirar a si mesma na vitrine de uma loja sob um poste de luz. Vaidade sempre foi seu maior pecado. Mesmo quando vivia como raposa, passava horas ao lado da superfície de um lago, espiando as próprias orelhas triangulares e o pelo vermelho, aprumando-se até chegar à perfeição.

Agora, ela observa a mulher mais bonita que já viu na vitrine da loja. Hani se admira, piscando os olhos angulares e inclinados — olhos de raposa — que carregam uma malícia cintilante no interior das profundezas castanho-avermelhadas. Ela admira a tonalidade do batom, que escolheu para combinar com eles naquela manhã, e curva a boca para cima em um sorriso satisfeito.

Um movimento súbito no reflexo do vidro chama sua atenção um instante depois.

Dois homens estão escorados no poste de luz a alguns metros dela, observando-a com as mãos enfiadas nos bolsos das jaquetas pretas e os olhos cobertos por bonés de beisebol. Hani suspira, exasperada, espiando-os com cautela enquanto aperta a bolsa preta de couro falso contra o corpo.

Provavelmente são estudantes da Universidade de Nova Sinsi. Dá para sentir o cheiro de álcool... e de mais alguma coisa, algo tão doce que chega a ser enjoativo. Perfume barato. Vai até o fundo de sua garganta, cobrindo-a com um amargor ensebado.

Hani revira os olhos, mas os pelos de seu pescoço se eriçam. Pode ter sido a Raposa Escarlate algum dia, mas, de certa forma, ainda não é imune ao desconforto de estar sujeita a olhares como aqueles. Ela morde o lábio inferior e estende as garras — curvas pretas e lustrosas de osso afiado — com uma leve dor enquanto aperta o passo pela rua Bomnal.

Os homens a seguem.

De cara fechada, Hani atravessa a rua para o lado oposto.

Os homens a seguem.

— O que vai acontecer a seguir — avisa Hani baixinho e acelera o passo — não vai ser agradável para nenhum de vocês.

Eles não a escutam. Ou talvez sim, e simplesmente a ignoram.

Tensionando a mandíbula, Hani se vira para encarar os homens. Ela arreganha os dentes e ordena, em uma voz ácida:

— Parem. De. Me. Seguir.

Ela esconde as mãos às costas; os homens não veem as garras.

Eles se detêm a alguns metros dela. São grandes, bem maiores do que ela, com seu um metro e sessenta de altura. Hani consegue identificar olhares lascivos idênticos sob as sombras que os bonés deles projetam.

— Oi, linda — balbucia um. — Que que cê vai fazer essa noite, hein?

O amigo dele solta uma risadinha sarcástica, um som úmido e ranhoso que faz o estômago de Hani embrulhar.

— Eu falei — repete ela suavemente, inclinando a cabeça — para pararem de me seguir, porra.

É o último aviso que dá.

— Ah, então você vai ignorar a pergunta dele? — desdenha o outro homem. — Porra, tá bom então. Você é feia mesmo.

— Dá um sorriso pra mim, gata — ordena o amigo. — Quero ver essa boca linda bem arregaçada.

— Quero ver essa boca linda em volta do meu pau — grita o outro, rindo.

— Pega ela, Beom-seok. Quero aquela boca em mim primeiro...

Os homens se movem, assim como Hani.

Enquanto disparam em sua direção, ela gira e escapa por pouco das mãos ávidas e exageradas. Os sorrisos lascivos se tornam rosnados quando os dois agarram o ar. Eles se viram, redirecionando o ataque. Agora estão gritando, soltando berros sem sentido que fazem o coração de Hani acelerar de medo.

Medo, embora seja uma gumiho que já matou e destruiu e devorou.

Medo, porque não há nada mais perigoso do que homens mortais que acreditam que têm direito ao mundo e a um pouco mais.

Beom-seok a segura pelo ombro. Com um grunhido feroz, Hani arranha a mão dele com as garras, arrancando sangue, que jorra pelo ar em um jato escarlate. O homem uiva.

— A puta tem facas!

Não são facas.

São garras.

Hani faz Beom-seok sair cambaleando para trás e sorri quando ele cai com tudo no chão. O outro dá uma arrancada em sua direção, mas logo sai voando com uma explosão de poder dourado que irrompe das palmas de Hani. Sua corrente sanguínea arde com a energia que ela extrai da pérola de raposa no interior do peito. O corpo de Hani zumbe enquanto a pérola de poder implora para que receba mais liberdade, mas não há necessidade disso agora.

Hani inclina a cabeça ao parar diante dos dois homens que se contorcem no chão. Quantas mulheres será que atacaram antes dela? Quantas dessas mulheres não tinham o luxo de possuir garras ou velocidade e força sobre-humanas?

Quantas mulheres?

Ela estreita os olhos, pisoteando com força o peito de Beom-seok quando ele tenta se erguer. Hani coloca a mão dentro da bolsa e lentamente retira uma de suas armas mais preciosas: adagas de um escarlate vibrante que carrega consigo há séculos.

As adagas da Raposa Escarlate. As adagas de lendas urbanas contadas aos sussurros, histórias amedrontadoras relatadas no escuro sobre a gumiho sanguinária e suas armas. Talvez seja uma tolice carregá-las por aí com tanta casualidade, ainda mais quando Hani se deu ao trabalho de pintar o cabelo, mas mesmo depois de tanto tempo... essas adagas são uma parte dela que não é fácil deixar de lado, nem esconder.

São longas, levemente curvadas, e lembram, de muitas formas, garras de pássaro pingando sangue. O metal é afiado, de um vermelho rubi que reluz sob os postes. Sorrindo com uma sede de sangue desenfreada, Hani habilmente as gira no ar antes de fechar os dedos mais uma vez ao redor dos cabos escuros.

*Agora* a puta tem facas.

Já faz algum tempo desde a última vez que Hani matou alguém.

Cento e quatro anos, para ser mais exata.

E, se por um lado ela continua estufada...

Hani ainda se lembra da curiosidade sombria à espreita sob a expressão de Somi quando falou sobre a arte de matar. Um sorriso vagaroso se espalha em seu rosto.

Pode não aguentar comer mais um fígado, nem mais uma alma, mas Somi...

Bem. A jovem gumiho pode estar com vontade de provar fígado humano pela primeira vez.

## CAPÍTULO CINCO

# SEOKGA

— Por favor — pede a mul gwisin em uma voz esganiçada, apertando o ferimento no peito, que derrama um sangue azul tão escuro que parece preto. — Por favor, não me mata.

É como se ela falasse debaixo d'água; sua voz soa baixa, abafada e *molhada*.

Que repugnante.

Seokga revira os olhos, apontando a espada para o pescoço inchado dela, pronto para afundá-la na pele malhada e acabar com a batalha ali. Com frio, encharcado e completamente irritado, ele está submerso até a cintura no rio Han, tentando não estremecer em meio à água congelante, com uma vontade avassaladora de ainda estar dormindo. Sua soneca foi curta, pois, infelizmente, localizar aquela fantasma de água era a prioridade.

— Chega de drama — reclama Seokga. — Você já morreu. Só estou me livrando de você. Não pode mais ficar aqui em Iseung.

— Não — insiste a mul gwisin. — Por favor. Não. Eu te ajudei, lembra? Muitos anos atrás… Eu te socorri, eu viajei de Gamangnara até Okhwang, eu atormentei os deuses ao seu lado…

A mul gwisin não lhe parece nem um pouco familiar, exceto da mesma forma vaga que todos os outros fantasmas de água. Ou ela realmente fez parte dos vinte mil vindos do Mundo das Sombras de Seokga, ou está mentindo. Indomáveis costumam fazer isso, como se alegar terem sido companheiros de Seokga, o Caído, fosse de alguma forma poupar suas pequeninas e patéticas almas.

O que é ridículo.

Seokga poderia matá-los todos por fugirem de Okhwang quando mais precisava deles.

— Eu sei — continua Seokga com frieza, ignorando a declaração dela — que você anda se divertindo como nunca na vida... ou, perdão, na *morte*, afogando humanos. Fazendo-os sofrer como você sofreu. O que me parece humilhante, mas a questão é que você é uma Indomável. Então, o próximo rio que você habitará — ele aperta a espada na mão — será o Seocheongang. Adeus.

— Não! — lamuria-se a mul gwisin. — Por favor, meu rei!

*Rei*. Aquela palavra, aquele *título*, faz Seokga se deter. Houve uma época em que não desejava nada mais do que uma coroa. Um trono. O resto do panteão desconhecia que Seokga tinha tomado o trono do Mundo das Sombras após assassinar o rei dokkaebi anterior em uma demonstração espetacular de carnificina e de sua própria superioridade geral.

Ele governou as criaturas que residiam naquele reino sombrio, treinando-as até acreditar (*erroneamente*) que possuía um exército glorioso à sua disposição. Armado com nada a não ser sua tolice, quis reclamar a coroa que realmente importava... e acabou perdendo ambas, além de todo um reino.

Depois de sua queda humilhante, o resto do panteão invadiu Gamangnara, o Mundo das Sombras. E esse plano de caos e trapaça está trancado desde então, inacessível tanto aos Indomáveis caídos quanto a Seokga.

E tudo bem. Esse reino sempre foi escuro demais para o seu gosto. Ele costumava trombar constantemente nas coisas. E não era o trono de Gamangnara que realmente queria, de qualquer forma.

Seus lábios se curvam de escárnio.

— Rei? — O deus caído sorri com desdém. Suas entranhas se reviram. — Você não é minha súdita.

Embora despreze Hwanin tanto quanto os Indomáveis o desprezam, ele *também* despreza as criaturas tanto quanto o irmão. Foi traído por ambos os lados.

A fantasma está hiperventilando, o que é absurdo, porque mul gwisin não respiram.

— Por favor, por favor, me manda de volta! Se abrir o reino, eu vou embora! Qualquer coisa, menos Jeoseung...

O deus caído fica de saco cheio. Aquela súplica não é nada de novo. Na verdade, é patético quantas criaturas acreditam que ele tem a capacidade de abrir um plano existencial inteiro quando nem ao menos consegue se transmutar em um coelho. Um *coelho*.

Os apelos da fantasma são interrompidos quando Seokga acerta a espada ao longo do pescoço dela em um borrão prateado. Ele observa, sem qualquer emoção, conforme ela se transforma em cinzas azuis que flutuam sobre a superfície do rio antes de se dissolver aos poucos.

Fica ali por um instante a mais, encarando a água com tanta fúria e repulsa quanto consegue reunir (o que é uma quantidade verdadeiramente impressionante). Indomáveis, essas coisinhas imundas, viram aquela poeira nojenta quando morrem — ao contrário de seus equivalentes obedientes à lei.

— Dez mil e cinquenta e três — murmura Seokga, amargurado, antes de mergulhar a lâmina em um trecho de água limpa e se arrastar em direção à margem.

※

Dentro da delegacia na manhã seguinte, Seokga cruza os braços e, desconfiado, espia o jeoseung saja que está de pé sobre sua mesa abarrotada. O delegado Shim está ao lado dele, bebendo café do Café das Criaturas. O deus precisa se esforçar para não fazer uma careta para o copo de papel ao lembrar de sua própria experiência de ontem. Seokga, ainda exausto do interrogatório de ontem, não queria nada além de um café gelado com uma colher de açúcar e uma de creme, mas se recusa a ver aquela gumiho abusada de novo.

— Seokga — chama o delegado —, este é Chang Hyun-tae. Ele é da divisão de Nova Sinsi de Jeoseung.

Seokga observa o rapaz com pouco interesse. Está vestido como qualquer outro jeoseung saja, em um terno de trabalho preto e bem engomado, e segura uma maleta preta comum que, sem dúvidas, está transbordando com papelada essencial. Não há como adivinhar sua verdadeira idade — jeoseung saja são tão imortais quanto a própria morte —, mas parece ter 20 e poucos anos. Ou talvez seja ainda mais novo. Tem um rosto jovial e de aparência animada. A armação de metal que o garoto usa chama a atenção de Seokga.

— Esses óculos. Você precisa mesmo deles? — questiona Seokga com uma voz arrastada. É raro que criaturas não humanas não possuam uma visão perfeita, e a maioria dos casos se aplica apenas a seres de idade mais avançada. — Você claramente não é tão enrugado e ancião quanto Shim — acrescenta, incapaz de resistir à vontade de olhar para o delegado de óculos.

Felizmente, Shim solta uma risadinha irônica, não se deixando abalar pela patada.

— Se eu sou um ancião, Seokga, odiaria me perguntar o que *você* é.

— É bem conveniente que você se lembre de minha senioridade só quando lhe convém — comenta Seokga com frieza.

O jeoseung saja pisca — claramente sem saber o que deveria pensar dessa interação toda — e, com certa hesitação, retira o chapéu e revela o espantoso cabelo branco. Ele se curva.

— Olá. É um prazer conhecê-lo.

Seokga suspira, voltando a atenção ao ceifeiro. Funcionários corporativos. Tão chatos.

Ele torna a olhar para Shim.

— Por que exatamente ele está aqui?

O delegado esfrega o topo do nariz com cansaço, como se quisesse que Seokga aprendesse a ser mais educado. Seokga franze a testa. A falta de educação pouco importa a ele. Afinal de contas, é um deus. Aderir a padrões mortais é cansativo.

— Hyun-tae recolheu duas almas noite passada no centro de Nova Sinsi. Talvez você se interesse em saber das circunstâncias.

Um caso. Seokga endireita a coluna e, impaciente, gesticula para que o jeoseung saja comece a falar. Ele o faz, quase de maneira mecânica.

— Às onze da noite de ontem, no setor residencial do centro de Nova Sinsi, fui chamado para auxiliar na migração de almas de Iseung para Jeoseung. Dois homens mortais, de 21 e 22 anos, foram encontrados mortos na calçada por um pedestre que estava passando por ali. Não há testemunhas ao crime, mas...

— A causa foi um Indomável?

Hyun-tae assente.

— Possivelmente. Faltava o fígado em ambos os corpos.

Seokga ergue as sobrancelhas.

— Interessante.

*Uma gumiho Indomável?*

— Eu falei com as almas — acrescenta Hyun-tae. — Mas foi difícil me comunicar com elas, já que perderam suas línguas. — O rapaz continua, indiferente à tosse de surpresa de Shim. — Ao que parece, o agressor era uma mulher com garras.

Ah. Definitivamente uma gumiho.

— A parte mais interessante — prossegue Shim — é que às 22h54 da noite passada, recebemos relatos de um pico de energia no mesmo lugar em que os corpos foram encontrados. Foi o clarão de uma pérola de raposa. Um dos mais potentes de que ouço falar desde 1888.

— Esse ano me soa familiar — pondera Seokga.

Em 1888, ele esteve em Joseon, caçando uma imoogi elusiva que andava se empanturrando de criancinhas. Mas também tinha algo a mais exigindo sua atenção na época... algo na Inglaterra... algum Indomável...

— A Raposa Escarlate estava em Londres naquela época — explica o delegado. — Quinhentos homens, todos sem alma nem fígado. Cinco mulheres, todas massacradas das formas mais hediondas. Ela foi apelidada de Jack, o Estripador, pelos humanos...

*A Raposa Escarlate.*

A lendária Indomável das antigas, assim apelidada devido aos boatos de sua suntuosa juba de cabelo vermelho. A gumiho que matou mais pessoas do que qualquer outra até hoje. A gumiho que Seokga sabia que deveria, em algum momento, tentar deter.

Ele se empertiga de puro interesse. Londres, 1888. As lembranças estão voltando. Foi esse o ano em que o consumo de almas e fígados virou tabu. Antigamente o ato era praticado com moderação, mas, depois da confusãozinha da Raposa Escarlate, foi banido por completo por chamar atenção demais dos mortais sensacionalistas.

— Não — responde Seokga, devagar. — Não. Os assassinatos dos homens não estão relacionados aos das mulheres. Como toda gumiho, a Raposa Escarlate só ataca homens. As mulheres foram obra de Jack. A Raposa Escarlate matou Jack, o Estripador, em novembro de 1888. Especula-se que ele tenha sido sua última vítima.

Porque a isso se seguiu mais de um século de silêncio. A mais notória gumiho do mundo parecia ter desaparecido da face da terra. Até, bem provavelmente, a noite passada.

Muito, muito interessante.

Seokga põe-se de pé.

— Quero ver os corpos. E as almas também.

Hyun-tae se remexe, desconfortável.

— Toda alma deve ser transferida para Jeoseung em até duas horas depois do incidente de sua morte. No momento, cada um dos homens está aguardando julgamento pelo rei Yeomra. Faz parte dos procedimentos da empresa levá-los na hora.

Diante do semblante sombrio de Seokga, o jeoseung saja se encolhe e desvia o olhar.

Shim suspira, quase sem fazer barulho. Embora seu rosto não entregue nada, fica evidente, pela cadência de sua voz, que ele também está injuriado com esses "procedimentos da empresa".

— Detetive Seokga, os corpos estão no necrotério. Lee Dok-hyun está examinando-os neste instante.

Seokga pega a bengala, apoiada em sua mesa na abarrotada sala de trabalho dos haetae.

— Então vou fazer uma visita.

Se a Raposa Escarlate realmente retornou... Bem. É trabalho de Seokga capturá-la, e é isso que ele vai fazer. Anda a passos largos pela delegacia, sem perder tempo enquanto se dirige ao necrotério.

O lugar está quieto e parado quando Seokga passa pela porta, com os sapatos estalando no chão de azulejos. As paredes são brancas e desbotadas, com fissuras feito teias de aranha percorrendo a tinta grossa e cheia de calombos. No teto, as luzes vibram e zumbem, iluminando as mesas de aço e os lençóis brancos de maneira ofuscante. Ele torce o nariz de desgosto ao ver as câmaras mortuárias de aço em que os corpos costumam ser armazenados.

— Seokga.

Curvado sobre um dos corpos cobertos, Lee Dok-hyun, o patologista forense contratado pela delegacia, ergue o olhar. O doutor consegue dar um sorriso cansado, e Seokga não pode evitar sentir uma pontada de respeito. O trabalho do mortal não é fácil. Lee Dok-hyun é um dos poucos humanos que têm ciência do mundo sobrenatural ao seu redor — sua linhagem familiar foi escolhida, há muito tempo, para ajudar a servir os haetae dessa forma.

Lee Dae-song, o pai dele, também foi um habilidoso patologista. Um dos melhores do departamento policial. Dae-song faleceu há quatro meses de um ataque cardíaco, mas Seokga mal nota sua ausência.

Dok-hyun é basicamente o pai cuspido e escarrado: compartilha o mesmo nariz levemente torto, a silhueta magricela e a perceptível vista ruim (*comum para mortais*, pensa Seokga com desdém). Como o pai, usa um par de óculos tartaruga, que distorce as laterais de seu rosto devido ao grau elevado, e um jaleco preto com um haetae bordado em dourado, indicando seu cargo.

Ele também puxou o pai no trabalho hábil. O departamento de polícia esperava passar por contratempos após a morte de Dae-song, ao perder um dos patologistas, mas Dok-hyun parece querer se provar.

— Bom dia — cumprimenta Dok-hyun, cansado.

— Questionável.

Seokga se aproxima do patologista forense e observa de cima o que consegue identificar do corpo através do lençol. Um nariz aduncoergue o tecido alguns centímetros no rosto do homem moribundo. O deus se vira para Dok-hyun.

— Já começou a examiná-lo?

Dok-hyun balança a cabeça.

— Ainda não. Os haetae trouxeram os corpos para mim, mas tive a sensação de que você viria, então esperei.

Ele gira os ombros e olha para o lençol abaixo, com seus olhos cor de mel perspicazes e apagados, o que sugere que já viu muitas, muitas mortes. Dok-hyun não pode ter mais do que 30 e tantos anos, mas sempre parece ser bem mais velho durante esses momentos no necrotério. A ilusão apenas se intensifica por conta das novas mechas grisalhas proeminentes em seu cabelo escuro, que apareceram após a morte súbita de Dae-song.

— No entanto, estou ciente que falta o fígado de ambos os homens.

— Obra de uma gumiho — resmunga Seokga. — Sem dúvidas.

— Bem — diz Dok-hyun com um suspiro —, veremos.

Ele puxa para cima a máscara cirúrgica pendendo do pescoço.

— Kim Beom-seok — declara, baixando o olhar para a prancheta. — Vinte e um anos. Estudante da Universidade de Nova Sinsi. Homem.

— E morto — murmura Seokga, olhando para a cavidade abaixo do lado direito da caixa toráxica, manchada de sangue. — Muito, muito morto.

— Sim. E morto.

Dok-hyun chega mais perto da boca do cadáver, e Seokga observa enquanto, com cuidado, ele examina o ferimento tanto com os dedos quanto com um conjunto de pinças hemostáticas que pegou de um carrinho de metal ao lado.

— A língua sumiu — explica o médico devagar, examinando a boca. — Foi arrancada por... dedos. Arrancada por dedos com unhas muito, *muito* afiadas.

Ele olha na direção de Seokga, que inclina a cabeça de maneira felina, ponderando, com a mente aguçada formulando uma teoria.

— Não foram unhas — responde calculadamente. — Foram garras.

— Garras? — Dok-hyun franze a testa. — Foram atacados por uma gumiho em forma de raposa?

— Gumiho em forma humana conseguem invocar as garras quando querem — esclarece Seokga, encarando o cadáver. Embora seu rosto esteja paralisado pela morte, há uma crueldade subjacente ali, um quê de predador que faz Seokga apertar os lábios de repulsa. — Esta aqui certamente fez isso.

— Uma gumiho Indomável — concorda Dok-hyun, ainda examinando o corpo.

Seokga franze o cenho e uma memória vem à tona em sua mente. Uma lembrança de sussurros amedrontados sobre lâminas escarlate, adagas de um vermelho rubi cintilando em meio à noite, cortando carne. Aquelas facas outrora foram as armas preferidas da Raposa Escarlate.

— Você está vendo alguma marca de lâmina? Não das garras, mas de um par de adagas?

— Ah...

Dok-hyun fica sério enquanto se concentra, indo da boca até a cavidade no lado direito da caixa torácica.

— Vou precisar de alguns momentos para examinar este ferimento com mais calma — fala devagar, com os olhos estreitados por trás dos óculos —, mas, ao que parece, de fato foi feito com uma adaga. O corte é mais preciso. Mais exato. Até mais limpo.

Espiando o ferimento aberto, Seokga engole uma risada macabra. Se isso for mesmo obra da Raposa Escarlate... Bem. Será um caso muito mais interessante de acompanhar do que aquela patética mul gwisin da noite anterior.

A Raposa Escarlate está de volta.

— Estimo que o horário da morte tenha sido entre dez e cinquenta e onze da noite. — Dok-hyun olha para Seokga. — Gostaria de ver o outro corpo?

— Não há necessidade — responde Seokga, ainda mirando Kim Beom-seok. O indício de um sorriso sombrio faz os cantos de sua boca se repuxarem. — Já vi o suficiente.

CAPÍTULO SEIS

# HANI

—Só experimenta — diz Hani de forma encorajadora enquanto observa Somi cutucar de leve um dos fígados sangrentos no prato diante dela. Estão sentadas na cozinha de Somi, com Hani já vestindo o uniforme da cafeteria e Somi ainda de pijama listrado. — Você vai gostar. Prometo.

Ela foi correndo até o pequeno apartamento de Somi de manhã cedinho, carregando consigo um pote de fígado humano dentro de uma discreta ecobag de cotelê. Quase parece errado levar esses órgãos sangrentos para o apartamento impecavelmente limpo e imaculado de Somi, com o piso branco reluzente, mas não importa. Hani sabe que Somi vai descobrir que os fígados são o café da manhã ideal.

Em algum momento.

Assim que parar de ver aquilo como um tabu. O que Hani supõe que seja culpa sua para início de conversa.

— Ficou maluca?

Somi a encara. A luz do dia banha seu rosto perplexo com um brilho suave.

— Não acredito que você *matou* eles — sussurra ela, com a voz rouca. — Você matou mesmo e trouxe os fígados. Eu literalmente não sei o que dizer.

— Um simples "obrigada" já seria o suficiente. Você preferia que eles ficassem rondando as ruas de Nova Sinsi? — questiona Hani, erguendo uma sobrancelha. — São o tipo de praga do qual me comprometi a nos livrar.

— Por acaso os haetae...

— Os haetae não viram nada — garante Hani. — Além disso, esses caras eram ruins. E coisas ruins acontecem com caras ruins o tempo todo. Mas você vai ver que os fígados são deliciosos.

— Isso aqui é porque… eu perguntei qual…

— Não — responde Hani. — É porque eles me atacaram. Foi legítima defesa. Você quer? Só um pedacinho? Ninguém vai ficar sabendo. É o seu dia de sorte.

Somi pisca, ainda evidentemente em estado de choque.

— Hani, você sabe o que isso me lembra? — diz ela devagar.

— O quê? — pergunta Hani, curiosa.

Somi parece estar de estômago embrulhado.

— Quando um gato vai até o dono com um rato morto na boca e dá pra ele como um presente indesejado.

Hani bufa.

— Se não quer os fígados, é só falar. Eu vou enterrar eles lá fora ou coisa assim.

Ela estende o braço para recolher o prato, mas Somi a detém abruptamente ao colocar a mão esguia em seu pulso. Um lampejo de fome cruza o rosto da amiga, e Hani percebe que Somi tem agido como se estivesse enojada porque é como ela acha que *deveria* agir.

Mas na verdade…

— Espera.

A jovem gumiho fixa o olhar nos órgãos sangrentos, e Hani sente uma torrente de triunfo quando Somi lambe o lábio inferior. Sabe que a amiga está se lembrando da noite anterior, de quando Hani afirmou que um fígado é mais gostoso do que bulgogi.

— Ninguém vai saber? — sussurra Somi.

— Ninguém.

— Promete?

— Prometo.

Há uma fração de segundo em que Hani vê Somi se debatendo contra suas duas metades conflitantes: raposa e humana.

A raposa ganha.

Com mãos trêmulas, Somi ergue o fígado até a boca e afunda os dentes no órgão vermelho feito sangue. Hani a observa mastigar com os lábios manchados e depois engolir.

— Gostou? — pergunta, ansiosa, inclinando-se para a frente por cima da mesa de madeira. — Não é uma delícia?

O sorriso de dentes tingidos e lábios vermelho rubi de Somi é a única resposta de que Hani precisa.

✧

— Sinto que bebi uns quarenta cafés — sussurra Somi no ouvido de Hani e depois vira a placa da cafeteria, de FECHADO para ABERTO. — Sinto que bebi uns quarenta cafés e sete energéticos. Não consigo ficar parada.

Hani dá um meio-sorriso enquanto se dirige até o balcão.

— Dá pra perceber.

Somi não parou de tremer desde que acabou com o segundo fígado, lambendo os dedos com bastante satisfação.

— Mas tenta se acalmar — acrescenta Hani baixinho. — Você nunca tem tanta energia assim de manhã.

É verdade. Somi costuma estar com cara de sono e grogue às oito da manhã, mas com o tanto de poder que sua pérola de raposa absorveu, a garota é incapaz de se conter.

— Ninguém vai descobrir, né?

Somi segue atrás de Hani, que derrama os (asquerosos) grãos de café no moedor.

— Quer dizer, mesmo que eu esteja tão agitada? Não vão saber o que fiz só de olhar pra mim, vão? — O medo se infiltra em sua voz. — Ai, deuses. Ninguém vai descobrir, né?

— Eu já te falei — diz Hani, chacoalhando os últimos grãos para caírem dentro do moedor. — Vai ficar tudo bem.

Ela faz uma careta ao ligar a máquina. *GRRR. GRRR. GRRR. Porcaria de café*, pensa com amargura.

— Tem sangue na minha boca? — Somi meio que grita por cima do barulho. — Não tem, né?

A gumiho mais nova lavou a boca com água, depois com sabão, depois com enxaguante bucal, e por fim com mais sabão. Não há como ela ter deixado uma mísera gota de sangue passar. Hani nega com a cabeça, e tapa os ouvidos. Mas Somi ainda parece nervosa. *Tem?*, pergunta ela, apenas movendo os lábios, exagerando a palavra.

Hani dá de ombros, destampando os ouvidos e desligando o moedor. Ela matou quinhentos homens em Londres e se safou inteirinha. Aquilo nem se compara.

— Vai ficar tudo muito bem — garante mais uma vez a Somi, que não parece convencida. Hani suspira. — Se tivesse sangue, eu teria dito...

O sino da porta toca, sinalizando a chegada dos primeiros clientes da manhã. Somi se retira às pressas para vestir o avental. Hani estampa um sorriso educado no rosto enquanto um jovem jeoseung saja de cabelo branco e um haetae idoso em um sobretudo preto se aproximam do balcão.

— Bem-vindos ao Café das Criaturas. O que posso fazer por vocês hoje?

O haetae idoso sorri e os cantos de seus olhos dourados se enrugam, junto a muitas linhas de expressão.

— Vou querer um chá verde pequeno — diz ele. — E um café gelado pequeno, com uma colher de creme e uma de açúcar.

— E pra você?

Hani olha para o jeoseung saja que o acompanha. Nota que está encarando Somi com o que só poderia ser descrito como *paixão*. Sentindo o olhar, Somi, que está colocando gelo em um pequeno copo de plástico, ergue o rosto e cora um vermelho vibrante. Não de admiração, mas de desconforto por estar sendo encarada pelo ceifeiro.

— Ei. — Hani estala os dedos, desviando a atenção do garoto para longe da amiga. O haetae ri baixinho, meneando a cabeça envergonhado. — Olha pra cá.

— Ah. — O jeoseung saja logo se endireita, ergue o queixo e recoloca no lugar os óculos redondos de metal. — Eu... eu vou querer um café preto pequeno. Sem leite nem açúcar. Muito obrigado.

Achando graça, Hani se junta a Somi para começar a preparar as bebidas.

— O jeoseung saja tá olhando pra você — murmura enquanto mexe o café gelado.

O rapaz de cabelo branco está espiando Somi mais uma vez, claramente admirado.

Somi franze o cenho. Sua pele está pálida.

— Dá uma bronca nele de novo, então. A galera dele me dá arrepios.

Hani dá um sorrisinho antes de levar os copos até as duas criaturas.

— Aproveitem as bebidas — diz ao oferecer o recibo ao haetae. — Mas já vou avisando: beber chá e café gelado juntos vai te dar uma baita onda de cafeína.

O homem idoso sorri.

— O café não é para mim. Mas vou levar sua dica em consideração.

Desconfiada, Hani estreita os olhos. *Um café gelado, com uma colher de creme e uma de açúcar.* Ela observa a dupla se acomodar em uma mesa ali perto. O haetae deve trabalhar com Seokga na delegacia da cidade.

Hani se arrepende profundamente de não ter cuspido no café do deus quando teve a chance.

O dia está devagar no Café das Criaturas. Apenas alguns gatos pingados aparecem ao longo da manhã: um par de gumiho seguidas por um trio de haetae jovens apaixonados, mais alguns jeoseung saja, um punhado de semideuses e um dokkaebi de aspecto cansado que pede chá de uva-passa para uma visível ressaca. Sem ter mais clientes para atender, Somi se remexe, inquieta, mudando o peso de um pé para o outro, e Hani se ocupa beliscando mais um tortelete de cereja.

Enquanto mastiga, trechos da conversa do haetae idoso com o jeoseung saja chegam aos seus ouvidos. Ela escuta sem prestar muita atenção, mais focada no próprio café da manhã do que em qualquer outra coisa.

—… mais nas costas dele na delegacia do que nunca — fala o haetae. — Teria ajudado bastante falar com as almas das vítimas de ontem à noite, Hyun-tae. Se você puder mexer qualquer pauzinho dentro da sua empresa, eu agradeceria muito…

*As vítimas da noite anterior.* Hani para de mastigar. Ao seu lado, Somi está rígida.

— Unnie — diz baixinho, ofegante —, você acha que eles querem dizer…

— *Xiu* — retruca Hani, baixando o tortelete. — Tô tentando escutar.

Somi fica em silêncio.

O jeoseung saja bebe o café com calma.

— Sinto muito, senhor, mas, como eu falei, é um procedimento corporativo transferir as almas para as mãos de nosso CEO, o rei Yeomra, não mais do que duas horas depois da morte. É bem provável que elas já estejam sendo preparadas para reencarnar ou para descer até o inferno. — Ele pousa o café na mesa e acrescenta: — Mas o detetive Seokga parece mais do que capaz de lidar com a situação da Raposa Escarlate sem a ajuda delas. Como eu falei, os corpos estavam sem língua. Não tem lá muita coisa que eles poderiam dizer, de qualquer forma. Se quiser que eu te coloque em contato com meus superiores, delegado Shim, posso te passar as informações necessárias…

Ao lado de Hani, Somi emite um pequeno som que parece um engasgo.

— Hani — sussurra ela. — Hani, Hani, *Hani*…

Hani estapeia o ar em torno de Somi. A irritação faz seu sangue borbulhar.

*Seokga. Seokga é quem está cuidando do caso da Raposa Escarlate.*

Porque, aparentemente, existe um *caso da Raposa Escarlate*.

Caralho, porra. Mas que… ótimo.

Parece que ela subestimou grosseiramente a capacidade do departamento de segurança de Nova Sinsi. Xinga a si mesma baixinho por não ter atirado os corpos no rio Han, amarrados a pedras. Teria sido a coisa mais inteligente a se fazer, mas Hani está terrivelmente enferrujada, e agora as consequências olham bem na cara dela.

— Não, não. — Shim acena, cansado, com uma mão enrugada. — Isso não será necessário, Hyun-tae, obrigado. Estamos trabalhando na lista de suspeitos no momento. Trinta gumiho estavam presentes naquela área na noite passada, a julgar pelos lugares onde trabalham e moram. Nós vamos...

— Hani — chama Somi de novo, dessa vez sussurrando as palavras com uma cadência esganiçada. — Tá ouvindo eles? Ai, deuses, ai, *deuses*...

Algo denso e pesado se assenta no estômago de Hani enquanto Somi começa a hiperventilar.

Os detetives verão, cedo ou tarde, que as duas estavam no mercado próximo à cena do crime.

Hani sente falta da época em que o mais próximo que existia de câmeras de segurança eram ajumma fofoqueiras que não sabiam segurar a língua. Ambas serão chamadas para um interrogatório e, se por um lado Hani tem lindas lágrimas de crocodilo, Somi *já está* suando frio ao lado dela.

Não importa que os documentos de Somi digam que ela é só uma bebê; documentos podem ser forjados. Os de Hani certamente foram. Do jeito que Somi já está ofegando tresloucada e segurando seu braço com força... isso não parece, Hani percebe, nada bom.

Ela sabe que fará qualquer coisa para se proteger das suspeitas dos haetae. Por mais que ame Somi, seu senso de autopreservação supera em muito a possibilidade de simplesmente admitir o que fez para livrar a amiga da investigação.

Eles então se voltarão à gumiho nervosa, estabanada e pingando suor, que parece se sentir muito, *muito* culpada... e que possui uma pérola de raposa repentinamente poderosa se agitando. Hoje em dia existem exames que conseguem evidenciar esse tipo de coisa. Mentalmente, Hani xinga veementemente as tecnologias modernas.

— Hani — sussurra Somi de novo. — Ai, meus deuses... — Ela está prestes a chorar. — Eles vão descobrir o que você fez, o que *eu* fiz...

A respiração dela está rasa e acelerada.

Hani não se dá ao trabalho de mencionar que, tecnicamente, Somi não é a verdadeira criminosa ali. A afirmação de que Somi foi persuadida a comer os fígados *poderia* ser sustentada no tribunal, mas com certeza não refletiria muito bem em Hani. Para ser mais precisa, provavelmente levaria a jovem gumiho a forçar Hani a confessar que foi ela quem matou os dois homens. E Hani não quer confessar.

— Vou cuidar disso — murmura para Somi pelo canto da boca, embora ainda não saiba *como*. — Você está agindo de forma muito suspeita. Vai fazer um café ou coisa assim.

Ela dá um empurrãozinho em Somi com o quadril e volta a atenção para o delegado Shim e Hyun-tae.

O velho haetae está suspirando e tomando mais um gole do chá. Ele dá batidinhas na tampa do café que provavelmente será levado para o deus caído.

— Ele está sobrecarregado, sabe.

— Ah! — exclama Hyun-tae, de testa franzida. — Não me surpreende. A penitência dele é... todos nós já ouvimos falar.

O delegado parece triste. Muito, muito triste.

— Sinto pena dele — murmura o sujeito, mais para si mesmo do que para o jeoseung saja. — Em muitos aspectos, ele ainda é uma criança. Petulante e magoado, abandonado e tão solitário. Tão, tão solitário.

Shim suspira.

Hyun-tae pigarreia, um pouco constrangido.

— Já pensou em contratar um assistente para ele?

— Com toda certeza já — responde Shim, cansado. — Quando coloquei um anúncio de "contrata-se assistente" no site de busca por empregos de Nova Sinsi, esperava receber uma enxurrada de candidaturas de criaturas dispostas a auxiliar na delegacia. Mas até agora não chegou nenhuma. Provavelmente por conta do, *hã*, infame humor de Seokga.

Hani pisca. *Interessante*.

— Sinto que um assistente aliviaria em muito a carga de trabalho do deus.

Hani inclina a cabeça em extremo interesse quando o delegado responde:

— Exatamente. Mas ele não admite que precisa de ajuda. E tenho a impressão de que o caso da Raposa Escarlate vai consumi-lo por inteiro. Quando Seokga dá início a um caso, não para por nada até concluí-lo.

— Um assistente para Seokga — murmura Hani para si mesma conforme sua mente astuta e maliciosa começa a se agitar.

*Um assistente para Seokga...* Aquilo lhe foi entregue de bandeja. Talvez Gameunjang, a deusa da sorte, tenha decidido brincar com Seokga ao tornar aquele um dia muito, muito promissor para uma certa Kim Hani.

— Espero que você pague uma bela quantia a quem quer que seja tolo o bastante para aceitar esse trabalho — resmunga Hyun-tae. — Aquele deus tem pavio curto.

— E por isso estou disposto a oferecer compensações.

*Hmm.* Um sorriso repuxa os lábios de Hani enquanto ela espia o delegado. *Seokga precisa de um assistente. E o salário é bom.*

Ora, ora, ora.

Essa pode ser mesmo uma boa oportunidade para ela.

Trabalhar lado a lado com aquele deus insuportável e conduzi-lo na direção oposta dela e de Somi. Dar conta da confusão em que ela, de alguma forma, meteu Somi. E se proteger.

Porque, embora Hani jamais tenha sido pega, não quer assumir nenhum risco e ser mandada para Jeoseung por conta de seus crimes anteriores. Não, ela quer que a Raposa Escarlate continue obscura, uma lenda urbana, até que esteja faminta mais uma vez e possa ressurgir de seu jejum com toda a ferocidade de um urso que hibernou durante um inverno excepcionalmente longo. E, se Seokga meter o nariz arrebitado onde não é chamado e usar a mente espertinha até demais dele para, de alguma forma, desmascarar a verdadeira identidade da Raposa Escarlate, desvendando as mentiras que ela inventaria sob interrogatório... Hani não vai assumir qualquer risco. Não quando esta oportunidade aparece diante dela, brilhante e dourada, para levar Seokga a procurar agulha no palheiro enquanto sua assistente.

Muito pelo contrário, sua proximidade deve fazer com que ele suspeite menos dela. Só uma tola se colocaria tão perto de quem a caça.

Conseguir o emprego. Afastar Seokga de Somi. Entrar no jogo.

A parte raposa de sua mente se deleita ao pensar em fazer Seokga, o Caído, de bobo. De muitas maneiras, estaria se vingando pela tendência dele de levar sua atitude de merda até o Café das Criaturas.

Esse será um caso que Seokga jamais resolverá.

E talvez consiga algo ainda melhor.

Hani também já ouviu falar do preço da penitência de Seokga. Seria uma pena enorme se alguém o impedisse de pagá-la. Se uma nova e atrapalhada assistente, de algum modo, estragasse todas as suas empreitadas... se os Indomáveis começassem a escapar das garras de Seokga.

*Eu sou um gênio*, conclui Hani. *Sou genial, porra.*

É quase como se Somi conseguisse sentir a linha de raciocínio de Hani. Ela volta às pressas para o seu lado, ainda suando litros.

— Unnie...

Mas Hani já está meio disparando, meio saltitando até a mesa do delegado.

— Eu aceito — declara. — Eu aceito.

O delegado Shim pisca em sua direção, confuso.

— Perdão, o que disse?

— O trabalho — explica ela de uma vez. — Eu... eu por acaso ouvi que Seokga, o Caído, precisa de uma assistente.

Hani está terrivelmente ciente de que Somi está balançando a cabeça desesperada atrás do balcão, então lhe faz um gesto por trás das costas pedindo para *se acalmar*.

— Estou disposta a aceitar. Aceitar ser a assistente dele, digo. Senhor — acrescenta depois de um tempo.

O delegado parece estar tentando reprimir a risada.

— Você é bem animada, não é?

O rapaz que o acompanha observa Hani com curiosidade.

— Verdade seja dita — continua Hani, as palavras jorrando pelos lábios —, eu odeio esta cafeteria. Minha chefe é maluca. Ela fica carregando uma bolsa roxa medonha por aí e me faz comprar memil-muk para ela. Então eu adoraria ser a assistente de Seokga. — Hani sorri com tanta vivacidade e inocência quanto consegue. — Posso disponibilizar uma cópia do meu currículo...

— Não será necessário — interrompe Shim, com um brilho nos olhos que quase lembra o de um avô. — Só responda a três perguntas. Se acertar as respostas, o emprego é seu.

Hani assente, sem fôlego.

— Você fica enjoada perto de cadáveres?

— Não — responde, um pouco rápido demais. Shim arqueia uma sobrancelha, e Hani se atrapalha para se explicar. — Quer dizer, não, não acho que vou ficar.

Ela dá um sorriso imbatível.

O delegado haetae parece satisfeito.

— É esse o espírito que gostamos de ver no departamento de polícia — concorda ele com jovialidade. — Certo, próxima pergunta. Você se opõe a longas jornadas?

*Sim*. Sono de beleza é uma parte essencial da rotina noturna de autocuidado de Hani. Mas ela se força a negar com a cabeça. Não haverá sonos de beleza se for mandada para Jeoseung. É bem pouco provável que o rei Yeomra lhe permita reencarnar depois de seu pequeno incidente em Londres.

— Ah, não. De forma alguma.

— E por último, mas não menos importante...

Hani prende a respiração.

— Está disposta a fazer café para Seokga?

— Ah — responde Hani, com um sorriso se alargando em seus lábios —, ah, *pode apostar.*

## CAPÍTULO SETE

# SEOKGA

Seokga franze o cenho enquanto passa os olhos pelo monitor do computador que exibe a gravação das câmeras de segurança de duas noites atrás, quando dois jovens foram brutalmente assassinados pela Raposa Escarlate. Para seu eterno sofrimento, não havia câmeras — nem uma sequer — posicionadas na rua Bomnal, onde o crime ocorreu. Como resultado, ele esteve, durante as últimas três horas, repassando todas as gravações disponíveis da cidade naquela noite, estreitando os olhos a qualquer sinal de atividade fora do normal, qualquer sinal de uma gumiho dirigindo-se à rua que se tornaria a cena do crime.

Mas, até agora, não encontrou nada. Todas as gravações estão difusas e embaçadas, e a câmera instalada na rua logo antes da localização desejada ficou coberta durante meia hora por uma mariposa particularmente gorda que decidiu usar a lente como lugar de descanso naquela noite.

— Inseto maldito — resmunga Seokga, esfregando os olhos cansados.

Está na delegacia desde as duas da manhã, determinado a conseguir ao menos um vislumbre de uma possível suspeita. Mas não há nada, nadica de nada, graças àquela *maldita mariposa*. Como se não bastasse, o DNA encontrado nos cadáveres não corresponde a nenhum registrado na Coreia do Sul, China, Japão, Tailândia, Inglaterra, França, Espanha, Itália, Austrália, Estados Unidos, México ou mesmo na Cidade do Vaticano.

*Documentos podem ser falsificados*, lembra Seokga a si mesmo. Não esperava que o caso fosse resolvido tão rápido graças ao fácil acesso a um banco de DNA. Ele sabe que está só começando.

Mas não há qualquer pista, tirando a informação de que as armas usadas eram garras de gumiho e, possivelmente, as infames adagas da Raposa Escarlate.

Seokga suspira fraco e desliga o monitor. A delegacia ainda está relativamente silenciosa de manhã cedo, sem nenhum barulho a não ser o ruído regular da impressora que aos poucos cospe a pilha de papelada que ele precisará preencher mais tarde graças às quatro cheonyeo gwisin Indomáveis que despachou na noite anterior. As fantasmas virgens estavam erigindo estátuas fálicas grosseiras por toda a cidade... estátuas que *continuam* lá mesmo depois que as quatro gwisin foram despachadas. Ele terá que pedir ao delegado Shim que envie alguns haetae para desmantelá-las, ou aguardar até que a cidade perceba e acabe fazendo isso por conta própria.

Seokga gira o pescoço e observa cansado a delegacia. De manhãzinha, os cubículos que o cercam ainda estão vazios, exceto por aquele onde um haetae de aspecto abatido praticamente entorna um café gelado enorme. Seokga esfrega as têmporas. O que não daria por um café naquele momento.

Ele começa a dar conta da papelada, mal erguendo o olhar quando ouve a porta do lugar se abrir, permitindo a entrada do zumbido e do burburinho da cidade lá fora. Sem dúvidas é o delegado Shim se preparando para dar uma bronca em Seokga por estar na delegacia tão cedo...

Mas é um par de saltos altos que estala no piso de azulejos encardido, e unhas ovais pintadas de rosa que se fecham na beirada da divisória de seu cubículo.

— Bom dia — cumprimenta uma voz feminina com alegria... alegria demais.

Aquela voz. Seokga ainda está encarando as mãos delicadas segurando a divisória da mesa. Aquela voz soa terrivelmente familiar...

Aos poucos, ele ergue o rosto até a mulher observando-o de cima, com o que só poderia ser descrito como o sorriso de um tubarão. Mais especificamente, o sorriso de um tubarão prestes a devorar uma presa excepcionalmente deliciosa.

*Que porra é essa?*

Ele precisa de um instante para identificá-la. Não que nunca tenha sido bom em lembrar rostos, mas é que Seokga não se importa de registrar qualquer semblante a não ser o seu próprio.

Ela é pequena e esbelta, com um cabelo castanho ridiculamente volumoso e olhos angulares que cintilam quando encontram os dele. Lábios vermelhos reluzentes se alargam em um sorriso predatório, exibindo dois pequenos caninos brancos e afiados que espetam o lábio inferior. A mulher agita os dedos para cumprimentá-lo. Parece estar perguntando: *Lembra de mim?*

Seokga a imagina vestindo um avental marrom, segurando um copo de café doce demais, e, ao reconhecê-la, dá um sorriso de escárnio.

— Você — diz com frieza, empertigando-se, indignado, e destilando ódio gélido pelo olhar. A arremessadora de café do Café das Criaturas. — O que é que *você* quer?

Ela faz beicinho, mesmo que pareça estar reprimindo uma risada de divertimento.

— Você não é lá muito legal, sabia? — reclama. — Até me levantei cedo pra chegar aqui a tempo.

— A tempo?

— Não ouviu por aí? — pergunta a mulher com doçura. — Sou sua mais nova assistente.

Seokga pisca.

A mulher pisca.

E então Seokga se ergue da mesa, com a mandíbula e a voz tensas de irritação, e diz:

— Não faço ideia do que você está falando, mortal.

— Mortal?

Ela não parece nem um pouco impressionada quando Seokga a olha feio, pelo menos trinta centímetros mais alto do que ela.

— Eu sou uma gumiho, obrigada. A frase certa seria "Não faço ideia do que você está falando, *imortal*". Mas vou deixar passar. Dessa vez.

Embora agora esteja usando o tratamento correto para se dirigir a ele, seu tom é visivelmente de deboche. A jovem parece perceber sua ira e o sorriso dela se expande.

Seokga range os dentes no mais puro e autêntico ultraje.

— Saia daqui.

— Não — responde ela, alegre. — Eu fui contratada. A partir de hoje, sou sua fiel auxiliar.

E ela faz um joinha. Um *joinha*.

Quanta audácia.

— Quem te contratou?

Porque, com toda certeza, não foi ele.

— *Booom...* — A gumiho olha em direção às portas da delegacia. — Foi ele.

Seokga sabe, sem nem precisar olhar, que o delegado Shim entrou no recinto.

— Shim! — exclama entre dentes cerrados enquanto o haetae mais velho tenta se esgueirar para dentro da sala sem ser notado. — Eu gostaria de trocar uma palavrinha com você.

Com um suspiro, o delegado se dirige até a mesa de Seokga. Ele dá um pequeno sorriso de desculpas para a gumiho antes de se voltar para o deus.

— Por acaso você contratou uma assistente para mim quando eu *explicitamente* falei para *não fazer isso*? — questiona Seokga.

Shim exibe uma careta.

— Detetive Seokga, esta é Kim Hani. E, sim, ela irá te auxiliar. Eu a contratei ontem.

A gumiho, Hani, sorri.

— Viu? Eu fui *contratada*.

— Eu trabalho sozinho — vocifera Seokga para Shim, sentindo pontadas no peito. Percebe, um instante depois, que se sente *traído* pelo haetae. Traído. Aquela conclusão faz seu sangue borbulhar. — Eu já te falei isso, velhote. Leve-a de volta para a cafeteria onde ela pode derramar bebida em outras pessoas.

Shim não se abala. Pelo contrário, só fica mais austero.

— Detetive, seus modos são pavorosos... — Seokga exibe um sorriso de desdém, mas Shim continua: — e eu não irei demitir Hani. A partir de hoje, ela *será* sua assistente. Irá te ajudar com a papelada, a limpar a bagunça que você deixa pra trás com os Indomáveis, e te fazer café.

O sorriso de Hani é doce demais para o gosto de Seokga. Ele enrijece a postura.

— Eu não quero ela fazendo o meu café — declara, rangendo os dentes. — Nunca. — Não depois daquele pequeno *incidente* envolvendo um terno encharcado. — Eu não a quero aqui. Livre-se dela.

Seokga observa, levemente incrédulo, Hani estremecer, arregalar os olhos e corar levemente no nariz e nas bochechas. Lágrimas surgem em seus olhos angulares castanho-vinho, e seu lábio inferior treme.

— Você...

— *Detetive Seokga* — chia o delegado Shim. –- Como ousa? A jovem Hani aqui se ofereceu para te ajudar, e você deve tratá-la com o devido respeito. — O haetae afaga o ombro de Hani para confortá-la. — Não se importe com ele, querida. Não passa de um velho amargurado.

Shim mira o olhar furioso em Seokga e não vê o jeito com que Hani curva os lábios em um sorriso de canto satisfeito e dá uma piscadinha arrogante para o deus caído.

*Raposa dissimulada.* Seokga fecha a cara e aponta para ela com um dedo rígido.

— Você por acaso não viu...

Mas Hani já voltou ao teatrinho, parecendo mal conseguir conter as lágrimas sob o olhar confuso de Shim.

— Já chega, Seokga. — O tom do delegado não deixa margem para qualquer objeção. — Hani é sua assistente. Trate-a com gentileza ou vou entrar em contato com o imperador Hwanin. Tenho certeza de que ele adoraria saber como seu irmão mais novo tem passado em Iseung.

Com uma expressão severa, o sujeito se retira, se dirigindo à própria mesa bem aos fundos da sala.

Ainda com a sensação de estar sendo vigiado pelas costas, Seokga fecha os olhos e conta até dez bem devagar, em uma tentativa de retomar o controle sobre seu temperamento. No entanto, não consegue chegar sequer no sete. Porque Kim Hani botou um chiclete na boca e está mascando-o da maneira mais desagradável possível. Ele abre os olhos bruscamente.

— Será que dá para parar com isso? — demanda Seokga.

Ela faz uma enorme bola rosa que quase esconde todo o seu rosto antes de explodir com um *pop* audível.

— Então — diz Hani, ignorando o pedido anterior —, Shim falou que você está atrás da Raposa Escarlate.

— Entre outras criaturas — resmunga Seokga, aos poucos voltando a se sentar à mesa.

— Hmmm. — Hani masca o chiclete e olha ao redor da delegacia. — Sabe, eu achei que este lugar teria um pouco mais de... decoração. Por acaso o mau estado é parte da sua penitência?

Ele torna a fulminar aquela raposa insuportável com o olhar.

Ela faz uma bola muito, muito grande.

Seokga a observa sorrir por trás dela e estourá-la com um estalado magnífico.

O deus suspira, esfregando o topo do nariz.

— Vai... vai fazer alguma coisa útil — murmura. *Vai embora. Por favor.*

— Tipo o quê? — Hani inclina a cabeça. — Você gostaria de um café?

Sim.

— *Não.*

Seokga larga a caneta na mesa, revirando a mente atrás de uma lista de coisas que sua *assistente* pode fazer longe dele.

— Então a gente vai sair pra caçar? — Hani parece interessada. — Os Indomáveis, quer dizer. A Raposa Escarlate?

— Assim que o delegado Shim me passar um caso — declara Seokga, contrariado. — Aí *eu* vou caçá-los. Mas você...

Ele abre um sorriso vagaroso e frio ao enfiar a mão no bolso e retirar uma porção de notas amassadas.

— *Você* pode ir comprar meu café da manhã.

CAPÍTULO OITO

# HANI

—O QUE ERA PRA VOCÊ ESTAR FAZENDO AGORA? — QUESTIONA Somi quando Hani se aproxima do balcão do Café das Criaturas. — Pensei que estivesse trabalhando na delegacia, do outro lado da cidade, dando andamento ao seu plano suicida biruta. Aliás, por acaso você tá *tentando* fazer a gente parecer suspeita?

Gotas de suor se acumularam sobre o lábio superior da jovem gumiho e encharcaram as axilas de sua camisa. Está fedendo a terror e culpa com um quê potente de vergonha.

— Acho que a gente deveria se esconder. Acho que vou me esconder. Não quero ir presa. Não quero ser interrogada! Acha que eles usam tortura?

Hani estreita os olhos.

— Fala *baixo* — sibila.

Há uma fila às suas costas.

Ela torce para que Somi consiga dar conta daquilo; afinal, era para estar trabalhando com ela naquele dia, e agora, como se não bastasse a constante crise de culpa, Somi também tem que lidar sozinha com a correria matutina da cafeteria.

A jovem gumiho limpa a testa e pisca rápido.

— Vou desmaiar — declara ela. — Vou desmaiar e aí vou acordar na *cadeia*. Ai, deuses. Quanto tempo é a pena por comer o fígado de alguém? Um século? Um milênio?

— Você não vai acordar na cadeia.

O pânico de Somi faz Hani se sentir ainda mais segura de sua decisão de trabalhar para Shim.

— Eu te falei, deixa comigo, tá bom? Nem vão olhar na sua direção. Prometo.

— Eu não preguei o olho ontem à noite — diz Somi. Depois, com um dedo trêmulo, aponta para suas olheiras escuras. — Toda vez que eu ouvia um barulho, eu pensava que ia ser *presa*...

— Somi — esbraveja Hani. — Fala. *Baixo*.

Somi pisca devagar. Depois pigarreia.

— Veio fazer um pedido? — pergunta em voz alta, como se aquilo fosse neutralizar qualquer coisa que a fila atrás de Hani possa ter ouvido.

— Na verdade, sim.

Depois de ter sido dispensada por Seokga com o pedido de lhe levar café da manhã, Hani decidiu, por pura maldade, deixar o deus esperando, esfomeado, por tanto tempo quanto conseguir. A julgar pela pilha de papelada, ele não vai deixar a mesa para caçar tão cedo, de qualquer forma. Então Hani pegou um táxi até a cafeteria, onde planeja passar um bom, bom tempo conversando com Somi.

— Seokga quer café da manhã.

Somi balança a cabeça e começa a roer as unhas.

— Eu costumava me perguntar como ele prefere que seus ovos sejam preparados de manhã — sussurra em uma voz débil e aguda. — Agora me pergunto se ele vai me prender.

— *Somi*.

Ela pisca rapidamente.

— Não consigo mesmo acreditar que você me deixou aqui. E se ele vier atrás de mim enquanto estiver trabalhando sozinha?

— Ninguém vai vir atrás de você. E eu vou voltar em algum momento — promete Hani em voz baixa, atenta aos aglomerados de jeoseung saja e o punhado de semideuses se remexendo, impacientes, às suas costas —, assim que Seokga deixar de lado o caso da Raposa Escarlate. Mas agora eu vou querer dois torteletes de cereja, um matcha latte, um café gelado com sete colheres de creme e sete de açúcar. Na verdade, oito de cada.

Somi parece absolutamente horrorizada.

— *Não*.

— Sim.

Hani sorri com prazer.

— Você vai mesmo fazer ele me matar. — Somi reprime um suspiro profundo e balança a cabeça, mesmo conforme digita o pedido com força. — Tá. Tá bom. Já vai.

Hani sorri e entrega o dinheiro de Seokga. Os torteletes de cereja são para ela, assim como o matcha latte. Mas o café... Bom, *isso* é para ele.

Enquanto aguarda Somi preparar o pedido, Hani espia a crescente fila com uma pontada de culpa. Sem ela, a jovem gumiho está tendo que pegar o pedido dos jeoseung saja, apesar do medo que sente deles. Só lhe resta esperar que um funcionário de meio período seja logo contratado... Espera aí.

Hani estica o pescoço de interesse.

Ali, bem ao final da fila, está o jeoseung saja de cabelo branco do outro dia. Chang Hyun-tae. Ele segura o chapéu nas mãos, apertando a aba de nervosismo ao observar Somi, levemente corado. E, embora esteja mais abatido do que ela se lembra (ele deve precisar de um pouco de cafeína para ajudar com as longas horas de trabalho de um jeoseung saja), Hyun-tae parece animado de ver Nam Somi.

Hani inclina a cabeça. Aparentemente, alguém está apaixonado.

Ela continua a observá-lo conforme belisca os torteletes numa mesa ali perto. Apesar de tudo, Somi está lidando com os vários jeoseung saja muito bem. Embora ainda desvie o olhar dos ceifeiros, seu profissionalismo é algo a se admirar. Hani bebe seu latte ruidosamente enquanto Hyun-tae chega até o balcão, endireita os óculos com nervosismo e diz, em um tom estranhamente formal:

— Olá.

Se Somi o reconhece, não deixa isso transparecer; mais porque seus olhos estão fixos em um ponto acima da cabeça de Hyun-tae.

— Bem-vindo ao Café das Criaturas... — A voz dela vacila, e ela se interrompe. Está suando ainda mais agora, coisa que Hani não achava ser possível.

— Eu gostaria de um café preto pequeno, sem creme nem açúcar — devolve Hyun-tae de imediato, como se estivesse respondendo a uma pergunta na sala de aula. — Muito obrigado.

Enquanto Somi faz o café, Hyun-tae troca o peso de um pé para o outro. E aí...

— Eu vi a placa na porta — comenta ele para Somi quando a jovem gumiho lhe entrega o café. — Estão contratando um funcionário de meio período?

Os olhos de Somi saltam até ele, arregalados, depois desviam na mesma hora para um ponto bem acima do cabelo branco do sujeito.

— Eu... Você já não tem um emprego?

— Tenho. Sim, eu tenho. — Hyun-tae pigarreia. — Mas meu horário não é tão ruim. Eu adoraria ter outro trabalho. De tarde.

— Você adoraria ter outro trabalho? — Somi parece desconfiada, duvidosa, entretida e amedrontada, tudo ao mesmo tempo. — É sério?

— Eu...

Hyun-tae fica paralisado quando um rádio chia dentro do bolso de seu casaco. Rapidamente retira o walkie-talkie e pressiona um botão no formato de uma caveira. Hani presta atenção, com as orelhas se contraindo enquanto sondam a estática com curiosidade, tentando desvendar o que está sendo dito do outro lado.

— *Chang Hyun-tae* — diz uma voz masculina grave —, *temos uma alma perdida zanzando por Nova Sinsi perto do parque municipal. O corpo foi descoberto há pouco no setor residencial. Os haetae já foram alertados. Parece ter sido um ataque de algum Indomável. Por favor, dirija-se até lá imediatamente. Câmbio.*

Um ataque de algum Indomável. Hani põe-se de pé.

Seokga sem dúvidas será chamado até a cena do crime. E, como sua assistente, ela deve auxiliá-lo a encontrar o culpado.

Mas, como alguém que tem contas a acertar com aquele deus, ela deve estragar por completo sua tentativa de encontrar o Indomável.

Hani já saiu pela porta e está correndo com um sorriso muito, muito presunçoso no rosto quando Somi solta um som incrédulo às suas costas.

✦

Hani irrompe pelas portas da delegacia haetae e logo dá um encontrão em Seokga.

— *Ai!*

Ela cambaleia para trás, com a testa ardendo onde colidiu com o queixo (bem pontudo) de Seokga. Pisca para fazer as estrelas desaparecerem de sua visão enquanto Seokga a encara, furioso e autoritário. Seus olhos verdes afiados estão lampejando com um ódio expressivo conforme ele esfrega o queixo avermelhado.

— Sugiro que você olhe pra onde está indo — diz abruptamente, apertando aquela bengala dele. A imoogi prateada a observa cheia de raiva com aqueles olhinhos pretos redondos de pedra.

Hani cerra os dentes, ainda piscando para espantar os pontinhos de luz da vista, e empurra o café gelado na direção do deus caído.

— Aqui — esbraveja ela. — O café da manhã.

Seokga espia a bebida uma única vez e sua carranca se acentua.

— Não. Agora, mexa-se. — Ele a contorna. — Tenho que ir para outro lugar.

— É o corpo? — pergunta Hani, interessada.

Não consegue evitar a curiosidade diante da possibilidade de examinar a cena de um crime que não foi *ela* que cometeu.

Seokga se vira.

— Como você sabe? — Ele estreita os olhos. — E, antes que pergunte, não, você não vai me acompanhar desta vez.

— Eu não estava planejando *perguntar* — responde Hani com doçura, tomando um gole do café de Seokga e imediatamente se arrependendo. Mesmo com oito colheres de creme e açúcar, café ainda é a pior bebida criada pelo ser humano. Ela tenta não vomitar. — Sem querer eu ouvi a mensagem que um jeoseung saja recebeu na cafeteria. Sei pra onde você vai, e eu *vou* junto. Sou sua assistente, afinal. Te acompanhar é meu dever sagrado. Além disso, se me deixar pra trás, vou reclamar com Shim, que irá reclamar com seu irmão. — Hani alarga o sorriso. — Então, sim, eu vou te acompanhar, Seokga.

O deus caído fecha os olhos e Hani tem a nítida impressão de que ele está tentando contar até dez, como suspeitou naquela manhã. Ela o deixa chegar até o sete antes de dizer:

— Você vai de táxi? Ou tem carro?

Seokga abre os olhos.

— Tenho carro.

Ela inclina a cabeça, interessada.

— Posso dirigir?

— Não. — Aquela palavra mal passa de um rosnado muito agitado e extremamente homicida. — Não, não pode. Você *pode* se sentar no banco de trás e se manter calada.

Os olhos dele lampejam.

— E se interferir na investigação, gumiho, eu prometo que irá sofrer.

Ela o encara, indiferente.

— Não vou interferir — mente.

Ele fecha a cara.

— Estou falando sério.

— Sim, tenho certeza de que está — diz ela com suavidade, e observa com deleite Seokga se enrijecer de indignação e abrir a boca para dar uma resposta cáustica antes de abruptamente fechá-la, se virar de costas e sair a passos largos da delegacia.

Hani o segue, achando uma graça absurda daquilo.

## CAPÍTULO NOVE
# SEOKGA

As juntas dos dedos de Seokga estão brancas em volta do volante enquanto a gumiho apoia os pés no painel do carro, deixa a mão pender para fora da janela aberta e sorri para o deus de um jeito que sugere que, sim, ela sabe *exatamente* o quanto o está irritando. Fez questão de ignorar sua ordem para se sentar no banco traseiro, e em vez disso se jogou ao lado dele e falou, alegre:

— Que carro maneiro.

Ele sorriu de desdém, apesar de uma parte de si ter se envaidecido. Sim, seu carro é certamente maneiro. Aquele elegante Jaguar XJS preto é seu segundo bem mais precioso (o primeiro, é claro, é sua espada). Por isso, o deus sibila do canto da boca:

— Tire os pés do painel, raposa.

Hani revira os olhos conforme os dois se entremeiam pelas ruas da cidade. Em vez de fazer o que lhe foi pedido, a gumiho abre o espelho diante do assento e afofa o cabelo já tremendamente fofo.

Seokga resmunga baixinho um xingamento desagradável e endireita os óculos de sol no nariz, uma vez que o sol matutino arde ainda vivo sobre a cidade. Estão se aproximando do setor residencial. Desconfiado, ele se pergunta que tipo de ataque Indomável foi aquele. O delegado Shim estava excepcionalmente pálido quando deu o endereço a Seokga e prometeu encontrá-lo lá. Talvez a Raposa Escarlate tenha agido mais uma vez. Esse pensamento o faz tensionar a mandíbula enquanto entra com o carro no estacionamento de um condomínio de apartamentos e para entre a viatura de Shim e o carro funerário longo e preto que, sem dúvidas, pertence ao jeoseung saja. Uma fita zebrada policial de um amarelo vibrante está bloqueando a entrada do apartamento, onde o haetae e o ceifeiro de cabelo branco o aguardam. Bastante presunçoso, Seokga percebe que o ceifeiro perdeu o entusiasmo jovial. Em seu lugar, há o tipo de fadiga fúnebre marcada pelas sombras roxas abaixo dos olhos. O deus se pergunta quão brutal foi o assassinato.

Ele sai do carro com Hani em seu encalço, e os saltos dela esmagam a calçada de cascalho. Seokga suspira de irritação amargurada. Kim Hani está provando ser uma pedra em seu sapato. *Talvez*, pensa ele enquanto se aproxima do delegado, *ver cadáveres a assuste e ela vá embora*. Reconfortado por essa possibilidade, Seokga acena com a cabeça, cumprimentando com educação ambos os homens.

— E a vítima?

Hyun-tae gesticula para o carro funerário preto.

— A alma está esperando ali dentro — responde, breve. — Acabei de recolhê-la. Ela morreu na noite passada. Estão esperando que eu vá para Jeoseung pela Estrada Hwangcheon em breve, então, se quiser falar com ela, a hora é agora.

O delegado Shim olha para Seokga.

— O corpo foi encontrado por um vizinho humano há meia hora. Interceptamos a ligação para a polícia e a redirecionamos para a nossa linha. Parece ter sido um ataque de algum Indomável. A vítima era uma gumiho.

*Uma gumiho.* Seokga arqueia a sobrancelha. *Interessante.* Estava esperando outro par de corpos humanos masculinos com o ressurgimento da Raposa Escarlate, mas o fato de a vítima ser uma gumiho amassa suas expectativas e as atira para dentro de uma lata de lixo. Sem saber se deveria se sentir aliviado ou decepcionado, Seokga assente e, ao seu lado, Hani estremece.

— Vocês já tem um nome? Uma idade?

— Ah. Sim.

Shim olha para Hyun-tae, que se empertiga e pigarreia.

— Cho Euna — recita de uma vez só. — Na forma humana, 22 anos. Idade total, incluindo o tempo que viveu como raposa, é 1.022. Antiga funcionária na...

— É só disso que preciso. — Seokga observa o carro funerário. — Ela está ali?

Hyun-tae faz que sim com a cabeça.

— Serei breve — diz Seokga e se dirige até o carro. Para sua indignação, Hani se junta a ele. Ele se detém para olhar feio para ela. — Fique aqui. Eu vou sozinho.

— Não.

Os olhos dela estão vívidos e os lábios, firmes. Com um dedo, ela cutuca o peito dele, e Seokga se enrijece quando a ponta encosta na camisa branca bem engomada. Ele sente a fúria se alastrar (*como ela ousa?!*), e dá um passo para trás com uma resposta ferina na ponta da língua. Mas Hani ainda não terminou.

— Tem uma gumiho bebê ali dentro. Uma bebê. Gumiho. Morta. — Ao falar, Hani dá um passo à frente, e cada uma de suas palavras é pontuada por outro cutucão no peito de Seokga.

Em uma onda de raiva, ele segura seu pulso, com tempestades nos olhos. Hani nem ao menos parece abalada.

— E que provavelmente está amedrontada, sozinha e *ferida* — continua ela, puxando o braço de volta. — Eu vou com você.

Seokga engole as sílabas mordazes que cortam sua boca, reprimindo a raiva borbulhante por ser tocado com tanta falta de reverência. Em vez disso, ele pondera sobre o que Hani acabou de dizer. *Uma bebê gumiho.* Hani parece ter 20 e poucos, mas é impossível adivinhar sua verdadeira idade.

— Quantos anos você…

Ela o interrompe:

— Tenho 1.452. Eu vou junto.

Ele cerra a mandíbula, sentindo o olhar de Shim em sua nuca.

— Certo — rosna, irritado. — Certo.

Seokga ainda consegue sentir o toque do dedo dela, cutucando-o de uma maneira que o faz contemplar o que diriam se trancafiasse Hani naquele carro funerário e fizesse Hyun-tae entregá-la a Jeoseung também.

Hani o encara feio, como se soubesse exatamente o que está pensando.

O interior do carro cheira a madeira antiga e cera de vela derretida. Parece mais uma limusine do que qualquer outra coisa: os assentos longos ladeando as paredes do carro, o carpete escuro de veludo, o vidro fumê impecável. Seokga abaixa a cabeça ao entrar e se acomoda em um dos assentos de couro preto de frente para a alma. Hani se senta ao seu lado, encarando a vítima com os olhos arregalados.

A silhueta da gumiho está embaçada e translúcida, e parece bruxulear com uma aura de luz azul pálida. Quando Hani fecha a porta, a criatura ergue a cabeça das mãos trêmulas. Seus olhos injetados e o lindo rosto estão desfigurados pelas veias pretas sob a pele. O sangue de Seokga gela ao vê-la. Alguma coisa naquelas veias puxa o fio de uma lembrança distante. Ele tenta agarrá-lo, mas lhe escapa pelos dedos. Alarmado, Seokga fecha a cara.

— Quem são vocês? — pergunta Euna, com a voz trêmula, alternando o olhar entre Seokga e Hani. — O que querem?

Ela se detém em Seokga por um instante, e ele acha que vê algo como reconhecimento, mas logo o horror apaga qualquer outra coisa.

Ao seu lado, Hani engole em seco. A gumiho mais velha está pálida.

— Euna — diz, baixinho. — Meu nome é Kim Hani, e este é meu parceiro, Seokga.

*Parceiro?* Seokga morde a própria língua para evitar corrigir a afirmação absurda de Hani.

— Você está morta — acrescenta ele sem qualquer cerimônia. — Então precisamos fazer algumas perguntas sobre o seu assassinato.

Euna passa a tremer dez vezes mais.

— O-o quê?

Hani dá uma cotovelada na lateral do corpo de Seokga, e ele chia. Ela o está tocando *de novo*. A insolência daquela raposa nunca deixa de surpreendê-lo.

— Como se *atreve...*

— *Cala a boca.*

Perplexo, Seokga fica boquiaberto. Não consegue encontrar as palavras para dar uma resposta. Ninguém nunca o mandou *calar a boca*.

Hani o encara, furiosa, por um momento a mais, com as bochechas rosadas de raiva, antes de se virar para Euna e dizer, em um tom muito mais gentil:

— Você faleceu, Euna. Logo este carro irá levá-la para Jeoseung, e você seguirá para sua próxima vida. Vai reencarnar.

— Ou será mandada para um dos sete infernos — completa Seokga, passando a ficar exasperado conforme o choque se esvai. Calar a boca? Quem em sã consciência diz a uma *deidade* para *calar a boca?* — Há a Colina das Facas, é claro, se você cometeu assassinato. Imagine descer um tobogã em uma montanha de lâminas, mas sem o tobogã, é claro. Também tem o Campo das Línguas, onde os jeoseung saja esticam sua língua até estar comprida o bastante para se plantar árvores nela. Eu ajudei a projetar esse aí.

Euna choraminga, e Hani dá uma cotovelada tão profunda na lateral de Seokga que ele não consegue evitar resfolegar. Com um movimento violento, ele empurra Hani para longe e massageia as próprias costelas, contemplando as consequências de matar a gumiho tendo Euna como testemunha e um delegado haetae aguardando do lado de fora.

— Não dê ouvidos a ele — fala Hani, encarando-o. — Você não vai pra inferno algum, Euna.

— O melhor de todos é o sétimo inferno...

— Seokga — alerta Hani. O rosado de suas bochechas ficou vermelho. — Cala a boca.

—... onde uma serra gigante...

— *Para com isso.*

— ... corta caloteiros em pedacinhos — finaliza Seokga, triunfante, mas, um segundo mais tarde, ouve um barulho parecido com o de uma sirene aguda retumbando ao longo da baía.

Piscando confuso, Seokga percebe que aquele som saiu, na verdade, de Hani, que deixou escapar um guincho de fúria ininteligível. Com os ouvidos zumbindo, ele balança a cabeça para se livrar da confusão mental (como é possível que uma *garganta* faça um *som daqueles?*) e tem a vaga ciência de que Hani, de alguma forma já recomposta, está murmurando palavras tranquilizantes para Euna, como se aquele último minuto estivesse no passado distante.

— Mas antes que você faça isso — ele a ouve concluir de forma reconfortante enquanto, aos poucos, recupera a audição —, queremos nos certificar de que quem quer que tenha te machucado será preso. Você pode nos ajudar com isso, não pode?

Euna engole em seco com dificuldade antes de balbuciar algo incompreensível.

— Fale mais alto — ordena Seokga, impaciente, recebendo outra olhada feroz de Hani.

Um pouco mais receoso das consequências de invocar a fúria de uma gumiho, ele retesa o maxilar e agarra a bengala com mais força. Quanta audácia...

— Eu falei que acho que sim — sussurra a gumiho mais nova, sem nem sequer conseguir olhar para Seokga.

— Quem te machucou, Euna?

— Eu... Eu não sei. — A alma meneia a cabeça. — Eu não... Não me lembro.

Seokga suspira.

— Lembra, sim — diz, zangado. — Pense um pouco. Qual é a última coisa que você se lembra de ter visto?

*Como essas veias escuras apareceram no seu rosto? Quem te atacou?*

*O que* te atacou? Mais uma vez, Seokga revira as próprias lembranças. Mas há séculos e mais séculos e mais séculos de lembranças em sua cabeça, e tentar vasculhá-las é como tentar organizar um dos arquivos da delegacia.

Impossível e frustrante.

Um longo momento de silêncio se passa. Por fim, Euna sussurra:

— Eu me lembro... de sair pra beber com meus amigos. Tínhamos todos passado na prova de física. Eu também, mesmo que as noites anteriores tivessem sido difíceis. Eu... eu andava tendo pesadelos. Não conseguia dormir muito. Mas passei, e estávamos comemorando.

— Aonde vocês foram? — pergunta Hani, encorajando-a.

— No Dragão Esmeralda — responde Euna, devagar. — Aquela boate de criaturas no centro da cidade. Todos nós pegamos o ônibus de volta pros nossos apartamentos... Eu saltei ali — diz, indicando a janela com um dedo violentamente trêmulo — e... entrei.

— E depois, o que aconteceu?

Seokga observa com cuidado enquanto a gumiho estremece e aperta a camisa preta mais firme ao redor do corpo.

— Senti frio — murmura ela. — Muito, muito frio. E cansaço. Eu queria ir dormir... Tinha acabado de fechar a porta do apartamento quando eu... eu acho que decidi me deitar no chão. Estava cansada. Tão, tão cansada.

— E depois?

— E depois...

Euna se sobressalta quando alguém bate com firmeza numa das janelas do carro funerário. Hyun-tae se abaixa, formando palavras com a boca sem emitir som, algo irritante como "acabou o tempo". Seokga encara-o, descontente, e, embora o jeoseung saja não consiga ver através do vidro fumê, gesticula para ele ir se foder. Inclinando-se para a frente com os braços apoiados nos joelhos, Seokga observa os dedos e o lábio inferior trêmulos de Euna. Ela desvia o olhar para Hyun-tae, que, atrás de Seokga, continua a bater no vidro.

Seokga deveria, com certeza, prosseguir com cautela, mas está impaciente.

— E depois você foi brutalmente assassinada. Qual foi a causa?

Ele fala com uma voz autoritária e, quando Hani estapeia a própria testa, algo muda nos olhos da vítima. Ela encara Seokga e uma compreensão límpida substitui a confusão turva. Euna se enrijece conforme o horror brilha vividamente dentro das profundezas castanhas: horror puro e genuíno.

Seokga se prepara quando Euna leva as mãos à própria cabeça e os olhos dela saltam das órbitas de terror.

— Euna — chama Hani, claramente preocupada e chegando mais perto.

— Euna, está tudo bem...

Mas a alma começa a gritar.

E gritar.

E gritar.

Os gritos são arrancados de seus lábios em uma voz rouca e gutural, tão alta que faz Seokga recuar, com os dentes cerrados. Com dificuldade, ele tenta alcançar o próprio poder para acalmá-la, para contê-la até conseguir respostas — mas Hyun-tae violentamente abre a porta do carro e gesticula, impaciente, para que Hani e Seokga saiam.

— Já chega — declara ele por cima do barulho. — Se ela ficar mais tempo em Iseung, vai perder a chance de reencarnar.

Droga. Seokga abre a boca para protestar, mas não adianta. O tempo já acabou. Relutantes, ele e Hani saem do veículo. Um momento mais tarde, ele observa, com um semblante sombrio, o carro funerário disparar para longe com os pneus cantando. O som dos gritos de Euna continua reverberando em seus ouvidos.

Ao lado dele, Hani está quieta. Ele olha para ela de esguelha.

— Se quer se demitir, a hora é agora — informa Seokga.

Ela o encara, raivosa.

— Não vou me demitir.

O delegado Shim se aproxima deles.

— O corpo dela está no apartamento. Deveríamos levar a investigação lá para dentro. Já entrei em contato com Lee Dok-hyun, e ele concordou em se juntar a nós aqui antes de examinar o corpo no necrotério. — Ele suspira de cansaço. — O jeoseung saja entrará em contato com a família em breve. Vão querer nos fazer perguntas, então vamos encontrar as respostas antes que venham nos visitar. Aliás, o que foi aquele som que veio do carro, aquele... guincho? Que quase parecia uma corneta? — acrescenta o velho delegado, hesitante, quando Hani começa a se dirigir para a entrada do condomínio.

Seokga responde, enfurecido:

— Hani parece ter cordas vocais bem fortes.

※

O corpo de Euna está murcho no chão de madeira, a apenas alguns passos da porta frouxa. Ela está encolhida em posição fetal, de olhos fechados, uma mão desesperada se esticando na direção do sofá ali perto, como se tivesse cambaleado em sua direção antes de cair.

Seokga se agacha sobre a gumiho morta e franze a testa ao observar as veias pretas protuberantes que sobem pelo pescoço e cobrem o rosto dela em teias de aranha sombrias. Também cobrem os braços, e ele tem certeza de que se espalham sob a camiseta preta e a calça jeans azul. Hani se ajoelha ao seu lado. Os lábios dela formam uma linha branca tensa.

— Ela morreu com medo — comenta, baixinho.

E assim foi. O rosto da outra gumiho está eternamente congelado em uma expressão de horror, com os olhos bem fechados, as sobrancelhas franzidas e os lábios pálidos entreabertos de terror. Pequenas garras curvas se projetam dos nós de seus dedos, mas é impossível dizer contra o que a gumiho queria usá-las.

— A alma dela estava desorientada — comenta Shim conforme examina a porta, atrás de sinais de violência física. — Encontraram-na zanzando pelo parque. Não tenho certeza se ela sabia que estava morta. A maioria das almas se lembra de quando falece, mas Euna não.

— Até que se lembrou — diz Seokga, pondo-se de pé e olhando ao redor do apartamento.

Além do corpo, não há indícios de briga nem de invasão. Shim se afasta da porta com a testa franzida.

— Cheque os cômodos atrás de alguma pista. Talvez quem fez isso tenha se escondido na cozinha, no quarto ou no banheiro — diz para Hani.

Ela assente e desaparece no corredor, com as sobrancelhas firmes e uma visível determinação.

— O que você acha que fez isso? — pergunta Shim para Seokga em voz baixa. — Não se parece com nada que já vi antes. As veias...

Seokga balança a cabeça, apoiando-se na bengala enquanto pondera. Qualquer lembrança que tenha piscado ao ver aquelas veias escuras está relutando em se acender.

— Um demônio, talvez — sugere, devagar. — Alguma criatura que escapou do reino de Yeomra. Mas as veias não são a única coisa que está me incomodando.

Ele batuca a bengala no chão. A ponta atinge a madeira a meros centímetros do rosto de Euna.

— Euna morreu enquanto dormia.

Shim fica boquiaberto.

— O quê?

Seokga assente.

— De acordo com Euna, depois de sair de noite com os amigos, ela voltou para casa. Ao entrar no apartamento... — Ele gesticula para a porta. — Sentiu frio e um cansaço imenso. Deitou-se no chão e, até onde entendi, fechou os olhos para dormir. Mas nunca acordou.

A mente de Seokga está em polvorosa, conectando os fragmentos do depoimento que conseguiu extrair da alma da gumiho.

*Tínhamos todos passado na prova de física. Eu também, mesmo que as noites anteriores tivessem sido difíceis. Eu... Eu andava tendo pesadelos. Não conseguia dormir muito.*

— Durante as noites que antecederam sua morte — continua Seokga, lentamente —, Euna teve pesadelos.

— Pesadelos — repete Shim.

— Sim, pesadelos.

Seokga se detém quando um indício finalmente começa a surgir num recanto de sua mente e uma suspeita lhe ocorre.

— Ela andou tendo pesadelos — repete.

Ele se vira para Shim, com o maxilar tenso. As lembranças estão voltando. Infelizmente.

— Quando Dok-hyun examinar o corpo, quero que ele faça uma incisão em uma dessas veias. Quero ver o que tem dentro. — Porque se for o que ele pensa que é... — Também quero gravações das câmeras de segurança deste apartamento. Da rota que Euna fez até em casa. Quero observar cada passo que ela deu, cada pessoa por quem passou. Quero as gravações do Dragão Esmeralda. Quero ver com quem dançou, quem paquerou. Quero ver tudo.

— Seokga. — A voz do delegado está grave. — Você sabe quem fez isso?

— Tenho minhas suspeitas — responde o deus, baixinho. — E, se você ama esta cidade, Shim, é melhor torcer para eu estar errado.

## CAPÍTULO DEZ

# HANI

— Você vai abrir uma veia? Por quê?

Seokga deixa escapar um suspiro pesaroso próximo ao patologista forense, Lee Dok-hyun, o homem de aspecto cansado em um jaleco preto que os encontrou no apartamento e os acompanhou de volta ao necrotério.

— Porque — responde devagar, como se Hani possuísse a mente de uma lesma — eu quero ver o que tem dentro.

Hani encara as protuberantes veias pretas cobrindo o corpo molenga de Euna.

— Ah — diz ela em voz baixa, de repente enjoada. — Entendi.

— Você pode desviar o olhar se quiser — sugere Dok-hyun com gentileza. — Entendo que este primeiro dia deve estar sendo bem pesado.

— Ou melhor ainda — diz Seokga, em um tom suave —, você pode *se demitir*.

Furiosa, Hani se empertiga.

— Não vou me demitir — esbraveja.

Pelo contrário, esse novo acontecimento fortaleceu seu desejo de continuar trabalhando como assistente de Seokga. Porque aquela ali, deitada na mesa de metal, é uma de suas irmãzinhas. Uma gumiho que mal conquistou sua forma humana. Ela morreu sozinha. Morreu assustada. E Hani não vai dar as costas à sua morte. Não até que o que quer que tenha causado isso seja mandado para as profundezas do Seocheongang. Seja lá quem tenha causado isso, é um Indomável que ela *vai* ajudar Seokga a encontrar.

— Então para de me pedir.

Seokga dá de ombros.

— Valeu a tentativa — fala arrastado. — Não me culpe por tentar.

Achando graça, Dok-hyun olha para ambas as criaturas.

— Estou vendo que você finalmente fez outra amizade, Seokga. Parece que merece os parabéns.

Uma chama esmeralda arde no olhar de Seokga.

— Não estava sabendo que somos amigos, Dok-hyun. E desde quando você fala comigo nesse tom informal? — Ele ergue uma sobrancelha. — Ponha-se em seu lugar.

Hani observa Dok-hyun abaixar a cabeça e pedir desculpas com uma reverência.

— Peço perdão.

Seokga olha para cima com uma irritação nítida.

— Deveria mesmo.

— Você é a simpatia em pessoa, hein? — comenta Hani, seca, cruzando os braços e encarando Seokga com desprezo. — Ele está abrindo uma veia por você. Eu diria que merece o seu respeito.

Seokga faz questão de ignorá-la.

— *Aish* — murmura ela. Deuses e seus complexos de superioridade.

Dok-hyun pigarreia.

— Vou fazer a incisão agora — anuncia, levantando a máscara. — Vou cortar a veia bem aqui.

Ele cutuca uma das protuberâncias escuras que sobem pelo ombro desnudo de Euna.

Hani segura a respiração e observa Dok-hyun apertar um fino bisturi prateado entre os dedos. A afiada lâmina paira logo acima da veia. O médico estreita os olhos de concentração enquanto pressiona o bisturi na ferida, e a lâmina penetra o tecido...

Uma sombra escura vaza do corte, flutuando e pairando no ar, tal qual uma pequena nuvem preta sob as lâmpadas fluorescentes.

Hani tapa a boca com a mão, incapaz de desviar o olhar daquela névoa de escuridão que continua a emergir do corpo de Euna.

— O que... — Sua voz mal passa de um sussurro. — O que é isso?

Dok-hyun se apressa a fechar o corte.

— Detetive Seokga — chama, com a voz debilitada de pânico aturdido. — Detetive Seokga...

Mas, para a imensa desconfiança de Hani, o deus não parece nem de longe surpreso. Na verdade, ele observa as sombras bastante incomodado, sua boca uma linha tensa.

— Maravilha — resmunga Seokga, o Caído. — Uma completa, absoluta e afortunada *maravilha*.

Ele ergue a mão para espantar as espirais de escuridão e Hani fica boquiaberta vendo-as desaparecer, se esvaindo em nada e deixando apenas alguns fiapos insistentes de fumaça para trás.

— O que foi que acabou de acontecer? — pergunta Dok-hyun, ofegante.

Seokga o olha de relance.

— Me diga você, doutor.

— Eu-eu fiz um corte e uma *sombra* saiu.

Dok-hyun agarra o bordado dourado no lado esquerdo de seu jaleco, a representação de um haetae em sua orgulhosa forma bestial.

— Não era uma sombra — corrige-o Seokga com um tom severo. — Era escuridão.

— Escuridão? — repete Hani. — O que você quer dizer com escuridão?

— Quero dizer — responde o deus, voltando o olhar sombrio para ela — que isto não é obra de um Indomável qualquer. Veio de uma coisa muito mais macabra.

Seokga olha para o corpo molenga e sem vida de Euna sobre a mesa. A forte luz do necrotério acentua a pele sem cor e acinzentada. Hani segue seu olhar com um nó na garganta.

— O que é? — pergunta, rouca. — O que foi que fez isso com ela?

Quando Seokga a encara, não há em seu olhar a crueldade casual nem a trapaça maliciosa que tão frequentemente emana dele. Em vez disso, é exaustão que lampeja ali. Uma espécie eterna de exaustão que apenas um deus imortal é capaz de possuir.

— Um eoduksini.

※

Eoduksini.

A palavra é sussurrada por toda a delegacia naquele dia, em vozes abafadas e temerosas. *Eoduksini. Eoduksini. Eoduksini.*

— Eoduksini — repete Hani devagar, experimentando a palavra na boca. Ela está sentada à mesa ao lado de Seokga, preenchendo a papelada de Euna. Seokga, de sobrancelhas franzidas, está vasculhando as gravações das câmeras de segurança da cidade da noite anterior. — Nunca pensei que um desses fosse entrar em Nova Sinsi.

Na verdade, jamais pensou que um demônio da escuridão se arrastaria nem até Iseung. As criaturas costumavam se esbaldar no Mundo das Sombras, mas, desde que foi trancado, deveriam estar confinados em Jeoseung. Lá, atormentam almas bem, bem longe do reino dos vivos. Hani estava preparada para, em algum momento, se deparar com um deles... quando estivesse *morta*. Não *viva*.

Se um eoduksini está em Nova Sinsi, então a cidade está mesmo profundamente encrencada. Do que Hani ouviu falar ao longo dos anos morando em Iseung, demônios são criaturas da morte e da escuridão. São como parasitas, capazes de se infiltrar na mente dos outros e produzir visões terrivelmente realísticas — pesadelos — das quais seu hospedeiro não consegue escapar. Pesadelos baseados nos piores medos e lembranças do indivíduo.

E, uma vez que uma vítima esteja em suas mãos, é nesse momento que se alimentam delas.

Normalmente, em Jeoseung, eoduksini se alimentam de almas. Os resquícios da consciência e da energia de alguém. Mas parece que, em Iseung, os eoduksini se alimentam de vida. De vida pura, e de qualquer ser vivo. Comem tanto humanos quanto não humanos: adultos, bebês, haetae, dokkaebi... Ninguém está a salvo de seu apetite. Ninguém.

Euna morreu durante um desses pesadelos.

E, em seguida, serviu de alimento.

As marcas em seu corpo, as veias escuras, são uma prova do que aquela pobre coitada teve que aguentar. A alma de Euna estava desorientada pela forma como a gumiho morreu. Presa em uma realidade alternativa, um pesadelo, sem noção de tempo ou espaço.

Mas como é que um eoduksini veio parar em Iseung?

Hani se arrisca a olhar Seokga de esguelha. Sentindo a atenção, o deus fecha a cara.

— O quê?

Ele tem agido mais irritadiço do que de costume, se é que isso é possível.

— O eoduksini — responde ela, devagar. — O que mais você sabe sobre ele?

Seokga sorri de maneira desagradável.

— Que te mataria se tivesse a chance.

Hani o encara feio.

— Tô falando sério — declara ela. — Por que ele está em Iseung? O que ele quer? Quer dizer, além de fazer estudantes universitárias de petisco.

O deus caído parece nitidamente ofendido.

— E como é que eu saberia? — retruca.

A desconfiança de Hani aumenta.

Ela espera. Seokga resmunga alguma coisa maldosa, se recosta na cadeira e aperta a ponte do nariz com dois dedos elegantes.

— Um eoduksini Indomável — responde com os dentes cerrados — provavelmente quer o que a maioria dos Indomáveis quer.

Hani pondera sobre aquilo. No momento, ela é uma gumiho *bem* Indomável (de novo), mas suas motivações são relativamente simples. Quando atacou aqueles homens, estava seguindo sua natureza, sendo o que uma gumiho foi feita para ser antes de acidentalmente criarem um estigma inoportuno sobre suas refeições. Quando deu os fígados a Somi, estava rememorando uma época em que as coisas eram mais fáceis, quando raposas de nove caudas eram livres para abocanhar os fígados que quisessem.

Isso não se aplica a muitos outros Indomáveis, já que dar início a um tabu sem querer parece uma experiência singular que, até então, apenas Hani teve o azar de ter.

Como se sentisse sua confusão, Seokga solta o ar e murmura algo.

— O quê foi? — diz Hani.

— Eu *falei* — responde ele de maneira arrastada — que a maioria dos Indomáveis ainda está um tanto zangada quanto à questão do Mundo das Sombras.

Hani bufa.

— Baita eufemismo.

Todos estão cientes de como Seokga conseguiu, sozinho, fazer com que um plano existencial inteiro fosse fechado, e seus habitantes atirados para Iseung. Hani nunca viveu em Gamangnara (dizem os boatos que o aluguel lá é *caro*), mas conheceu várias criaturas que dariam tudo pela chance de decapitar o deus responsável por trancar o Mundo das Sombras.

— Você acha que este eoduksini é parte do seu exército desgraçado? Que ele foi arrastado para Jeoseung quando você fodeu completamente com o seu golpe e que agora escapou?

Seokga a encara com severidade. Hani aguarda.

— Ao que tudo indica, sim — vocifera em resposta, não parecendo muito feliz com a ideia. — De todos os monstros, eles eram os mais perigosos e os mais capazes de causar destruição. Então meu irmão — o rosto dele se contorce ao dizer a palavra — decretou como necessário mantê-los no submundo, onde a segurança é mais reforçada. Embora dê pra ver no que isso deu — resmunga Seokga.

— *Hmm* — diz Hani. — Se esse é o caso, significa que a criatura provavelmente vem atrás de você. Como retaliação por conta do Mundo das Sombras e essas coisas.

— Tenha dó. Nada é capaz de matar um deus.

— É uma busca por vingança — continua Hani, em uma voz profunda como se narrasse um documentário. Está usando a caneta como se fosse um microfone. — E chegou ao limite…

— Que ironia — comenta Seokga, mirando-lhe um olhar mordaz e gélido. — Estou chegando mais perto do meu a cada instante.

— Não me diga. — Exasperada, Hani estala a língua. — Por acaso os deuses não têm senso de humor?

— Por acaso gumiho não têm noção de que provocar um deus é algo muito, muito perigoso?

Hani suspira e abaixa a caneta.

— Eu teria mais cuidado com a maneira de falar comigo. Um dia, pode ser que eu envenene seu café.

— Acha que já não tentou fazer isso? — questiona Seokga, voltando ao computador para passar por mais uma rodada de vídeos. Ele força a vista para os registros de baixa definição. — Primeiro, com creme demais, depois com açúcar demais.

— Mas nunca com água sanitária — lembra-o, dócil. — Pelo menos, ainda não.

— Se for usar água sanitária, é bom que seja para envenenar meu café ao invés de jogá-lo em cima de mim e arruinar meu terno favorito — diz ele com frieza. Seokga fica carrancudo, olhando-a de esguelha com ódio. — *O que é que você quer?*

— Quero saber o que você está procurando nessas gravações — responde Hani firmemente. — A forma natural de um eoduksini não é incorpórea?

Um músculo salta no maxilar de Seokga conforme ele se pergunta se quer ou não continuar falando com sua assistente indesejada. Hani arqueia uma sobrancelha e aguarda. *Desembucha*, pede em silêncio.

Ele sorri com desdém.

— Sim, na forma natural. Em Jeoseung, eoduksini não passam de sombras. Mas as regras do inferno são diferentes das regras de Iseung. Seja lá o que o eoduksini fez para chegar aqui, presumo que tinha pouco tempo para encontrar um hospedeiro. Sem um corpo de carne e osso, não seria capaz de permanecer neste plano por muito tempo.

— Então você está me dizendo que ele possuiu alguém... — conclui Hani, devagar.

Seokga balança a mão em sua direção, gesticulando *e o que mais eu estaria dizendo?*

— Óbvio. — Ele arrasta a palavra, e Hani fica indignada com o tom condescendente.

— E você está tentando achar quem? — insiste ela.

Mais um gesto de *e o que mais eu estaria dizendo?*

— Mas as câmeras de segurança apontadas para o prédio de Euna foram misteriosamente atingidas por um apagão na noite passada — murmura ele. — Assim como aquela maldita mariposa cobriu a gravação da Raposa Escarlate.

Hani endireita a postura.

— Existem gravações da Raposa Escarlate? — pergunta, se forçando a soar casual e apenas ligeiramente interessada.

Até agora, estava certa de que não havia câmeras de segurança na rua naquela noite, mas, ao que parece, foi descuidada. Está enferrujada.

— Não — diz Seokga com rispidez. — Graças àquela mariposa que cobriu a câmera da rua ao lado.

Ele se volta para o monitor. Em silêncio, Hani agradece qualquer que tenha sido a mariposa que decidiu repousar na lente.

— Você tem mais alguma pista? — pergunta, ainda se esforçando para parecer pouco interessada.

— Não — vocifera ele de novo. — Só sei que as armas do crime devem ter sido aquelas infames adagas escarlates.

Ah. Suas amadas adagas. Hani fez questão de escondê-las bem, bem, bem fundo na gaveta de calcinhas. Satisfeita, ela volta à papelada.

— Talvez a Raposa Escarlate e o eoduksini estejam trabalhando juntos — comenta devagar. É uma sugestão bizarra, já que ela *jamais* se misturaria a um tipo tão anormal de demônio, mas empurrar Seokga na direção errada é uma de suas prioridades máximas. — Ela reaparece e daí, uns dias depois... acontece isso.

— Duvido. — Seokga a encara. — E, até onde eu sei, não é você que é a detetive aqui. Deixe as criaturas comigo e eu deixo a papelada com você.

Hani bufa, irritada.

— Você é insuportável — esbraveja ela.

— Você é intragável.

— O sujo falando do mal lavado — retruca Hani.

— Eu não sou nada disso.

— Tô vendo por que Hwanin te expulsou de Okhwang — responde Hani naquele tom doce e falso, abandonando o jondaemal com prazer. — Eu acho que teria feito o mesmo.

O efeito de suas palavras é imediato. Seokga fica rígido na cadeira e se vira para ela com um rosnado tão feroz que, por um instante, a delegacia inteira se aquieta. Os olhos dele lampejam de ódio. Ódio e *dor*.

— Repita isso e vou pendurar sua pele na minha sala de estar, raposa — sibila ele.

Com o sangue fervendo de raiva, Hani inclina a cabeça e arreganha os dentes.

— Seu complexo de deus já está perdendo a graça — desdenha ela. — Já que você nem é mais um deles.

Seokga fica paralisado, e o silêncio repentino é mais arrepiante do que qualquer resposta.

Hani se recusa a dar o braço a torcer diante da fúria dele.

— Você — diz Seokga enfim. Com a respiração rápida, ele estende a mão para a bengala. — Você. Saia. Saia da minha frente.

*Filho da puta.*

— Agora eu trabalho aqui. — Hani sorri, mesmo quando sua vontade é pisotear o pé dele. Com força. Com muita, muita força. — Lembra?

— Você está brincando com fogo. — Seokga sorri de volta, mas é um sorriso horrível, um sorriso de promessas gélidas e duras e desejos de que ela morra. — Uma cadela não deveria latir para um lobo.

— Um lobo não deveria ameaçar uma raposa.

— Lobos são mais fortes — esbraveja Seokga.

— Raposas são mais espertas.

— E é por isso que elas são pegas com tanta frequência por armadilhas de raposa?

— Lobos são só cachorros muito grandes — dispara Hani de volta.

Seokga abre e fecha a boca antes de enfim dizer:

— O seu argumento não faz o menor sentido.

Hani sorri, meiga.

— Tem certeza que não?

— *Já chega! Vocês dois!*

O delegado Shim vai até a mesa de Seokga pisando duro, com as bochechas vermelhas de irritação.

— A delegacia inteira está escutando vocês brigando feito criancinhas e eu já cansei disso.

Hani sustenta o olhar mordaz de Seokga. Ela não vai desviar os olhos primeiro. *Não*, decide, *não vou nem piscar primeiro*. Começa a lacrimejar enquanto encara os olhos verdes furiosos, mas cerra os dentes e se força a manter os seus abertos. *Desgraçado*.

Seokga estreita os olhos, como se soubesse no que ela está pensando.

Shim solta um barulho exasperado.

— O que vocês dois estão fazendo?

Hani se inclina para a frente, apertando os olhos tanto quanto consegue sem piscar.

— Seokga. Estou falando com você. Olhe para mim. — O detetive soa quase como um avô ofendido. — *Seokga*.

— Desvie o olhar, raposa — resmunga Seokga baixinho. — Desvie o olhar.

— Seokga. Tem alguém vindo te ver — declara Shim. — E se você me der atenção, te contarei quem é. Você vai querer se preparar.

— Pode me falar agora — responde Seokga, ainda fitando Hani. — Estou escutando.

Hani acha que vê um dos olhos de Seokga tremer. *Rá. Ótimo*. Mas sua pele formiga de desconfiança quando também vê cintilar algo suspeito e parecido com uma malícia cruel.

O deus chega mais perto e sopra ar no rosto de Hani.

Assustada, ela pisca. Depois faz cara feia.

— Você trapaceou.

Ela toma o cuidado de usar a linguagem formal novamente, já que Shim está fuzilando os dois com o olhar.

— Eu sou o deus da trapaça — responde Seokga com naturalidade e um sorrisinho frio. — Não se esqueça.

Ele se vira para Shim enquanto Hani fica fervendo de raiva e desejando não ter se empanturrado em 1888.

— Diga, Shim. Quem está vindo visitar a delegacia?

— Não é a delegacia. — O delegado parece hesitante, quase amedrontado, ao dizer: — O imperador Hwanin gostaria de jantar com você hoje à noite.

## CAPÍTULO ONZE
# SEOKGA

Porra.

Seokga encara o restaurante do outro lado da rua.

Porra, porra, porra, porra, porra.

Porra.

Faz 628 anos desde a última vez que Seokga viu o único irmão, que, por acaso, é o governante de Okhwang e líder dos deuses.

Há 628 anos, Seokga tentou destituir Hwanin e reclamar o trono para si com seu exército de vinte mil Indomáveis do Mundo das Sombras.

Ele não conseguiu se conter. Como disse a Hani, trapaça faz parte de sua natureza.

Há 628 anos, Seokga foi atirado para fora do reino nos céus, sangrando e acabado após levar uma surra. A ordem final de Hwanin ainda zumbia em seus ouvidos enquanto ele caía, rasgando o céu com os próprios gritos.

*Você só irá se redimir diante de meus olhos quando dizimar vinte mil monstros.*

*Só então eu permitirei que volte para casa.*

*Só então você voltará a ser um deus.*

Sua lábia não o salvou da ira de Hwanin. Pelo contrário, esta dobrou quando Seokga declarou que estava apenas se divertindo um pouco ao tentar tomar Okhwang e depor Hwanin. "Só me divertindo um pouquinho" foram as palavras exatas.

É bem provável que seu irmão tenha aparecido para culpá-lo pelo problema com o eoduksini. Os demônios da escuridão outrora foram parte de seu exército, já que a natureza malevolente deles os adequava ao papel de soldados. Este eoduksini deve ter sido um daqueles que lhe serviu, o que *tecnicamente* torna isso tudo culpa de Seokga. O demônio provavelmente nunca teria tocado Iseung se o Mundo das Sombras tivesse permanecido aberto. Eoduksini sempre foram felizes naquele esgoto de caos. Muito mais do que em Jeoseung, onde foram confinados depois da tentativa de golpe e forçados a trabalhar como torturadores.

Seokga ajeita o colarinho do terno conforme espia o restaurante. Não é chique. Hwanin, ao que parece, não poderia odiar mais a ideia de pagar um jantar refinado para Seokga. Então, em vez disso, o irmão escolheu um restaurante de aspecto mundano, espremido entre uma gráfica e uma loja de conveniência, com uma placa torta de luzes piscando e formando as palavras CULINÁRIAS DELICIOSAS. As janelas estão encardidas, as paredes são de concreto rachado e Seokga duvida muito que qualquer coisa ali dentro seja *deliciosa*.

Respirando fundo e apertando a bengala com a mão, ele atravessa a rua. Preparou-se tanto quanto conseguia para aquele jantar, trajando um belo terno preto sedoso. Ele até mesmo foi ao *barbeiro*, um bulgasari tagarela cujo controle sobre metal permitiu que aparasse com perfeição o cabelo preto macio de Seokga de volta ao estilo de sempre: costeletas delicadas, um topete "fofo" (palavras do barbeiro, *não* dele) com o cabelo perfeitamente repartido ao meio e um pezinho preciso na nuca. Seokga parece elegante e profissional, mas de nada vai adiantar o cabelo contra seu irmão mais velho.

Ele deseja desesperadamente ainda ser forte o bastante para tentar assassinar Hwanin. Agora, com sua considerável falta de poder, não tem a menor chance.

Sente-se grato por não haver paparazzi do *Fuxico Divino* à vista. Sabe que a reunião será desagradável o suficiente sem ser imortalizada em fotos e com uma manchete que diz: IRMÃOS REUNIDOS? O GALÃ HWANIN E O SENSUAL SEOKGA SÃO VISTOS COMENDO JUNTOS!

Com uma careta, Seokga abre a porta. O restaurante cheira a arroz cozinhando e caldo borbulhando. A iluminação é fraca, mas é fácil distinguir as mesas de madeira quadradas com cadeiras bambas, vasos de plantas murchas enfileirados contra a parede de concreto e um enorme aquário abrigando uma miríade de peixes de aparência letárgica que separa uma metade do lugar da outra. Culinárias Deliciosas está vazio, exceto por duas mulheres beliscando seus pedidos perto do aquário de peixes e a recepcionista que suspira de cansaço quando Seokga entra.

— Bem-vindo ao Culinárias Deliciosas — diz ela. — Por favor, me siga.

Seokga range os dentes enquanto a mulher o acomoda em uma mesa do outro lado do aquário. Então Hwanin está atrasado, ou simplesmente não vai dar as caras. A recepcionista joga um cardápio laminado engordurado à sua frente.

— O garçom já vai atendê-lo — murmura ela antes de ir embora arrastando os pés.

Enojado, Seokga examina o cardápio. Não vai comer nada dessa espelunca. Seu gosto é digno e sofisticado demais para se rebaixar a esse nível.

Onde está Hwanin? Será que é algum tipo de piada pregada por Shim? Seokga se remexe, inquieto, cruzando e descruzando as pernas, cutucando o blazer de seu terno. *Ridículo*, pensa com raiva, encarando furioso o assento vago à sua frente. *Isso aqui é ridículo.*

É claro que Hwanin não vem. Por que viria? Seu irmão não se dá ao trabalho de entrar em contato há séculos. Seokga é um idiota por ter ido até ali. Ele empurra a cadeira para trás e as pernas guincham no chão. Ele começa a se erguer.

— Sente-se.

Seokga fica paralisado. Essa voz...

Incrédulo, ele observa o ar que cerca o assento vazio à sua frente se agitar e ondular até Hwanin surgir, sentado com as mãos unidas e as sobrancelhas arqueadas.

*Ele esteve aqui o tempo todo*, percebe Seokga com uma incredulidade crescente que logo dá lugar ao ódio. *Ele esteve sentado* aqui *o tempo todo.*

Pela primeira vez em 628 anos, Seokga encara o irmão.

Hwanin sempre foi tudo que Seokga não é. Se por um lado o cabelo de Seokga é preto feito o céu da meia-noite, o de Hwanin ficou de um prateado tão pálido que é quase branco, e cai sobre o peito feito uma cascata elegante e gélida de madeixas longas muito diferentes das mechas curtas de Seokga. Enquanto os olhos de Seokga são de um esmeralda profundo, os de Hwanin são de um preto azulado infindável, repleto de estrelas e segredos do universo. A diferença de cor marca o destino de Hwanin de governar os céus azuis, enquanto Seokga está destinado a ser, para sempre, inferior ao irmão — assim como o reino verde de Iseung é inferior a Okhwang. Enquanto Seokga está exilado, Hwanin se mantém no trono. A única semelhança entre os irmãos é a cor da pele: um bege bronzeado suntuoso salpicado com algumas sardas aqui e ali.

Hwanin está vestido feito um humano, sem seu costumeiro hanbok régio prateado e azul. Em vez disso, o irmão veste um suéter com gola rolê tricotado cinza e um par de calças jeans pretas, chegando até mesmo a usar um relógio no pulso.

— Olá, irmão — cumprimenta Hwanin em voz baixa, inclinando a cabeça para um lado e observando Seokga minuciosamente.

Seokga fica perplexo, com a mente dormente e a afiada lâmina da traição afundando entre suas costelas. Mesmo depois de tanto tempo, aquilo ainda não esmaeceu: a dor de despencar dos céus, caindo em desgraça, com o irmão assistindo de cima com os olhos frios. Aos poucos, Seokga volta a se sentar e a resgatar sua eloquência.

— Bem — responde tão naturalmente quanto consegue, apesar do completo e absoluto espanto —, a última vez que te vi, você estava muito ocupado me expulsando do céu.

Hwanin franze a testa.

— E a última vez que te vi, você estava liderando um exército de monstros do Mundo das Sombras numa tentativa de roubar meu trono.

— Puta merda. — Seokga força os lábios a se erguerem em um sorriso frio e cruel. — Você fala como se não fosse uma boa lembrança.

— Presumo que seja para você.

— Ah, eu guardo muito carinho por essa memória em particular.

O coração de Seokga está retumbando contra o peito, mas ele consegue se demorar nas palavras e se recostar na cadeira: o próprio retrato de um deus entediado.

*Antigo deus*, uma vozinha seca em sua cabeça o corrige.

Que seja.

— O que te traz até Nova Sinsi, irmão? — continua Seokga, arqueando uma sobrancelha. — Não me diga que veio me levar de volta a Okhwang.

Hwanin abre a boca para responder, mas é interrompido por um garçom taciturno, que se arrasta até a mesa deles com um bloquinho e balbucia:

— Qual vai ser o pedido de vocês?

— Saia — esbraveja Seokga, balançando uma mão para ele. — Seus serviços não são necessários.

— Mas... — O rapaz franze o cenho. — Aqui é um restaurante.

— E eu não quero comer a comida de vocês. — Seokga acena de novo, impaciente. — Adeus.

Hwanin encara Seokga com severidade.

— Vou querer uma tigela de galbi-tang — responde em um tom gentil para o rapaz corado. — E uma garrafa de soju também. Ele vai querer a mesma coisa.

— Pode deixar, senhor — murmura o rapaz antes de escapulir.

Hwanin volta o olhar duro para Seokga.

— Vejo que seu temperamento continua o mesmo.

Seokga revira os olhos.

— Ah, por favor, irmão. Você esperava que eu mudasse toda a minha natureza em um passe de mágica? Se sim, é um tolo.

— Talvez tenha sido puro idealismo. — Hwanin vira a cabeça. — Você puxou ao nosso pai não só em aparência, Seokga.

Ele se enrijece.

Mireuk, o pai deles, governou Okhwang antes de Hwanin chegar ao poder. Afinal, foi quem criou o reino do céu, assim como o reino submerso de Yongwangguk, o submundo de Jeoseung, o reino ardiloso de Gamangnara e o plano mortal de Iseung — compartilhando a liderança com Mago, a mãe dos irmãos. Mas isso tudo foi antes de o deus da criação enlouquecer e desencadear ondas de sofrimento sobre os mundos. Ele criou pragas e, com elas, os deuses das doenças, incluindo Manura, a deusa da varíola que tende a atacar crianças. Fome, pobreza, depressão, secas, inundações. Mireuk conjurou tudo em seu delírio.

Seokga e Hwanin depuseram o antigo deus com tanto cuidado quanto conseguiram, aprisionando-o nas profundezas do reino de Yeomra, onde ele está apodrecendo até hoje. Por pior que Seokga seja, tão maléfico e perverso... ele não se parece nem um pouco com o pai.

Nem um pouco.

— Não ouse me comparar ao nosso pai — ameaça Seokga, mal conseguindo respirar de tanta fúria.

— Eu direi o que quiser. E você com certeza não se parece com Mago, nossa mãe adormecida, delicada e gentil. — Hwanin dá de ombros. — Estou feliz por ela estar dormindo sob as montanhas deste reino, nem que seja apenas para poupá-la de suas atrocidades.

Seokga morde a parte de dentro da bochecha.

Sim, Mago certamente ficaria brava com o filho mais novo caso despertasse da soneca e descobrisse que ele tentou destituir o filho mais velho. *É claro que você se meteu em mais uma batalha à base de testosterona. Não estou surpresa*, ela logo diria, e então provavelmente daria um tapa em sua orelha.

Hwanin sorri brandamente.

— Só por curiosidade, Seokga, quanto você já progrediu em sua tarefa?

— Minha *tarefa*? — repete Seokga, incrédulo. — Minha *punição*, você quer dizer. E estou indo muito bem, obrigado.

Hwanin nem ao menos titubeia diante do veneno escorrendo do tom de Seokga.

— Já chegou em vinte mil?

— O que você acha? — diz Seokga, cerrando os dentes.

Ele não estaria sentado naquele restaurante imundo se tivesse. Hwanin se recosta na cadeira, com uma expressão indecifrável.

— Ah.

— Responda minha pergunta anterior. O que te traz à Nova Sinsi?

— Vim em nome de Yeomra.

— Yeomra?

Seokga pisca. O deus dos mortos não pode deixar Jeoseung, mas se ele mandou que Hwanin viesse... *Ah.*

— Quer dizer que é por causa do eoduksini.

O irmão inclina a cabeça em um leve aceno.

— Um dos demônios escapou do reino dele na noite anterior.

Seokga tenta não parecer culpado demais.

Hwanin franze de leve a sobrancelha (também prateada).

— Por que está fazendo essa cara? Você parece enjoado.

Seokga é poupado de ter que responder quando o garçom volta e coloca as tigelas de ensopado de carne diante dos deuses, assim como dois copos de vidro pequenos e duas garrafas de soju. Hwanin come uma colherada, mas Seokga nem ao menos toca na comida.

— Deixa pra lá — dispensa o mais velho, limpando delicadamente a boca com um lenço e apoiando o tecido sobre a mesa. — Não quero saber que tipo de aborrecimento generalizado está passando pela sua cabeça. Imagino que você anda tentando perseguir esse eoduksini.

— Ando, sim — responde Seokga com cautela.

— E o que você sabe até agora?

— O eoduksini conseguiu um corpo físico — diz Seokga. — Estou tentando descobrir quem ele possuiu. Não há muitas pistas.

— Entendo.

Hwanin serve soju em um copo. A bebida alcóolica transparente borbulha ao escorrer da garrafa. Depois que a repousa na mesa, Hwanin olha para Seokga com serenidade.

— Vim aqui, Seokga, para fazer um acordo.

O tempo parece pausar.

— Um acordo?

Hwanin toma casualmente a bebida.

— Sim, irmão. Um acordo.

Seokga engole em seco, de repente se sentindo incrivelmente zonzo.

— Estou prestando atenção — diz, tomando cuidado para controlar a voz e esconder qualquer sinal de entusiasmo que poderia se infiltrar nela.

Mas Hwanin não parece ter se deixado enganar, e esconde um sorriso amargurado.

— O eoduksini não pode permanecer em Nova Sinsi — afirma, repousando o copo. — Está faminto por vida, e este lugar está infestado dela. Aprisionamos essa espécie de demônio bem longe daqui por um motivo. As vítimas vão começar a se acumular em breve. O eoduksini não irá parar até que tenha devorado a cidade inteira. A expectativa é de que haja mais um assassinato hoje à noite.

Seokga aguarda.

— Não sei se você está ciente, irmão, mas é muito fácil para um eoduksini matar um deus. Permanentemente — diz Hwanin, encarando-o. — Eles se alimentam de vida, e ela transborda de nós. Iríamos satisfazer uma grande parte de seu apetite. E presumo que ele irá querer te punir por sua contribuição para o fechamento de Gamangnara. Acredito que você esteja correndo algum perigo.

*É muito fácil para um eoduksini matar um deus.*
*Permanentemente.*
Impossível.

Deuses podem ser gravemente feridos, mas não podem ser *mortos*. Não para sempre, de qualquer forma. Embora seus corpos envelheçam ou de vez em quando até sucumbam a ferimentos profundos, membros do panteão não sofrem como os outros. Em vez disso, simplesmente passam por uma reencarnação divina e continuam a existir nos reinos acima do submundo, perfeitamente bem (levando em conta as circunstâncias). O corpo ferido ou velho se desintegra, e é prontamente substituído por um corpo mais jovem e mais saudável em que a mesma alma, com as mesmas lembranças e os mesmos poderes divinos, reside. Essa não é uma reencarnação normal: é a reencarnação de uma deidade. Já que deuses não podem morrer, não de verdade. Afirmar que um eoduksini pode realmente matar uma deidade — enviá-la para Jeoseung *para sempre* — é uma blasfêmia.

— Não — interrompe Seokga, com a boca seca.

Porque, se o que Hwanin disse for verdade, então isso significa que...

Hwanin o observa atentamente.

— Os eoduksini estavam em seu exército, irmão. Está me dizendo que não sabia do que eles são capazes de fazer? A mim? Ao panteão? Até mesmo a você?

O deus trapaceiro aperta os lábios e encara fixamente a própria porção de galbi-tang. Não parece nem um pouco apetitosa com as pequenas gorduras acinzentadas flutuando na superfície junto com umas cebolinhas murchas, mas ele pega uma colherada hesitante de qualquer forma. Só para ter uma desculpa para adiar a resposta.

A comida é repulsiva.

Ele engole com dificuldade.

— Seokga.

O irmão o perscruta com desconfiança.

Com a mandíbula tensa, Seokga repousa a colher e escolhe as palavras cautelosamente.

— Eu não sabia que os demônios poderiam te *matar*. Pensei que eles só iriam... te machucar a ponto de te incapacitar.

Hwanin parece chegar a algum tipo de conclusão. Seu rosto se suaviza por um breve momento quando deixa de esquadrinhar o irmão de maneira hostil e toma um gole de soju. Um rompante de agitação intensa faz Seokga soltar a língua.

— Só pra você saber — dispara o trapaceiro, com a voz tão afiada quanto uma lâmina, para o caso de Hwanin interpretá-lo errado —, eu não teria ficado louco de tristeza se ele tivesse te matado.

— É claro que não teria.

Seu insuportável irmão parece estar tentando muito esconder um sorrisinho.

— Eu teria ficado bem contente. — Seokga franze a testa. — Mas isso se você estiver certo. O eoduksini é uma criatura inferior aos deuses...

— Você logo descobrirá, irmão, que aqueles que considera "inferiores" estão sedentos para se tornarem grandiosos. Uma sede que só matar um deus pode saciar. — Hwanin mexe o galbi-tang enquanto Seokga o encara, austero. — Infelizmente, Yeomra está na pior há muitos anos. Viver com ameaças constantes debaixo do próprio teto, temer o que acontecerá se suas medidas de segurança forem violadas. Eu não o invejo.

— O que está tentando dizer?

— Estou dizendo que o eoduksini de Nova Sinsi não é um problema com o qual eu particularmente gostaria de ter que lidar — responde Hwanin, tomando a própria sopa com calma. — Nem o resto do panteão. E agora que te passei essa informação, duvido que você também queira. Mas temo que você não tenha escolha.

— Não sou covarde.

Mas é verdade. Seokga não deseja morrer. Talvez se ele se mudasse para Seul... *Hmm.*

— O eoduksini vai se empanturrar em cada país de Iseung se não for detido — retruca Hwanin, claramente entendendo a linha de raciocínio de Seokga. — É da natureza deles destruir, destruir e destruir. Eoduksini são ávidos. É o que os torna torturadores tão hábeis no inferno. Diga, Seokga, por acaso já se perguntou o que motiva o demônio?

— Ele acabou de escapar de Jeoseung. Está faminto — resmunga Seokga.

— E quer ser um pé no meu saco.

— Sim, mas isso não é tudo. Gamangnara está fechado. Está inacessível.

Os olhos de Hwanin escurecem.

— Mas Gamangnara nem sempre foi o Mundo das Sombras. Antes de nascermos, era um reino bem parecido com Iseung. Mas então nosso pai criou os eoduksini e entregou Gamangnara a eles. Eles transformaram o reino naquilo que conhecemos: um local de trevas e destruição. Se o eoduksini não puder voltar para Gamangnara, irmão, ele irá recriá-lo. Quanto mais vítimas fizer, mais forte se tornará. Assim que for capaz, não hesitará em criar outro Mundo das Sombras aqui.

Suor escorre das têmporas de Seokga. Ele se pergunta por que é que suas ações sempre têm de levar a consequências grandes para caralho.

— Então reabra Gamangnara.

Hwanin bufa.

— Você sabe que é impossível. Uma vez que o panteão fecha um reino, a decisão é definitiva.

— Você precisa *tentar* — insiste Seokga, odiando a forma como está praticamente implorando a Hwanin. — Se conseguir reabrir Gamangnara, Iseung estará a salvo. O eoduksini pode ir pra lá, assim como os Indomáveis. Todo mundo fica feliz.

A não ser ele. A última vez que Seokga ficou feliz foi quando descobriu o café, e mesmo isso foi apenas uma onda passageira de alegria. Felicidade não parece mais algo disponível para ele.

— Eu não teria vindo aqui — responde Hwanin em voz baixa — se já não tivéssemos tentado. Além disso, Seokga, fechamos aquele reino por um motivo. — O imperador celestial mira um olhar quase amargurado no deus trapaceiro. — Mesmo se pudéssemos, não tenho certeza de que reabrir Gamangnara seria a melhor saída. — Seokga grunhe enquanto Hwanin continua. — A Coreia do Sul não tem escolha a não ser se livrar do eoduksini. E mandá-lo de volta para o reino de Yeomra.

— E você quer que *eu* faça isso. — Seokga sorri com desdém. — Que típico, Hwanin.

— Estou disposto a te oferecer algo em troca.

Seokga arqueia a sobrancelha, tentando esconder o repentino pico de interesse.

— O quê?

Hwanin hesita antes de se inclinar para a frente. As estrelas em seus olhos estão brilhando com mais vivacidade.

— Ouvi muitas coisas enquanto estive em Okhwang — diz, em um tom baixo. — Ouvi falar do eoduksini. Também ouvi falar do retorno da Raposa Escarlate. Foi ela quem aterrorizou Goryeo tantos anos atrás, não foi? Lembro nitidamente de receber uma quantidade enorme e suspeita de preces para proteção contra uma certa gumiho.

— Goryeo — concorda Seokga — e Joseon. Entre outros.

Houve uma época em que todos na Coreia temiam a insaciável gumiho.

— Ah. Dois monstros rondam as ruas de Iseung, aterrorizando aqueles que desejo proteger. Então… deixe-me fazer uma oferta, irmão.

Seokga prende a respiração, rígido e pálido no assento enquanto aguarda.

— Mate a Raposa Escarlate. Mate o eoduksini. E, em troca, irei reduzir sua pena em Iseung.

Seokga respira com dificuldade.

— O que você quer dizer exatamente com "reduzir"?

— Quero dizer… — Hwanin exibe um sorriso forçado. — Que sua antiga posição será reestabelecida. Imediatamente.

*Sua antiga posição será reestabelecida.*

Seokga esconde as mãos trêmulas debaixo da mesa.

*Imediatamente.*

Hwanin o observa minuciosamente. Aqueles olhos semicerrados não deixam nada passar despercebido.

— Claro, haverá certas restrições. Você ficará em prisão domiciliar em seu antigo palácio por uma ou duas décadas, e será obrigado a comparecer à terapia para garantir que não... hã... *surte* novamente.

Seu antigo palácio. O enorme palácio sombrio de ébano e telhas pretas lustrosas, estendendo-se ao longo das colinas cobertas de nuvens de Okhwang. Os jardins de bambu, o lago de carpas, os saguões de pedra polida e pé-direito altíssimo. A respiração de Seokga fica presa na garganta. Casa. Pela primeira vez em séculos e mais séculos e mais séculos, ele tem a chance de voltar para *casa*. De deixar aqueles mortais ranhentos por conta própria, de, mais uma vez, beber vinhos finos sob o céu salpicado de estrelas, de voltar a ser Seokga, o Deus. Seokga, o Poderoso. Seokga, o... Seokga. Ele será Seokga novamente.

Com a boca seca e a língua pesada, ele fica em silêncio. Suor quente escorre por sua nuca e seu coração batuca freneticamente contra as costelas.

— E como eu sei que isso tudo não passa de uma brincadeira cruel, irmão? — consegue sussurrar.

É bom demais para ser verdade. É bom demais para ser verdade.

— Porque — responde Hwanin em voz baixa — estou disposto a jurar por Hwanung.

Seokga dá uma guinada para trás como se tivesse levado um tapa. Jurar pelo deus das leis é fazer um juramento *inquebrável*. Quando se jura por Hwanung, o filho de Hwanin garante que todas as pessoas envolvidas se responsabilizem para sempre por seus juramentos.

— Por Hwanung — repete o deus trapaceiro, com a voz rouca. — Você vai jurar por Hwanung.

Hwanin assente.

— Vou.

A cabeça de Seokga está girando. *Sua antiga posição será reestabelecida. Imediatamente. Sua antiga posição será reestabelecida. Imediatamente.*

— Negócio fechado. Eu aceito. Eu aceito os termos.

Encontrar e matar a Raposa Escarlate. Encontrar e matar o eoduksini. Tornar-se um deus totalmente poderoso de novo.

Seu irmão, o imperador de Okhwang, estende a mão delgada.

Seokga hesita. Da última vez que o tocou, estava tentando machucá-lo com muita, *muita* vontade.

Hwanin aguarda com uma expressão paciente. Serena. Se ainda resta qualquer indício de ressentimento, Seokga não o enxerga. O irmão mais velho sempre foi mais maduro.

Seokga estende a mão, que treme violentamente. Hwanin finge não notar enquanto segura os dedos de Seokga.

Por um instante, é quase como se fossem crianças de novo. Antes do ciúme. Antes do favoritismo, das competições infindáveis. Por um instante, os dois irmãos estão fazendo uma aposta, ajudando um ao outro a se levantar do chão, trocando bilhetes secretos de uma palma para a outra. A mão de Hwanin continua igual, mesmo depois de tantos séculos: cheia de calos apesar da aparência macia. Quente. Firme. Estável. Como a de Mago.

Mas então a mão esquenta para uma temperatura escaldante, e Seokga reprime a vontade de se encolher.

— Juro por meu filho, Hwanung, deus das leis e das promessas cumpridas, que caso você, Seokga, o Caído, Seokga, o Ardiloso, mate tanto o eoduksini quanto a Raposa Escarlate, sua antiga posição como deus da malícia, deus da trapaça, deus do caos, deus da traição etc. etc. etc. será reestabelecida.

O calor da mão dele esquenta a de Seokga, tão quente quanto um incêndio crepitante.

— Este é meu acordo, meu juramento a você. Que Hwanung me responsabilize por ele.

Seokga sibila quando as mãos entrelaçadas começam a fumegar. Hwanin por fim recua e, conforme a ardência diminui, Seokga olha para a própria mão direita. Há uma pequena cratera de pele queimada ao centro, a marca da promessa feita. Logo ela se esvai, pois marcas visíveis de promessas jamais se demoram. É responsabilidade do indivíduo mantê-las sem um lembrete evidente, mas o ardor ainda queima na pele, vinculando-o ao juramento.

O olhar de Hwanin o penetra.

— Você tem até o Solstício de Primavera. Se falhar em conter o eoduksini até lá, o resto de nosso panteão não terá escolha senão intervir. E, se tivermos que intervir, não ficaremos muito contentes com você.

O Solstício de Primavera. Chunbun. Dia 20 de março.

Seokga tem dezesseis dias.

Ele olha para o irmão, mas Hwanin já está tremeluzindo enquanto se prepara para se teletransportar de volta para Okhwang.

— Espera.

A palavra escapa de sua boca antes que possa evitar. Hwanin ergue uma sobrancelha, e Seokga não consegue deter as perguntas que jorram de seus lábios em um questionamento desconfiado:

— Por que me contou dos riscos de caçar um eoduksini? Eu já estava trabalhando nesse caso, mesmo sem saber do perigo.

*Por que me alertou? Por que não me deixou morrer?*

Hwanin encara-o em resposta, quase triste. Seokga não sabe bem o que pensar disso.

— Talvez seja porque eu não queira que você morra, maninho — responde o irmão, já parcialmente invisível.

Seokga fica atônito.

Um instante depois, Hwanin desaparece no éter, voltando ao reino no céu.

## CAPÍTULO DOZE

# HANI

Ora, ora. *Isso certamente é uma reviravolta interessante.* — Mate a Raposa Escarlate — diz Hwanin. — Mate o eoduksini. E, em troca, irei reduzir sua pena em Iseung.

Dentro do Culinárias Deliciosas, Hani aperta os palitinhos com tanta força que um deles se quebra com um estalo suave. À sua frente, Somi, que está mordiscando o peixe de aparência questionável, arregala os olhos injetados. A jovem gumiho parece não saber se deveria estar surtando pela aparição de Hwanin ou fugindo do lugar de mais puro terror. O resultado final é a expressão de quem está com uma prisão de ventre daquelas.

Depois de gravar na cabeça a hora e o lugar da reunião de Seokga com o deus-rei, Hani prontamente assumiu a missão de acompanhar o deus caído à reunião sem que ele soubesse. Arrastou Somi consigo também, e as duas gumiho se esgueiraram para o restaurante decrépito trinta minutos antes de Seokga aparecer, determinadas a descobrir o motivo daquela reunião familiar. Hani vestiu um disfarce bem esperto antes de entrar: uma peruca loira barata de uma loja de fantasias, assim como um par de óculos pretos grossos. Seokga não a notou ao chegar, e não a nota agora enquanto ela o encara através do aquário, com os olhos saltando das órbitas de mais pura indignação.

*Mate a Raposa Escarlate.* Até parece. Hani sorri com desdém conforme espera pela resposta de Seokga.

O deus mal consegue respirar.

— O que você quer dizer exatamente com "reduzir"?

Ele aparenta estar prestes a desmaiar bem ali.

— Hani — sussurra Somi do outro lado da mesa.

A coitada está quase perdendo a cabeça de uma vez por todas. As olheiras estão ainda mais pronunciadas, e a pele está nitidamente grudenta. Hani consegue sentir o cheiro do horror exalando dela.

— Unnie, a gente precisa... precisa sair da cidade. Isso é loucura. — Com os dedos pegajosos de suor frio, ela segura a mão de Hani, forçando-a a desviar a atenção dos deuses. — Nós vamos ser *mortas*. Este mundo vai virar um Mundo das Sombras. E eles acham que você é a Raposa Escarlate. Ai, deuses. Ai, *deuses*. A gente precisa *fugir*.

— *Xiu* — sibila Hani. — Fica quieta. Precisamos continuar escutando.

—... você ficará em prisão domiciliar em seu antigo palácio por uma ou duas décadas, e será obrigado a comparecer à terapia para garantir que não... hã... *surte* novamente — Hani ouve Hwanin explicar.

Ela olha de esguelha para Seokga, que está completamente abismado, sem cor alguma no rosto. Que deus estúpido por pensar que pode matar a Raposa Escarlate. Ah, Hani vai se divertir muitíssimo fazendo-o procurar agulha em um palheiro...

Ela observa, metade achando graça, metade irritada, enquanto os dois deuses dão as mãos e selam o acordo com a promessa de Hwanin. Ao que parece, o enredo dessa história acabou de ficar bem mais complicado.

Seokga vai matar o eoduksini, ela vai garantir que seja assim. Uma criatura das trevas não pertence a Nova Sinsi. Hani ama este mundo, este reino mortal, onde coisas tão esplêndidas quanto torteletes de cereja e chocolate quente existem. Ama as batatas doces assadas que os estudantes vendem nas ruas durante o outono e o inverno, ama a sensação de dirigir por uma rodovia com música retumbando nos alto-falantes e realmente acredita que não consegue viver sem aqueles deliciosos livros de romance americano com homens seminus maravilhosos na capa. Por mais que Iseung certamente tenha problemas (e há vários deles, a maioria sendo os mesmos problemas de séculos atrás que nunca foram resolvidos porque os humanos simplesmente se recusam a aprender com a história), é seu lar. E Hani não se opõe a lutar por ele nem a ajudar a vingar a morte de Euna.

Mas Seokga jamais será um deus novamente.

Porque ele jamais matará a Raposa Escarlate.

Hani sorri enquanto Hwanin desaparece e Seokga afunda no assento, coberto de suor reluzente, com os olhos vidrados e o peito subindo e descendo de maneira irregular.

Que deus mais estúpido.

— A gente poderia ir pra Seul — sugere Somi, sem fôlego, correndo de um lado para o outro em seu apartamento em um alvoroço de medo, pegando roupas do armário e enfiando-as na mala. — Ou... ou Tóquio. Eu falo um pouco de japonês, não muito, mas...

Hani suspira, recostada no batente da porta do quarto de Somi. O cômodo, que costuma estar impecável e arrumado, parece ter sido atingido por um tornado. As cobertas estão deslizando da cama, as edições gastas de *Fuxico Divino* permeiam o chão e os cosméticos bamboleiam na penteadeira enquanto Somi passa do armário para a mala. Os pôsteres do panteão foram arrancados das paredes. Hani percebe que o pôster de Seokga (que era uma foto ampliada do deus ranzinza andando por uma rua de Nova Sinsi, provavelmente tirada por um paparazzo suicida) foi rasgado em pedacinhos e atirado na lata de lixo ao lado da cama.

—... ou pra Inglaterra! Inglaterra seria uma boa, você fala inglês, não fala, Hani? Eu lembro de você me dizer... que viveu um tempo na Inglaterra... — Somi ofega ao tentar fechar a mala abarrotada. — Hani? — Quando a gumiho mais velha não responde, Somi se vira para ela com olhos arregalados e suplicantes. — Unnie?

— A gente não vai a lugar nenhum — diz Hani simplesmente e observa Somi arrancar o próprio cabelo.

— Ficou maluca? Tem um eoduksini por aí e ele quer transformar este mundo em um Mundo das Sombras! Além disso, o Seokga acha que você é a Raposa Escarlate. Ele vai tentar te *matar*. E eu ainda pensava que nos mandar pra cadeia seria o pior que eles fariam...

— Se fugirmos, vamos parecer suspeitas. De acordo com o que ouvi na delegacia, Seokga está monitorando quais gumiho entraram e saíram da cidade. A melhor coisa que podemos fazer é ficar aqui, e a melhor coisa que você pode fazer, Somi, é confiar em mim. Tá bom? — Ela empurra uma meia perdida com o pé. — Confia em mim. Seokga não vai meter nem eu nem você em problemas. E eu também vou ajudar a deter o demônio das trevas.

Somi ainda está respirando pesado.

— Eu...

— Somi, *fica calma* — insiste Hani. — Você tá praticamente *anunciando* pra todo mundo que comeu os fígados daqueles caras. É isso que vai meter a gente em problemas.

A amiga contorce o rosto como se estivesse prestes a se debulhar em lágrimas. Hani se prepara para a choradeira iminente.

— Eu s-só tô com *medo* — choraminga Somi. — E se Seokga vier atrás de mim? Quer dizer, eu sempre torci pra que viesse, *mas não desse jeito!*

As lamúrias dela ficam mais altas.

Hani está começando a ficar com enxaqueca.

— Ele não vai atrás de você — responde com firmeza. — Eu falei que estou cuidando disso, e falei sério.

— Mas e se ele *vier*?

— Aí você se defende.

— C-com isso aqui? — Somi faz as garras aparecerem e as encara com desprezo. — Elas são tão... tão pequenas...

— Não, não com isso aí.

Hani atravessa o quarto e se senta na cama, colocando as pernas debaixo do corpo. Está sentada em cima de uma edição do *Fuxico Divino*, com a bunda amassando o rosto impresso de Yongwang, que sorri para a câmera enquanto relaxa em uma praia em Jeju, mas ela não poderia se importar menos com isso. Somi treme, esfregando os olhos furiosamente com as costas da mão para secar as lágrimas.

— Você é uma gumiho, Somi. E o que gumiho fazem? O que faz parte da nossa *natureza*?

Somi balança a cabeça. Lágrimas escorrem de seus olhos.

— Se precisa se defender melhor, extraia o poder de sua pérola de raposa, ou roube a alma deles.

— Roubar a alma... não. *Não*. — Ela agarra mais o próprio cabelo. — *Não, não, não.*

— Nem sempre foi tabu roubar uma alma — comenta Hani em voz baixa, dando batidinhas no colchão. Somi se senta, instável, e a encara com o lábio inferior violentamente trêmulo. — Ou comer o fígado de um homem. Era a coisa mais normal do mundo, meu bem.

Até que Hani foi um pouquinho longe demais, e o mundo reagiu de forma exagerada.

A jovem gumiho dá uma fungada.

— É sério?

— Sério. Naquela época... — Hani fecha os olhos, recordando-se da euforia de caçar, da sensação de bater os pés nas estradas de seixos de Joseon e Londres, do gosto de almas e sangue. — Era diferente.

— Como assim? — sussurra Somi. Ela está começando a se acalmar, embora esteja apertando com firmeza o suéter cor de creme nas mãos. — Como você... Qual era a sensação?

— Era a melhor sensação do mundo — responde Hani, e a amiga fica em silêncio. Seus olhos avermelhados se arregalam feito discos.

— Sério?

Contra a própria vontade, ela parece curiosa.

Hani sorri.

— A melhor parte era a sedução.

— A sedução? — murmura Somi.

Hani assente.

— Você rouba a alma de um homem com um beijo. E não dá para roubá-la se você se forçar pra cima dele, então... — Ela dá uma piscadinha. — Sedução. Você encontra um alvo e aí o atrai. Vai acontecer com naturalidade pra você, acontece com toda gumiho. E, quando tiver atraído ele até sua armadilha, você invoca a pérola de raposa na boca. Aqui, tenta agora.

Hani fecha os olhos, permitindo-se alcançar aquela esfera de poder que descansa em seu coração, quente e ardente, se agitando com mil e setecentos anos de poder acumulado.

— Encontre sua pérola — murmura ela, ciente de que Somi ficou em completo silêncio, sem dúvidas, seguindo seus passos. — E deixe ela se erguer do coração, para a garganta, e depois... para a boca.

Hani sorri quando sente o gosto da pérola: açúcar triturado e cerejas em calda, chocolate intenso e canela apimentada, mel de trevo e baunilha doce. Sua língua aquece quando a pérola rola por cima dela, do tamanho de uma grande bola de gude. Com a pérola na boca, fala com a voz levemente abafada:

— Quando beijar o alvo, você deixa a pérola rolar para dentro da boca dele. Ela irá recolher a alma e voltar pro seu coração. — Ao abrir os olhos, Hani deixa que a pérola retorne para dentro do peito. — E é assim que se faz.

Somi engole a própria pérola, que é, certamente, um pouquinho maior do que uma pedrinha. Há um brilho em seus olhos que não existia antes; todo o horror e a culpa sumiram e foram substituídos por... espanto? Diversão? Hani não tem certeza, mas sente uma onda de satisfação calorosa do mesmo jeito.

— É simples assim.

— E se engolirem minha pérola? — indaga Somi, sem fôlego. — O que aconteceria?

— Ah.

Hani estremece. Certa vez, um homem mortal quase engoliu sua pérola e lhe causou um ataque cardíaco.

— Se um homem engolir sua pérola, vai absorver todo o poder dela, que será convertido em conhecimento. Ele passará a saber sobre os céus e os deuses, e sua pérola de raposa irá sumir. Você vai morrer. Então precisa ser rápida e garantir que a pérola volte para você.

Somi hesita.

— Entendi. E... E as almas são gostosas? — Ela se inclina para mais perto de Hani, baixando o tom de voz. — Tão gostosas quanto os... fígados?

Há algo por trás do olhar de Somi que cutuca Hani de uma maneira meio desagradável, mas rapidamente deixa a preocupação de lado. Talvez ela seja uma má influência, mas acredita que gumiho não deveriam se privar de um bom lanchinho masculino de vez em quando.

Hani dá uma piscadinha.

— São ainda melhores.

## CAPÍTULO TREZE

# HANI

— Prontinho — cantarola Hani na manhã seguinte, colocando na mesa de Seokga um copo de café gelado bem docinho de uma tal de Cafeteria Estrela ali perto. — *Bon appétit, mon ami.*

Seokga ergue o olhar duro para ela, desviando a atenção da tela do computador.

— Você voltou — resmunga ele, parecendo excepcionalmente *infeliz*.

— Você poderia ao menos tentar ser *um pouquinho* mais legal — diz Hani, bufando de irritação.

— Por que eu faria isso? — Com um sorriso desdenhoso, Seokga põe-se de pé. — Vou ficar fora o resto do dia. Estou te dando uma folga. De nada.

— Quê? Não. — Hani fecha a cara e cruza os braços. Ele não vai a lugar algum sem ela. — Eu vou pra onde quer que você vá. Já tem alguma pista sobre a Raposa Escarlate? Sobre o eoduksini?

Seokga não diz nada, trombando com Hani ao passar por ela e andando a passos largos até a saída da delegacia. Hani segue-o de perto enquanto vocifera:

— Você poderia ao menos admitir que precisa da minha ajuda. Só tem quinze dias pra pegar os dois, sabia?

Seokga para abruptamente diante da porta e se vira.

— Meu acordo — percebe ele, irritado. — Como em Jeoseung você sabe sobre meu acordo com Hwanin?

Pega no flagra, Hani se atrapalha atrás de uma desculpa.

— O delegado Shim me contou.

O deus estreita os olhos.

— O delegado Shim te contou? — repete ele devagar, e Hani pisca.

Será que Seokga não contou a Shim sobre o acordo? Será que ela pisou na bola?

Não há tempo para tentar descobrir. Hani precisa se ater à mentira com a maior determinação possível.

— Foi isso que eu falei — responde com tanta naturalidade quanto consegue. — Ele disse que recebeu uma mensagem de Hwanin detalhando o plano quanto ao eoduksini e a Raposa Escarlate. Ah, e o boatozinho sobre Iseung potencialmente se tornar um Mundo das Sombras. Olha só, sou sua assistente — acrescenta, ajustando a postura com indignação —, então tenho o direito de saber das coisas. E, embora você jamais vá admitir — diz com firmeza, dando um passo à frente para diminuir a distância entre eles —, você *precisa* da minha ajuda.

Para enfatizar aquela palavra, Hani cutuca o peito de Seokga. O deus exibe uma expressão sisuda de revolta, mas ela insiste:

— Você só tem quinze dias pra pegar duas criaturas de péssima reputação. Mal passa de duas semanas. E, se insistir em trabalhar sozinho, *nunca* vai recuperar a posição como deus. Então, pra onde quer que esteja indo, eu vou junto.

Seokga tensiona o maxilar enquanto encara Hani de maneira desconfiada, como se refletisse profundamente sobre os desdobramentos de assassiná-la ali mesmo.

— Bom — começa ele —, é a última vez que conto a Shim qualquer coisa sobre minha vida pessoal. Parece que ele é um tagarela fofoqueiro.

— Não acho que a possibilidade de um demônio devorar o mundo mortal conta como uma fofoca da sua *vida pessoal* — observa Hani. — Além disso, Chunbun está logo aí. Você precisa da minha ajuda.

Ela cruza os braços. Seokga fica em um silêncio taciturno por um tempo, até Hani quebrá-lo:

— Então... pra onde a gente vai?

— *Eu* vou falar com Chang Hyun-tae — resmunga o deus, devagar. — O jeoseung saja. Outro corpo foi encontrado alguns minutos atrás. Preciso examiná-lo e falar com a alma. Preciso de provas.

— Eu vou com você.

Seokga abre a boca, mas Hani o interrompe.

— Nem tente me impedir. Foi outra gumiho?

— Não. Um haetae.

Carrancudo, Seokga sai da delegacia, empurrando a porta de vidro encardida com Hani em seu encalço.

— Ele morreu duas noites atrás, como a gumiho, mas seu corpo só foi encontrado agora. Estava em um beco.

O ar matutino não ajuda nem um pouco a espantar a náusea crescente de Hani.

— E ele é a única outra vítima?

— Até onde sabemos, sim — responde Seokga, soturno, avançando até o carro. — No banco de trás — ordena de canto de boca conforme Hani se dirige ao assento do passageiro.

Ela o ignora.

— E o corpo está com aquelas veias? Como o de Euna?

— Presumo que sim. — Seokga olha para ela, desdenhoso, e dá partida no carro. — Hyun-tae já está no local com a alma. Vai ser como da última vez. Um interrogatório antes da investigação.

— E o que o haetae vai poder te dizer que Euna não conseguiu? Se o eoduksini realmente o matou, não é provável que ele só se lembre do que Euna lembra? A alma dele também deve estar desorientada.

— Euna acabou se lembrando do resto. — Seokga está dirigindo rápido, ziguezagueando pelo trânsito na velocidade da luz e deixando para trás uma torrente de buzinadas indignadas. — E não custa nada tentar.

— *Hmm*.

Hani se acomoda no assento, de testa franzida. É verdade que Euna se lembrou do resto, mas acabou aos gritos.

— E o que você planeja fazer com a Raposa Escarlate?

— Tenho esperado pelo próximo passo dela, mas não houve nenhum. — Seokga passa por um sinal vermelho com notável despreocupação. — Então, em vez disso, vamos reunir uma lista de todas as gumiho residentes de Nova Sinsi. Mais especificamente, as gumiho que possuem residências próximas ao local do ataque ou que estão registradas como funcionárias naquela área. Também quero as gravações das câmeras de segurança de todos os comércios e ruas próximos, para procurar quem chegou e quem saiu perto do horário do assassinato.

*Porcaria de câmeras de segurança*. Apesar de saber que a rua Bomnal, onde aconteceu o assassinato, não possui câmeras, é provável que haja alguma no Mercado Yum, o supermercado de onde Hani e Somi saíram antes de se separarem. Hani tem certeza de que deveria deixar o nome dela e o de Somi na lista, já que retirá-los poderia, na verdade, aumentar as suspeitas, mas as gravações são outra história. Elas mostrarão Hani andando até a rua Bomnal. Precisa dar um jeito naquilo.

— Parece bem chato — murmura ela.

— E é por isso que é você quem vai fazer isso, raposa. — Seokga sorri com malícia. — Também quero o nome de todas as gumiho da cidade a partir de determinada idade em uma lista separada. Os boatos dizem que a Raposa Escarlate assumiu a forma humana há mais de quinhentos anos. Então quero, pra amanhã de manhã, o nome de todas as gumiho com mais de 1.500 anos. Providencie isso.

Hani sorri sarcasticamente.

— Tá.

Ao menos ela conseguirá deixar o nome dela e o de Somi fora dessa última lista.

— E depois?

— E depois eu encontro a Raposa Escarlate e a mato.

— Isso nem parece um plano.

Mordaz, Seokga olha para Hani de esguelha.

Ela dá uma piscadinha.

— A propósito, Hani, quantos anos *você* tem mesmo?

Ele sorri como um lobo: um predador frio, mas Hani não se deixa abalar.

— Tenho 1.452 — responde calmamente. — Mas eu bem que queria ser a Raposa Escarlate. Só pra te atormentar.

— Eu também queria que você fosse — retruca Seokga com um sorriso ferino. — Só pra te matar.

Hani apoia os pés no painel.

— Ah, fala *sério...*

Seokga faz uma curva abrupta para dentro do estacionamento de uma cafeteria e pisoteia o freio. Hani solta uma exclamação quando bate a cabeça contra os próprios joelhos. Com a testa ardendo, ela encara Seokga, bufando de raiva, mas ele já está saindo do carro. Murmurando uma abundância de xingamentos, Hani o segue.

O carro funerário do dia anterior está estacionado a alguns passos de distância. Hyun-tae está escorado no veículo, parecendo exausto enquanto bebe café de um copo que diz café das criaturas. Ele se endireita quando Seokga e Hani se aproximam.

— Bom dia — diz de imediato. — Já recolhi a alma. Vocês terão exatamente quatro minutos com ele antes que eu precise levá-lo para Jeoseung. O corpo se encontra ali.

Ele aponta para a abertura de um beco entre a cafeteria e uma livraria. Hani consegue distinguir apenas as latas de lixo e um amontoado no cimento...

um amontoado grande e corpulento demais para ser humano. Hyun-tae segue seu olhar.

— Ele estava na forma bestial quando morreu — explica. — Fui eu que encontrei o corpo. Vocês terão que agir rápido, antes que os humanos o vejam.

Seokga parece lúgubre.

— Hani — diz ele —, vá inspecionar o corpo e garanta que nenhum humano se aproxime. Eu vou falar com a alma dentro do carro funerário.

Hani franze a testa.

— Eu quero falar...

Seokga mira o olhar gélido nela.

— Eu falei pra você *ir*.

Certo. Fazendo-lhe um gesto vulgar, Hani sai pisando duro até o beco, ignorando os insultos que Seokga sibila em sua direção. Ela arregala os olhos quando adentra o beco em meio às sombras e vê o corpo estirado da criatura guardiã. A enorme besta de chifres está flácida sobre o cimento rachado, com os brilhantes olhos dourados fechados para sempre. Veias pretas protuberantes percorrem todo o corpo do haetae, serpenteando por entre as escamas douradas e envoltas nos membros outrora fortes. Hani engole em seco e delineia a boca do haetae com o olhar. O focinho está arregaçado, revelando caninos brancos afiados do tamanho de sua mão, e uma língua frouxa pende da bocarra. Em silêncio, Hani se ajoelha no chão frio e duro ao lado da criatura morta. Não é certo que tenha morrido assim, uma morte desumana tanto em forma quanto em natureza.

Não é certo de forma alguma.

Não há dúvidas de que o haetae sofreu. Não há dúvidas de que o eoduksini drenou a vida dele, deixando apenas a própria escuridão para trás. Não há dúvidas de que o haetae foi arrastado por um pesadelo atrás do outro enquanto deitava naquele beco, morrendo.

Lágrimas surgem nos olhos de Hani, e ela estende a mão para afagar as escamas frias e douradas da besta.

— Eu sinto muito — murmura. — Que você encontre a paz.

Passos às suas costas a alertam sobre a presença de Seokga, e ela ouve o ronco do carro funerário enquanto Hyun-tae leva a alma do haetae. Mas não se move, mesmo quando Seokga para atrás dela, quieto e atento.

Assim como Euna, este haetae morreu sozinho.

Sozinho e amedrontado.

— Eu falei com ele — declara Seokga em uma voz tensa depois de um longo momento conforme se apoia na bengala. — Com o haetae.

— E o que ele disse? — pergunta Hani.

Ela passa os olhos pela sutil ruga entre as sobrancelhas do haetae e pela enorme pata estendida, como se estivesse se defendendo, ou procurando um salvador inexistente.

— A mesma coisa que a outra. Pesadelos antecedendo a morte. Frio. Cansaço. Mas...

Seokga hesita, como se estivesse debatendo consigo mesmo se gostaria ou não de compartilhar a próxima informação com Hani. Com muita dificuldade, ela desvencilha a atenção do haetae e lança ao deus um olhar questionador.

— O que foi que ele disse?

Seokga contrai os lábios.

— Ele estava limpando a cafeteria e veio até este beco para jogar o lixo fora. Do que consegui captar antes de o haetae começar a gritar, o sujeito ficou exausto e se deitou no chão. O restante é idêntico à história de Euna. — Seokga torce o nariz com nítido desdém. — Mas a diferença é que, desta vez, houve uma testemunha.

*Uma testemunha.* Hani se coloca de pé num salto.

— Sério? — Até ela percebe o desespero, a esperança e o ceticismo misturados na própria voz. — Quem?

Seokga inclina a cabeça.

— O haetae não estava trabalhando no turno da noite sozinho — responde, gesticulando para a parede de tijolos à direita: a parede da cafeteria. — Havia uma garota trabalhando também. Mais especificamente, uma humana chamada Choi Ji-ah. O haetae alega que a garota deveria tê-lo seguido até o lado de fora com o lixo reciclável, mas nunca apareceu. Pelo menos não até onde ele sabe. Meu palpite é que, seja lá o que tenha atacado o haetae, chegou no beco antes de Ji-ah. Quando ela enfim apareceu, viu o eoduksini se alimentando e fugiu. Entrei em contato com o delegado Shim. Ele mandou agentes vasculharem a cidade atrás dela. É possível, não, é *provável* que ela seja nossa testemunha.

— E eles vão conseguir encontrá-la?

— Ela pode já ter deixado a cidade. Não sei. — Seokga balança a cabeça. — Mas, que eu saiba, ainda está viva. Viva e com respostas.

— A menos que o eoduksini também esteja procurando por ela — pondera Hani devagar.

Algo desagradável lhe ocorre e se infiltra em sua mente com uma sensação gélida horrível.

— É fácil pra um eoduksini mudar de forma em Iseung? — pergunta ela.

— Não é. Deve ter sido difícil obter uma forma humana pra início de conversa. — Seokga franze a testa. — O que está pensando?

— Se o eoduksini sabe que Ji-ah é uma testemunha, então pode estar tentando localizá-la também. Para silenciá-la, porque apenas ela sabe qual é sua aparência. — Hani morde o lábio inferior. Seu coração acelera de preocupação e pânico. — Precisamos encontrar ela primeiro.

Os olhos cor de jade do deus caído assumem uma expressão severa.

— Nós a encontraremos. — Ele gesticula para o corpo do haetae. — Precisamos levá-lo a Dok-hyun. Para confirmar a causa da morte.

— Acho que é bem óbvia a causa da morte.

Seokga dá um sorriso sarcástico.

— É, bem, se você quiser evitar mais uma pilha de papelada, raposa, precisamos que a autópsia seja realizada.

O deus saca o celular, um Nokia 121 caro que *ele* provavelmente não teve que roubar, e digita alguns números. O telefone começa a chamar.

— Vou pedir para que um grupo de haetae colete o cadáver enquanto retornamos à delegacia. Quando chegarmos lá, procure o nome de todas as gumiho com mais de 1.500 anos. Pode me encontrar no necrotério depois de uma hora. Ou não — acrescenta ele enfaticamente. — Fique à vontade para deixar a investigação como um todo.

Hani mostra a língua.

— Não — responde com tanta alegria quanto consegue demonstrar com o cadáver de um haetae a apenas alguns centímetros de distância. — Acho que vou ficar.

Ele revira os olhos.

— Consiga os nomes dentro de uma hora — ordena antes de o outro lado da linha estalar.

— Dentro de uma hora?

Hani observa, incrédula, Seokga pressionar o telefone contra o ouvido, ainda fitando o cadáver.

— Vai levar mais do que isso pra conseguir todas essas informações...

— Então até amanhã de manhã, *no mais tardar*. Preciso de uma maca e de transporte — diz ele com rigidez ao telefone. — E cheguem aqui antes do *Fuxico Divino*.

Lee Ah-in. Idade: 1.601.

Hani encara o nome de Ah-in impresso no pedaço de papel branco e ergue uma sobrancelha.

— Vai saber? — pondera. — *Você* poderia ser a Raposa Escarlate.

Soltando um suspiro, ela batuca a impressora da delegacia, impaciente, ao passo que a máquina não demonstra qualquer pressa de cuspir o nome, endereço e informações de contato das gumiho de Nova Sinsi. Hani ficou quase uma hora clicando pela base de dados residenciais da cidade, resmungando xingamentos pesados enquanto a internet dava o seu melhor para responder às demandas na velocidade de uma lesma. No final das contas, entretanto, conseguiu encontrar uma porção de gumiho que se encaixam nos critérios de Seokga: quarenta no total. Conforme o décimo e último pedaço de papel é impresso, Hani o apanha da boca da impressora, pega um grampeador ali por perto e sai pisando duro até a sala de informática da delegacia.

O haetae responsável por conseguir as gravações das câmeras de segurança ergue o olhar da mesa quando ela chega.

— Aqui — diz ele, levantando-se da frente do computador para oferecer uma caixa de papelão cheia de fitas VHS. Deve haver umas dez delas. — Todas as gravações da área e próximas do horário do ataque. Precisei de um tempo até conseguir tudo. Tive que dirigir pela cidade pra pegar essas gracinhas, então não deu pra olhar nenhuma delas. Mas entendo que o detetive Seokga designou essa tarefa a você. — Ele abre um sorriso que sugere não estar com inveja. — O gravador de videocassete na sala de conferências consegue rodar essas fitas, ou você pode escolher um computador daqui se quiser que eu as digitalize pra você. Vai levar algum tempo, mas consigo fazer isso pelo detetive Seokga. O nome de cada estabelecimento e em qual rua eles se localizam estão registrados na lateral de cada VHS. Pode jogar fora o que não precisar e ficar com o que precisar. Fechou?

— Obrigada — agradece Hani, pegando a caixa e prometendo a si mesma que jogaria o VHS do Mercado Yum em um liquidificador.

Ela joga as fitas dentro da ecobag e suspira. Vai levar as gravações para casa e tocar as fitas na própria televisão. É arriscado demais fazer aquilo ali.

Hani esfrega os olhos de cansaço e parte para o necrotério da delegacia, apertando a lista de nomes de gumiho na mão.

A autópsia do haetae deve estar acontecendo agora.

Quando os boatos da última vítima do eoduksini chegaram aos ouvidos da delegacia haetae, os agentes logo assumiram um estado de luto silencioso, então o lugar está incomumente quieto conforme Hani se dirige ao necrotério, passando por algumas criaturas guardiãs melancólicas e acenando levemente com a cabeça em sinal de respeito.

Lee Dok-hyun já terminou de examinar o corpo. Ele abaixa a máscara e tem um leve sobressalto quando Hani entra; depois, balança a cabeça para Seokga. O deus está ao lado do médico com uma expressão inescrutável.

— Foi o eoduksini — confirma Dok-hyun. — Pode anotar isso no relatório oficial. Yang Chan-yeol, de 23 anos, foi morto por um eoduksini.

— Merda — murmura Hani, tentando forçar alguma leveza na voz. — Aquela coisa está mesmo por aí. Vou começar a levar um taco de metal comigo pra onde quer que eu for. Vou dar uma boa de uma *cacetada* nele se tentar alguma coisa.

Ela evita olhar para o cadáver do haetae enquanto se coloca ao lado de Dok-hyun.

Seokga olha para o teto e resmunga algo que soa extremamente parecido com "Você é insuportável". Hani abre a boca para disparar uma resposta mordaz, mas Dok-hyun se pronuncia primeiro.

— Na verdade — corta o patologista forense com certa hesitação —, o eoduksini não precisa, necessariamente, estar fisicamente próximo da vítima para torturá-la com pesadelos. Só precisa estar no mesmo reino.

— Que ótimo — resmunga Hani, mas se detém quando vê o rosto de Seokga.

O deus está mais carrancudo do que de costume, e ela agora sabe distinguir uma carranca da outra, o que diz muito sobre como está conseguindo irritá-lo ultimamente.

— Como você sabe disso? — pergunta Seokga. — Acabou de descobrir o que é um eoduksini.

Dok-hyun dá de ombros, desviando o olhar.

— Eu dei uma lida — responde ele. — Depois da última autópsia, fiquei assustado. A Biblioteca de Nova Sinsi tem um monte de material sobre eoduksini. Imaginei que seria útil. Posso mandar ao delegado Shim uma lista das melhores referências que encontrei caso você ache que isso pode ser...

— Talvez — interrompe Seokga, com a voz arrastada e frígida. — Talvez.

Hani não sabe o que pensar daquela súbita tensão. Ela encara Seokga atentamente, esperando que, caso olhe com convicção suficiente, um olho mágico para dentro do estranho cérebro do deus apareça. Seokga se eriça, como se o olhar dela fosse ofensivo.

A gumiho sorri com doçura, continuando a encarar sua testa.

— O que está fazendo? — vocifera Seokga. — Pare com isso.

Um instante depois, Dok-hyun pigarreia e dá as costas para o cadáver.

— Vamos pedir para que um membro da família venha identificar o corpo — afirma. — A custódia passará para eles em um necrotério diferente.

— Ele retira as luvas cirúrgicas e empurra os óculos nariz acima. — Espero, de verdade, detetive, que você esteja um passo mais perto de descobrir quem está fazendo tudo isso. Não quero ver outro corpo desta... maneira. — O médico engole em seco, ligeiramente esverdeado.

— Temos uma testemunha — comenta Seokga. — Logo, logo o assunto será encerrado.

— Uma... testemunha? — Dok-hyun pisca, cutucando o bordado dourado no jaleco preto. — É sério?

Seokga assente antes de desviar a atenção para Hani e para a montanha de papéis que ela carrega.

— Esses são os nomes?

Ela faz que sim, oferecendo-os.

— São.

Algo que poderia ser respeito ressentido — ou um caso leve de gases (de tão desconfortável e deslocado que seu semblante gélido parece) — cruza o rosto do deus.

Hani sorri e inclina a cabeça, presunçosa.

— Não precisei de todo o prazo — informa-o, bastante orgulhosa de si. — Só de pouco mais do que *uma hora*.

— Nomes? — pergunta Dok-hyun, parecendo ligeiramente confuso. — De testemunhas?

— Não. Possíveis suspeitas de serem a Raposa Escarlate.

Já sem a expressão curiosa, Seokga toma os documentos e curva os lábios para cima em um sorriso duro.

— Bem. Parece que você serve pra alguma coisa, afinal de contas.

Hani dá um sorriso meigo. *Ah, ele não faz ideia.*

— Mas a testemunha — insiste Dok-hyun. — O que... o que foi que disse?

Seokga, franzindo mais a testa, folheia os papéis enquanto começa a se dirigir para a porta.

— Precisamos encontrá-la primeiro. Mas estou esperando que seja capaz de nos apontar na direção de nosso amiguinho demônio. Raposa — chama com grosseria, olhando por cima do ombro —, pare de ficar aí de bobeira. Há trabalho a ser feito.

Com um sorriso de desculpas para Dok-hyun, Hani sai pisando duro na direção em que Seokga desapareceu, ponderando quão encrencada ficaria se um dia finalmente lhe esmurrasse os dentes.

## CAPÍTULO CATORZE

# SEOKGA

ÀS ONZE DA NOITE, A DELEGACIA ESTÁ EM COMPLETO SILÊNCIO, exceto pelo teclado estalando sob os dedos de Seokga e o mastigar desagradável e alto de Hani, que come um pote de japchae em uma mesa perto dali. Alguns haetae de plantão estão curvados sobre as mesas, de braços cruzados e esperando por uma chamada. O delegado Shim se retirou há apenas alguns minutos.

Quando Hani emite um ruído impossivelmente barulhento ao engolir o macarrão, Seokga desvia o olhar do computador e foca na assistente.

— Será que dá pra parar com isso? — ordena.

Ela franze o cenho, mastigando o macarrão meio transparente de batata doce e apontando para ele com um palitinho de madeira.

— Eu me ofereci pra te comprar um também. Você recusou.

— Estou tentando me concentrar — desdenha ele, mas sem muita convicção.

Seokga está exausto.

Completamente exausto.

Está trabalhando há horas naquela porcaria de delegacia, revirando registros e gravações, desesperado atrás de algum indício de que uma das gumiho na lista preparada por Hani é, de fato, a Raposa Escarlate, desesperado por qualquer indício da localização de Choi Ji-ah. Mas nada lhe ocorreu. Chegou a visitar três vezes a cafeteria onde Ji-ah trabalha, na esperança de encontrar colegas de trabalho que soubessem algo sobre seu paradeiro. Mas não deu em nada. A única coisa que ainda o motiva é o desejo de cumprir sua parte do acordo com Hwanin. O desejo de, mais uma vez, ser um deus com poderes imponentes na ponta dos dedos.

Hani o espia com curiosidade. Apesar da hora, a gumiho continua repleta de energia.

— Você não parece bem — comenta ela.

Seokga se irrita.

— Claro que pareço — retruca.

Ele é Seokga. Até mesmo cansado, está bem acima dos padrões de beleza mortais.

Hani parece achar graça.

— Por acaso deuses dormem?

— E por que não dormiríamos?

Seokga a encara. Não era para ela estar localizando a residência de Ji-ah, os familiares e outros contatos? É um trabalho rápido e *fácil*, mas Hani ainda não o informou de qualquer avanço nessas tarefas.

— Já encontrou alguma coisa sobre a Choi Ji-ah, como mandei você fazer?

Ela franze a testa.

— Eu te falei duas horas atrás, quando voltei depois de visitar a escola onde ela fez o ensino médio. Tenho todas as informações. — Ela aponta para a pasta ao lado do braço dele. — Coloquei bem ali e falei: "Tá aqui". E você me falou, abre aspas, "Sai da minha frente, raposa. Estou ocupado", fecha aspas. Lembra? Faz duas horas que estou esperando você dar uma olhada.

Seokga faz uma careta. Nem ao menos sabia que Hani tinha visitado a escola, um descuido da parte dele. Ainda com uma carranca, ele abre a pasta e dá uma olhada por cima no texto em tinta preta.

Choi Ji-ah. Dezoito anos. Olhos castanhos, cabelo preto, 1,62 metro de altura. Há uma foto de uma garota de rosto redondo, vestindo uniforme colegial. Ele vira a página, ainda passando os olhos rapidamente. Formou-se no Ensino Médio de Nova Sinsi. Atualmente está matriculada na Universidade de Nova Sinsi, cursando o segundo ano de medicina. Contatos familiares... Seokga estreita os olhos.

— Ela é órfã — explica Hani, repousando a comida na mesa. — Não tem nenhum parente vivo.

*Que ótimo.* Seokga esfrega a testa. Isso obstruirá em muito a investigação. Ele não acha que seu ego suportaria Iseung se tornando um Mundo das Sombras por causa de seu golpe fracassado. Não dá para passar tanta vergonha assim.

— Mas ela tem uma amiga. Quando passei no antigo colégio dela, peguei uma cópia da gravação em VHS da formatura do ensino médio e assisti na sala de conferências. Uma garota deu uns gritinhos quando o nome dela foi anunciado, e mais tarde elas foram embora juntas.

Hani retira os pés da mesa e anda até ficar bem às costas de Seokga. Ele se enrijece quando ela se inclina sobre seu ombro. O cabelo dela faz cócegas em seu pescoço. Hani cheira a frutas cítricas e baunilha, fogueiras crepitantes e...

Seokga franze o cenho.

Por que ele se importaria com o perfume dela?

Ele não se importa.

— Olha.

O hálito quente dela lhe toca a pele enquanto ela vira para uma página diferente, com um dedo cutucando uma imagem de baixa qualidade de uma menina magricela andando lado a lado com Ji-ah.

— É ela. Eu voltei a gravação da formatura pra ouvir o nome que chamaram. Kim Sora. Então se a gente olhar aqui... — Ela volta ao perfil de Ji-ah e aponta para as palavras em negrito: CONTATO DE EMERGÊNCIA. — Bingo. Kim Sora. Este é o número de telefone dela. — Hani indica os onze dígitos com uma unha bem cuidada. — E este é o endereço atual. O apartamento dela fica no campus da UNS. — Ele consegue senti-la sorrindo. — Já pode me agradecer.

— Espera aí. — Seokga segura o pulso de Hani e a vira para que possa encarar os olhos castanho-avermelhados feito vinho, metade impressionado, metade cético. — Como foi que você convenceu a escola a te entregar as gravações?

Ela não possui qualquer distintivo ou credencial.

O que recebe em resposta é o mais puro sorriso de uma raposa.

— Eu roubei.

Malícia nítida perpassa os olhos de Hani, uma malícia brincalhona que desperta algo no interior de Seokga, algo que responde ao brilho travesso nos olhos dela. Não consegue evitar sorrir de volta, um sorriso ardiloso que parece confundi-la por um instante.

Ele sabe valorizar um bom roubo, afinal de contas.

— Muito bem, raposa — diz com suavidade. — Talvez você não seja tão inútil assim. Que bela surpresa.

O sorriso dela retorna.

— Vou considerar isso um elogio — cantarola.

Seokga de repente fica ciente da proximidade dos dois. A sensação do cabelo de Hani em seu pescoço enquanto ela se inclina sobre ele, o calor irradiando de seu corpo, a mão dele ao redor do pulso dela. Por um breve momento, o deus e a raposa se encaram com expressões idênticas de desprezo teimoso que parecem esconder, de ambos os lados, um lampejo de respeito.

Mas então Hani estende a mão e dá um peteleco em seu nariz, e, simples assim, o momento é arruinado.

A audácia da gumiho jamais deixa de surpreendê-lo.

Engolindo um sibilo de agitação, ele solta o pulso dela. Hani dá um passo para trás quando Seokga se levanta e pega a bengala.

— Pegue suas coisas — avisa ele, curto e grosso. — Temos uma visita a fazer.

Consegue sentir Hani olhando-o surpresa.

— Não está querendo visitar Sora *agora*, está? — pergunta ela, pegando a ecobag de cotelê.

Exasperado, Seokga olha para ela por cima do ombro como se dissesse *o que você acha?* É claro que quer visitar Kim Sora agora.

— São onze...

— É março. Primeiro semestre da faculdade. Ela vai estar acordada. E não temos tempo a perder. — Porque Seokga não quer mais nada além de deixar esse reino miserável para trás em troca de Okhwang. — Ela pode saber onde está Ji-ah.

Ele não espera por uma resposta antes de sair andando rápido da delegacia e dar partida no carro. Hani se junta a ele um instante depois, acomodando-se no assento do carona e fechando a porta com força demais para seu precioso veículo.

— Com mais cuidado — reclama Seokga de canto de boca.

— Desculpa — diz ela, sem aparentar qualquer remorso.

---

A Universidade de Nova Sinsi é um enorme campus com prédios de tijolo branco e árvores de cerejeira já desabrochando, iluminado por vários postes de luz de ferro forjado e o brilho ambiente que emana da cidade. Conforme Seokga e Hani passam por um trecho de calçada ladeado por pelo menos uma dúzia daquelas porcarias de árvores, Seokga reprime um espirro particularmente violento. Hani o observa pelo canto do olho como se achasse graça.

— Você é alérgico a flor de cerejeiras? — pergunta, curiosa.

— Não.

— Eu poderia jurar que estava segurando um espirro.

— Não estava.

— *Hmm* — faz ela, nem um pouco convencida. — Então... Qual o seu plano pra fazer a Sora falar? Ela é humana. Você não pode contar que a amiga é a única que testemunhou um eoduksini sugando a vida de alguém, e *definitivamente* não pode contar que você é um deus caído. Precisamos de um disfarce — pondera Hani. — Um bom disfarce que nos consiga respostas. Vejamos... Ah! — Ela se vira para ele, animada, passando a andar de costas para lhe mostrar um sorriso travesso. — Que tal a gente bancar o policial bonzinho e o mau? Podemos ser policiais infiltrados da delegacia humana. Eu serei a policial boazinha, é claro, e você...

*Falando no diabo.* Seokga abre a boca para sibilar um aviso, mas é tarde demais.

— *Ai!*

Ele observa Hani colidir com um segurança do campus de aparência austera. As costas dela batem contra o peito dele.

— Olhe por onde anda — esbraveja o segurança, empurrando Hani para longe.

Ela abaixa a cabeça para pedir desculpas, mas Seokga vê que sua expressão transmite tudo, menos remorso; na verdade, está irritada. Ele reprime uma risadinha enquanto o segurança franze a testa para os dois.

— Vocês são alunos?

Seokga assente com a cabeça.

— Somos.

Ele tenta passar pelo sujeito, mas o policial bloqueia o caminho, parecendo desconfiado.

— Vou ter que ver a carteirinha de vocês — anuncia, de braços cruzados. — Dois estudantes foram encontrados mortos algumas noites atrás. Vocês não deveriam estar aqui fora a essa hora. — Ele aguarda com uma mão estendida, esperando pelas carteirinhas de identificação estudantil. — Tenho certeza que sabem que a punição por descumprir o toque de recolher é uma multa.

Ora, veja. Parece que não há alternativa. Seokga suspira e tenta alcançar o que resta de seu poder. É irônico que a maioria das pessoas em posição de poder, até mesmo policiais comuns, são sempre maliciosas e hipócritas o bastante para que Seokga as controle. Torce para que o segurança também seja um desses casos, senão vai se exaurir por nada.

*Façam com que ele esqueça que nos viu*, ordena Seokga aos ramos esmeralda de névoa que envolvem o homem, cujos olhos perdem o foco. Por sorte, a magia é suficiente para agarrá-lo — por um preço. Seokga não consegue imaginar nada mais humilhante do que desmaiar diante de Hani, mas, do jeito que sua cabeça está girando pelo cansaço, preocupa-se de que seja inevitável. *Façam com que ele esqueça que...*

— O que está fazendo? — indaga Hani, vendo as faixas de poder se apertarem ao redor do segurança, invisíveis ao mortal.

— O que eu planejava fazer com Sora.

Esperava forçá-la a responder dessa maneira — mas, depois disso, sabe que estará cansado demais para invocar os poderes outra vez. Quando o policial fecha os olhos, Seokga retrai o poder para si e aperta a bengala com força. É difícil se manter concentrado e alerta após coagir aquele sujeito e a testemunha do afogamento. Ele fecha os olhos e tenta se recompor.

— Seokga? — chama Hani, e o deus sente o olhar questionador dela feito aranhas deslocando-se por suas costas.

Ele *não* desmaiará na frente dela. Sabe que, se o fizer, ela nunca o deixará esquecer daquilo.

— Você vai desmaiar?

Seokga abre os olhos de repente e a encara, furioso.

— Não.

— É porque parece que você vai — continua Hani, com um sorrisinho presunçoso. — Não tenho certeza se vou conseguir te segurar. Acho que ver você cair no chão seria mais divertido.

*A audácia...*

— Eu só preciso de um pouco de cafeína — responde Seokga com os dentes cerrados. — Vá me buscar um pouco.

Agora. Antes que ele a entretenha ao cair na calçada feito uma pedra.

Hani alarga o sorriso.

— Temos mais o que fazer, Seokga. Talvez, se você for *bonzinho* quando falar com Sora, eu vá buscar um café depois. E nem vou colocar tanto açúcar nele.

Seokga comprime os lábios em uma linha fina, o peito agitado de irritação. Mas, já que o universo o odeia, está simplesmente cansado demais para discutir com ela.

— Tá — resmunga, tentando corajosamente se manter de olhos abertos. — Vamos.

— Espera.

A raposa está encarando o segurança com um sorriso espertinho que faz Seokga inclinar a cabeça de curiosidade. O brilho no olhar dela é perigoso, e sugere uma mente astuta formulando uma ideia perspicaz.

— Espera — repete Hani. Sua voz está baixa, conspiratória, e causa uma leve animação nele. — Eu tenho uma ideia.

---

— Isso aqui *não* serve — reclama Seokga em um dos banheiros da universidade, profundamente injuriado pela reviravolta.

Abatido, ele encara a si mesmo no espelho, vestido com o uniforme folgado demais do policial. As calças pretas têm pelo menos o dobro do seu tamanho, mas só chegam até as panturrilhas, e a rígida camisa polo azul-marinho fede a suor e perfume barato. Os broches e distintivos fazem a camisa pesar, e ele não gosta de ter uma arma na cintura — odeia armas desde que foram inventadas. Sempre lhe pareceram apelonas demais.

E o *chapéu*.

O chapéu azul-marinho com o símbolo do departamento de polícia humana — o pássaro dourado de asas abertas — é grande demais para sua cabeça e pende por cima dos olhos. Seokga engole a raiva ao empurrá-lo para cima. Está exausto demais para aguentar parecer tão ridículo.

Hani está esperando do outro lado da porta do banheiro.

— Não precisa ficar perfeito — diz ela através da madeira. — Você só precisa parecer um policial. Um policial humano.

Seokga olha para o sujeito inconsciente só de cueca no azulejo frio do chão do banheiro. Ele tem um enorme galo vermelho na cabeça, cortesia da bengala de Seokga.

— Não me pareço em nada com essa minhoca patética.

— Fale o que quiser — é a resposta abafada de Hani —, mas assim Sora será obrigada a nos dar as respostas que estamos procurando. Você é um segurança do campus e Choi Ji-ah é uma universitária desaparecida. — Ela bate na porta, batidas rápidas e impacientes e enervantes para seus nervos já à flor da pele. — Já terminou?

O humor dele está piorando de forma significativa a cada instante que passa. Seokga aos poucos abre a porta e enfia as próprias roupas, dobradas à perfeição em uma pilha, nos braços de Hani.

— Coloque-as na sua bolsa — ordena, ajustando o chapéu mais uma vez. — E não me olhe desse jeito.

O olhar dela cintila com zombaria alegre.

— Tá bom — responde, colocando as roupas dentro da ecobag. — Tá bom, tá bom, tá bom.

Mas ela carrega um divertimento na voz enquanto dá um passo para o lado para deixar Seokga entrar no corredor silencioso.

Foi um sufoco arrastar o policial desacordado para dentro do prédio de entrada, ainda mais porque eles tiveram que se esconder em arbustos e sombras para evitar as câmeras de segurança posicionadas lá fora. Hani, em um ato que autodeclarou ser "genial", decidiu arremessar violentamente uma pedra pesada em uma janela baixa que por pouco escapa do alcance das câmeras. Seokga quis esganá-la. Ela só foi poupada de sua ira pois ele é incapaz de lutar em um combate corpo a corpo enquanto está exausto, e porque ninguém apareceu às pressas.

O desafio seguinte foi botar o homem para dentro e entrar depois dele, o que cansou Seokga ainda mais. Aquele segurança é *pesado*.

O dormitório de Sora não é longe dali.

— Vamos indo — sugere Hani, espiando o corredor. — Já é quase meia-noite.

Seokga faz uma careta ao, mais uma vez, empurrar a aba do chapéu para cima. Ele segue Hani para longe do prédio silencioso e escuro e em direção ao campus lá fora. O ar noturno está frio e fresco, e ambos se mantêm às sombras, se esgueirando até o enorme prédio de dormitórios onde reside o alvo deles. Os passos ecoam na calçada, acompanhados pelo suave estalar da bengala de Seokga enquanto ele se arrasta com relutância, desesperado por um café.

— Trancada — sussurra Hani, testando a porta de vidro.

Há um crachá no bolso do policial.

— Me deixa tentar — diz Seokga, impaciente e com o cartão em mãos, gesticulando para que Hani dê um passo para o lado.

No crachá está escrito LEE BYUNG-HO debaixo de uma foto três por quatro do policial corpulento. SEGURANÇA DO CAMPUS. Seokga o segura contra o leitor de cartões escuro. A porta se destranca com um clique. Triunfante, o deus segura o puxador de metal gelado e abre a porta. Hani imediatamente tenta entrar primeiro; ele a corta e escapa para dentro do prédio antes dela. A gumiho murmura um xingamento às costas dele, e Seokga tenta não sorrir.

— Sora mora no sétimo andar — informa ele baixinho, cumprimentando a mulher de aparência cansada na recepção com um aceno rígido da cabeça. — Quarto 42G.

Hani já está se dirigindo ao elevador e apertando o botão de subir. As portas de metal se abrem com um *ding* suave e Hani dá um passo à frente, com Seokga em seu encalço franzindo o nariz para o cheiro bolorento do elevador. Quando Hani aperta o botão gorduroso do sétimo andar, as portas se fecham e o elevador começa a subir com um leve zumbido.

Hani se apoia na parede oposta a Seokga e sorri.

— Você realmente está deslumbrante.

*Que raposa insuportável.*

— Não quero ouvir nem mais uma palavra — murmura Seokga, sonhando com o café que ela prometeu buscar para ele. Gélido. Frio. Cafeinado. Ele quer *agora*.

Hani dá uma piscadinha, brincando com uma mecha sedosa do cabelo castanho.

— Sempre amei homens de uniforme — responde com mais um daqueles sorrisinhos perversos. — E você combina muito bem com a roupa, Seokga.

— Fique quieta.

As portas do elevador não poderiam demorar mais para abrir.

Hani faz beicinho e estende as mãos com os pulsos pressionados um contra o outro. Ela pisca os olhos enquanto Seokga a observa, incrédulo.

— Pode me prender, seu guarda...

As portas do elevador se abrem com um *ding* alegre.

*Finalmente.*

Seokga mira um último olhar fulminante em Hani antes de sair, xingando com raiva o próprio pai por ter criado o mundo e, consequentemente, aquela gumiho insuportável que não sabe quando ficar de bico fechado. Absorto em pensamentos soturnos, ele mal nota o piso bem encerado de linóleo, as paredes brancas lisas ou as fortes luzes no teto. Com um pequeno ruído exasperado, Hani o segura pela manga e o detém com um puxão.

— É aqui.

A gumiho gesticula para a porta simples de madeira com o número 42 de bronze lascado acima da superfície marrom.

— Bate aí — indica ela em voz baixa. — Diz que você é da polícia do campus. Bate o punho contra a porta e...

— Eu sei bater numa porta.

Hani dá de ombros.

— Só pra garantir.

Seokga leva um instante para ajustar o chapéu antes de bater na porta três vezes com o cabo de imoogi. Cada batida reverbera ao longo do corredor silencioso. Hani dá um salto e o encara feio, descrente.

— É sério isso? — questiona ela. — Não precisava bater tão forte. Você vai acabar matando a coitada do coração.

— Precisamos de respostas — retruca Seokga logo em seguida. — E se ela estiver dormindo, eu vou derrubar...

A porta se abre.

Uma garota de aparência indiferente e grandes olheiras encara Hani e Seokga. O cabelo está murcho e ralo, a pele macilenta e pálida sob as fortes luzes do corredor.

— Pois não? — pergunta ela, franzindo a testa enquanto os observa. Segura uma tigela de tteokbokki instantâneo ainda fumegante, e tem leves manchas de gochujang ao redor dos lábios finos. — Quem são vocês?

— Você é Kim Sora, correto? — questiona Seokga, levantando o maldito chapéu mais uma vez.

— Sim, sou eu mesma — responde Sora, apreensiva. — E quem são vocês?

— Policial Lee — retruca Seokga, assumindo uma cadência monótona e profissional, mas que não é fria a ponto de fazer Hani lhe negar um café. — E esta é minha assistente, Min Rita.

Hani se engasga de ultraje. Seokga continua:

— Temos algumas perguntas em relação à sua amiga, Choi Ji-ah.

Sora comprime os lábios.

— Entendo.

— Sentimos muito por estar tomando seu tempo — acrescenta Hani — e pedimos desculpas pela visita tão tarde da noite. Mas Ji-ah desapareceu e estamos preocupados que esteja correndo perigo...

— Ji-ah não foi sequestrada — responde Sora. — Estão perdendo tempo. Ela fugiu. De novo.

Seokga inclina a cabeça. A voz dela soa irritada, mas não com eles. É com Ji-ah.

— O que quer dizer com "de novo"?

Ao lado dele, Hani contempla a informação com o cenho franzido.

— Quero dizer que sempre foi assim — murmura Sora. — Entendo que ela teve uma vida difícil, entendo, sim, tá bom? Mas ela faz isso o tempo todo. Sempre que fica chateada com alguma coisa, ela foge. Faz isso desde que a gente era criança, a diferença é que, quanto mais velhas a gente fica, mais longe ela vai.

Sora mexe no tteokbokki e dá uma mordida, apoiando-se na porta. Por cima de seu ombro, Seokga consegue identificar uma cama desarrumada, um chão coberto de roupas sujas e uma mesa afundando sob o peso de uma dúzia de livros teóricos. Ele fita a cama. O que não daria para desmoronar em um colchão macio, puxar as cobertas por cima da cabeça e desmaiar. Ele pisca devagar, reprimindo um bocejo.

— Enfim, vocês estão perdendo tempo. Ela vai voltar em algum momento.

— Quando foi a última vez que a viu? — pergunta Seokga, voltando a encarar a universitária com certa dificuldade.

Sora dá de ombros.

— Ontem cedinho. Ela veio correndo até aqui, gritando sobre alguma coisa que aconteceu no trabalho. Falou: "Tô correndo perigo, Sora. Preciso ir". — A garota revira os olhos, claramente desdenhosa. — Mal consegui entender o que ela estava dizendo, de tão histérica. *Aish*. Que dramática. E aí ela meteu o pé tão rápido quanto chegou aqui.

Seokga franze o cenho. Até mesmo isso requer esforço no momento, mas ele franze de qualquer forma.

— E você não a seguiu?

Sora o encara com um olhar duro.

— Por que eu seguiria? Isso aconteceu umas quatro vezes no semestre passado. Juro, ser amiga dela foi a decisão mais idiota que eu já tomei. Ela é uma sanguessuga emocional, sabia? Escreve *isso* no seu relatório.

Carrancuda, Sora aponta para o uniforme de Seokga.

O deus ergue as sobrancelhas, um pouco entretido, mas também um pouco enojado, e extremamente cansado.

— Você ao menos sabe para onde ela foi?

Sora bufa.

— Bom, depois de me implorar por dinheiro, meu dinheiro, aliás, como se ela não ganhasse o dela naquela cafeteria, eu acredito que tenha ido pro novo esconderijo favorito dela. — Em resposta ao olhar questionador de Seokga, acrescenta: — A Ilha Geoje. Tem um vilarejo abandonado lá em que ela gosta de se esconder. É uma cidade fantasma, no meio da floresta, e nem consta na maioria dos mapas. Acho que ela foi pra lá uma vez com a turma de arqueologia no ano passado. — Sora dá outra mordida no tteokbokki, encarando feio a massa de arroz enquanto continua: — Se forem de ônibus pra Busan, dá pra pegar um saindo do terminal Busan Seobu e cruzar a ponte até Okpo, a cidade principal de Geoje. Acho que foi isso que ela fez. — Sora espeta a massa de arroz com uma veemência notável e continua de boca cheia: — Mas eu não me daria ao trabalho de ir lá. Ela gosta de ficar sozinha. Vai voltar em algum momento antes de fugir de novo depois que outra coisa a afetar.

— Qual o nome do vilarejo? — Hani arregala os olhos. — Você sabe?

Sora nega com a cabeça.

— Não tem nome. Ji-ah disse que fica em uma floresta de bambu em Geoje. Floresta Maengjongjuk. É aberta ao público, desde que você fique na trilha. Pra chegar no vilarejo, tem que desviar do caminho. Desviar muito, muito do caminho. — Ela hesita. — Vocês acham que ela tá mesmo em perigo?

— Talvez — sugere Seokga, novamente fitando a cama. Se ele não tomar um café em breve, vai apagar num piscar de olhos.

— Ah. — Sora pausa, parecendo se lamentar pela primeira vez. — Vocês dois vão... achar ela?

— Se estivermos dispostos. — Seokga se vira. — Agradecemos pela cooperação.

— Espera.

A voz de Sora fica repentinamente diminuta. Tímida. Seokga se volta para ela, impaciente. Busan já fica a duas horas e quarenta e cinco minutos de Nova Sinsi, e Okpo fica ainda mais longe.

Isso sem falar que aquela inconsciência sublime também está assomando sobre ele. Seokga precisa de um café e uma soneca — e não há tempo a perder.

— Se vocês encontrarem a Ji-ah... poderiam se certificar de que ela não vai sumir assim de novo? — Há lágrimas contidas em seus olhos. — Por favor?

Seokga reprime a irritação. Humanos e suas emoções. *Por que não a impediu de fugir, então?*, é o que quer questionar. *Nossa única testemunha está lá na Ilha Geoje, graças a você.* Ele morde a língua e dá as costas novamente. Hani é quem responde no lugar, fazendo promessas tranquilizadoras que Seokga duvida que se cumprirão.

Se o eoduksini também está atrás de Ji-ah — se o eoduksini encontrá-la primeiro —, Kim Sora jamais voltará a ver a amiga.

Murmurando um xingamento, Seokga parte pelo corredor do dormitório. Se ele mesmo não fosse um deus, poderia ter murmurado uma prece.

## CAPÍTULO QUINZE

# HANI

Seokga está dormindo no sofá de Hani.

Um copo de café de isopor vazio está aninhado em seu peito enquanto ele dorme, de cara fechada até mesmo no sono. Já que Hani é bondosa, generosa e, de maneira geral, uma ótima pessoa, ela manteve a palavra e comprou café ao deus cansado na cafeteria vinte e quatro horas do campus. E só colocou três doses a mais de açúcar.

Se gostasse de Seokga, teria sentido empatia por ele. Um preço tão alto por tão pouco poder...

Mas Hani não gosta dele, então está achando mais graça do que qualquer outra coisa.

A onda de energia durou o bastante para ele dirigir até o apartamento dela (que ele tão gentilmente julgou ser uma espelunca repulsiva), cambalear para fora do carro, entrar no prédio e despencar no sofá esfarrapado.

Ela suspeita que Seokga só permitiu que Hani o acompanhe até Geoje por estar exausto. Hani tagarelou sobre o assunto sem parar no carro até ele ceder. Contudo, duvida que o deus tenha realmente ouvido qualquer parte do discurso motivacional sobre como ela defenderá Iseung até a morte antes que o lugar se transforme em um Mundo das Sombras. Seokga parecia mais concentrado em manter os olhos abertos.

Agora, Hani deveria estar fazendo a mala para a viagem até Geoje, *não* tentando descobrir como destruir as fitas VHS que surrupiou para casa em uma ecobag, mas ela raramente faz o que lhe pedem. Em seu quartinho, Hani fecha a porta devagar diante do deus adormecido e se pergunta quais seriam as repercussões se destruísse todas as dez fitas.

Seria o plano perfeito, se os registros não a indicassem como a última pessoa em posse das fitas. Mordendo o lábio inferior, Hani mentalmente avalia as possibilidades. Poderia escondê-las, é claro, e fingir que as perdeu. Mas Seokga é desconfiado por natureza, e Hani ficou levemente nervosa quando ele perguntou a idade dela no carro. Ele estava fazendo uma piada de mau gosto, é claro, mas ainda assim… Hani nem ao menos deveria ter levado as fitas para casa para início de conversa, e já foi difícil manter a ecobag fechada e ficar quieta durante o trajeto até a universidade. Ela precisa tomar cuidado.

Com um suspiro, Hani revira as fitas até encontrar aquela identificada como MERCADO YUM, assim como as três outras de estabelecimentos próximos à rua Bomnal. De toda forma, ela não pode permitir que essas fitas voltem à delegacia.

Ciente de que o deus trapaceiro está adormecido no cômodo ao lado, Hani rapidamente pega as fitas que contêm as inconvenientes evidências e pondera sobre o destino delas com uma determinação severa. O haetae na delegacia disse para manter aquelas de que precisasse e jogar fora as que não precisasse. Com certeza jogará estas aqui fora, mas estão esperando que ela encontre *algo* nas outras fitas VHS. Se voltar de mãos vazias, vai parecer suspeito.

Há uma minúscula televisão no canto do quarto. Relutante, Hani coloca uma das fitas para tocar, de uma rua pela qual nem ela nem Somi passaram, e a rebobina, procurando gravações que poderia alegar serem "suspeitas". Há horas e horas de imagens, mas ela acelera o vídeo, com os olhos grudados na tela. Talvez possa alegar que a senhora idosa mancando pela calçada com uma bolsa aparentemente repleta de cenouras é suspeita. Quem é que come legumes?

— Hani?

Merda. Hani dá um salto de quase trinta centímetros quando a voz de Seokga, clara e levemente rouca, atravessa a porta. Ela xinga quem quer que tenha desenhado a planta daquele apartamento, pois não há tranca na porta do quarto. Foi boba ao pensar que Seokga ficaria desacordado por pelo menos uma hora.

— Não entra! — guincha ela, pondo-se de pé num salto e, em pânico, encarando a porção de fitas no chão. — Tô pelada!

Há um longo silêncio do outro lado. Rapidamente, Hani retira a fita do gravador e desliga a TV. Ela pega as quatro fitas incriminadoras e, em um momento de burrice relapsa, enfia tudo embaixo da cama.

— Por que você está pelada? — pergunta Seokga, devagar.

— Acredite — diz ela, ofegante, pegando as outras seis fitas e amontoando-as de volta na ecobag —, não tem nada a ver com você.

— Espero que não — retruca o deus, parecendo afrontado com aquela ideia.

Completamente ofendida, Hani pausa a organização frenética.

— Vamos embora assim que você não estiver pelada, então — continua Seokga com frieza. — Já desperdiçamos muito tempo.

— Você quer dizer que *você* desperdiçou muito tempo — retruca Hani, enfiando a ecobag no armário. — Não fui eu que precisei de uma soneca.

Depois de dar um jeito nas fitas, Hani corre para enfiar uma muda de roupa em uma bolsa para viagem. Ela também se despe — de verdade, desta vez — e veste roupas novas, caso Seokga pergunte novamente por que ela estava pelada. Deusinho enxerido e mandão.

Há um baque do outro lado da porta, e Hani encara feio quando a madeira surrada reverbera.

— Por acaso você acabou de chutar minha porta? — esbraveja, feliz por haver uma cadeira no lugar para impedir que ela se abra e revele que Hani não está vestindo nada além da roupa íntima.

Há outra longa pausa, o que lhe dá tempo de vestir um suéter macio e calça jeans.

— Não — mente Seokga descaradamente.

Resmungando xingamentos sobre deuses caídos, Hani alisa o cabelo, pega a bolsa de viagem, chuta a cadeira para o lado e abre a porta. Seokga está escorado no batente, com os olhos inchados do sono, e ela fica contente ao ver que o cabelo dele, que costuma estar perfeito, está levemente desalinhado.

— Não gosto de você — informa ela com uma honestidade profunda e vulnerável.

— Vou superar.

Os olhos verdes aguçados tentam se esgueirar para dentro do quarto, e Hani se move para bloquear a visão de Seokga. Mas já é tarde demais. Ela abriu muito a porta, e ele viu alguma coisa.

— Por que há fitas debaixo da sua cama?

Pelas tetas de Hwanin. Por um momento, Hani fica pasma com a própria estupidez. Seokga tira vantagem do choque dela, a empurra para o lado com uma cotovelada, entra no quarto e aponta de maneira acusatória para as quatro evidências incriminadoras debaixo da cama de solteiro. Em meio à pressa, Hani não empurrou as fitas o bastante ou puxou as cobertas para escondê-las, e as pontas retangulares estão aparecendo nas sombras.

Seokga assume uma expressão hostil.

— Por acaso são fitas da delegacia?

Merda. Tá. Ela precisa manter a calma. Usar a esperteza de gumiho. Hani pisca diante do dedo de Seokga e depois dá um sorriso tímido.

— Você me pegou no flagra — diz.

Ele a encara com uma desconfiança maldisfarçada. Hani precisa se livrar dessa suspeita imediatamente. E também precisa impedir a qualquer custo que ele abra a gaveta de calcinhas, onde as adagas escarlates estão escondidas. Gostaria de levá-las junto para Geoje, mas, com a busca acontecendo, está perfeitamente feliz de deixá-las aninhadas debaixo das calcinhas fio-dental rendadas. Terá que contar com sua mente e garras afiadas, embora precise evitar usar a pérola de raposa de novo, por medo de os haetae localizarem o potente pico de energia e rastreá-lo até chegar nela.

Hani põe sua melhor interpretação de uma assistente desastrada em ação.

— Não tive tempo de assistir todas elas hoje na delegacia. Quer dizer, você me fez trabalhar igual uma condenada. Uma lista de nomes em *uma hora*. É sério isso? E eu sei que não devia, mas trouxe o trabalho pra casa. — Com o coração acelerado, Hani vai até a cama e se agacha para recolher as evidências. — Já vi estas, mas aquelas seis ali ainda preciso assistir. — Ela aponta para a ecobag, onde as fitas inofensivas se encontram. — Eu ia dar uma olhada nelas antes de irmos para Geoje.

É muito tentador atirar pela janela os vídeos incriminatórios que está segurando antes que Seokga exija vê-los. Ela segura as fitas com uma determinação resoluta, mas tenta não deixar perceptível. Ele não vai tirá-las dela. Não vai.

Seokga fixa o olhar no rosto de Hani, comprimindo os lábios em uma linha fina e franzindo as sobrancelhas.

— Não quis te contar, caso você não me deixasse ir a Geoje. Eu quero impedir que o eoduksini transforme este lugar em um Mundo das Sombras. — Ela cerra os dentes, então se força a falar a palavra mais difícil que já teve que dizer para esse enorme e insuportável babaca: — Desculpa.

— O que disse?

Hani o encara.

— Você entendeu.

Seokga está sorrindo de canto, e, embora seja enfurecedor, pelo menos a suspeita que endurecia sua expressão já sumiu quase por completo.

— Na verdade, não entendi, não.

— Ah, vai se foder — resmunga Hani antes que consiga se segurar e, assim, o que restava da nítida desconfiança de Seokga se esvai.

Com tanta naturalidade quanto possível, ela coloca as quatro fitas em cima da mesa, amontoando-as em uma pilha organizada. Fica esperando que Seokga estenda a mão na direção delas, mas ele não o faz.

Em vez disso, o deus analisa o resto do cômodo, absorvendo o piso irregular de madeira, a mesa que ela usa como penteadeira, abarrotada com diversos cosméticos, a pilha de roupas sujas em um canto (sua cesta vazia foi misteriosamente furtada da lavanderia duas semanas atrás) e a caixa de Choco Pie em cima de um dos travesseiros.

Hani tenta não corar quando ele vai até a estante, que range sob o peso de uma centena de livros de romance surrados. Seokga pega um — *Sequestrada pelo Rei Pirata das Terras Altas e Viajante do Tempo* — entre os dedos e olha, pasmo, na direção dela. Ela o encara de volta, se recusando a ter vergonha de gostar tanto da capa explícita e clichê quanto do delicioso conteúdo erótico. Quem diria que ela teria uma quedinha por piratas que vestem saiotes, viajam no tempo e enrolam os erres?

— Quer pegar emprestado? — oferece Hani com doçura.

— Prefiro morrer. Este lugar é um chiqueiro e tenho vergonha de ser visto aqui — acrescenta Seokga, com o nariz torcido ao colocar o livro de volta no lugar. — Vou esperar no carro.

✧

Seokga suspira enquanto dá ré para retirar o Jaguar da vaga de estacionamento.

— Você sabia que...

Hani o corta:

— Sim, sabia, Seokga — cantarola ela. — Sei que você preferia que eu ficasse para trás. Estou escolhendo ignorar esse detalhezinho.

Ela poderia jurar que o deus dá um sorriso sarcástico.

— Você já esteve em uma balsa antes? — pergunta Hani, enrolando uma mecha de cabelo no dedo. — Algumas têm lojinhas de lembrancinhas com doces...

— Não vamos pegar a balsa — responde Seokga. — Vamos pela ponte que fica entre Busan e Geoje.

— Pela ponte?

Hani franze o cenho. Nunca ouviu falar de nenhuma ponte que percorre o trecho extenso de água que separa as duas cidades.

— Estão chamando de Linha Direta Busan-Geoje. Foi encantada por um xamã. Humanos ainda não sabem sobre ela, mas estou presumindo que, de alguma forma, vão conseguir se infiltrar no fim das contas e interferir no projeto.

Mortais. Metendo o nariz onde não são chamados. Seokga faz uma curva para a rua da cidade e continua:

— Mas não é pra eles. Arquitetos bulgasari a criaram para as fadas. Em Geoje há uma enorme população de yojeong, que têm asas delicadas demais para aguentar voos de longa distância. Eu já coloquei a rota até a ponte. Vamos chegar lá em mais ou menos três horas e meia.

Hani arqueia uma sobrancelha e descansa a cabeça na janela.

— Mais rápido do que eu esperava — comenta, desconfiada.

— Estou planejando acelerar — responde ele com naturalidade.

— Que espertinho — murmura Hani. Ela se acomoda no assento de couro, com as pálpebras começando a pesar. — Quer revezar para dirigir? — pergunta, reprimindo um bocejo.

Se ela está exausta, só consegue imaginar o quão cansado Seokga deve estar, mesmo depois da soneca. Ele desdenha da sugestão.

— Você não vai dirigir meu carro.

Ela revira os olhos.

— Se a gente bater porque...

Hani é interrompida por um toque esganiçado e agudo. Seokga solta um barulhinho de agitação, pega o celular e o pressiona contra a orelha.

— Que foi? — esbraveja, e Hani volta a revirar os olhos.

Seokga claramente tem muito a aprender quando se trata de ter modos.

— *Seokga* — diz a voz do outro lado da linha. — *É o Agente Park. Mais três corpos foram descobertos, todos dentro da última meia hora. Não temos nenhuma pista sobre o eoduksini, mas...*

— Mas o quê? — questiona Seokga rispidamente, apertando o volante com os punhos.

— *As três vítimas foram... mutiladas de uma maneira que as outras duas não foram. Estamos conduzindo um interrogatório com as almas antes que sejam levadas até Jeoseung, mas nenhuma informação nova veio à tona. Se quiser passar na delegacia e ver os corpos por conta própria... Acho que é imprescindível que você faça isso antes de ir atrás de novas pistas.*

Mais três vítimas. Hani engole bile. O eoduksini ainda está em Nova Sinsi, ainda se banqueteando. Ela observa Seokga tensionar o maxilar, abaixando as sobrancelhas.

— Chegarei aí em dez minutos. — Ele guarda o celular e espia Hani com olhos estreitados. — Estou presumindo que você ouviu a conversa toda, raposa.

— Mais três corpos — repete ela, devagar. — Corpos mutilados. Como é que poderiam estar mais mutilados do que o de Euna e do haetae?

— Isso é o que vamos averiguar — responde Seokga, tenso. — Podemos gastar vinte minutos na delegacia, nem mais nem menos.

O Jaguar ruge quando ele pisa no acelerador, disparando pela cidade em uma velocidade absurda.

— Droga — resmunga baixinho. — Droga.

Cinco minutos depois, o Jaguar para derrapando diante da delegacia haetae, com os pneus guinchando no cimento. Hani pula para fora do carro enquanto Seokga fecha a porta com tanta violência que seu amado veículo estremece inteiro. Ela o segue com dificuldade pelo estacionamento. Seokga segura a bengala com tanta força que, mesmo a alguns metros de distância, Hani consegue ver a brancura dos nós de seus dedos.

*Click. Click. Click.* Há um paparazzo dokkaebi à espreita na porta da delegacia, tirando uma sequência de fotos de Seokga e Hani, provavelmente para o *Fuxico Divino*. Hani faz uma careta. A última coisa que quer é boatos de que está namorando *Seokga*.

*Click. Click. Cli...*

Seokga arranca a câmera das mãos do sujeito e a esmaga com o pé antes de entrar com tudo na delegacia.

— *Ei!* — grita o dokkaebi, mas as portas fecham na cara dele.

Os funcionários haetae de rosto abatido logo se afastam do caminho enquanto Seokga atravessa o lugar feito um furacão e irrompe no necrotério, quase soltando um rosnado. Quando Hani passa pela porta vaivém que oscila com força, vê Dok-hyun se sobressaltando. Ele está debruçado sobre um corpo, examinando-o com uma série de instrumentos de metal.

Hani fica paralisada de horror ao olhar para a vítima inerte.

Ele está deitado sobre a fria mesa de metal, de olhos eternamente fechados, com a pele salpicada de vermelho e desfigurada por aquelas horríveis veias pretas. Tem um buraco vermelho escancarado no peito, de onde jorra sangue, como se...

Como se lhe houvessem arrancado o coração do corpo.

As bochechas descoradas da vítima estão encovadas e arranhadas. Cortes vermelhos brutais se alastram da sobrancelha até o queixo, profundos e irregulares. Ambas as orelhas sumiram, e há apenas buracos ocos onde deveriam estar, com sangue seco escorrendo pelo pescoço quebrado. E o braço esquerdo... pende, inútil, apenas parcialmente ligado ao ombro, precariamente sustentado por uns poucos ligamentos musculares se desfiando.

Hani tapa a boca com a mão. Seu peito se contrai de terror, bloqueando os pulmões.

— Caralho — sussurra ela, com o estômago se revirando. — Ai, caralho.

Seokga, pálido, está rígido e ereto.

— Conte os detalhes, Dok-hyun. Agora.

O médico remove a máscara cirúrgica com uma careta.

— Pak Jonghoon. Humano. Quarenta e três anos. Foi encontrado do lado de fora de uma loja de conveniências no distrito comercial.

— E quanto aos outros?

Hani segue o olhar de Seokga até as câmaras mortuárias enfileiradas nas paredes do necrotério. O pescoço dela está quente, úmido e pegajoso de suor. Com dificuldade, ela volta a fitar o corpo mutilado de Pak Jonghoon, cobrindo o nariz e a boca com a manga do suéter preto. O cheiro penetrante e acobreado de sangue é sobrepujante. Ela não vê um cadáver tão mutilado desde seu auge como a Raposa Escarlate, quando estava atrás de Jack, o Estripador.

*Eu vou passar mal*, pensa. *Eu vou passar mal.*

— Um bulgasari e outro humano. Todos mutilados da mesma forma. O bulgasari foi encontrado por um segurança no ferro-velho da cidade, onde andava comendo metais. O outro humano foi descoberto em um beco nos limites da cidade. Se vocês quiserem dar uma olhada...

Um ruído escapa pelos lábios de Hani. Não. Não, ela não quer vê-los. Não mesmo.

— Não — diz Seokga rapidamente, os olhos saltando até Hani em algo que quase, *quase*, parece preocupação pesarosa. — Não. Já vimos o bastante.

— Entendo — responde Dok-hyun, fazendo uma reverência com a cabeça antes de cobrir o corpo de Jonghoon com um lençol branco, que está manchado e salpicado de sangue. Um instante depois, acrescenta: — Os corpos apresentam mais evidências de violência do que as outras duas vítimas. A julgar pelas veias, os ataques claramente são obra do eoduksini.

O médico ergue o olhar para o de Seokga com uma severidade sombria.

— Essa criatura está muito brava.

Seokga inclina a cabeça, com uma expressão inescrutável.

— Brava? — Hani consegue sussurrar. — O que quer dizer com isso?

Dok-hyun gesticula para o cadáver coberto pelo lençol.

— Está mais do que claro que o eoduksini foi bem mais violento com este trio do que com a gumiho e o haetae. Presumo que esse monstro esteja zangado. Talvez até furioso. — O patologista hesita. — Ele pegou os três corações. Eu acredito que... ele os esteja comendo.

— *Comendo*? — indaga Seokga bruscamente. — O que isso significa?

Dok-hyun franze a testa.

— Você não sabia? Está registrado nos livros. Eoduksini às vezes se alimentam do coração de suas vítimas. Isso não necessariamente os fortalece, mas... Bem, provavelmente são saborosos. — Ele lambe os lábios de nervosismo.

— Eu não sabia disso — admite Seokga, devagar.

Hani olha para a vítima outra vez, mordendo o lábio inferior com tanta força que sente gosto de sangue. É perturbador ver tamanha carnificina. Sim, já matou e até arrancou fígados, mas isto é... diferente.

— E a arma do crime? — pergunta o deus trapaceiro. Ele está um pouco mais rouco do que de costume. — O que você pensa que pode ter sido?

— Força bruta — responde Dok-hyun, exaurido. — A mais pura força bruta.

— Ele não deve ter encontrado a Ji-ah — conclui Hani antes de conseguir se deter. Sua boca está seca. — O eoduksini está atrás dela, tentando silenciá-la, mas não sabe onde ela está. Não consegue encontrá-la. Dok-hyun tem razão. A criatura está zangada.

— Ji-ah? — Dok-hyun parece confuso. — Quem é Ji-ah?

— Nossa testemunha — explica Seokga. — Apenas ela sabe qual é a forma do eoduksini. Nós a localizamos uma hora atrás.

Dok-hyun se enrijece.

— Vocês sabem onde ela está? — pergunta o patologista forense.

Nervosos, os olhos dele saltam entre Seokga e Hani. Algo muito parecido com desconfiança se acumula no fundo do estômago de Hani enquanto ela o observa se empertigar de profundo interesse.

*Muito* interesse.

Esta conversa inteira parece... estranha, de certa forma. Os pelos na nuca dela se eriçam. O instinto primitivo de raposa capaz de detectar um predador se infiltra em sua forma humana.

Hani olha na direção de Seokga com uma indagação. O breve olhar que compartilham transmite muito, muito mais do que suas expressões. Ela toma o cuidado de manter o rosto inexpressivo e neutro.

Como é que Dok-hyun saberia algo sobre o eoduksini que nem mesmo um deus sabe? Com certo desconforto, ela se recorda do nítido interesse do médico na testemunha do caso do eoduksini logo após aquela segunda autópsia. Como ele lambeu os lábios depois de sugerir que corações eram saborosos. Quando ela volta a olhar para Dok-hyun, está vendo-o por um novo ângulo. Um ângulo que não é nem um pouco agradável.

— Ela fugiu. — Seokga se vira para Hani com uma expressão soturna.
— Precisamos agir antes que ele a encontre. Venha.

Eles saem às pressas do necrotério, com a bengala de Seokga estalando no chão de azulejos, e Hani olha por cima do ombro para se certificar de que Dok-hyun não os está seguindo.

— Você acha que...
— O Dok-hyun? — Seokga balança a cabeça, mas aperta os olhos. — Não tenho certeza. Conheço a família dele há séculos. São irritantes, mas apenas tanto quanto o resto dos seres humanos.

— Mas se o eoduksini se apoderou do corpo dele, aquele não é mais Dok-hyun. Não dá pra julgar com base no que você acha que sabe sobre ele e a família dele. — Hani passa a mão pelo cabelo. — Quer dizer, você viu como ele lambeu os lábios? Aquilo foi... aquilo foi *nojento*.

— É. Mas isso não basta para nos voltarmos contra ele — retruca o deus secamente enquanto puxa Hani por um corredor até uma alcova encardida.

Ela cruza os braços e encara Seokga. Estão perto demais para seu gosto, a poucos centímetros um do outro.

— Ele sabe mais do que deveria saber — argumenta Hani.
— Ele falou que encontrou livros na biblioteca.
— Por que o está defendendo? — pergunta Hani, curiosa. — Você nem gosta dele.

Ela se lembra da negação mordaz de que Seokga e Dok-hyun seriam amigos.

Seokga fecha a cara.

— Ele não é sensível quando se trata de colocar as mãos em cadáveres e não demora a fazer o próprio trabalho. É só isso. E diferente dos outros... — Seokga lança um olhar de esguelha quando um haetae passa por eles no corredor, assobiando baixinho. — Ele não me pede para ser apresentado a Hwanin, ou pergunta onde meu irmão corta o cabelo ou se está solteiro. Como se eu fosse saber. E eu me contentaria com menos.

Hani se apoia na parede.

— Seokga, não temos outros suspeitos no momento. Mesmo se tudo o que tivermos for uma pequena suspeita contra ele, deveríamos agir. Iseung pode ser transformada em um Mundo das Sombras se não fizermos nada. Eu tenho uma ideia...

— Eu não confio nas suas *ideias* — interrompe Seokga, expirando pelo nariz.

Hani o ignora.

— Vamos manter Dok-hyun detido até encontrarmos Ji-ah. Se a descrição dela não bater com a dele, a gente o solta, sem ressentimentos. Mas se ela o descrever, aí *bingo*. Caso encerrado, o reino mortal está salvo e você estará a meio caminho de reconquistar a divindade.

Ela aguarda, cheia de expectativas e com uma sobrancelha erguida.

O estranho cérebro de deus dele está visivelmente trabalhando. Seokga estreita os olhos e batuca a bengala no chão com a cabeça inclinada.

Por fim, ele suspira.

— Certo. Vou dizer a Shim para que o deixem sob vigilância em uma cela. Só até voltarmos de Geoje.

O delegado Shim, de olhos injetados e exaustos, está esperando do lado de fora da delegacia ao lado de Hyun-tae e do elegante carro funerário preto.

— Seokga — chama o sujeito. Sua voz falha no ar noturno. — Aonde está indo?

— Para Geoje — responde Seokga, ríspido. — Localizamos nossa testemunha. Aliás, talvez você queira manter Dok-hyun em uma cela e bem vigiado.

Shim pisca.

— Eu... Como é, Seokga?

— Eu *falei*...

— Achamos que o eoduksini pode ter possuído Dok-hyun — interrompe Hani rapidamente antes que Seokga possa responder algo verdadeiramente desagradável. — Ele sabe demais sobre o eoduksini e anda perguntando sobre nossa testemunha. Não é muita coisa, mas não podemos arriscar. Iseung está em perigo.

— Lee Dok-hyun? Certamente não. — O velho haetae parece alarmado. — Além disso, os protocolos do departamento de polícia exigem que haja mais do que provas circunstanciais para deter alguém. Você sabe muito bem disso, detetive.

— Quer que este reino se torne um Mundo das Sombras, Shim? Você não duraria muito tempo — provoca Seokga. — Detenha-o. Isso é uma ordem. Mesmo caído, sou superior a você.

— Seokga, não é assim que as coisas funcionam. — Hani percebe, achando graça, que o delegado está parecendo um harabeoji dando sermão no neto. — Mas o imperador Hwanin confia em você para solucionar este caso, então desta vez, só *desta vez*, Seokga, eu vou abrir uma exceção.

O sujeito balança a cabeça e saca o walkie-talkie antes de se virar para emitir a ordem ao microfone. Shim olha para Seokga.

— Ele será detido em alguns minutos. Espero que saiba o que está fazendo. Dok-hyun é um bom homem.

Hani não ouve a resposta de Seokga; ela pega o celular (furtado junto com um aparelho para Somi há algum tempo, de uma loja de eletrônicos com um sistema de segurança deliciosamente fraco) com dedos trêmulos e disca o número da amiga. Dando as costas àquela conversa deprimente entre os dois homens, ela ergue o telefone à orelha, roendo uma unha, até que Somi atende.

A voz dela está grossa e sonolenta. Hani a acordou.

— Alô?

— Somi.

— Hani? Por que tá me ligando tão tarde?

Ela ouve o farfalhar das cobertas quando Somi se senta, sem dúvidas esfregando os olhos.

— Aconteceu alguma coisa? — Um quê familiar de pânico se faz presente na voz da amiga. — Ah, não. Ah, não, o... o Seokga... eu deveria ir... ele sabe?

— Não. Não é sobre... isso. Eu vou até Geoje com ele, atrás de uma pista. Você precisa tomar cuidado enquanto eu estiver fora. Não saia de noite.

Ela sabe que as chances de Dok-hyun ser mesmo o hospedeiro do eoduksini são baixas, e não suporta imaginar algo acontecendo a Somi enquanto ela não está ali para protegê-la.

— Hani... — Somi parece assustada. — Hani, o que aconteceu?

— Três corpos foram encontrados agorinha. Achei que eu devia te contar.

— Três? — A voz de Somi titubeia. — Você também deveria tomar cuidado, unnie. Já tá correndo bastante perigo.

— Eu tô bem.

Hani está completamente ciente de que Seokga entrou no carro e que o motor agora está ligado. Não se surpreenderia se ele saísse dirigindo sem ela.

— Olha, eu preciso ir. Fica bem, tá?

— Espera. E-eu tenho uma pergunta. Eu ando me sentindo esquisita... Hani?

O Jaguar está saindo da vaga de estacionamento. Seokga sorri com maldade, provavelmente planejando acelerar antes que ela possa chegar até o carro.

— Somi, preciso ir. Depois me liga, tá?

Hani desliga, encara o carro de Seokga e começa a se apressar até a porta do passageiro, mas uma mão em seu ombro a detém. Ela se vira, impaciente, e dá de cara com Hyun-tae. Os olhos do jeoseung saja estão sombrios de preocupação por trás dos óculos.

— Por acaso era... a sua amiga? Da cafeteria?

*Somi*. Hani sorri, entretida, quando as bochechas de Hyun-tae ficam rosadas.

— Era. — Ela faz uma pausa e inclina a cabeça. Uma ideia aos poucos vai se formando em sua mente. — Você gosta dela, não é? Da Somi?

— Somi — repete Hyun-tae, maravilhado, com um sorriso repuxando os lábios. — O nome dela é Somi — sussurra para si mesmo.

Hani franze a testa para Seokga, transmitindo exatamente o que fará com o deus se ele sair disparando sem ela. Hyun-tae hesita, claramente se confundindo e acreditando que aquela expressão é para ele.

— Q-quer dizer, eu acho que ela é bastante... — explica-se, pigarreando. — Bem... Ela é uma pessoa agradável...

O gaguejar dele já é uma resposta.

Ele se importa, sim. Ótimo.

— Vou sair da cidade — informa ao ceifeiro enquanto segura o puxador da porta do carro. Seokga buzina e o barulho interrompe a noite silenciosa. Cuzão. — Não consigo ficar de olho nela, e com o eoduksini à solta...

Seokga buzina de novo. Hani cerra os dentes.

— Se você se importa com ela, cuide dela até eu voltar. Vai atrás daquele trabalho de meio período na cafeteria. Certifique-se de que ela ficará bem. A Somi é meio inocente, ingênua em relação ao mundo... *Já vou!* — esbraveja para Seokga quando ele buzina mais uma vez. Hani olha para ele, mordaz, através do vidro fumê antes de se virar para Hyun-tae. — Certifique-se de que nada aconteça a ela.

Hyun-tae ajeita a postura quando aquelas ordens lhe chegam aos ouvidos.

— Eu protegerei a srta. Somi com a minha vida — responde, diligentemente. — Nada de ruim lhe acontecerá. Eu prometo.

— Ótimo. — Hani suspira de alívio, dando um puxão na porta do carro. — Aliás, se você fracassar, eu te mato.

— Ah. — Hyun-tae se encolhe. — Sim, senhora.

Com um sorriso amável, Hani fecha a porta e se acomoda no assento. Do lado de fora, Hyun-tae se curva em uma reverência para se despedir e reforçar a promessa. O Jaguar se dirige às ruas à espera e desaparece noite adentro.

— Vamos fazer mais uma parada rápida — informa Seokga enquanto Hani aperta o cinto de segurança.

Ela não costuma usá-lo, mas, devido à velocidade absurda em que Seokga dirige, parece uma boa ideia.

Uma ótima ideia.

Hani ergue uma sobrancelha, curiosa.

— Aonde estamos indo?

— A uma loja de armas.

O carro escapa por pouco de bater no meio-fio quando Seokga vira bruscamente.

— Uma loja de armas? — repete Hani, sem saber se ouviu direito ou não.

— Precisamos nos preparar para uma briga. Se o eoduksini não for Dok-hyun, se ele encontrar Ji-ah, com certeza sangue será derramado, e eu gostaria de garantir que não será o nosso.

Seokga dispara por um cruzamento, sem prestar qualquer atenção à longa fila de carros que deixam para trás.

— Eu tenho uma espada. Você precisa de algo além de suas garras.

— Uma espada? Onde? — pergunta Hani, curiosa, virando-se para olhar o banco de trás.

Não há nada além de duas bolsas de viagem e uma garrafa de água vazia.

Seokga dá tapinhas na imoogi prateada enrolada na bengala, encostada na porta do motorista.

— Isso é uma bengala, não uma espada.

Hani imagina Seokga usando a bengala como uma arma e abafa uma risadinha. Na cabeça dela, ele lembra um velho ranzinza afugentando criancinhas de seu gramado.

Ela não consegue mais conter a risada, que escapa pelos lábios.

— Você não tá dizendo que usa *isso aí* em uma batalha, né?

Seokga lhe dirige um daqueles olhares de *você é idiota?*

— A bengala se transforma em uma espada — responde de forma arrastada. — Uma espada bem, bem afiada que eu vou usar contra você se não parar de rir.

*Que interessante.* Hani se empertiga.

— Então também vou ter uma bengala-espada?

— Não. — Seokga pisa fundo no freio e Hani quase cai para a frente, detida apenas pelo cinto de segurança. — Não, você com certeza não vai.

Espumando de raiva, Hani observa os arredores. Estão na mesma rua do Café das Criaturas, estacionados diante de uma lojinha com uma placa que diz ARMAS, ARMADURAS E OUTRAS NECESSIDADES.

— Está aberta? — pergunta, cética, enquanto se junta a Seokga na porta de madeira, de sobrancelha arqueada.

— O dono é um dokkaebi que se chama Jae-jin — responde o deus, batendo o cabo da bengala-espada na madeira. — Jae-jin não tem amigos. Então, ao contrário de outros dokkaebi, ele passa as noites trabalhando em vez de se esbaldar. É quase certo que esteja lá dentro.

Ele bate na madeira de novo.

— Jae-jin — chama pela porta, com a voz ríspida e irritada. — Eu sei que você está aí.

Hani não sabe se ri ou se chora de empatia pela criatura lá dentro.

Um instante depois, a porta se abre e revela um dokkaebi gordinho com uma papada acentuada, usando um enorme par de óculos de proteção transparentes e luvas de couro. Seus olhos estão distorcidos por trás dos óculos, saltados e parecidos com os de um peixe.

— Seokga! Senhor! — diz animadamente, apressando-se para o lado para permitir que entrem. — O que está fazendo por aqui?

Seokga entra no estabelecimento, com Hani em seu encalço. Ela arregala os olhos quando vê as paredes abarrotadas de espadas cintilantes e facas brilhantes. O lugar é quase um paraíso.

— Eu estava trabalhando em umas coisas lá atrás — gagueja Jae-jin, logo retirando as luvas e os óculos. — Juro que não costumo andar por aí assim. Senhor.

Seokga gesticula, impaciente, com a mão.

— Sim, eu tenho noção o suficiente para perceber isso sozinho, Jae-jin.

Ele aponta a cabeça em direção a Hani, que dá um sorriso para cumprimentar o dokkaebi.

— Esta é minha... assistente, Kim Hani — diz entre os dentes cerrados, soltando a palavra *assistente* com grande relutância. — Ela está aqui para comprar uma arma.

— Prazer em conhecê-la — responde Jae-jin com um aceno apressado da cabeça. — Que tipo de arma está procurando?

Hani percorre as paredes com um olhar admirado.

— Você que faz todas elas?

— Sim, senhora. — Jae-jin assente entusiasmado. — E, se quiser algo que não está nas paredes, eu posso fazer sob medida para você...

— Não temos tempo para isso — interrompe Seokga. Ele mexe a cabeça bruscamente para Hani. — Escolha uma, raposa, e vamos logo.

O olhar de Hani se demora em um conjunto de duas adagas de prata com cabos brancos simples. Com toda certeza não são tão belas quanto suas adagas escarlates, nem tão letais, mas dá para perceber que darão conta do recado. Ela se aproxima da parede em que estão penduradas e, com cuidado, retira-as dos coldres.

— Estas aqui — murmura, sentindo o peso delas nas mãos. São mais pesadas que as suas, e mais grossas também, mas sem dúvidas conseguirão infligir uma dor tremenda em um inimigo. Ela ergue o olhar para Seokga. — Vou querer estas aqui.

O deus caído fica em silêncio por um momento, observando-a, e então Hani se dá conta de seu erro.

A Raposa Escarlate é conhecida por lutar com duas adagas.

Seokga estreita levemente os olhos e inclina a cabeça, com as sobrancelhas franzidas de nítida desconfiança enquanto a encara em um silêncio agonizante. Com o coração na garganta, Hani o encara de volta, erguendo o queixo no que espera ser uma expressão de exasperação irritada.

Hani sempre soube atuar bem. Teve aulas com o próprio Shakespeare no século XVI. É hora de usar suas habilidades.

— Por que você tá olhando pra mim assim? — questiona, erguendo as facas e apontando as lâminas em direção ao peito dele, tomando cuidado para segurá-las de forma ligeiramente errada, muito embora aquilo afronte sua dignidade. — Quer que eu prove que sei usá-las? Se sim — ela sorri —, dê um passo à frente e eu te mostro.

Seokga pisca ao ver a posição das mãos em volta dos cabos, desajeitadas o suficiente para demonstrar que possuem talento com as facas, mas não maestria, e o momento de desconfiança se esvai. Um par de adagas é uma arma bastante comum, e há mais gumiho familiarizadas com elas do que se esperaria, inspiradas, talvez de maneira inconsciente, pela lendária Raposa Escarlate, a mais famosa gumiho que já existiu. Seokga provavelmente acha que ela as escolheu por esse motivo. Ele a observa com hostilidade.

— Ande logo e pague. Temos que partir.

— Quê? — questiona Hani. — Pensei que *você* fosse comprar elas pra mim.

— Você é realmente inacreditável, raposa. Por que, em nome de Iseung, você pensaria isso?

Hani faz uma careta. Ótima pergunta. Mas pensou que... Com um suspiro, ela se vira para Jae-jin.

— Quanto custam?

O dokkaebi parece querer pedir desculpas enquanto muda o peso de um pé para o outro.

— Ah... Já que são artesanais...

Isso por si só já responde à pergunta. Estremecendo, Hani coloca as adagas de volta no coldre da parede e se vira para Seokga.

— Vou usar minhas garras, obrigada. Ou, se pararmos em um restaurante, talvez eu possa roubar uma faca de carne.

— Uma faca de carne — repete Seokga, cético. — Você vai lutar contra um eoduksini com uma faca de carne?

— Se prefere que eu lute com aquelas adagas, pode comprar elas pra mim. Eu te pago de volta — responde Hani com doçura.

Uma mentira descarada, e ela tem certeza de que Seokga sabe disso. Mas Hani ergue a mão direita e cruza o dedo indicador e o médio com uma piscadinha.

— Juro.

Seokga não parece nem um pouco convencido.

Mas, mesmo assim, Hani sai do Armas, Armaduras e Outras Necessidades com um novo par de adagas reluzentes.

## CAPÍTULO DEZESSEIS

# SEOKGA

A GUMIHO ESTÁ RONCANDO.
E está roncando bem, bem, *bem* alto.

Hani adormeceu há uma hora e tem roncado desde então. Cada ronco é ainda mais alto que o anterior e aumenta a vontade de Seokga de se jogar do carro.

— Por favor — implora. — *Por favor*, fique quieta.

Quase que em resposta, Hani solta um ronco que faz os tímpanos dele murcharem de indignação.

Seokga está dirigindo há duas horas, seguindo a rota para Busan enquanto o mais leve matiz de luz matinal começa a pincelar o veludo preto profundo do céu. Ele tem se esforçado ao máximo para ignorar o cansaço nos olhos, que ficam mais e mais pesados a cada momento, as contrações de fome fazendo seu estômago revirar e o nevoeiro de exaustão nublando sua mente. Mas não há como negar que está completamente esgotado. O café e a soneca o ajudaram a se recuperar do uso da magia, mas ele ainda está quase no limite.

Assim que chegarem a Busan, seguirão pela ponte Busan-Geoje, trajeto que levará mais uma hora. Cruzar a ponte em si levará quarenta minutos. Pode ser que não tenha escolha a não ser acordar Hani e permitir que ela dirija. Droga. O pensamento não o agrada, mas também não fica contente ao se imaginar caindo no sono ao volante.

Ele suspira e espia sua... assistente.

Ela está encostada na janela, com a boca meio aberta. A montanha de cabelo ondulado, sempre impecável, agora está amassada e emaranhada. As duas adagas estão aninhadas em seus braços como se fossem ursinhos de pelúcia (só que muito mais letais), ambas guardadas nas respectivas bainhas. Seokga fita as armas. Na loja, por um momento ele se perguntou se...

Hani abre os olhos de repente e Seokga logo vira a cabeça.

— Você estava roncando — diz, sem saber bem por que suas bochechas esquentaram um pouco sob o olhar sonolento dela. *Foi de irritação*, garante a si mesmo. *Irritação*. — Estava roncando muito, muito alto.

— Roncando? — balbucia Hani, sentando-se ereta e girando os ombros. — Eu não ronco.

Seokga reprime uma risada de escárnio. Não é possível que ela esteja falando sério.

— Ronca, sim.

— Não — insiste ela. — Não ronco nada. — Hani estala o pescoço uma, duas vezes. — Quanto falta pra gente chegar em Busan? Tô com fome.

— Quarenta e cinco minutos.

— *Hmm*. — Hani boceja. — Deveríamos parar pra tomar café da manhã quando chegarmos na cidade. Não deve demorar muito.

Seokga sente que está sendo analisado. Ele fica carrancudo conforme o calor roça suas bochechas mais uma vez sob o olhar dela.

— Você parece cansado.

— Eu estou — admite em um murmúrio azedo.

— Encosta o carro — pede Hani, gesticulando para uma área ao lado da rodovia. — Deixa eu dirigir.

É tentador, mas ele balança a cabeça.

— Não.

— Seokga — insiste Hani —, se você dormir no volante e morrer em um acidente de carro, jamais vai voltar a ter sua posição de deus. Além disso, quando vocês deuses passam pela "reencarnação divina", a princípio tomam a forma de, bem, uma versão bebê de vocês. Será que um neném consegue deter um eoduksini?

Ela examina as próprias unhas, ainda observando-o de esguelha. Seu olhar parece irônico, calculista, como se, mesmo que se conheçam há (por sorte) pouco tempo, ela soubesse exatamente que palavras usar em seguida.

— E, Seokga, se você acabar como uma versão infantil de si mesmo... Bem. — Hani sorri. — Tenho certeza de que Hwanin pagaria muito bem por uma babá, e eu nunca recuso um dinheirinho extra...

Bufando de raiva, Seokga encosta o carro.

Seokga acorda com o cheiro de chocolate quente.

O aroma profundo de chocolate com creme açucarado preenche o carro e ele abre os olhos, piscando para espantar o resquício de fadiga. Tem um gosto rançoso na boca e olhos grudentos e inchados de sono que procuram por Hani. Ela lhe mostra um sorrisinho debochado enquanto bebe de um copo de papel, de onde escapam fios de vapor.

— Bom dia — diz ela, com raios de sol banhando seu rosto em uma aura amarela pálida. Seus olhos se derretem na luz, em um castanho-avermelhado quente e infindável, e se enrugam nos cantos quando sorri. Com alegria, ela agita os dedos para ele.

Seokga percebe que ainda a está encarando desnorteado e pisca, desviando o olhar.

— Por favor, me diga que você não está comendo no meu carro — resmunga, esfregando os olhos e olhando pela janela.

Estão estacionados do lado de fora de uma filial da Cafeteria Estrela, onde algumas pessoas que acordaram bem cedinho saboreiam bebidas e mordiscam pãezinhos. Eles chegaram em Busan.

— Não estou comendo no seu carro — responde Hani enquanto procura dentro de um enorme saco de papel e pega um sanduíche de café da manhã. — Aqui, comprei pra você. Um pão de ovo com geleia de morango.

Ela atira para ele a comida envolta em papel-manteiga e ele consegue pegar por pouco. Seokga cheira o pão, desconfiado.

— Ovo com geleia de morango? — pergunta, cheio de desdém, mesmo quando seu estômago ronca, irritado de fome. O pãozinho de ovo com morango não tem um cheiro *ruim*, mas essa combinação o faz encarar feio o enorme saco da Cafeteria Estrela no colo de Hani. — Tem alguma coisa que dê pra comer aí?

Sem dizer nada, Hani retira do saco mais três do mesmo sanduíche. Ao ver a careta de incredulidade de Seokga, ela ri. A risada é tão radiante e cintilante quanto a luz do sol matinal. E, assim como a luz do sol matinal, aquilo o irrita.

— São pra mim. Mas prova o seu — encoraja Hani. — Eu juro que é bom. Também comprei isso aqui.

Há uma bandeja de copos para viagem no painel; Hani pega o último copo e o entrega a ele.

— Café? — pergunta Seokga, cheio de esperança.

Mas ele é tolo de acreditar que Hani compraria a bebida favorita dele. Ela volta a sorrir.

— Chocolate quente.

— Chocolate quente — repete Seokga, descrente, encarando com enorme apreensão o café da manhã que Hani comprou para ele. — Quero café. Preciso de cafeína.

Hani torce o nariz.

— Café é nojento — retruca. — Chocolate quente é a bebida matutina perfeita: doce e recheada de chocolate. E chantili também. Além disso, chocolate tem um pouco de cafeína. E o açúcar também vai te dar uma animada.

Seokga pisca.

— Você odeia café?

Impossível. Café é a única mísera coisa boa neste reino imprestável. Mas a gumiho assente e dá uma grande mordida no próprio sanduíche.

— Você deveria comer — sugere ela, de boca cheia. — Assim que chegarmos em Geoje, acho que é quase certo que não teremos tempo pra lanchar. Encontrar Ji-ah será nossa prioridade. — Ela engole e lambe os dedos. — A gente deveria botar o pé na estrada logo. Em dez minutos, talvez menos. Eu dirijo de novo — acrescenta, aconchegando-se no assento dele, que, Seokga percebe, ela puxou para perto do volante e deixou mais alto.

De testa franzida, ele abre a boca para reclamar, mas Hani o interrompe.

— Come — repete ela. — Consigo ouvir sua barriga roncando daqui.

Ele não duvida. Seu estômago está contraído de fome, desesperado por alimento. Com um suspiro, Seokga ergue o sanduíche até a boca e mordisca um pedacinho. O ovo está macio e um pouquinho salgado. A geleia de morango está doce e viscosa. O pão está perfeitamente fofinho e consistente. Contra a própria vontade, ele dá outra mordida, uma maior, e admite, contrariado, que a gumiho está certa. O sanduíche é uma delícia. Ele toma um gole do chocolate quente e faz uma careta. Doce demais para seu gosto. Mas, junto com o pãozinho de ovo caprichado, dá pro gasto. Seokga sente sua energia retornando aos poucos.

Ambos comem em silêncio. Hani devora os outros dois sanduíches com uma fome desenfreada, e Seokga consome o dele devagar e com calma, limpando a boca quando necessário. Quando terminam, Hani lhe lança um olhar triunfante e dá a ré no carro para sair da vaga de estacionamento.

— Tava bom, não tava?

Seokga não costuma admitir que estava errado.

— Não — diz, frio, apesar de desejar que ela tivesse comprado mais dois pãezinhos.

Hani ri baixinho, e Seokga quase solta uma risada amargurada junto a ela.

Quase.

Ele se detém a tempo. Enojado consigo mesmo, fecha a cara e pega o celular.

— Vou ligar para Shim e checar como anda Dok-hyun.

Apesar da hora, só demora alguns segundos para Shim atender a chamada.

— Seokga — diz o delegado de maneira agradável. — Bom dia.

— Alguma novidade sobre Dok-hyun?

Um suspiro faz a ligação estalar, e ele consegue imaginar direitinho Shim meneando a cabeça.

— Será que custa tanto assim me dar bom dia também?

— Custa.

Há um longo silêncio.

Mal-humorado, Seokga respira fundo.

— Tá. Bom dia. Alguma novidade sobre Dok-hyun?

— Assim é bem melhor — responde Shim, seco. — Quanto a Dok-hyun, ele está tão bem quanto possível quando se está numa cela da delegacia, cercado por haetae sem saber o motivo.

— Ele falou alguma coisa?

— Bem — diz o delegado. — Algumas coisas. Primeiro, que não consegue acreditar que você faria isso com ele. O homem achava que vocês estavam ficando amigos.

Seokga revira os olhos. Hani lhe lança um olhar questionador e estende a mão até o telefone. Ele se retrai bruscamente, e ela lhe mostra a língua. Há chantili na ponta.

— Segundo, que, depois de tudo que a família dele fez pelo departamento de polícia, ele não consegue acreditar que é assim que você o está tratando. E eu concordo.

— Só isso?

— Ah, não. Terceiro, que ele não é o eoduksini, que jamais matou alguém na vida, e que, depois que o soltarmos, ele vai pedir demissão. Você nos fez perder a família Lee, Seokga. — Shim raramente fala com Seokga com a voz séria, como faz agora. — Lee Dae-song morreu há apenas quatro meses. Isso tem afetado muito Dok-hyun, e aí você vai e faz isso. Os Lee foram essenciais para a delegacia haetae de Nova Sinsi desde sua fundação. Se estiver errado quanto a ele, eu vou ficar muito decepcionado com você.

— Ele está sendo dramático — esbraveja Seokga em resposta. — Já estamos quase em Geoje, e é provável que voltaremos dentro de um ou dois dias.

Se quer mesmo limpar o nome dele, vá até a Biblioteca de Nova Sinsi e veja se realmente há uma pilha de livros sobre eoduksini. Enquanto isso, diga a Dok-hyun que ele está basicamente de férias e dê a ele algo para fazer. Um livro de colorir ou alguns carrinhos de brinquedo.

— Ele não é uma criança, detetive Seokga...

Seokga desliga o telefone de forma dramática e tenta ignorar a sensação desconfortável zumbindo no peito. Não é culpa. Não pode ser culpa, porque Seokga, o Caído, não se importa com humanos detestáveis e seus sentimentos. Mas, ainda assim, enquanto conta da ligação para Hani, aquela fútil sensação persiste.

Leva mais uma hora até a ponte. Seokga observa Busan passar pelas janelas, as montanhas ao longe se transformando em um borrão de marrom profundo e verde vibrante. Sansin, deuses das montanhas menores, protegem Busan. Seokga se pergunta se acompanham Hani e ele passando por ali, e o que pensam de ter um vislumbre do infame deus caído sentado ao lado de uma gumiho que, no momento, mantém uma mão no volante enquanto dá um enorme gole no chocolate já frio.

A ponte enfim aparece no horizonte, cruzando um vasto mar azul-marinho em direção a cumes ondulantes de rochas e floresta. Seokga sente que Hani o encara com preocupação.

— Ji-ah deve estar morrendo de medo — murmura ela enquanto acelera o carro até a ponte. Os pneus deslizam sobre a estrada de cimento liso. — Ela viu o impossível.

Seokga vê as águas azuis se agitando lá embaixo.

— Assim que voltarmos para Nova Sinsi, podemos apagar a memória dela. Posso usar meus poderes, ou ela pode usar o procedimento disponível para testemunhas humanas.

Um xamã poderia extrair as lembranças do eoduksini de Ji-ah, assim como de tudo que aconteceu em seguida. Xamãs tornaram-se vitais para Nova Sinsi por executarem procedimentos como aquele e por suas habilidades de produzir encantos sobre locais como a delegacia haetae, a loja de armas e a ponte. Essa magia permite a criaturas e humanos coexistir pacificamente. Seokga não gosta de imaginar o que a cidade se tornaria sem os encantamentos.

Humanos têm a tendência de matar as coisas que não entendem.

— Mas será que deveríamos apagar? — Hani franze a testa enquanto dirige. — Ela vai precisar saber que precisa tomar cuidado... Por causa do eoduksini, quer dizer.

— Vamos cuidar disso quando for o momento.

— Eu me pergunto o que foi que ela viu — pondera Hani alguns instantes mais tarde. — Qual forma o eoduksini tomou, se realmente é Dok-hyun.

Seokga suspira.

— Não temos como saber até falarmos com ela.

Ele observa a longa extensão da ponte à frente, as primeiras minúsculas ilhas pelas quais ela passa antes de continuar em direção às outras duas, e por fim se transformar em um túnel subaquático que leva a Geoje. Em algum lugar na maior ilha está Ji-ah, a resposta para as perguntas que os assolam, e a passagem de Seokga de volta para Okhwang.

Quinze minutos de um silêncio quase amigável se passam antes que Hani enfim o interrompa. Ela mantém os olhos na estrada enquanto fala:

— O que você planeja fazer? Digo, quando voltar a ser um deus.

Seokga para, ligeiramente surpreso com a pergunta. Não há cadência provocadora nas palavras, nada além de pura curiosidade.

— Eu... — Ele olha para ela. — Quero voltar para Okhwang. Minha casa. Meu palácio.

Hani ergue as sobrancelhas quando eles saem do túnel subaquático, retornando à superfície enquanto passam pela primeira ilha. A ponte atravessa um suntuoso arvoredo.

— Você tem um palácio?

Ele assente. Seus pensamentos estão se deslocando em direção a um futuro melhor. Um futuro de poder, de uma vida em meio ao luxo, mais uma vez como um deus. Com um sorrisinho, Seokga confessa:

— Hwanin diz que vai me colocar em prisão domiciliar. Eu planejo escapar imediatamente.

— De certa forma, não estou surpresa. — Hani bufa uma risadinha. — Mais algum plano? Outro golpe, talvez?

— Tudo a seu tempo... — Seokga suspira. Um sorriso cruel retorce seus lábios. — Depois de mais ou menos um milênio, é bem provável.

— Imperador Seokga — murmura ela. — Até que soa bem.

Ele não consegue segurar um sorriso largo.

— Ah, eu sei.

— Sabe, eu também deveria receber algum tipo de recompensa de Hwanin, por te ajudar com o eoduksini. E a Raposa Escarlate. Compensação por lidar com sua chatice ranzinza. Talvez um dinheirinho. Ou... — Hani se empertiga e se volta para ele com um sorriso. — Meu próprio palácio.

Seokga estala a língua de desprezo.

— Você não vai receber nada, raposa.

— Exceto o prazer da sua companhia, é claro — responde ela com outra risada deslumbrante.

Ele franze o cenho, sem saber se está sendo ofendido ou elogiado. A risada de Hani aumenta e ele por fim permite que uma risadinha escape de seus lábios. Hani... quase chega a ser engraçada.

Essa conclusão o irrita ainda mais do que o agrada.

Como se estivesse surpresa com a reação, Hani se vira para ele de olhos arregalados. Seokga imediatamente reverte a expressão para sua carranca costumeira.

— O quê?

O semblante dela ainda é brincalhão.

— Nada.

Seokga revira os olhos.

A próxima meia hora se passa em um silêncio agradável e confortável. Quando a ponte começa a se transformar mais uma vez em um túnel subaquático, Seokga percebe que Hani ficou ligeiramente pálida e está apertando o volante com os dedos.

— O que foi? — pergunta ele, não de preocupação, diz a si mesmo. Só por curiosidade.

— Não gosto de água — responde ela, tensa. — Ainda mais de entrar nela.

A profunda luz amarela do túnel ilumina o carro, e Seokga vê uma gota de suor escorrer pela testa de Hani.

— Você sabe nadar? — indaga ele, e ela o corta com um olhar mortífero.

— Não é da sua conta.

Seokga sorri de lado.

— Então você não sabe.

— Eu *consigo* se... — Hani se interrompe, fechando a boca de repente.

— O quê?

O deus se inclina para perto, interessado.

— Não ri — avisa a gumiho. — Porque, se rir, eu vou mandar vários podres seus para o *Fuxico Divino*.

— Não vou rir — responde Seokga, já planejando soltar gargalhadas e desafiá-la.

Enviar aqueles podres lhe daria uma base legítima para demiti-la, e ele tem a nítida impressão de que ela está agarrada àquele caso feito uma sanguessuga.

— Eu consigo nadar se estiver em minha forma de raposa — explica Hani, olhando à frente, para o fim quase invisível do túnel. — Mas nunca aprendi a nadar em minha forma humana. Tá feliz agora?

Hani lhe lança um breve olhar furioso antes de voltar a prestar atenção na estrada.

Seokga aguarda um momento, um único momento, antes de começar a rir até ficar rouco.

Hani solta um ruído engasgado do fundo da garganta.

— Você disse que não ia rir.

— E eu nunca mantenho minha palavra. Relaxa — diz ele em resposta ao desprezo dela. — Não é como se este túnel fosse afundar. Nós com certeza não vamos ser esmagados pela água e morrer.

— Você não tá me ajudando — reclama ela. — Nem um pouquinho, seu abutre.

Seokga apenas sorri.

Quando enfim emergem do túnel, Hani estende a mão e dá um soco no ombro dele. Seokga se encolhe. A dor irradia conforme os nós dos dedos dela golpeiam sua pele.

— Você realmente precisava fazer isso? — resmunga ele.

— Não — responde ela, amável. — Não, não precisava.

A dupla fica em um silêncio taciturno enquanto o Jaguar sobe com dificuldade as colinas tortuosas de Geoje, com os pneus esmagando a estrada de cascalho. O oceano cerca a ilha exuberante com uma auréola azul, verde e verde-água cintilante, recuando cada vez mais longe enquanto o carro sobe cada vez mais alto. As enormes e imponentes palmeiras se estendem em direção ao céu, e suas frondes roçam contra a vastidão lilás e as nuvens de algodão doce. Não há nenhum prédio à vista, apenas a natureza pura e inalterada, exceto pelos portos de pesca a centenas de metros abaixo deles.

Conforme se embrenham mais a fundo em Geoje, os primeiros sinais de civilização começam a aparecer. Placas de rua, bairros e vilarejos, lojas de conveniência e postos de gasolina. Uns trinta minutos mais tarde, Okpo aparece de repente. Embora a floresta ainda os cerque, ela retrocedeu e foi substituída por torres imponentes, calçadas abarrotadas e carros buzinando, e fileiras de restaurantes que preenchem o ar com os aromas deliciosos de bife grelhado, macarrão apimentado, peixe frito e o cheiro delicioso e característico de budae jjigae. O estômago de Seokga se contrai de fome de novo, mas ele ignora. Estão ali para buscar Choi Ji-ah, não para explorar a cidade agitada localizada no coração de Geoje.

— Floresta Maengjongjuk — diz para Hani. — Está além de Okpo, nos arredores.

— Só me fala onde e quando virar — retruca ela com acidez, claramente ainda sem superar a crise de risos dele.

Seokga contempla a ideia de pedir desculpas por suas ações durante cerca de uma fração de segundo antes de, teimoso, mudar de ideia. Ele jamais pediu desculpas por nada do que fez, e com certeza não começaria a pedir agora.

Mas, mesmo assim, percebe que prefere Hani quando os olhos dela estão cintilando e ela está rindo, quando bebe ruidosamente chocolate quente e sorri de maneira tão radiante quanto o sol, do que a Hani de cara fechada e que lhe faz um gesto vulgar sem qualquer discrição quando ele a manda virar à esquerda.

## CAPÍTULO DEZESSETE

# HANI

Se houvesse uma foto ao lado da palavra *verde* no dicionário, Hani tem certeza de que seria da floresta Maengjongjuk.

O parque de bambu está apinhado de folhagens: árvores enormes da cor de jade, grama grossa e esmeralda, arbustos do mais profundo tom de oliva e musgo vivo e brilhante que se esgueira ao longo da trilha de seixos até a entrada do parque: uma imensa arcada de bambu falso diante do prédio de madeira que abriga a bilheteria. O bambu de verdade ainda não está visível, sem dúvidas localizado mais adentro.

Hani ajeita a ecobag no ombro enquanto ela e Seokga passam pela arcada. As novas adagas estão seguras dentro da bolsa, prontas para serem sacadas ao primeiro sinal da aproximação de um demônio.

A fila para os ingressos, por sorte, está curta. A mulher no balcão parece entediada. Seokga e Hani dão um passo à frente, ela com um sorriso educado, ele com uma carranca impaciente. A mulher olha brevemente Hani de cima a baixo e depois faz o mesmo com Seokga.

— Dois adolescentes? — pergunta, remexendo em uma pilha de ingressos retangulares. — É três mil won cada.

Seokga se enrijece, claramente ofendido por ser confundido com um adolescente. Mas Hani dá uma cotovelada na lateral dele e murmura baixinho:

— O que ela deveria ter dito? Ingresso para duas criaturas imortais? Temos cara de gente de vinte e poucos que ainda é barrada em bares. Não faz bico — pede enquanto ele se enfurece. — Pelo menos a gente nunca vai ter ruga.

Com certa relutância, Seokga entrega o cartão de crédito à mulher. Um instante depois, ambos estão mostrando os ingressos a um segurança bem alegre que vigia o caminho para uma pequena praça ao ar livre, onde há banheiros, placas com mapas e várias entradas para trilhas que levam até as imponentes florestas de bambu.

Hani se dirige a um dos mapas, com Seokga logo atrás.

— Acha que a gente deveria pedir ajuda pra encontrar o vilarejo secreto?

Seokga balança a cabeça.

— Não querem que as pessoas desviem do caminho. Não diriam nada pra nós.

Apreensiva, Hani suspira, estudando o mapa. Há pelo menos quatro trilhas, todas serpenteando por vários pontos na floresta: norte, sul, leste e oeste.

— Onde você acha que fica o vilarejo?

Quando Seokga se inclina sobre o ombro dela para observar o mapa, Hani considera seriamente se atirar para trás para fazê-lo tropeçar, mas muda de ideia. Por mais zangada que esteja com o deus caído, agora eles são uma equipe. Uma equipe com um objetivo: encontrar Choi Ji-ah.

Seokga segue a trilha norte com um dedo delgado, que por fim desliza para uma área densa de floresta de bambu fora do caminho.

— Aqui.

— Como você sabe?

— Não sei. — Seokga dá de ombros, se afastando. — Mas parece um bom lugar por onde começar.

Hani se mexe para segui-lo, mas um pequeno ícone de panda próximo à trilha sul chama sua atenção. *Pandas!* Ah, Hani ama pandas.

— Vamos logo encontrar a Ji-ah — diz sobre o ombro, se dirigindo à trilha norte —, assim eu posso ver os ursos.

※

Quatro horas e uma camada de suor mais tarde, Choi Ji-ah e o vilarejo secreto ainda permanecem um mistério, e Hani já não quer mais ver os pandas. Só quer ir para *casa*.

Escorada no comprido caule de um broto de bambu, Hani lança a Seokga um olhar mortífero. Norte, oeste, leste, sul... Já perambularam pela floresta inteira e nada. Não há vilarejo algum. Hani decidiu que esse lugar não existe, e que Kim Sora os ludibriou.

Suor gruda na nuca dela conforme o sol do meio-dia flameja no céu logo acima. Mal consegue sentir as próprias pernas depois da trilha de quatro horas pela floresta intocada.

— Você — diz Hani, rouca, para Seokga, que está se apoiando em um broto de bambu à sua frente.

O rosto dele reluz de suor e está sujo com rastros de terra de quando tropeçou numa pedra. Hani riu até perder a voz quando viu o deus se estabacando no chão, e proclamou alguma coisa sobre carma. Agora, aquilo parece ter acontecido em outra vida; muitas, muitas vidas atrás.

— Você — repete ela. — Me dá a água.

Seokga está segurando a última garrafa de água, que foi comprada duas horas atrás, quando retornaram à praça, determinados a examinar o mapa novamente. Só há mais um ou dois golinhos, e Hani planeja reivindicá-los para si.

Ele a encara, hostil.

— Eu ainda estou bebendo.

— Seokga, me dá a água. Por favor. — A boca dela está pegando fogo, e a língua parece uma lixa. Cada fôlego raspa no fundo de sua garganta. — Por favor — repete, inclinando a cabeça para trás para descansar no caule.

Com o olhar, segue os brotos de bambu até o topo, onde se espicham em direção ao céu. Seus músculos estão doendo de exaustão.

Logo a visão é bloqueada pelo rosto sujo e carrancudo de Seokga, que a olha de cima.

— Não desmaie, raposa. Ainda precisamos encontrar Ji-ah.

— Eu sei — resmunga Hani, pegando a garrafa de água da mão dele. Dois goles escorrem para a boca dela, mornos e de pouca ajuda para matar a terrível sede. — Me ajuda a levantar — pede, estendendo as mãos.

Seokga fita as mãos dela, claramente enojado.

— Levante-se sozinha.

O sangue de Hani esquenta de irritação, e a pérola de raposa se acende no interior do peito, propagando por todo o corpo dela um desejo de machucar e matar. Talvez seja o calor, talvez seja a exaustão, talvez seja o fato de que eles *ainda não encontraram Ji-ah...* Mas, qualquer que seja o caso, Hani põe-se de pé, com o coração acelerando de raiva em um ritmo veloz e terrível.

— Por que você precisa ser tão *cuzão* o tempo todo?

Com os olhos tremendo, ela vê Seokga piscar, assimilar as palavras, corar de um vermelho furioso, arreganhar os dentes e rosnar:

— *Por acaso não sabe com quem está falando, raposa?*

A última palavra, *raposa*, é vociferada com tanto ódio... tanta *superioridade*, que Hani devolve o olhar enfurecido.

— Com certeza não é com um deus — retruca. Cada uma de suas palavras fere como uma bala.

— Você... — Uma veia salta na testa de Seokga. — Você...

— Você é um *cuzão* o tempo todo — declara Hani, sem fôlego, tremendo de fadiga e raiva. As palavras escapam dos lábios dela em uma torrente, como uma saraivada de balas. — É, sim. E eu já tô *cansada pra caralho* disso...

Os olhos dele se estreitam.

— *Sugiro que pare de falar* — sibila Seokga com uma frieza terrível.

Mas Hani segue em frente.

— Você se lembra de quando foi até o Café das Criaturas pela primeira vez? Pediu um café gelado com uma colher de creme e uma de açúcar, e *foi isso que eu te dei!* Mas aí você alegou que eu botei *duas colheres de açúcar* e, quando eu discordei, você me pediu pra chamar minha chefe e falou pra ela que eu deveria ser demitida por ser *incapaz de fazer café.* — Hani cutuca o peito dele com um dedo. — *Demitida, caralho.*

A lembrança quase faz seu sangue ferver. Ela duvida que Seokga sequer se lembre daquele dia, que sequer se lembre de como mostrou aquele sorriso frio e presunçoso para ela enquanto proferia as palavras desprezíveis. Da forma como ele conseguiu um reembolso total por uma bebida que foi feita exatamente de acordo com o pedido.

Seokga fica em silêncio, com uma expressão inescrutável, mas está ofegando, apertando a bengala com força e olhando para Hani com o mais puro ódio. Ela continua:

— Você trata as criaturas de Iseung como se não fossem nada. Como se não fossem ninguém. Eu vi como você fala com Jae-jin. E também com Dok-hyun, antes mesmo de suspeitarmos dele! E com Euna! Por que falou pra ela dos sete infernos antes de ser enviada para Jeoseung? Você não pode usar as pessoas como seu saco de pancada pessoal só porque sua *tentativa patética de dar um golpe deu errado...*

As palavras fazem o deus se exaltar. Hani mal tem tempo de piscar antes de as mãos de Seokga estarem apertando seus ombros. A voz dele sai quase gutural quando ele rosna:

— *Não se atreva a falar da minha história.*

Algo dentro de Hani explode ao sentir o toque dele, algo cruel e violento e feroz. Ela grunhe, agarra os ombros *dele* e o empurra para trás. Ele tropeça e Hani dá um passo à frente, com o corpo agindo sem pensar, o punho recuando...

Seokga ruge e parte para cima da cintura dela, sem dúvidas para derrubá-la no chão. Hani xinga, surpresa, e tenta se desviar do deus, mas acaba tropeçando e... *Merda.*

Ela fecha os braços ao redor de Seokga no momento em que ele a derruba. O corpo dele atinge o de Hani com tanta força que ela vê estrelas, mas o leve tropeço a fez cambalear, e, com o ataque, ela sai voando para ainda mais longe. Agarrando Seokga, Hani guincha bem ao pé do ouvido dele, de surpresa e dor, quando eles começam a rolar, acertando a vegetação e despencando por uma ladeira particularmente comprida. Seokga também está gritando, de pura raiva, enquanto eles rolam cada vez mais para baixo, atravessando arbustos e batendo as costas em rochas duras, quicando nos brotos de bambu com baques pesados. Em um borrão de velocidade, Seokga fica por cima de Hani, e a bengala voa de suas mãos. Depois, Hani fica por cima de Seokga, com um grito agudo irrompendo dos lábios conforme perde o ar. Eles dão cambalhotas um sobre o outro e deslizam aos trancos e barrancos pela floresta.

Apenas quando a ladeira dá lugar a um terreno reto é que param de rolar. Seokga murcha sobre Hani, com a cabeça pressionada contra a dela e de olhos fechados. Hani dispara um olhar fulminante em sua direção. Há sangue escorrendo da boca dela graças a um baque especialmente feio contra uma rocha enorme. *Será que ele está inconsciente?*

— Seu filho da puta do caralho — xinga, rouca, ao ouvido do deus, só para checar.

Ele abre os olhos de repente e a encara de cima, ofegante.

— Você...

— *Sai* — geme ela, esmurrando as costas dele. — Sai, sai, sai *de cima de mim*.

Pelos deuses, como ele é pesado. Seokga rola com um grunhido e se deita de costas ao seu lado, tentando, em vão, alcançar a bengala que está a alguns metros de distância.

— Eu te odeio — sussurra ele.

Mas Hani já está se levantando com dificuldade e espanando a sujeira, os gravetos e as folhas que cobriram seu corpo durante a queda. Desviando o olhar para longe do deus literalmente caído, ela observa os arredores... e fica paralisada.

Estão no meio de um círculo de sete chogajips tradicionais coreanas, casas de madeira com telhados de palha.

O vilarejo.

Eles encontraram o vilarejo abandonado.

— Seokga — chama Hani, voltando-se para o deus no chão, que, mais uma vez, parece inconsciente. — Seokga.

Ela o cutuca com o pé. Quando ele não se move, ela o chuta na lateral do corpo. Com força.

— *Seokga*.

Choi Ji-ah está em algum lugar por ali. Disso Hani tem certeza.

— *O quê?*

Resmungando, Seokga se senta, massageia a cabeça e pega a bengala.

— A gente achou. A gente achou o vilarejo. — Hani sorri, não para Seokga, mas para as casas. Ji-ah com certeza está se escondendo dentro de uma delas. — A gente pode achar...

Um rosnado anormal, úmido e profundo, ressoa atrás de Hani... que fica bem, bem paradinha, com os pelos da nuca se eriçando de terror.

Seokga está encarando um ponto bem às costas dela.

— Hani — diz ele baixinho. — Não se mexa.

É o eoduksini. Hani tem certeza. Ele os encontrou e ela vai morrer. Não era Dok-hyun, afinal, era outra pessoa, e estava um passo à frente esse tempo todo. Um suor frio escorre por seu pescoço. Ela vai ficar estirada, sem vida, na maca de Dok-hyun, com veias pretas protuberantes e o coração fora do peito.

Ótimo. *Ótimo.*

Há um suave estalo quando a bengala de Seokga se transforma em uma espada de prata pura, ofuscante e brilhante.

Hani não aguenta mais. Com o maxilar retesado, ela se vira, soltando as garras com tinidos afiados.

Nada a encara de volta.

Não há nada lá.

Mas então aquele rosnado horrível soa mais uma vez, e Hani olha para baixo.

Ali, encarando-a com olhos pretos furiosos, está uma massa de crianças gordas, espumando, que mal passam da altura de seus joelhos, mas são duas vezes mais largas do que suas pernas juntas.

Por um instante, a floresta está tão quieta que chega a ser cômico, a não ser pelo canto de um único gafanhoto distante.

Hani escolhe interromper o silêncio.

— Que *porra* é essa?

As crianças sorriem, revelando dentes afiados como lanças e línguas escuras e enrugadas gotejando saliva amarela. A pele pálida salta de seus corpos, como se tivessem se empanturrado recentemente, quase a ponto de explodirem. Os pés descalços batucam na terra enquanto formam um círculo ao redor de Hani e Seokga. Rosnados anormais escapam de seus lábios rachados.

Hani olha para Seokga com um misto de divertimento, desânimo e terror.

Seokga vira a espada com a mão, analisando rapidamente o círculo de crianças.

— Baegopeun gwisin — murmura, aos poucos se aproximando de Hani, para que fiquem com as costas coladas.

Ele manca um pouco sem o apoio da bengala, mas seus olhos ardem com uma confiança tão potente que Hani fica surpresa por as crianças não fugirem. Elas não estão fazendo nada além de rosnar e encará-los com olhos inchados.

— Fantasmas famintos. Gwisin. Indomáveis. Ji-ah deve ter trazido comida desta vez. Eles sentiram o cheiro da comida... e dela.

Um baegopeun gwisin se arremessa nos tornozelos de Hani, os dentes arreganhados. Ela o chuta para longe. O círculo de fantasmas sibila de indignação e começa a apertar o cerco em volta do deus e da raposa. Droga. Se os fantasmas famintos já pegaram Ji-ah, provavelmente não resta quase nada da garota para encontrarem.

— A gente mata eles? — pergunta Hani, enfiando a mão na ecobag e retirando as adagas, desvencilhando-as das bainhas. Não quer sujar suas queridas garras com a carne dessas crianças babonas. — Todos eles?

Seu plano de impedir Seokga de acrescentar mais Indomáveis para a conta dele desabou diante de si com a aparição dessas... *coisas*.

— O que você acha? — questiona Seokga. — É *claro* que a gente mata eles.

— Parecem crianças!

— Confie em mim, não são. Se tiverem a chance, vão comer você, até os ossos e o cabelo. — Seokga funga, nauseado. — Só os mate e assunto encerrado — ordena ele por cima do ombro.

Sisuda, Hani gira as adagas nas mãos.

— Tá bom.

— Tá bom — retruca Seokga com frieza.

— Tá bom — rosna Hani antes de atacar.

Agachando-se para alcançá-los, ela golpeia os fantasmas famintos, rasgando os corpos rechonchudos com as adagas e atirando-se para fora do caminho dos dentes que tentam abocanhá-la. Mas Hani se controla, para o caso de Seokga ver que ela domina adagas, afinal de contas. É difícil se conter, mas ela o faz.

Os gwisin se desfazem em cinzas conforme são dilacerados pelas lâminas, levados para as profundezas da floresta pelo vento. Hani tem a vaga noção de que Seokga está lidando com um punhado agressivo de baegopeun gwisin com a graça letal e agilidade mortífera de uma víbora.

Hani solta um gritinho de dor quando um baegopeun gwisin crava os dentes em sua panturrilha esquerda e morde com força. Conter-se em meio a um combate leva a consequências dolorosas, e ela não consegue exprimir o quão furiosa fica consigo mesma por sequer motivar o início da perseguição atrás da Raposa Escarlate.

Seokga vira-se para a gumiho, com a espada erguida, e fita o tornozelo dela. Hani está golpeando o gwisin desesperadamente, mas a porcaria do Indomável se agarra com força e se recusa a largá-la ou se desfazer em cinzas. Ela se balança freneticamente, mas o fantasma gordo permanece firme no lugar. Sua perna está em chamas.

— *Seokga.*

Rios de sangue escorrem por sua pele, grossos e quentes e vermelhos.

— Ele gostou de você. — Seokga sorri de canto enquanto dá um chute para afastar um fantasma e enfia a lâmina no peito de outro. — Parece ter gostado ainda mais de sua perna.

— Tira isso daqui — implora Hani, em pânico por conta da dor. — Tira isso *daqui*.

— Qual a palavrinha mágica?

Seokga decapita três baegopeun gwisin com um único golpe.

— *Agora!* — berra Hani, eliminando mais dois baegopeun gwisin desajeitadamente quando eles tentam pular em seus ombros.

As criaturas se transformam em cinzas no meio do ar e desaparecem. Para a surpresa dela, não resta mais nenhum, exceto o que está comendo sua perna.

E Hani está agoniada. As presas do fantasma são praticamente fileiras de facas pequenas... facas pequenas que estão cravadas em sua carne.

Ai.

Ai, ai, *aiaiai*.

Seokga anda calmamente até Hani, com um sorriso agradável demais nos lábios ao ver o estado da panturrilha dela.

— Eu vou tirá-lo daí — diz o deus, em um tom suave — assim que você se desculpar.

— Me desculpar? — pergunta ela, ofegante e descrente. — *Me desculpar?*

— Sim — responde ele, com um brilho perverso no olhar. — Tenho certeza de que está familiarizada com isso. Você se desculpou muito bem no seu quarto. Qual foi a palavra que você usou? Começava com "d"...

*Desgraçado.*

— Não tenho nada pelo que me desculpar — declara Hani, sem fôlego. — Nada.

Foi ele quem a atacou, afinal. Foi ele quem começou toda aquela picuinha, tentando fazer com que ela fosse demitida.

Seokga suspira.

— Então tudo bem.

E ele dá as costas para ela.

Fazendo uma careta, Hani golpeia o baegopeun gwisin mais uma vez, em vão. Os dentes da criatura se afundam ainda mais, e um ruído engasgado de dor escapa dos lábios dela.

Nesse momento, Seokga se vira, com a mandíbula tensa. Com um movimento preciso e ágil, ele degola o baegopeun gwisin. A lâmina apenas roça o joelho de Hani.

O último fantasma faminto se transforma em cinzas ao vento.

Fogo em brasa sobe pela perna de Hani; as profundas marcas da mordida ardem implacavelmente. Ela puxa o ar, agonizante, e cambaleia até um broto de bambu ali perto, apoiando-se nele quando a perna esquerda ameaça ceder. Seu corpo inteiro está tremendo de exaustão.

Seokga comprime os lábios em algo que é quase preocupação e se aproxima dela, retornando a espada à forma de bengala com outro estalo suave.

— Hani.

— Minha perna — diz ela, sem ar. — Preciso enfaixá-la.

O sangue está jorrando das marcas da mordida e pingando no solo. Hani agarra a manga do suéter, planejando passar a roupa pela cabeça e rasgá-la para usar de atadura. Seokga emite um pequeno som incrédulo, e, tarde demais, Hani percebe que acabou de exibir um vislumbre privilegiado de seu sutiã preto *incrivelmente* rendado. Ela fecha a cara e continua a puxar o suéter pela cabeça. É uma peça bem grande de tricô e ela se perde em meio ao tecido.

— Não me diga que, em todos os seus anos imortais, você nunca viu um sutiã antes.

O ar frio fustiga sua pele encharcada de suor quando ela enfim consegue se desenroscar.

Seokga murmura algo, nitidamente afrontado, antes de colocar uma mão no braço de Hani, detendo-a quando ela está com o suéter no pescoço.

— Não pode sair andando por aí assim.

Os olhos verdes dele se fixam nos dela, como se estivesse tentando fazer muito, *muito* esforço para não olhar para seus seios.

— E também não posso andar por aí com uma perna machucada, *Seokga* — retruca ela. — Eu não tenho muita escolha.

Ela o observa mexer a mandíbula para a frente e para trás.

— Coloque a blusa de volta — resmunga o deus antes de tocar nos botões da própria túnica de seda preta e mangas compridas, que parece custar mais do que três meses do aluguel de Hani.

Em completa descrença, ela o observa desabotoar a camisa, revelando... *Ah*. Sua boca seca um pouco.

Embora o deus caído seja esguio, tem um peitoral bronzeado e definido. Os músculos se contraem conforme ele tira a túnica e faz uma bola com o tecido antes de jogá-lo para ela.

— Use isto — oferece em um tom áspero.

Hani fica boquiaberta de gratidão ressentida.

E admiração.

*Bastante* admiração.

O tanquinho dele é firme e delineado, e a pele bege-dourada está coberta por uma fina camada de suor. No cós das calças, o abdômen exibe uma profunda entradinha, e Hani engole em seco ao grudar os olhos naquelas malditas linhas. Ela aos poucos vai se dando conta de que sua respiração acelerou, com as bochechas repentinamente quentes e vermelhas, e que, não importa o que faça, não consegue desviar o olhar do deus caído.

E ele também está olhando para ela, metade arrogante, metade irritado e... algo a mais quando passa do rosto dela para a boca. Hani percebe que está mordendo o lábio inferior, e logo finge uma cara de exasperação e tédio. E, assim, o momento se desfaz.

Graças aos deuses, porra.

Seokga franze a testa, desviando o olhar, mas ela poderia quase jurar que as bochechas deles estão rosadas.

— Enfaixe a perna. Vou vasculhar o vilarejo atrás de Ji-ah. Se os baegopeun gwisin não a comeram, ela deve estar por aqui. Espero — acrescenta em um murmúrio, já se retirando a passos largos, com os músculos torneados das costas se retesando a cada movimento. Hani olha para baixo, a bochechas ardendo.

*Ele é só mais ou menos*, diz a si mesma ao rasgar a túnica de Seokga em retalhos finos. *Mais ou menos. Não é nem um pouco bonitinho. Odeio ele.*

Hani chia enquanto amarra os retalhos de tecido ao redor da panturrilha com os dedos ensanguentados. Seokga sumiu de vista depois de entrar em uma chogajip, uma cabana com telhado de cobertura vegetal, em busca da testemunha deles.

— Baegopeun gwisin — resmunga Hani para si mesma. — Malditos sejam em Jeoseung.

Quando termina de enfaixar a perna, ela se põe de pé, tremendo, e manca até o círculo de chogajips.

— Choi Ji-ah? — chama. — Você está aí?

Seokga sai de uma das casas e nega com a cabeça.

— Talvez esteja...

— Espera. — Hani se vira.

Ela detecta um som abafado. Um choro baixinho.

— Ali — sussurra ela, seguindo o som.

Ele a leva para além das chogajips, de volta para a floresta de bambu. Com a perna gritando em protesto, ela manca até um pequeno sulco no chão, ignorando a dor. Ao espiar o monte de terra e mato, encontra...

— Ji-ah — fala Hani com gentileza para a pequena figura encolhida no matagal. — Está tudo bem. Agora você está a salvo.

Ji-ah ergue o rosto manchado de lágrimas para Hani e Seokga e empalidece de terror.

— Quem... quem são vocês?! — grita ela, arrastando-se para trás. Nuvens de terra se erguem por onde passa. — O que vocês querem?

— Queremos te ajudar — responde Hani, tão afável quanto consegue. — Só queremos te ajudar. Não estamos aqui pra te machucar.

— Detetive Seokga. Esta é minha assistente, Kim Hani. — Seokga inclina a cabeça. — Kim Sora nos mandou aqui.

— Sora? — Ji-ah arregala os olhos. — Vocês... Vocês conhecem a Sora?

— Conhecemos — concorda Hani, tentando ficar ereta apesar da dor dilacerante na perna.

Consegue sentir o olhar de Seokga se voltar para ela, estreitado de preocupação. Surpreendentemente, ele dá um passo mais para perto, só um tantinho. Uma oferta, caso ela aceite. Cerrando os dentes, Hani se apoia no ombro nu dele. Ele fica tenso de choque ou nojo, mas, um instante depois, para a surpresa de Hani, ela sente o deus relaxar.

— E também sabemos por que você deixou Nova Sinsi. Prometemos que você está a salvo com a gente. Ninguém irá te machucar.

— Vocês sabem? — sussurra Ji-ah, horrorizada. — Vocês sabem...

— Você não está mais segura nesta floresta do que na cidade — explica Seokga com severidade. — Pode ser que haja mais daqueles fantasmas, os baegopeun gwisin. Não temos tempo a perder. Venha conosco, Choi Ji-ah, ou fique aqui. A escolha é sua.

Ji-ah alterna o olhar entre Seokga e Hani.

— Vocês conhecem a Sora? — repete ela, com a voz trêmula e engasgada de choro. — Kim Sora?

— Conhecemos. — Hani estende a mão para a menina. — Pega a minha mão, Ji-ah. Você está segura agora. Prometo.

O rosto de Ji-ah se contorce de alívio quando ela dá a mão para Hani.

— Você está segura agora — repete Hani, torcendo desesperadamente para que seja verdade.

## CAPÍTULO DEZOITO

# SEOKGA

A GAROTA ESTÁ COMENDO COMO SE NÃO TIVESSE INGERIDO UMA migalha de alimento desde que fugiu de Nova Sinsi, o que pode bem ser o caso se os baegopeun gwisin devoraram tudo o que ela levou para o vilarejo. Um dos fantasmas tinha um hálito suspeito de salgadinhos de lula seca.

Sentado em um restaurante de Okpo e vestindo uma de suas camisas reserva, Seokga observa Choi Ji-ah se debruçar sobre a tigela de bibimbap e enfiar arroz na boca com uma velocidade quase desumana. Ao lado dela, Hani está encarando o vazio com uma expressão exausta e dolorida.

Seokga flexiona o maxilar. Aqueles malditos baegopeun gwisin.

Antes de pararem no restaurante, ele tentou convencer Hani a procurar uma unidade de pronto atendimento para tratar a perna dela. A raposa se recusou categoricamente, afirmando que não precisava de um médico, apesar de tudo indicar o contrário. Então, Seokga entrou em uma farmácia para comprar ataduras — ataduras de verdade —, bem como analgésicos e um creme desinfetante. Hani ainda não os usou, afirmando que se recuperará logo graças aos poderes de gumiho. Mas as marcas de mordida permanecem profundas em sua perna, sem dar qualquer sinal de que desaparecerão.

Que raposa teimosa.

Já está tarde, quase anoitecendo. Sair da floresta Maengjongjuk levou quase duas horas de caminhada, graças à mais absoluta falta de senso de direção deles e à perna terrivelmente machucada de Hani. Do lado de fora da pequena lanchonete, a escuridão aos poucos cobre Okpo.

— Deveríamos procurar um hotel — sugere Seokga, encontrando o olhar atordoado de Hani.

A gumiho abaixa a cabeça em um leve aceno e estremece.

— Eu vi um a alguns quarteirões daqui — responde, exausta. — O Hotel Lótus. Podemos descansar lá esta noite.

Seokga olha para Ji-ah, que ainda está enfiando comida na boca. Ele arqueia uma sobrancelha questionadora para Hani. *Vamos interrogá-la.*

*Mais tarde.* A gumiho balança a cabeça. *Ela passou por coisa o suficiente por hoje.*

Irritado, o deus suspira e se reacomoda no assento. Que droga, ele quer respostas — e as quer logo. Seokga ligou para Shim meia hora antes, para saber sobre Dok-hyun (ainda amuado) e para informá-lo de que encontraram a testemunha. Pode ser que Dok-hyun seja liberado assim que Ji-ah der o depoimento. Mas Seokga olha com mais atenção para o rosto abatido da garota, com a boca suja de comida.

Talvez a raposa tenha razão. Todos eles tiveram um dia particularmente cansativo. Depor agora poderia acabar com o último fio de sanidade de Ji-ah. Quanto a ele, ainda está dolorido do pequeno *tombo* que tomou com Hani colina abaixo.

Seokga faz uma careta quando se lembra. Talvez se torne uma lembrança levemente engraçada algum dia. Mas por ora... Ele encara Hani, enfurecido, ao se recordar de como sair rolando por uma floresta de bambu não foi nada agradável.

Ela o encara de volta.

— Obrigada pela comida — murmura Ji-ah. A garota repousa a colher na mesa e limpa a boca com as costas da mão. Será que essa menina nunca ouviu falar de guardanapos? — Agradeço de verdade.

Ela abaixa a cabeça de leve, tanto quanto consegue enquanto está sentada à mesinha de madeira.

Hani sorri para ela, embora seja mais uma careta do que qualquer outra coisa.

— Sem problemas, Ji-ah — responde ao passo que Seokga faz sinal para o garçom trazer a conta. — Se precisar de mais alguma coisa, é só falar.

Com olhos escuros e aterrorizados, a garota se vira para a janela com treliça de madeira, encarando as ruas sombrias. Não é a primeira vez que Seokga percebe quão terrivelmente pálida ela está. Como se estivesse vivendo em um estado constante de espanto.

— Aquilo tá vindo — sussurra ela. — Eu consigo sentir. Tá vindo atrás de mim. Tá procurando por mim.

Seokga e Hani trocam um olhar apreensivo.

— Para a infelicidade daquilo, você não será encontrada tão cedo, Ji-ah. Venha — diz Seokga, colocando o dinheiro dentro da pasta da conta. Ele se apoia com tudo na bengala e se põe de pé, com os membros pesados de fadiga. — O Hotel Lótus não fica muito longe.

— O que era aquilo? — pergunta Ji-ah, ainda encarando a rua. — O que era aquilo? Como é possível que... essas coisas existam?

Ela se vira para o deus e a raposa com o lábio inferior tremendo.

— Eu fiquei maluca — sussurra antes de um vagaroso sorriso se abrir em seu rosto, sem alcançar os olhos aterrorizados. — Maluca, maluca, maluca, *maluca*...

— Você vai se sentir novinha em folha depois de uma boa noite de sono — promete Hani, gesticulando para que Ji-ah se levante. — Qual foi a última vez que você dormiu?

— Foram noites e dias e noites atrás — murmura Ji-ah, oscilando ao se erguer. — Os fantasmas estavam batendo na minha porta... batendo... e toda vez que eu fecho os olhos... *pesadelos*... tá vindo atrás de mim. Aquilo tá vindo atrás de mim, tá procurando por mim...

Hani cerra os dentes enquanto eles saem da lanchonete e pisam na rua escura do lado de fora.

— A bengala — exige, e Seokga a entrega com relutância e um suspiro.

Não ajuda muito a gumiho a coxear menos, e a falta da bengala faz o próprio deus mancar, mas eles conseguem pegar as bolsas de viagem do carro e chegar ao hotel, um pequeno prédio de tijolo branco com uma placa fluorescente que diz BEM-VINDOS AO HOTEL LÓTUS zunindo acima de uma porta giratória de vidro. Parece mais uma pousada maltrapilha, mas Seokga não se importa. Contanto que tenha camas, ele ficará mais do que satisfeito.

O saguão tem cheiro de velas baratas e aromatizador de ambiente ainda mais barato. Sofás gastos formam a sala de espera improvisada, e um tapete surrado cobre o chão de madeira barulhento. Uma mulher está sentada na recepção, cobrindo os lábios com um brilho labial fedido e beliscando um salgadinho de mel e manteiga. Ela olha por cima dos óculos quando os três se aproximam e arqueia uma sobrancelha para o mancar acentuado de Hani, a fala enrolada e incoerente de Ji-ah e a expressão nada agradável de Seokga.

— *Hmm-hmm?* — pergunta a mulher, deixando o batom de lado.

— Três quartos — pede Seokga, colocando a mão no bolso para pegar a carteira.

— *Hmm* — diz a mulher de novo. — *Beeem...*

Ela parece estar prestes a dizer mais alguma coisa, mas se interrompe abruptamente, toma o cartão dele e o passa na maquininha. A mulher devolve o cartão, mastigando um salgadinho.

— Só temos mais dois disponíveis — responde, de boca cheia. — Então cobrei os últimos quartos no seu cartão. Não fazemos reembolso — acrescenta com um sorriso seboso, deslizando duas chaves de quarto sobre a mesa.

Seokga está exausto demais para discutir, mesmo com o peito se contraindo de irritação.

— Quantas camas há em cada um?

*Por favor, por favor, que sejam pelo menos duas.*

— Uma — diz a mulher, mastigando com barulho. — *Hmm...* mas tem sofás. Um por quarto.

— Tudo bem. — Hani lança um olhar cansado a Seokga. — Eu divido o quarto com Ji-ah.

O elevador, coberto do pungente cheiro de meias de academia usadas, range e sobe até o sexto andar, abrindo-se para um corredor estreito de teto visivelmente baixo e piso irregular. Seokga entrega a Hani a chave dela. Quarto 603. Seokga está no 610. Um na frente do outro.

— Vejo você de manhã — murmura Seokga. — Cuide da perna.

Ele enfiou os produtos da farmácia na ecobag apesar das reclamações dela.

Hani revira os olhos antes de devolver a ele a bengala e mancar pelo corredor, seguida por Ji-ah. Seokga se dirige ao próprio quarto, destranca a porta frágil e entra em um cômodo apertado com um banheiro ainda menor localizado logo à direita da entrada.

A cama é grande o bastante para ele, embora as cobertas estejam puídas e os travesseiros, amassados. Uma lâmpada piscando na mesinha de cabeceira é a única fonte de luz, que ilumina o sofá velho coberto de manchas suspeitas. Seokga torce o nariz antes de se despir das roupas sujas e entrar no chuveiro. O chão de azulejos está rachado, e o sabonete duro tem um forte cheiro de produtos químicos, mas ele não se importa. Só quer ficar limpo.

Está saindo do banho quando a porta do quarto estremece sob o impacto de três fortes batidas. O deus franze a testa enquanto pega uma toalha.

— Quem é? — questiona.

A voz que responde é de Hani.

— Sou eu.

Seokga pisca. Não esperava falar com ela novamente naquela noite, não depois do desentendimento na floresta.

— O que você quer? — questiona ele por fim, amarrando a toalha em volta da cintura e andando até a porta.

— A Ji-ah me expulsou — diz a voz amargurada do outro lado. — E também jogou uma lâmpada na minha cabeça.

Seokga encara a porta.

— *O quê?*

— Ela está histérica. O mundo inteiro dela virou de ponta-cabeça. Faz sentido que queira ficar sozinha. Mas não precisava *jogar uma lâmpada* na minha *cabeça*. — A porta treme de novo quando Hani esmurra o punho contra ela. — Me deixa entrar, Seokga.

— Só um minuto… — Seokga olha ao redor, procurando roupas limpas, bem no instante em que ouve um suspeito barulho de clique da porta. Ele se vira na direção dela, de olhos semicerrados. — Está tentando forçar a fechadura?

Ele aperta a toalha com mais firmeza ao redor de si.

Como resposta, a porta se abre e revela uma Hani muito acabada e muito raivosa.

— Tô — responde ela, dando um passo para dentro, aparentemente sem se importar de ele estar apenas de toalha. Hani coloca o grampo de volta no cabelo emaranhado e fecha a porta. — Foi tão fácil que chega a me preocupar.

Petulante, Seokga a encara.

— Esse é o *meu* quarto.

— Agora é o *nosso* quarto — retruca Hani, e Seokga prende a respiração enquanto ela passa os olhos nele.

A toalha está pendendo baixinho na cintura, e ele aperta o tecido áspero com mais força em uma das mãos, odiando a forma como seu corpo esquenta inteiro de repente. A atenção da gumiho coça em sua pele — uma coceira irritante que ele quer tocar.

Seokga engole em seco e estreita os olhos com dureza.

E percebe que as bochechas de Hani estão da mesma cor que o chiclete que ela estourou em seu rosto naquele primeiro dia na delegacia.

Uma onda inesperada de satisfação aquece seu sangue quando Hani rapidamente desvia o olhar, manca até a cama e atira a própria bolsa de viagem ao lado da de Seokga.

— Hoje é Dia Nacional de Ficar Sem Camisa ou o quê? — resmunga ela, cruzando os braços e olhando para a parede atrás dele. — Bota uma roupa.

— Não — diz Seokga, simplesmente para irritá-la.

— Bota logo.

Hani o encara com hostilidade.

Exasperado, Seokga se dirige até a bolsa.

— Você vai dormir no sofá — murmura ele, pegando uma camisa e uma cueca boxer.

Hani dá de ombros.

— Isso é o que vamos ver.

Pela segunda vez naquela semana, Seokga se pergunta por que seu pai se deu ao trabalho de criar as gumiho. Hani revira a própria bolsa antes de pegar um conjunto de pijama rosa listrado.

— Vou tomar banho.

— Cuidado com a perna — acrescenta Seokga, sem conseguir evitar. O sabonete duro com certeza fará aquelas marcas de mordida arderem. — Você deveria limpar e enfaixar a ferida antes do banho.

Hani lança um olhar peculiar conforme manca até o banheiro. A discussão na floresta continua ecoando nos ouvidos dele, e o deus engole uma pontada de remorso.

*Por que você precisa ser tão cuzão o tempo todo?*

— Eu vou ficar bem.

✦

— Eu falei para você limpar e enfaixar a ferida *antes* do banho — vocifera Seokga, ajoelhado no chão do banheiro enquanto Hani se senta no balcão da pia.

O sangue da perna machucada está escorrendo para o chão, onde fica rosa ao se misturar às gotas de água do chuveiro. Hani comprime os lábios de dor enquanto aperta o roupão de banho cinza e esfarrapado ao redor do corpo.

— O sabonete limpou tudo. Enquanto ardia *pra caralho* — acrescenta baixinho, ressentida.

Seokga ergue o olhar indignado para ela. Hani esteve no chuveiro por aproximadamente dois minutos antes de seu uivo de dor, esganiçado e parecido com uma sirene, interromper o silêncio do quartinho de hotel.

— Vou enfaixar sua perna com ataduras — resmunga o deus, decidindo fazer isso nem que apenas para acabar com as incessantes reclamações da gumiho. — Ataduras de verdade. E depois você vai tomar um analgésico.

Ele pega a sacola da farmácia que levou para o banheiro depois de ter corrido em direção à porta quando as lamúrias de Hani começaram a soar como os berros de um animal agonizando.

— Tá — cede ela com um suspiro, e encosta a cabeça no espelho. — Faz o que achar melhor.

Seokga balança a cabeça, irritado, e abre a caixa que contém um tubo de pomada antibacteriana e um saco de bolas de algodão, de olho nas quatro profundas perfurações na panturrilha nua de Hani.

— Isso aqui também vai arder — avisa.

— Acaba logo com isso — pede ela, cerrando os dentes.

Seokga abre a pomada e torce o nariz por causa do cheiro azedo. Com cuidado, ele espreme um bocado numa bola de algodão.

— Vou passar o remédio agora — informa antes de gentilmente aplicar a pomada em uma das marcas de mordida. Hani se enrijece, mas fica parada enquanto Seokga limpa a primeira ferida.

Ele tenta ignorar quão macia é a pele de Hani conforme fecha os dedos ao redor da panturrilha torneada para firmá-la enquanto limpa. Tenta ignorar que Hani está vestindo apenas um roupão puído, que ainda há espuma do sabonete na curva do pescoço dela e que gotas de água escorrem pela extensão de sua perna. Tenta muito ignorar que o volume de seus seios está visível entre as dobras do roupão, e expulsa da mente a imagem dela na floresta. Aquela porcaria de sutiã rendado o afetou mais do que deveria. A boca de Seokga fica repentinamente seca e ele a torce em uma carranca, para o caso de — deuses o livrem — Hani perceber que ele a está odiando um pouquinho menos do que de costume.

Hani apoia a cabeça no espelho e solta um pequeno ruído de contemplação.

— Eu acho que — começa ela devagar enquanto Seokga passa para a segunda ferida —, quando voltarmos para Nova Sinsi com Ji-ah, deveríamos fazer o que você falou e apagar a memória dela. E talvez possamos encarregar alguns haetae de ficarem de olho nela, para a protegerem do eoduksini até que esteja morto.

Seokga olha para ela.

— O que te fez mudar de ideia?

— Ela... — Hani balança a cabeça. — Ela está mal. Eu acho que amnésia seria a melhor coisa pra ela.

— Não me surpreende. A mente dos mortais é frágil. — Seokga dá batidinhas na quarta e última perfuração, tomando cuidado para não pressionar com muita força. — Este reino não produz nada além de fraqueza. É um alvo fácil para os eoduksini.

*É surpreendente*, acrescenta ele em mentalmente, *que alguns daqueles débeis mortais tenham se tornado deuses*. Dalnim e Haemosu, a deusa da lua e o deus do sol, eram meros humanos escapando de um violento tigre antes de Mireuk os transformar nas deidades que agora são. Jacheongbi já foi uma garota humana também. Seokga tem certo orgulho de dizer que ele, pelo menos, jamais foi um mortal. Nasceu como é agora: um deus glorioso e todo-poderoso, e completamente superior. Filho de dois pais divinos, Mireuk e Mago. O deus da criação e a deusa da terra.

— Você mora em Iseung há seiscentos e tantos anos — comenta Hani, cética. — Como é que ainda odeia o lugar tanto assim? Não tem mesmo nada que você goste daqui?

Seokga se endurece ao ouvir a pergunta enxerida da raposa e estende a mão para pegar um rolo de gaze.

— Sorvete? — sugere Hani. — Parques de diversão? Música? Tempestades?

Ele não responde nada.

— Eu sabia — cochicha Hani. — Nem uma coisinha sequer.

Isso não é verdade. A injustiça de seu desdém faz os ombros dele se endireitarem.

— Eu gosto de café — vocifera Seokga na defensiva. — Não, eu amo café. É a única criação deste reino que me agrada.

Hani o encara de cima da pia. Os olhos dela se iluminam.

— Ah, é?

— É uma delícia — murmura Seokga, voltando-se para a gaze.

Ela está provocando-o deliberadamente, ele sabe disso, mas não consegue deixar de defender o café.

Os lábios de Hani começam a tremelicar.

— Entendi.

— Com uma colher de creme e uma de açúcar.

— Claro que sim.

Ele a encara feio, detectando um júbilo maldisfarçado no tom de sua voz.

— Está tirando sarro de mim?

A risada que irrompe dos lábios dela é vivaz e linda, preenchendo o pequeno banheiro com o toque de sinos. Hani tapa a boca com a mão, mas o riso ainda se esgueira pelas frestas dos dedos, dançando pelo quarto de hotel com um prazer evidente.

Seokga a observa. Algo em seu peito acelera ao ver a cor nas bochechas de Hani, a vida em seus olhos, a alegria banhando seu rosto com um lindo esplendor. Rapidamente ele desvia o olhar, mantendo o foco no ferimento. Em enfaixá-lo. Precisa enfaixá-lo.

Ele segura a panturrilha dela, tomando cuidado para tocá-la com leveza. Sobre ele, Hani fica em silêncio. Seokga ergue o rosto e seus olhos se encontram. Algo perpassa ambos. Algo caloroso. Algo... Algo amigável.

Hani sorri, e o coração dele titubeia. Só um pouquinho. Provavelmente de irritação. De qualquer jeito, Seokga logo escolhe estragar o momento, voltando a se concentrar na panturrilha dela. Consegue sentir Hani observando-o com curiosidade.

— Você me deu sua camisa — comenta ela. — Na floresta, quer dizer. Obrigada. Pela bengala também.

Ele continua enrolando a perna dela, tentando manter o rosto controlado e a expressão inescrutável. Seokga tentou, na floresta de bambu, não se importar quando o baegopeun gwisin afundou os dentes na panturrilha de Hani. Estava determinado a deixá-la à própria sorte, ainda furioso pela queda que tomaram juntos. Mas o som engasgado de dor que escapou dos lábios dela o fez agir sem pensar. Livrou-se do fantasma faminto antes que sua mente conseguisse acompanhar o corpo.

— Olhar para sua perna estava me dando nojo — fala, aliviado por perceber que sua voz está firme enquanto rasga a gaze do rolo e dá um nó, prendendo as ataduras na perna de Hani. — Queria cobrir logo.

Hani revira os olhos e mexe o pé. Ela inclina a cabeça.

— Parece melhor.

— É óbvio. Aqui. — Seokga gentilmente solta a perna dela e fica de pé para lhe oferecer o frasco de analgésicos. — Tome alguns.

Ela torce o nariz.

— Odeio remédios — resmunga, mas balança o frasco para retirar duas pílulas e depois as engole sem água.

Hani desliza para a beirada da bancada e, com cautela, repousa os pés no chão. O rosto de Seokga esquenta quando ela o encara com um sorriso irônico. *De frustração*, insiste para si mesmo. *Eu não disse a ela para enfaixar a perna antes de tomar banho?*

— Parece que você serve pra alguma coisa, afinal de contas — diz ela, ecoando as palavras que ele uma vez lhe disse.

Seokga permite que um leve sorriso curve seus lábios para cima.

— *Touché* — murmura ao seguir Hani para o quarto, notando, com uma satisfação presunçosa, que ela já não está mais mancando.

## CAPÍTULO DEZENOVE

# HANI

— A CAMA DEVERIA SER MINHA — DECLARA HANI, CRUZANDO OS braços enquanto espia Seokga. — Já que estou *machucada*.

— Pode ficar com o sofá, raposa — retruca ele, frio. — Eu paguei pelos quartos. Eu fico com a cama.

O deus e a raposa se encaram de lados opostos da cama.

— *Eu* — insiste Hani, extremamente irritada — fui mordida por um baegopeun gwisin.

— E *eu* — responde Seokga com grosseria — rolei colina abaixo por sua causa.

— Nós dois rolamos por aquela colina. E a culpa foi sua, não minha.

Hani se endireita e balança a cabeça.

— Que ridículo. A gente parece duas criancinhas.

É quase cômico, tirando o fato de que ela quer muito, *muito* a cama. O sofá está repleto de manchas escuras que realmente se parecem com… Deixa para lá.

— Vamos jogar pedra, papel e tesoura pra ver quem fica com a cama.

Parece justo, mas Seokga fica animadinho demais com a ideia, e Hani se lembra, com uma imensa irritação, o resultado da competição de encarada.

— Não vale roubar — acrescenta ela.

— Não posso aceitar esses termos — declara Seokga, colocando um punho sobre a palma aberta da outra mão.

*Malditos deuses trapaceiros.*

— Pedra — diz Hani, esmurrando o punho contra a própria mão com mais força do que é necessário —, papel e tesou… ra!

Hani escolhe tesoura.

Seokga escolhe...

— Uma arma? — questiona a gumiho, encarando o dedão levantado e o dedo indicador esticado. — Isso não conta.

As táticas dele são extremamente baratas para um deus trapaceiro de milhares de anos. Hani não sabe se está decepcionada ou entretida. Em resposta, Seokga finge atirar nela com um pouquinho de satisfação demais para o gosto dela. Ela inclina a cabeça.

— Você está imediatamente desqualificado — informa-o, triunfante. — A brincadeira é pedra, papel e tesoura, não pedra, papel, tesoura e arma. Você está desqualificado — continua ela, presunçosa —, e eu fico com a cama.

Cinco minutos depois, Hani se deita na cama sentindo uma onda inevitável de culpa. Seokga está no chão ao lado dela sobre uma pilha de toalhas de banho; dá para ouvi-lo rangendo os dentes. Veementemente enojado, ele se recusou a ficar com o sofá. Hani rola até ficar de lado e o espia lá embaixo. Os olhos do deus estão abertos e logo miram o rosto dela, visivelmente enfurecidos.

— Aproveitando a cama? — vocifera ele.

Hani se encolhe antes de se virar e ficar de costas, encarando o teto cheio de caroços. Seokga a ajudou a enfaixar a perna e é assim que ela o agradece. *Não.* Hani franze o cenho. Ele merece dormir no chão. Talvez isso o torne mais humilde. E o deus caído bem que poderia ser mais humilde.

Ela fecha os olhos.

Depois os abre de novo.

A cama talvez seja grande o bastante para caber os dois.

*Claro que não.*

Hani suspira, esfregando a testa, exausta.

Mas... tanto ela quanto Seokga tiveram um dia cansativo. A única diferença é que ela vai encerrá-lo na cama enquanto Seokga sofre no chão. E a cama *é* grande o bastante para duas pessoas.

*Tá bom.* Hani olha para baixo e cutuca a cabeça de Seokga com um dedo. Ele a encara, cheio de raiva.

— O quê?

— Você fica com o lado esquerdo e eu com o direito. Não rouba as cobertas nem me chuta, ou não vou me responsabilizar pelos meus atos.

Sem mais nem menos, ela rola para longe, virada para a parede, e escuta a bufada incrédula de Seokga. Ele se levanta do chão com um farfalhar, e então a cama grunhe sob seu peso enquanto o deus se acomoda no lado esquerdo e puxa as cobertas até o queixo.

Hani encara a parede com determinação ao sentir o olhar de Seokga em suas costas e o calor que irradia do corpo dele a apenas alguns centímetros de distância.

— Pesou a consciência, é?

O hálito dele faz cócegas em sua nuca, que se arrepia.

— Infelizmente — responde ela pesarosa, virando-se só para encará-lo com hostilidade.

Os olhos esmeralda dele cintilam na fraca iluminação do quarto. Seokga apoia a cabeça em uma das mãos e a está observando de uma maneira que deixa Hani em alerta, como se ele estivesse formulando outra patada. Que chega um instante depois.

— Tente não roncar hoje à noite.

— Eu não ronco — murmura Hani.

Suas pálpebras estão pesando. Ela puxa as cobertas para mais perto de si. Consegue sentir o sorriso ferino de Seokga em meio à escuridão.

— Ronca, sim.

Mas Hani está cansada demais para responder. Sua respiração desacelera para um ritmo preguiçoso, se aprofundando quando ela fecha os olhos. Discutirá com ele no dia seguinte.

✦

Ela está aconchegada em algo morno, enroscada em lençóis quentes de calor corporal, repousando a cabeça não em um travesseiro, mas em algo firme e sólido. Sonolenta, Hani abre os olhos e vê o sol do meio da manhã se infiltrando pela janela do quarto, com partículas de poeira dançando entre os raios de luz amarelos feito manteiga. Ela pisca. Os resquícios do sono ainda confundem sua mente, deixando os pensamentos vagarosos e letárgicos.

Leva alguns instantes para perceber que está apoiando a cabeça no peito de Seokga, com uma mão sobre a barriga musculosa e lisa dele. Ele a envolve pela cintura com um dos braços, e o outro pende da lateral da cama. O deus ainda está adormecido, respirando profunda e pausadamente. Sua expressão, que costuma ser gélida, está suave e serena. Os planos de seu rosto estão iluminados pela luz amarela pálida.

*O quê...* Hani o encara, em estado de descrença e pânico. *Como... Por quê... Ah, não.*

Precisa se desvencilhar de Seokga antes que ele acorde. Ela faz uma careta e, com cuidado, afasta a mão e a traz para o próprio corpo, monitorando a expressão do deus caído. Ainda está dormindo, com os lábios levemente separados.

Hani pausa. Algo em seu coração se remexe enquanto o observa. Em meio ao sono, há uma certa... inocência nele que ela jamais viu. Parece jovem sem o constante curvar dos lábios para baixo, sem o eterno franzir do cenho, que agora está liso e tranquilo. Ela reprime um sorriso, ainda sem levantar a cabeça do peito dele. Vê-lo assim... é algo novo. E Hani se dá conta de que não tem nada contra aquilo.

Se ao menos Seokga parecesse tão amável acordado quanto é quando está dormindo...

Os acontecimentos da véspera vêm à tona, e Hani olha para o deus trapaceiro. A lembrança do leve toque dele em sua perna machucada ainda está fresca na mente. Seokga foi tão cuidadoso, tão gentil quando aplicou aquela pomada.

Tinha um semblante verdadeiramente alarmado quando irrompeu pela porta do banheiro, exigindo saber o que aconteceu. Já vestida com o roupão puído, Hani gesticulou para as perfurações na pele, e os olhos de Seokga ficaram mais sombrios, de um verde floresta, devido à preocupação.

Ele foi gentil. Tanto quanto poderia ser, pelo menos.

Talvez tenha se sentido mal por tentar fazer com que o Café das Criaturas a botasse na rua. Hani dá um sorriso malicioso, observando o deus se mexer de leve durante o sono. A diversão se torna incredulidade quando ele se vira de lado e envolve as costas dela com o outro braço.

Seokga está abraçando Hani.

Como se ela fosse um tipo de bichinho de pelúcia gigante.

Com o rosto agora pressionado na curva do pescoço dele, Hani se pergunta se deuses dormem com ursinhos de pelúcia. Se ele a confundiu com um deles.

O pensamento é hilário e pavoroso ao mesmo tempo.

Mas a verdade é que Seokga a está abraçando. *Abraçando* a assistente que nunca quis, a gumiho que teve o prazer de atormentar no Café das Criaturas.

Hani se prepara para empurrá-lo para longe, mas algo a detém. Aos poucos, seu corpo relaxa contra o dele. Consegue sentir o cheiro de pinheiros e sabonete e café, uma estranha combinação que... não é exatamente *desagradável*.

Faz anos que Hani não é abraçada assim, com tanto carinho cuidadoso, tanta paz calorosa. Sua longa lista de namorados jamais teve interesse *neste* tipo de contato físico. Hani fecha os olhos, acalentada pelo corpo de Seokga contra o dela, pelo puro conforto de estar nos braços de alguém.

Ela vai descansar ali só por uns minutinhos.

Depois vai se afastar.

## CAPÍTULO VINTE

# SEOKGA

Frutas cítricas e baunilha. Fogueiras crepitantes e caramelo salgado.

Mel e... alguma outra coisa. Algo doce, familiar e profundamente prazeroso.

Seokga inspira os aromas conforme se remexe e acorda, abrindo os olhos para se deparar com um castanho profundo da cor de chocolate, que exala um cheiro doce de xampu. Ele pisca enquanto um estado de confusão se assenta sobre a camada de cansaço que já reveste sua mente. Aquela cor, aquele cheiro...

É o cabelo de Hani.

E então ele se dá conta, com um horror crescente, de que está *abraçando* a raposa. As costas dela estão pressionadas contra sua barriga, e as mãos de Hani repousam sobre as dele, que cobrem o abdômen dela. Ela está adormecida, com os ombros subindo e descendo em um ritmo vagaroso.

Seokga encara a gumiho por um instante que parece durar uma pequena eternidade. A pele dela está quente, e ela está roncando um pouquinho: lufadas rasas de ar que sopram um fio de cabelo para longe de seu rosto. O deus engole em seco contra uma repentina e terna emoção que aperta sua garganta. Ele a reprime, a rechaça.

Há quanto tempo estamos assim abraçados?

O deus se afasta, como se tivesse se queimado, com os olhos saltando das órbitas em descrença e horror.

Não.

*Não não não não não.*

Precisa dar o fora desse hotel imediatamente.

Seokga se atrapalha para deixar a cama, com as bochechas ardendo de vergonha. Só consegue agradecer por ter acordado antes dela. Não consegue imaginar as perguntas que Hani faria se fosse o contrário, mas sabe que ele não seria capaz de responder nem se sua vida dependesse disso. Para seu imenso alívio, apesar do empurrão que deu nela, em pânico, a gumiho ainda está apagada. Parece que Hani dorme feito uma pedra.

*Conchinha.* A palavra se insinua no cérebro de Seokga, um pensamento invasivo que esmurra a porta de sua mente. *Vocês estavam dormindo de conchinha, seu idiota.*

Seokga esfrega o rosto, apavorado. Estava de conchinha com ela. Kim Hani. Ele balança a cabeça e olha para a gumiho adormecida. Seokga já fez muitas, muitas coisas questionáveis na vida, mas *aquilo*...

Aquilo supera todas elas.

Que terrível. Absoluta e inegavelmente terrível.

Um ruído de horror ressoa em sua garganta enquanto ele encara a cama, boquiaberto. *Como, em nome de Jeoseung, isso foi acontecer?* Seokga nunca... *dormiu de conchinha* com alguém antes.

Está tão desorientado de horror que mal nota Hani se mexendo, até que ela se senta na cama e olha para ele, pasma, como se o deus tivesse duas cabeças. Tarde demais, Seokga se dá conta de que estava fitando as próprias mãos, sentindo uma profunda traição.

— O que você está *fazendo*? — questiona Hani, esfregando os olhos.

Ele se enrijece.

— Nada! — esbraveja às pressas. — Absolutamente nada.

Seokga acha que vê uma centelha de entendimento nos olhos sonolentos de Hani, mas ela se apaga tão rápido quanto surgiu. A gumiho desliza para fora da cama e se ocupa revirando a bolsa de viagem atrás de uma muda de roupas limpas.

— Deveríamos interrogar Ji-ah hoje — murmura ela enquanto Seokga a observa. Será que ela sabe? Não, não deve saber. Estava dormindo. — E também precisamos nos mexer. Se Dok-hyun não for o eoduksini, se essa coisa ainda estiver por aí... estamos em perigo. Ainda mais se a criatura perceber que Ji-ah está em Geoje. Assim como as outras vítimas, ela anda tendo pesadelos. É só uma questão de tempo antes que o eoduksini tente matá-la.

Seokga volta a atenção para a própria bolsa de viagem e retira algumas roupas: um suéter esmeralda elegante e calças pretas bem engomadas. Hani não parece saber que esteve em seus braços. Ainda bem.

— Vamos voltar a Nova Sinsi, apagar as memórias de Ji-ah e designar alguns guardas a ela.

— Mas é prudente levá-la de volta para Nova Sinsi? — Hani coça a cabeça. — Talvez devêssemos deixá-la em Seul, Busan ou Incheon até nos livrarmos do eoduksini. Talvez na Tailândia. Ou até nos Estados Unidos.

— Vamos obter nossas respostas primeiro — responde Seokga, se forçando a olhá-la nos olhos. *De conchinha*. Ele está chocado consigo mesmo. — E depois decidimos o resto.

※

O salão de jantar do Hotel Lótus não passa de um canto apertado repleto de mesas e cadeiras de plástico, umas diferentes das outras, e uma porção de roscas, torradas e ovos de aparência questionável. Há café, mas, para a eterna decepção de Seokga, está quente, aguado e completamente intragável. Mesmo assim, ele se força a beber; um pouco de cafeína nunca fez mal a ninguém — a menos que tenha sido derramado em todo o seu terno por uma certa barista do Café das Criaturas, ou envenenado com creme e açúcar demais pela mesma barista.

Hani e Seokga se sentam de frente para Ji-ah, que está cabisbaixa e beliscando uma rosca de mirtilo com as unhas. Se Hani ainda guarda rancor pela lâmpada que a garota jogou em sua cabeça na noite passada, não deixa transparecer. Ela se inclina para a frente e diz:

— Sabemos que deve ser difícil pra você falar do assunto.

Ji-ah espeta a rosca com uma unha amarela, quieta e pensativa. Os olhos vermelhos e inchados indicam que ela passou a noite acordada.

Seokga se remexe, impaciente, no assento. As respostas de que precisa estão tão próximas, e, ao mesmo tempo, tão, tão distantes. Precisa saber se é mesmo Dok-hyun. Uma parte dele deseja que seja, para que a estranha e incômoda sensação que sente quando pensa em Dok-hyun confinado na delegacia desapareça.

— Mas, para que possamos deter o eoduksini, o demônio que você viu perto da cafeteria, precisamos que você nos explique exatamente o que aconteceu naquela noite.

O único sinal de que Hani está perdendo a paciência é sua perna boa, que não para de balançar. Estão sentados naquele salão há uns trinta minutos, tentando arrancar respostas da testemunha. Shim está esperando o telefonema de Seokga ainda de manhã.

— Tá bem? Pode fazer isso por nós, Ji-ah?

Não há resposta.

Tudo bem, então.

Seokga conseguirá as respostas de outro jeito.

O controle que tem sobre sua paciência já desgastada se rompe completamente, e ele se aproxima para invocar os fios de seu poder. Por mais que odeie admitir, o sono da noite passada foi um dos melhores e mais rejuvenescedores de sua vida. Não sabe se tem algo a ver com a presença de Hani, mas espera que não, ao menos para preservar a dignidade que lhe resta. A gumiho franze a testa conforme os filamentos esmeralda, invisíveis a Ji-ah, começam a se arrastar em direção à vítima cabisbaixa.

— Seokga...

— Você quer respostas? — questiona ele pelo canto da boca comprimida. — Ou quer ficar sentada aqui observando-a destruir a rosca o dia todo? Nós demos uma noite inteira para ela se recuperar. Não podemos desperdiçar mais uma.

Não quando o Chunbun é dali a apenas treze dias, e Dok-hyun (potencialmente inocente) definha em uma cela em Nova Sinsi.

Hani fica quieta.

*Conte-nos o que aconteceu*, exige Seokga em silêncio enquanto a magia de jade se enrosca no corpo de Ji-ah. *Conte-nos o que aconteceu na noite do assassinato. Na noite em que você fugiu de Nova Sinsi. Conte-nos o que aconteceu.* Ele cerra os dentes de concentração. Não é uma ordem simples, e seu fraco poder reconhece esse fato. Suor se acumula em sua nuca. *Conte-nos o que aconteceu, Ji-ah. Conte-nos...*

As palavras são arrancadas da boca da garota de uma só vez. Ela arregala os olhos enquanto escapam, descontroladas, e sua pele fica morbidamente pálida.

— Eu estava trabalhando na cafeteria — revela, agarrando a rosca nas mãos. — Estava trabalhando na cafeteria com um rapaz chamado Yang Chan-yeol. Éramos do turno da noite. Os turnos da noite são os piores, porque é quando eu deveria estar estudando para minhas aulas, mas eu não consegui pegar o turno da manhã, já que não tinham mais vagas e...

— Já entendemos — resmunga Seokga. — Pode pular essa parte.

A rosca de Ji-ah se desfaz em pedacinhos. Os olhos dela saltam alucinadamente entre Hani e Seokga de medo, e a boca continua a se mexer.

— Era hora de tirar o lixo e o material reciclável. Chan-yeol disse que poderia tirar o lixo e que eu ficaria com o material reciclável. Ele pegou os sacos e saiu. Eu o ouvi jogando os sacos na caçamba de lixo e eu também ia sair, mas aí a Sora me ligou no telefone da loja. Queria saber se eu poderia aparecer lá mais tarde pra ver um filme com ela. Fazia um tempo que a gente não se via, por causa das nossas agendas, mas eu falei que não podia, porque tava muito cansada. E aí a gente brigou, uma briguinha de nada, por talvez uns três minutos. Uns cinco. Eu-eu não sei. Sora ficou chateada, e eu também. Ela falou que eu era uma péssima amiga, e eu respondi que não era. Mas aí ela desligou e eu levei o material reciclável pra fora e vi...

Ji-ah perde o ar enquanto tenta comprimir seus lábios delatores.

*Conte-nos o que viu.* Seokga está tendo dificuldade para manter o controle sobre os filamentos esmeralda, que começam a bruxulear. *Conte-nos. Agora.*

Hani chega mais para perto, com uma expressão arrebatada.

— Eu vi... eu vi um homem que não era um homem, de pé sobre o corpo de uma... uma besta. Uma enorme besta, quase que um leão sem juba nem r-rabo, mas c-com chifres e... e escamas douradas. O homem estava agachado sobre a besta-leão, e havia... havia sombras no beco, sombras que pareciam estar escorrendo do homem. E o homem estava debruçado sobre o leão, que estava rosnando e... e umas veias pretas começaram a percorrer as escamas do leão. Parecia que ele estava *roubando* algo do leão, roubando algo, porque o leão parou de se mexer. E e-eu sabia, não sei como, mas sabia que o leão era Chan-yeol. E eu sabia que ele estava morto.

Lágrimas escorrem pelo rosto de Ji-ah enquanto ela continua a falar.

— E-eu deixei o saco de material reciclável cair e o barulho fez o homem se virar. E-ele olhou pra mim e o beco ficou tão escuro, tão, tão escuro, e eu gr-gritei e f-fugi. Eu fugi — repete Ji-ah em um sussurro. — Corri até a Sora...

— O homem. Qual era a aparência dele? — indaga Hani com urgência. — Descreva-o.

*Descreva o homem*, ordena Seokga, se esforçando para dar a ordem. *Descreva agora, antes que eu perca a paciência.*

— O cabelo estava ficando grisalho — murmura Ji-ah em uma voz rouca. — Estava u-usando óculos, e um tipo de jaleco p-preto. Eu acho que tinha um símbolo dourado nele. O símbolo parecia a coisa l-leão que ele m-matou...

Seokga arregala os olhos e precisa fazer força para não perder o controle sobre Ji-ah.

— Um jaleco de laboratório? — questiona, com uma das mãos se atrapalhando em busca do celular.

— Eu a-acho...

— Pelas *tetas* de Hwanin... — Hani se engasga. Seus olhos saltam para os de Seokga. — A gente tinha razão. A gente tinha *razão*.

Seokga acha que concorda. Com o coração retumbando, ele começa a digitar o número de Shim. Ji-ah acabou de descrever Lee Dok-hyun, até o jaleco customizado que todos os membros da família Lee vestiram ao longo dos anos. O jaleco de laboratório preto com o bordado dourado de haetae, aquele que Dok-hyun tem usado todos os dias na delegacia.

Ji-ah ainda está falando quando Seokga aperta o botão de ligar. O telefone chama uma, duas vezes.

— Eu a-acho que ele ia atrás de mim, mas queria terminar o que quer que estivesse fazendo com o leão de ch-chifres primeiro. — Ji-ah tapa a boca com a mão conforme o poder de Seokga enfraquece e desaparece, deixando-o com vontade de tomar café. — O-o que... Como você...

Os olhos dela estão esbugalhados de terror. Ela empurra a cadeira para trás bruscamente e aperta os punhos cheios de rosca.

— Você é um deles — afirma ela, ofegando. — Um monstro. *Você é um monstro!*

— Ji-ah... — Hani se coloca de pé, preocupada. — Não somos...

Shim não atende.

Há algo errado. Algo muito, muito errado.

A garota tropeça para trás, soltando um pranto baixo e tremendo.

— Monstros — murmura para si mesma. — Monstros aqui, monstros ali, monstros por toda parte...

— Ji-ah — repete Hani em uma voz gentil, dirigindo-se até a garota. — Vamos...

Acontece tudo de uma só vez.

Enquanto Hani se aproxima da garota transtornada, com as mãos erguidas em súplica, Ji-ah tromba com a mesa de café da manhã e fecha a mão ao redor de uma faca que originalmente serviria para cortar rosquinhas.

Seokga mal tem tempo de gritar um aviso antes de Ji-ah atirar a faca na direção de Hani e fugir, correndo para fora do recinto e se perdendo no hotel.

Com uma agilidade desumana, Hani desvia da lâmina e deixa que se aloje na parede atrás dela com um baque, chacoalhando no gesso rachado.

Seokga se põe de pé num salto.

— Você está...

— Estou bem. — O rosto de Hani está corado de agitação e preocupação. — Precisamos ir atrás dela. Ji-ah não pode ter ido muito longe, e não podemos deixá-la escapar de novo.

— Eu sei. — Seokga aperta a bengala com mais firmeza. — Vou subir e checar se ela voltou para o quarto. Você vai lá pra fora e procura pelas ruas ao redor. Ligue imediatamente se encontrar algo.

Ele já está discando o número de Shim de novo. *Atenda*, pensa, desesperado. *Vamos lá, velho.*

Hani assente e se prepara, como se fosse correr... mas então se detém, ofegante.

— Preciso do seu número. Eu não tenho.

Impaciente, Seokga recita o número de uma só vez, na esperança de que a raposa tenha uma boa memória. Ela assente, sem ar, antes de se virar e sair correndo pela porta. Se a perna ferida de Hani a machuca, ela não deixa transparecer, e o deus caído sente uma onda de respeito pela gumiho.

Com a boca comprimida, Seokga volta a atenção para o telefone, que continua chamando. Shim sempre atende de imediato. Sempre. Nunca demorou mais do que cinco toques para atender, nunca, em todos os anos em que o conhece. O pânico começa a subir pela garganta de Seokga. O velho haetae poderia estar morto, em uma poça do próprio sangue...

— Merda! — xinga Seokga, passando uma mão pelo cabelo e imaginando os horrores que podem ter acontecido no departamento de polícia.

Pode ter sido um massacre. Os dedos dele coçam para tomar o volante do carro, para ouvir o rugido bestial do motor enquanto ele encurta os quilômetros entre si e qualquer que seja a porra que esteja acontecendo.

E, embora seja necessário checar, ele duvida que Ji-ah esteja em qualquer lugar dentro do Hotel Lótus. Inferno.

Ele aperta os lábios. Vão ter que deixá-la partir. Há assuntos mais importantes no momento. Shim não está atendendo. Seokga não vai aguentar, precisa saber o que aconteceu, e a viagem de volta é longa demais. Se não tiver respostas em breve, vai enlouquecer.

Uma ideia se insinua em sua mente, nada mais do que um sussurro contra as frestas de sua consciência, um sussurro que ele quer ignorar, mas que sabe que não deve.

*Chame as yojeong*, murmura a voz. *Siga as fadas.*

## CAPÍTULO VINTE E UM

# HANI

— Ela sumiu — diz Hani, ofegante, ao telefone.

Está com as mãos apoiadas nos joelhos no meio de uma calçada em Okpo, mal conseguindo respirar. Vasculhou todos os lugares possíveis para onde Ji-ah poderia ter corrido, em vão. A garota desapareceu.

— Não consigo encontrá-la em lugar nenhum. Ela sumiu. — O suéter cinza está encharcado de suor, e os coturnos pretos estão completamente imundos. A jaqueta não está muito melhor. — Ela não tava no quarto, né?

A voz de Seokga estala no telefone.

— Não. Não está em lugar algum do hotel. Mas temos problemas mais importantes. A delegacia não está me atendendo. Aconteceu alguma coisa.

De alguma forma, aquilo não surpreende. Hani limpa a testa suada com a mão, que fica molhada.

— Ótimo. Que ótimo — fala, arquejando.

Há uma longa pausa do outro lado da linha.

— Hani — chama Seokga por fim, e ela fica surpresa pelo tom normalmente calmo dele estar um pouco... constrangido.

Talvez tenha algo a ver com o que aconteceu de manhã.

Apesar de seus instintos aguçados, Hani pegou no sono mais uma vez nos braços de Seokga... e, ao acordar, o flagrou de pé do outro lado do quarto, encarando as próprias mãos com uma expressão de horror abjeto.

O que com certeza não aumenta a confiança dela.

Hani não consegue deixar de se perguntar o que o abraço de Seokga significa. Se o inconsciente dele expressou as emoções pelo corpo. Se ele... gosta dela.

Mas não.

É mais provável que Seokga a tenha confundido com um ursinho de pelúcia.

E para ela, tudo bem.

De verdade.

Certo?

— O quê? — indaga Hani, arqueando uma sobrancelha.

— Eu...

O deus parece hesitante, e Hani franze a testa, batucando o pé, impaciente. Não é do feitio de Seokga ser tão cauteloso. A pausa se prolonga, e Hani franze ainda mais a testa. Ela se pergunta se ele sabe que ela acordou em seus braços e, em vez de se afastar, fez exatamente o contrário. Mas não há como Seokga saber, já que estava dormindo.

Certo?

— Eu acho que algo pode ter acontecido com Shim — conclui ele, bruscamente.

Hani pisca. Isso... não é o que estava esperando dessa conversa. Nem esperava ouvir Seokga tão... tão *triste*. Sinceramente, não achava que ele era capaz de sentir tal emoção, ou que sequer se importava com o delegado haetae.

— Ele não está atendendo — diz Seokga. — Precisamos deixar Ji-ah de lado. Preciso descobrir o que aconteceu e o que devemos fazer agora.

— Espera. Deixar Ji-ah de lado? — Hani meneia a cabeça. — Seokga, não podemos deixar ela aqui. Se o eoduksini está atrás dela...

— Se o eoduksini está atrás dela, ele a encontrará e a matará. — Agora, ele parece mal-humorado. É quase um alívio. — Eu sei, Hani. Mas não podemos desperdiçar mais tempo, tempo precioso, revirando Okpo atrás da garota que já nos deu todas as informações que tem e que não quer ser encontrada. Na minha opinião, podemos ficar de bobeira aqui e torcer para que Ji-ah apareça, ou visitar as yojeong e descobrir o que aconteceu na delegacia e qual deveria ser nosso próximo passo. Para mim, a escolha é óbvia.

*As yojeong.*

Hani pisca.

As criaturas de asas diáfanas são reconhecidamente elusivas, e muitas preferem residir ali, longe das grandes cidades como Nova Sinsi, Seul e Busan — bem, bem, bem longe. Enquanto criaturas como haetae, dokkaebi, gumiho e até mesmo bulgasari têm adotado a vida moderna, várias yojeong se atêm aos antigos costumes. Preferem viver na natureza a cidades agitadas, preferem se cercar de outras fadas a se juntar ao caldeirão de humanos e criaturas. Hani aperta o telefone na mão. Embora as yojeong sejam famosas pela sabedoria anormal, são igualmente conhecidas pela incapacidade de se comunicar sem ser por meio de charadas vagas e ardilosas, então não entende como elas poderiam ajudar no caso, e é isso que informa a Seokga.

— Seokga, onde é que a gente iria sequer *encontrar* uma yojeong?

Certamente Geoje possui uma enorme população de yojeong, mas Hani duvida muito que os dois tenham o que é preciso para localizar uma das elusivas fadas. São coisinhas astutas.

Mas o deus solta um barulho que é metade suspiro, metade xingamento baixo.

— Talvez eu saiba o paradeiro de uma delas. E talvez ela tenha... habilidades clarividentes.

*Habilidades clarividentes.* Isso poderia ser incrivelmente útil. Hani ergue as sobrancelhas de interesse.

— Ah, é? Como é que você a conhece?

— Não importa. — Seokga continua antes que Hani possa questioná-lo: — A questão é que ela mora aqui. Em Geoje. Há uma montanha nessa área. Daegeumsan. Fica a uma hora de Okpo. E se sairmos agora, podemos chegar até a yojeong pouco depois do meio-dia.

— Mas a Ji-ah...

— Não vou aceitar *não* como resposta — corta ele. — Algo aconteceu em Nova Sinsi. Ninguém está atendendo minhas ligações. Shim... — Há um som engasgado, como se o deus estivesse engolindo em seco com dificuldade. — Isso poderia mudar o rumo da nossa investigação e determinar nossos próximos passos. Essa informação é valiosa.

Hani suspira. Seokga tem razão.

Que garota tola. Hani só pode torcer para que Choi Ji-ah seja capaz de se defender.

A faca que a garota atirou na cabeça de Hani com certeza insinua que sim.

Seokga claramente a ouve suspirar. A escolha já foi feita.

— Onde você está? — pergunta ele, com urgência. — Vou até aí com o Jaguar.

✦

A viagem até Daegeumsan pesa com um silêncio constrangedor e sufocante, unido ao claro sofrimento de Seokga, que teme ter perdido Shim.

Hani tenta tocar no assunto, e ele logo o dá como encerrado. Mas o deus está descumprindo todas as leis de trânsito que existem, com os nós dos dedos esbranquiçados ao redor do volante e a respiração pesada. Ele faz Hani ligar para Shim a cada cinco minutos, mas o haetae ainda não atendeu. A linha geral da delegacia também não retorna, nem os outros agentes haetae.

Ela liga para Somi, mas, a julgar pelo burburinho ao fundo, a jovem gumiho está trabalhando e precisa ser breve.

— Desculpa, unnie, não sei. Não ouvi nada sobre isso...

— E o Hyun-tae? — pergunta Hani, desesperada. — Ele está aí? Trabalhando meio período?

— No momento, não — responde Somi, com a voz trêmula. — Chamaram... chamaram ele mais cedo pro... outro trabalho.

Isso não é um bom sinal. Se os jeoseung saja estão ocupados hoje, quer dizer que houve muitas mortes.

— Eu poderia passar lá mais tarde se você quiser.

— Não, meu bem — responde Hani rapidamente. — Não faz isso. Fique longe de lá. Vá direto pra casa depois do seu turno.

Ela já colocou Somi em perigo demais.

— Eu vou deixar você voltar ao trabalho.

— Espera, Hani, eu...

Mas a gumiho mais velha consegue ouvir uma voz impaciente pedindo um "iced americano", e ela não pode deixar Somi correr o risco de atrair a ira de Minji. Hani desliga e olha para Seokga. Ele não parece nada bem e está nitidamente ansioso, o que faz o peito dela se contrair.

— Então... — diz ela enfim, encarando a estrada sinuosa à frente, que os leva para fora de Okpo.

— Então... — repete Seokga, enrijecendo quase imperceptivelmente.

— Pelo menos a gente sabe quem o eoduksini possuiu.

— Não agimos quando tivemos a chance. Dok-hyun deve ter assassinado todos na delegacia. A essa altura, ele pode estar em qualquer lugar.

Hani engole em seco.

— É.

— Mas a yojeong terá respostas — afirma Seokga, pisando ainda mais fundo no acelerador. — Por um preço.

— Um preço? — Apreensiva, Hani inclina a cabeça. — Quanto, exatamente?

— As yojeong gostam de negociar. Não há como saber o que esta irá pedir.

— A yojeong que vamos visitar é mulher, né? — diz Hani devagar. Desconfiança arranha sua mente. Desconfiança e... ciúme? Ela fecha a cara. Com toda certeza, não. — Qual é o nome dela? Como se conheceram?

Por sorte, sua voz sai leve e curiosa.

— O nome dela é Suk Aeri — murmura Seokga. — Eu... a *encontrei* uma vez, alguns anos depois da minha queda.

*Que interessante.* Hani estreita os olhos.

— Quando você diz "encontrar", você quer dizer...

— Eu quero dizer... — Seokga suspira e a espia de maneira mordaz. Continua com a voz tensa: — Eu quero dizer que Suk Aeri e eu tivemos um breve encontro romântico uma vez, há muito, muito, muito tempo.

— Entendi — responde Hani devagar. Um sorriso de divertimento se abre nos lábios dela, mas uma inveja traiçoeira a cutuca no peito. — Você foi pra cama com ela.

Em silêncio, Seokga queima de raiva.

— Você foi pra cama com ela — repete Hani. Não consegue evitar perguntar: — E por acaso falou com ela alguma vez desde então?

A falta de resposta já diz tudo.

— E agora vai pedir um favor a ela? — Hani estala a língua. — Nossa. Você é muito mal-educado, hein?

— Não é um favor — vocifera ele. — É um acordo. Tem uma diferença.

— Pelo menos fez o café da manhã pra ela antes de ir embora?

— Kim Hani — diz Seokga —, pare de falar.

Ela não para.

— Você tem *filhos*? Filhos semideuses? — Hani observa, interessada, o deus trapaceiro se engasgar com a própria saliva. — Os outros membros do panteão têm uma penca de filhos zanzando por aí — acrescenta enquanto Seokga continua a tossir. — Ainda mais Hasegyeong. Eu os vejo o tempo todo no Café das Criaturas. O deus do gado tem um rebanho deles.

Ela solta uma risadinha com a própria piada e Seokga pigarreia, se recompondo.

— Eu acho que é uma pergunta válida — conclui a gumiho, e ele a olha de esguelha. — Você tem casinhos, então existe a chance de também ter filhos.

— Eu estou pensando em te jogar pra fora do carro — responde Seokga.

Hani aguarda. Seokga suspira.

— Quantos? — insiste ela.

— Duzentos desde que fui exilado — responde ele devagar, contrariado. — Mais ou menos. São aterrorizantes e a maioria acabou preso por roubo, incêndios criminosos, falsificação de documentos e assassinatos. A maioria também escapou da prisão.

Há um quê de triunfo em sua voz sob toda aquela exasperação.

— Eu conseguiria reconhecer pelos nomes?

— Provavelmente.

Hani espera, apostando que o orgulho de Seokga pelos filhos diabólicos fará com que abra o bico. E é isso que acontece. Ela fica aliviada ao ver que ele tem um toque de divertimento no rosto, apesar da nítida preocupação com Shim.

— Yi Hang-bok, por exemplo — diz Seokga, com um tom *quase* casual, a não ser pela vaga satisfação presunçosa.

Hani ergue as sobrancelhas.

— O senhor de Oseong? — questiona ela, cética.

O homem era infame por conta de suas travessuras. Hani ouvia com frequência as histórias sobre ele contadas em jumaks, em meio a tigelas de makgeolli e gargalhadas.

— Não foi ele que...

— Venceu uma competição de charadas contra um dokkaebi? Foi.

— Eu ia perguntar se não foi ele que espalhou o boato sobre a esposa do amigo. — A lembrança vem à tona, e ela torce o nariz de desgosto. — Ele a acusou de ser infiel, então, em troca, ela o ludibriou e fez comer bolinhos de arroz recheados de mer...

— Hani — corta Seokga —, se você realmente acredita nisso...

Ela sorri com malícia.

— Então é verdade?

Há uma longa pausa, interrompida apenas pelo suspiro exasperado de Seokga.

— É.

— Você deve estar orgulhoso como pai.

— Para de me encher o saco. — Mas os cantos dos lábios dele tremem. — Você tem... algum?

— Algum filho? — pergunta Hani, e, quando ele assente, ela ri. — Graças aos deuses, não. Dá pra me imaginar como mãe?

Seokga fica em silêncio por um instante, e ela acha que ele está prestes a dizer algo agradável, mas então...

— Ligue para Shim outra vez.

E, de novo, o haetae não atende. O Jaguar freia perto de uma estrada rural, ao lado de um trecho denso de floresta que leva ao distante cume de uma montanha. Daegeumsan. Exausta, Hani acompanha Seokga até os limites da floresta. Mais um dia, mais uma trilha.

Pelos deuses, como ela está cansada de trilhas.

— Por favor, me diz que não tem nenhum baegopeun gwisin ali.

— Não dá pra saber — responde Seokga com um sorriso afiado que beira a malícia.

*Pelo amor dos deuses.*

Eles logo se embrenham na floresta, esmagando galhos caídos e tufos de ervas daninhas. Estão em março, quando o auge do inverno já passou, mas a primavera não está tão próxima — perto da montanha, ainda faz um frio seco, típico dos invernos coreanos. O ar também está denso com o cheiro de madeira úmida, e a geada reluz na grama alta que faz cócegas nas mãos de Hani enquanto ela anda. Pássaros cantam nas árvores imponentes acima, agitando as asas, e sua doce canção se eleva no ar da tarde. Por fim, uma pequena trilha, parcialmente escondida pelo mato, aparece: uma trilha que leva para cima, em direção à montanha coberta de névoa, Daegeumsan.

A perna ferida protesta apenas de leve por causa da dor durante a caminhada. Seokga cuidou bem dos ferimentos. Hani o espia pelo canto do olho. A luz do sol laranja de início de tarde o cobre com um brilho dourado, iluminando o belo perfil e os profundos olhos verdes. Com uma presença marcante, ele percorre a floresta, vasculhando a exuberante folhagem. Hani desvia o olhar, mas algo em seu coração dá um passo em falso.

Mais ou menos meia hora depois, após a elevação aumentar consideravelmente, Seokga se vira para ela.

— Vamos sair da trilha agora — informa ele, gesticulando para a densa floresta ladeando o caminho. — Nada mudou muito por aqui nos últimos séculos. Se a memória não me falha, Suk Aeri não deve estar longe.

— Não — murmura uma voz doce e etérea às costas de Hani. — Não, ela não está.

Sobressaltada, Hani se vira.

E, pela primeira vez na vida imortal, Kim Hani encontra o olhar de uma yojeong.

A fada está flutuando a alguns centímetros acima do chão, sorrindo para Seokga e Hani com lábios carnudos enquanto as longas asas rosadas e diáfanas tremulam. Parecem asas de borboleta, belas e cintilantes sob a luz do sol. Ela veste um hanbok tradicional, com um jeogori rosa floral e uma chima de um branco impecável. O laço gorum é lavanda brilhante e combina com a cor do daenggi atado à base das tranças escuras e lustrosas. Os olhos, de um tom de mel tão claro que é quase dourado, passeiam por Hani antes de seguirem para Seokga, que está contorcendo o rosto em uma careta excepcionalmente admirável.

— Olá, Seokga — cumprimenta a yojeong com suavidade, aos poucos abaixando os sapatinhos até o chão e inclinando a cabeça com um sorriso que, a princípio, parece doce... até se notar o brilho cruel naqueles olhos cor de mel. — Há quanto tempo.

Ela faz uma mesura com a cabeça, mas o gesto é zombeteiro, repleto de maldade.

— Você me assustou. — Seokga responde com a voz tensa de irritação e devolve a mesura com rigidez. E então a cumprimenta no tom formal: — Olá, Suk Aeri.

É nesse momento que Hani percebe, com um leve sobressalto, que Seokga e ela andavam conversando em banmal, o tom informal. Não para caçoar ou ridicularizar um ao outro, mas de forma *casual*.

Mas há quanto tempo isso tem acontecido? Quando foi que ela fez essa mudança? Quando foi que deixou de falar com informalidade só para zombar dele e começou a falar com ele como um amigo?

Quando foi que Seokga *permitiu* isso?

Será que foi antes ou depois de ela acordar em seus braços?

*Não importa.*

Hani tem coisas muito maiores com que se preocupar.

Mas... quanto tempo faz desde que ela falou formalmente com ele pela última vez?

Aeri está olhando para Seokga com uma profunda antipatia, apenas parcialmente escondida pelo doce sorriso.

— Você fugiu desta montanha tão rápido quanto um gatinho foge do banho — murmura —, e voltou séculos depois, com outra mulher.

Ela desvia o olhar para Hani, que fica surpresa de ver que a crueldade gélida foi imediatamente substituída por uma gentileza genuína.

— Você deveria fugir enquanto há tempo — avisa a fada.

— Ah, eu vou — responde Hani, na mesma hora simpatizando com a yojeong.

As duas criaturas trocam sorrisos idênticos antes de Aeri se voltar para Seokga, que parece ter começado a sentir uma enorme dor de cabeça.

— O que você quer, exatamente? Com certeza não é prazer, já que está aqui com ela. A menos que...

A yojeong inclina a cabeça e mostra outro sorriso para Hani. A gumiho reprime a vontade de rir.

Seokga fecha a cara.

— Há quanto tempo está nos seguindo? — questiona ele.

— Um tempinho — admite a fada, remexendo os ombros esbeltos. — Fiquei curiosa quando vi você vindo até minha montanha.

— Sua montanha? Pensei que Daegeumsan pertencesse a um deus da montanha.

— E pertencia — retruca Aeri, meiga. — Até que eu o expulsei. Agora, esta montanha é minha. Sou dona dela. — Ela cutuca uma de suas delicadas orelhas. — As árvores me sussurram coisas. Dizem que você veio atrás de um acordo. Que deseja que eu use minha clarividência.

Hani olha para as árvores ao redor com uma curiosidade apreensiva. As folhas farfalham ao vento, soando muito como sussurros silenciosos.

— As árvores dizem a verdade.

— Ah. — Aeri arqueia uma sobrancelha. — Por que procura meu dom?

É a vez de Hani se pronunciar.

— Há um eoduksini devastando minha cidade. Nova Sinsi. — Ela observa Aeri assimilar aquela informação, com os lábios ligeiramente entreabertos. — Nós o detivemos, mas achamos que ele escapou e atacou o departamento de polícia. Precisamos saber onde ele está e o que deveríamos fazer a seguir.

— Um demônio das trevas do reino do rei Yeomra — pondera a fada. — Na sua cidade, você diz? E estão tentando detê-lo. Estou vendo, Seokga, que você ainda não pagou sua dívida para com Hwanin. — Ela ri. — Muito bem. Eu encontrarei esse eoduksini para vocês... por um preço.

— O que você deseja? — pergunta Hani, curiosa.

Aeri inclina a cabeça, dando batidinhas no queixo enquanto contempla.

— *Hmm.*

— Não podemos nos dar ao luxo de perder tempo, Aeri — diz Seokga, furioso. — Apresse-se.

— *Hmm* — diz Aeri mais uma vez, e Hani suspeita que esteja fazendo isso apenas para irritar Seokga. — *Hmm.*

Seokga olha feio para ela.

— Você está enrolando.

Os ouvidos de Hani se aguçam quando as árvores começam a farfalhar mais uma vez, sussurrando para Aeri, que arregala os olhos de... deleite? Curiosidade? Ela olha de Seokga para Hani de novo, erguendo o queixo enquanto os lábios se curvam feito meias-luas.

— Como quiser — declara. — Decidi meu preço. Eu lhe darei o que procura...

Hani prende a respiração. Seokga parece fazer a mesma coisa.

—... se você beijar a criatura de olhos cor de vinho — conclui Aeri com um sorrisinho presunçoso.

Hani leva um instante longo demais para se dar conta de que *ela* é a criatura de olhos cor de vinho.

Ah. *Ah.*

Aeri dá uma piscadinha quase de encorajamento para Hani. A gumiho olha bem, bem devagar para Seokga, que está alarmantemente pálido.

— Aeri — rosna ele, com o maxilar retesado —, não seja ridícula. O que vai ser depois disso? Vai fazer com que forniquemos diante de você? Voyeurismo é uma perversão.

A fada se empertiga e cruza os braços.

— Eu *não* sou ridícula nem pervertida. — As asas dela parecem tremer de raiva, mas então ela se recompõe. — Um beijo por uma pista. Essa é minha oferta.

Hani engole em seco, odiando como seu coração está martelando contra o peito. *De pavor*, diz a si mesma. *Meu coração está martelando porque estou com medo. Muito, muito, muito medo.*

Seokga passa uma mão pelo cabelo.

— Hani — chama ele em voz baixa. — Se não quiser...

— Tá tudo bem — responde ela, um pouco rápido demais. Seu rosto queima. — Pela pista.

— Pela pista — concorda o deus.

Aeri está observando tudo aquilo, visivelmente achando graça.

— Pela pista — repete a fada.

Os galhos acima se agitam, como se estivessem rindo.

Hani engole o nervosismo, dá um passo para perto de Seokga e mira os olhos verdes dele, que parecem mais escuros do que de costume. A carranca se suavizou, e ele afasta uma mecha de cabelo dos olhos dela com uma expressão gentil.

As árvores ao redor se aquietam de expectativa.

Ela fica na ponta dos pés para alcançar os lábios de Seokga, que desliza a mão ao redor da cintura dela.

— Tem certeza? — pergunta ele delicadamente.

Como resposta, Hani encaixa os lábios nos dele.

A boca de Seokga está quente e suave contra a dela, e ele a segura pela cintura com firmeza. A respiração de Hani falha quando Seokga passa a mão por seu cabelo e a pousa na bochecha, aprofundando o beijo — enquanto algo próximo a um ronronar ressoa no fundo da garganta dele. Seokga tem sabor de samambaia e fogo e café — e, para o espanto de Hani, ela se dá conta de que não se importa.

*Isso aqui*, sussurra uma vozinha nos recantos da mente dela, *por que isso aqui é tão bom?*

*Porque é certo*, Hani responde devagar. *Porque, apesar de tudo, apesar de todo o resto... de alguma forma, isso aqui é* certo.

Os lábios de Seokga são macios, e o beijo é gentil e vagaroso e profundo... quase preguiçoso, como se ambos tivessem todo o tempo do mundo. A boca dela se mescla mais com a dele, e outro ruído vibra na garganta de Seokga, rouco e faminto ao mesmo tempo. O sangue de Hani se aquece, e ela desliza as mãos pelo peito dele, maravilhada com a maneira com que o tórax sobe e desce em um ritmo irregular, maravilhada com os músculos torneados sob o tecido, maravilhada simplesmente com a existência *dele*. Hani ofega um pouco quando as mãos de Seokga descem por sua cintura, puxando-a para mais perto.

*Isso aqui é certo.*

Mas há uma hora e um lugar para tudo, e Hani está bem ciente do olhar voraz de Aeri. Tremendo, ela se afasta, olhando para Seokga. O deus a encara como se jamais a tivesse visto antes, em puro choque.

— Hani — sussurra ele, com a voz mais gutural do que nunca. A gumiho o observa erguer uma mão trêmula até os próprios lábios. Seus olhos estão arregalados e escuros. — *Hani*.

Ela engole em seco, respirando com dificuldade, sem ousar desviar o olhar dele...

— Ora, ora — interrompe a voz de Aeri. — Isso certamente foi fascinante. — A yojeong parece impossivelmente entretida ao unir as mãos, aplaudindo algumas vezes. — Bravo, bravo. Em troca... eu lhes darei o que desejam saber.

Com isso, ela fecha os olhos, e as árvores começam a sussurrar de novo, a cadência aumentando até que o trio esteja cercado por um oceano de murmúrios, subindo e descendo feito as ondas do mar.

— Hani — sussurra Seokga enquanto Aeri continua imóvel, usando os poderes clarividentes. — Hani, eu...

Mas ele se interrompe quando Aeri de repente abre os olhos, que queimam em um dourado brilhante. A fada abre a boca, permitindo que uma voz desconhecida se emaranhe pela floresta. É profunda e vibrante, muito diferente de seu tom alegre.

— *A delegacia ruiu. A escuridão é abundante entre suas paredes. Mas o haetae que você procura está vivo e a salvo.*

— Shim. — Seokga solta um suspiro de alívio e fecha os olhos, cambaleando para trás. — Porra, graças aos...

Mas Aeri ainda não terminou. O vento começa a agitar a floresta, e as árvores chacoalham freneticamente. Aeri se ergue mais alto no ar, com os braços abertos.

— *Aqueles que você procura estão mais próximos do que imagina...*

Aqueles.

Hani se enrijece.

Se Aeri revelar a identidade de Hani como a Raposa Escarlate... se todos os seus esforços de poupar a si mesma e a Somi forem frustrados...

—... *mas você está sozinho, deus, em um mar de ilusões. Não permita que sua mente seja enganada por percepções superficiais. Olhe para quem possui os olhos dos exaustos. Olhe para quem possui os olhos dos lamuriosos. Neles, você encontrará verdades escondidas sob a insinceridade.*

Mais uma vez, a floresta assume um silêncio abrupto.

Assim como Aeri.

Mas um instante mais tarde, os olhos dela se abrem novamente. Voltaram à cor de mel, pálida e cintilante.

— Bem — diz Aeri, com a voz de volta ao tom normal e olhando feio para Seokga —, agora que o assunto está encerrado... saiam da minha montanha.

## CAPÍTULO VINTE E DOIS
# SEOKGA

Maldita Suk Aeri e seus truquezinhos fajutos.

Seokga e Hani estão sentados no mesmo restaurante de Okpo que visitaram ontem. Ele evita os olhos dela a todo custo, mantendo o foco nas espirais de vapor rodopiando acima dos miyeok-guk que pediram. Por mais que estejam com pressa para voltar a Nova Sinsi, ele precisa se alimentar. Para se recuperar antes de se jogar de cabeça no que com certeza será um turbilhão de caos. Está esgotado depois do uso da magia em Ji-ah e do estresse de achar que perdeu Shim. Seokga come o mais rápido que consegue, enchendo a boca de sopa e tentando não engasgar com os pedaços escorregadios da alga apetitosa.

— Vai mais devagar — repreende Hani, preocupada. — Você vai ficar com dor de barriga. O Shim tá vivo, e, se sairmos em uma hora, vamos chegar em Nova Sinsi hoje à noite ainda. Não precisa se apressar.

A gumiho liga para o delegado repetidamente. Seokga confia na clarividência de Aeri, que já lhe foi útil no passado, e na confirmação de que Shim está vivo. Mas precisa ouvir a voz do haetae por conta própria.

— Ele não tá atendendo — informa Hani, suspirando.

Seokga ergue o olhar e vê Hani mordendo o lábio. O lábio que ele acabou de beijar.

Sendo bem sincero, foi um beijo que quase fez seus joelhos fraquejarem. Um beijo muito… gostoso.

Seokga tem milhares e milhares de anos, mas nunca beijou alguém com tanto… ardor. Sim, foi breve, mas não consegue negar que, naqueles instantes, ele a desejou. Desejou Kim Hani com cada fibra de seu ser.

E ainda a deseja.

Alguma coisa deu errado.

Era para odiá-la, a gumiho que jogou café em seu rosto, a gumiho que é tão insuportável a ponto de dar raiva — mas entre o abraço da manhã e o beijo da tarde, alguma coisa deu incrível e inacreditavelmente errado.

Ele não odeia Kim Hani.

Não odeia sua risada radiante ou sua língua afiada e espertinha. Não odeia como o nariz dela enruga quando ela ri ou faz cara de desdém, não odeia como ela arregala os olhos quando acha graça de algo que o deus diz sem a menor intenção de ser engraçado.

Seokga não odeia Kim Hani.

E ele não deixou de notar que, em algum momento deste dia, *ambos* começaram a conversar em banmal. Como se fossem... amigos.

Como se fossem amigos, muito embora, no dia anterior, estivessem se esganando na floresta de bambu.

Às vezes, amizades surgem das maneiras mais inusitadas.

Seokga não está gostando disso. Com uma expressão severa, o deus enfia uma colherada de sopa quente demais na boca. Quase queima a língua, mas não se importa.

Seokga, o Caído, não tem *amigos*. Seokga, o Caído, não fala de maneira informal exceto para insultar os outros ou se dirigir a crianças. Jamais por amizade. Mas claramente está usando banmal com Hani porque... porque ela é sua amiga.

Ele fecha os olhos com força, torcendo para que, ao abri-los, essa verdade desapareça.

— Quer falar sobre o assunto? — pergunta Hani, como se estivesse lendo a mente dele.

Seokga tenta não se sobressaltar.

*Com toda certeza, não.*

— Falar sobre o quê? — retruca ele, torcendo para soar minimamente inocente.

— Você sabe o quê. — Hani dá de ombros, evitando o olhar dele. — O... bem, o beijo. E aquela... outra coisa.

Seokga se empertiga. *Aquela outra coisa.*

— O quê? — questiona.

Hani se encolhe.

— Quer dizer... deveríamos conversar sobre a previsão de Aeri. E Ji-ah. E o eoduksini...

— O que você quer dizer com "aquela outra coisa"? — indaga Seokga em uma voz engasgada.

É vagamente estranho que está mais horrorizado por dormirem de conchinha do que por se beijarem.

— Eu...

O rosto de Hani está da mesma cor do kimchi bokkeumbap que um casal está comendo a algumas mesas dali, vermelho vibrante.

— Deixa pra lá.

Seokga fecha a cara.

— Desembucha.

Ela sabe.

Mas como poderia saber?

Hani estava *dormindo*...

— Tá — esbraveja ela em resposta, com os olhos vívidos de vergonha. — Eu sei que você... Eu sei que você me usou como um ursinho de pelúcia gigante na noite passada. Acordei e você estava me abraçando. *Agarradinho*. Tá feliz?

Algo não está batendo na história dela. Seokga inclina a cabeça.

— Quando foi que você acordou? — pergunta, de testa franzida.

— De manhã cedo.

Aos poucos, o deus se dá conta.

— E aí você voltou a dormir?

*Nos meus braços?*

Hani lança um olhar penetrante para a própria tigela de sopa, como se quisesse muito se afogar nela.

— Essa não é a questão. Mas se quer tanto assim saber... — Ela encontra o olhar dele. Suas bochechas estão ardendo como rubis. — É. Eu voltei a dormir.

Seokga fica boquiaberto, não sabendo se fecha a cara, ri ou se levanta e sai andando do restaurante.

Ou se esmurra a testa no tampo da mesa.

Mas Hani começou a tagarelar, e parece que não vai parar tão cedo. De cara feia, ela insiste:

— Mas só porque tava muito confortável. Se você sabe qualquer coisa sobre raposas, então sabe que gostamos de ficar quentinhas. E você tava muito, muito quentinho. Eu acho que a temperatura do seu corpo deve ser bem mais alta do que o normal. Você me usou de ursinho de pelúcia, e eu te usei de almofada térmica gigante. Na minha opinião, foi uma troca justa. Você pode abraçar um bichinho de pelúcia de mentirinha e eu posso ficar quentinha. Então sem drama. Tá? — conclui, ofegante. Tudo isso foi dito em alta velocidade, cada palavra se embolando com a seguinte.

Hani não consegue parar de falar quando está nervosa.

Algo no peito de Seokga se aquece ao perceber aquilo. Algo que ficou aprisionado dentro de gelo por 628 anos. Algo que está frio e morto, mas que bate por esta peculiar raposa.

— Acho muito engraçado como você pensa que pode enganar o deus da mentira.

Hani pisca.

— Como assim? — O tom dela é desconfiado. Cauteloso.

— Você acordou nos meus braços — começa Seokga, tão arrogante quanto um gato que devorou um rato particularmente apetitoso — e gostou. Então ficou ali.

— *É uma questão de semântica* — devolve a gumiho.

A ideia de que isto é uma mera questão de semântica faz o deus sorrir de desdém. Ele vira a cabeça e reprime outra risadinha.

— E se eu dissesse que também gostei?

Seokga mal consegue acreditar que está deixando as palavras escaparem. No mesmo instante, se pergunta o que o fez soltar a língua. Talvez tenha batido a cabeça com mais força do que imaginava durante a queda na colina.

Um momento de silêncio se estende entre os dois, como uma gota de água suspensa por um fio entre a beirada de um telhado e a calçada abaixo, sem saber se deve cair ou não.

— Seokga, eu...

O celular toca.

Com um sobressalto, Seokga se atira do outro lado da mesa para arrancar o aparelho das mãos de Hani, que engasga por conta do movimento brusco. Ele segura o telefone com a mão levemente trêmula.

— Shim?

A palavra soa carregada de esperança e temor, mas ele está exausto demais para se importar.

— Seokga.

A voz do delegado Shim estala pelo telefone, em toda a sua glória calorosa de avô.

O deus tapa a boca com o punho e respira com dificuldade. É ele.

— Você... você tinha razão quanto a Dok-hyun.

*Shim está vivo. Ele está bem.* Seokga tenta se controlar. O que *deu* nele? Por que... por que se importa com essa gumiho irritante e com o delegado haetae exausto?

— O que aconteceu? — consegue perguntar, colocando o delegado em viva-voz enquanto Hani chega mais perto, de olhos arregalados.

Um longo suspiro soa do outro lado da linha.

— Foi hoje de madrugada. Por volta de uma da manhã. Eu não estava na delegacia. Os agentes do turno da noite estavam, assim como os guardas vigiando Dok-hyun. Não está muito claro o que aconteceu. As câmeras não pegaram nada. As lentes foram repentinamente bloqueadas por uma sombra. Quando consegui chegar à delegacia, os guardas noturnos estavam mortos... os corações haviam sido arrancados... e Dok-hyun tinha desaparecido. Foi um massacre.

— Caralho — grunhe Seokga.

— Olha a boca — reprime Shim, mas soa pouco convincente. — Estamos vasculhando Nova Sinsi atrás de Dok-hyun. Já dei início a rondas em vários locais para onde ele talvez volte ou pelos quais poderia passar. Presumo que vocês ainda estejam em Geoje.

— Vamos partir em breve.

— E a testemunha?

— Confirmou que era Dok-hyun, assim como uma yojeong que visitamos.

*Os olhos dos exaustos. Sozinho em um mar de ilusões. Verdades escondidas sob a insinceridade.* Maldito seja Lee Dok-hyun.

— Mas agora isso não importa. Ele claramente mostrou as cartas que tem na manga da forma mais dramática possível — acrescenta Seokga, desdenhoso, enquanto se levanta e atira algumas notas de dinheiro na mesa. — Essa coisa toda foi uma perda de tempo. Choi Ji-ah desapareceu. Se você tiver agentes livres nos próximos dias, mande alguns para cá para encontrá-la e levá-la de volta para Nova Sinsi. Peça para que a levem a um xamã e apaguem a memória dela. Estamos voltando neste instante. Você está... — O deus trapaceiro pigarreia, desajeitado. — Você está bem?

Seokga quase consegue ouvir o sorriso triste do sujeito.

— Estou bem, Seokga. Obrigado por perguntar. Vejo vocês quando voltarem, e então poderemos planejar o próximo passo.

— Certo — concorda ele.

Seokga aperta o botão para encerrar a ligação antes que possa dar mais demonstrações constrangedoras de emoção.

CAPÍTULO VINTE E TRÊS

# HANI

Nenhum dos dois ousa fechar os olhos naquela noite enquanto disparam por Busan, determinados a percorrer o trajeto de volta a Nova Sinsi o mais rápido possível. Dok-hyun ainda está desaparecido, mas Hani suspeita que ele dará as caras em algum momento, provavelmente na oportunidade mais inconveniente de todas.

Ainda mais quando Seokga pisar na cidade.

— Você anda tendo pesadelos? — pergunta a ele.

Seokga passa voando por um cruzamento com uma determinação sombria, uma das mãos no volante e a outra segurando um enorme copo de café da Cafeteria Estrela.

— Ainda não — responde Seokga, olhando-a. — Mas tenho certeza de que virão. O demônio no corpo de Dok-hyun não se esqueceu de mim. Meu palpite é de que está aguardando o momento ideal. Deve estar se divertindo à beça nos fazendo andar de lá para cá por toda a Coreia do Sul a troco de nada.

Hani assente, mas morde o lábio inferior.

Um eoduksini pode matar um deus. E Seokga não tem acesso total ao próprio poder e, graças a ela, jamais terá.

*Aqueles que você procura estão mais próximos do que imagina*, disse a yojeong naquela voz profunda e sobrenatural. *Mas você está sozinho, deus, em um mar de ilusões. Não permita que sua mente seja enganada por percepções superficiais. Olhe para quem possui os olhos dos exaustos. Olhe para quem possui os olhos dos lamuriosos. Neles, você encontrará verdades escondidas sob a insinceridade.*

Suspirando, Hani passa uma das mãos pelo cabelo. Embora a parte sobre *olhos dos exaustos* com certeza se refira ao patologista forense abatido, todo o resto devia estar relacionado à outra metade da missão de Seokga: a Raposa Escarlate. E a declaração de Aeri, por mais vaga que seja, é verdadeira. Hani com certeza está enganando Seokga. Ele nunca apanhará a infame gumiho.

E, por isso, Seokga, o Caído, jamais recuperará o próprio poder.

*Os olhos dos lamuriosos.* Talvez um dia Hani chore por ele. Ela faz uma careta e engole a onda crescente de culpa. Não é possível que Seokga realmente espere que ela dê a própria vida para restituir a antiga posição do deus, ainda mais considerando que ele causou a própria desgraça com aquela tentativa de golpe. É uma troca injusta.

*Ele não precisa saber*, garante Hani a si mesma enquanto observa pela janela a rodovia passando a toda velocidade em um borrão cinzento. *Ele nunca precisará saber.*

Então, sim, ela está enganando Seokga. Enganando muito bem o deus da enganação, apesar de ele afirmar que deuses trapaceiros não podem ser ludibriados.

É tanto uma benção quanto uma maldição que fadas sempre se comuniquem com charadas irrisórias. Seokga ponderou sobre as palavras de Aeri e chegou à conclusão que Hani esperava que chegasse: Dok-hyun, de olhos cansados, o enganou desde o começo. Apesar das aparências, nenhum dos dois pode se dar ao luxo de acreditar que o sujeito ainda é humano: o corpo dele já foi possuído por algo grande e terrível.

Se Seokga ouviu o pequeno plural em *aqueles que você procura*, não chegou a mencionar a Raposa Escarlate. Talvez esteja cansado demais para se forçar a pensar para além do caso do eoduksini. Ou simplesmente não ouviu em meio ao sussurrar das árvores e o pânico que sentia em relação a Shim e o provável choque de ter beijado Hani. Qualquer que seja o caso, a gumiho está aliviada. Ela esfrega a mão pelo rosto.

Consegue sentir Seokga olhando-a de esguelha.

— O que você está fazendo?

— Pensando — admite Hani. — Nessa porcaria de investigação. — Ela espia o deus por entre os dedos. As sobrancelhas dele estão franzidas de apreensão. De preocupação. — E você tá pensando na mesma coisa.

— Inércia gera inquietação — murmura Seokga. — Ligue para Shim. Diga que queremos um turno em uma das rondas que ele fará esta noite. Estaremos na cidade às oito.

Ele entrega o telefone a Hani, que faz o que foi pedido. Shim atende no primeiro toque.

— É claro que vocês podem ajudar — concorda o delegado depois de Hani explicar o que querem fazer. — Posso colocar os dois para vigiar a casa dele.

— A casa dele? — pergunta Hani, incerta e de testa franzida. — Acha que ele voltaria para lá?

— É isso que a maioria dos criminosos faz depois de escapar de nossa custódia. Para pegar armas e outros suprimentos. Não quero descartar de vez essa opção. O eoduksini pode estar confiante.

— Já deram uma olhada lá dentro?

— O máximo que conseguimos sem tirar nada do lugar. Há diversas, hã, cordas e mordaças. E um bom número de chicotes também. Não temos certeza se isso significa que ele tem um plano de sequestro.

— Peça o endereço — diz Seokga.

Ao ouvi-lo, Shim logo informa um endereço na parte suburbana de Nova Sinsi.

— Estacionem a algumas quadras de distância. Vamos trocar o carro de vocês por um veículo à paisana. O de Seokga é bastante chamativo. Vocês farão o turno das nove às dez.

— Entendido. Mas...— hesita Hani.

— O que foi? — indaga Shim.

— É que... eu não acho que ele vai voltar pra casa. Não seria mais rápido se nós o atraíssemos de alguma forma? — Pensativa, Hani mexe na barra do suéter. Seokga inclina a cabeça, prestando atenção. — Com certeza o demônio logo irá atrás de Seokga. Já que, sabe, ele fez o Mundo das Sombras ser fechado e tudo o mais.

Seokga murmura algo desagradável e ultrapassa um sinal vermelho.

— E se a gente montar uma armadilha? Poderíamos acabar com isso tudo mais rápido. Seokga poderia ser a isca.

O deus trapaceiro engasga ao ser chamado de *isca*.

Shim hesita.

— Diante dos últimos acontecimentos, é melhor que o departamento de polícia siga os procedimentos de rotina. Se as rondas não derem em nada, podemos nos reagrupar. Mas, por hoje, vamos seguir o protocolo. Vejo vocês dois às nove.

Ele encerra a chamada.

— Por incrível que pareça, essa não é uma má ideia — comenta Seokga.

Hani aperta os joelhos contra o peito, espiando-o, curiosa. Espiando o deus que a aconchegou nos braços naquela manhã, o deus com quem compartilhou um beijo. O deus que... o deus que está se tornando seu amigo, apesar do mau humor permanente e a incapacidade de se lembrar de ter modos.

Isso pode acabar sendo um probleminha.

— Se não encontrarmos nada hoje à noite... — Seokga dá de ombros. — Podemos tentar seu plano.

— O delegado não aprovaria uma coisa dessas.

Seokga bufa.

— Shim não precisa saber. Quer dizer, até que tenhamos conseguido. Ele tem que seguir o protocolo. Nós, não.

Hani o encara.

— Você quer passar *ainda mais* tempo comigo? — pergunta, incrédula.

Ele revira os olhos.

— Não fique tão surpresa.

*E se eu dissesse que também gostei?* Hani não consegue se impedir de corar.

— A gente até que faz uma boa dupla, sabia? — comenta ela. — Poderíamos ser os novos Sherlock e Watson.

— Sherlock e Watson — repete Seokga, duvidoso. — Que nomes estranhos.

— São nomes britânicos. — Ela o observa. — Você nunca leu os livros?

— Não. — Seokga torce o nariz. — Prefiro Seokga e Hani.

— Hani e Seokga.

— Tá bom.

Um sorrisinho se insinua nos lábios dele, e o coração de Hani dispara sem que ela possa contê-lo.

— Hani e Seokga.

CAPÍTULO VINTE E QUATRO

# SEOKGA

Quem é que leva *lanchinhos* para uma *ronda*? Resposta: Kim Hani. Quando ela exigiu que o deus parasse em um Mercado Yum por causa de uma emergência, ele presumiu que a perna dela a estivesse incomodando de novo, apesar de não ter tido problemas para andar ao longo do dia. Esse foi o primeiro erro de Seokga, porque, dez minutos depois, Hani saiu do mercadinho praticamente dançando, com uma sacola enorme de porcarias e um sorriso presunçoso e satisfeito.

Agora, enquanto estão sentados em um carro à paisana em frente à casa vazia de Dok-hyun — uma construção modesta de dois andares espremida entre duas outras casas do mesmo tom de cinza e persianas pretas genéricas —, Hani está mastigando ruidosamente o salgadinho de camarão, com as pernas apoiadas no painel do lado do carona. Seus olhos cintilam na semiescuridão enquanto encaram Seokga. Desconfortável, ele se remexe no assento do motorista.

— O quê?

— Eu achei mesmo que você ia gostar — responde ela, empurrando a caixa de palitinhos Choco Pies no console em direção a ele.

Seokga segura uma daquelas atrocidades cobertas de chocolate com dois dedos e fecha a cara.

— Não — diz, jogando a guloseima de volta na caixa e voltando a se concentrar na casa de Dok-hyun.

Já se passaram quinze minutos, e nada naquela rua se moveu nem um centímetro. Seokga disse mais cedo que inércia gera inquietação, e continua sendo verdade. Já consegue prever que essa ronda não dará em nada.

Ao contrário de Shim, não acredita que Dok-hyun voltará atrás de armas, que podem ser facilmente substituídas.

As cordas e mordaças, por outro lado, parecem indicar um tipo de propensão para sequestros. Talvez sejam para Seokga.

Não é um pensamento reconfortante.

Hani acaba com o pacote de salgadinho de camarão, lambe os dedos e enfia a cara na sacola do Mercado Yum outra vez. Ela reaparece com um pirulito.

— Você é um saco sem fundo — comenta Seokga, admirado.

— Obrigada — responde Hani, abocanhando o doce vermelho-vivo e jogando o papel de bala no chão.

A boca de Seokga fica seca enquanto ele observa Hani chupar o pirulito. Percebe, pelo brilho atrevido no olhar dela, que Hani está completamente ciente do que está fazendo. Ele pigarreia e fixa os olhos na casa. A gumiho suspira.

— Tô entediada. Vamos brincar de alguma coisa.

— Estamos em uma *ronda*, Hani — relembra Seokga, ainda encarando a casa e tentando ao máximo não pensar nos lábios dela, que agora estão bem vermelhos. — Não temos tempo para brincar.

— Verdade ou desafio? — pergunta, ignorando-o, e maldito seja o deus por ser incapaz de ignorar *ela*.

Seokga não consegue evitar olhar para Hani, e, ao ver sua expressão maliciosa, sente um espasmo de... algo.

— Verdade — cede o deus depois de uma longa pausa.

Está extremamente desconfiado do que Kim Hani o desafiaria a fazer.

Ela se detém, ponderando.

— Por que você me derrubou na floresta?

*Merda*. Seokga estremece e conclui que não gosta muito dessa brincadeira.

A gumiho sorri com malícia, mas há algo quase dolorido se escondendo por trás de seus olhos. Seokga engole em seco, odiando ser o culpado por isso.

— Tô falando sério — continua Hani, ainda com o doce na boca. O pirulito estala contra os dentes enquanto ela fala. — Por quê? Vou presumir que você já não me odeia tanto assim, já que gostou de dormir agarradinho comigo. E talvez até de ter me beijado. Né?

Ela o observa, cheia de expectativa.

Seokga não consegue nem negar. Ele assente, com o calor subindo pelo pescoço, e uma expressão triunfante perpassa o rosto de Hani.

— Rá! — exclama ela. — Você *gosta* de mim!

— Hani...

— Seokga, o Caído, gosta de mim! — Hani seca as lágrimas de alegria que surgem nos olhos dela. — Pelas tetas de Hwanin. Ai, que engraçado. Aposto que dói ter que admitir isso.

Seokga fala em voz baixa, na esperança de que ela não o ridicularize por suas palavras:

— Na verdade, não dói.

Hani arregala os olhos, e algo em sua expressão se suaviza. Os lábios, brilhantes por causa do pirulito, começam a se curvar em um sorriso que é tão doce quanto qualquer uma das guloseimas na sacola dela.

Seokga hesita, olhando ao redor da rua. Ainda não há qualquer movimento, mas assim é mais fácil dizer o que precisa ser dito.

— Eu te derrubei porque... estava zangado. Mas eu não te odiava. Acho que já não odeio mais há algum tempo. É só que... — Ele cerra os dentes. — É um assunto delicado.

— A sua queda? — pergunta Hani.

— É — murmura o deus. — É vergonhoso.

— Compreensível. Mas não precisava fazer a gente sair rolando por aquela colina enorme...

— Eu não quis... Eu não estava pensando direito. Estávamos com calor, cansados e... e você me chamou de cuzão.

As palavras escapam antes que ele possa detê-las. Constrangido, Seokga apoia a testa na janela fria do carro.

Hani fica em silêncio por um instante.

— Você ficou magoado.

Seokga relembra como seu peito se contraiu quando Hani cuspiu aquela palavra em sua cara, como (bizarramente) ele sentiu vergonha quando Hani o acusou de tratar mal as criaturas de Iseung. Talvez fosse verdade. Tá. É *definitivamente* verdade. Mas, por algum motivo, Seokga não gostou de ouvir aquilo vindo dela.

— Talvez eu tenha reagido... mal — resmunga ele. — Não deveria ter te derrubado.

— Não foi nada — responde Hani, com a voz suave. — Quer dizer, ajudou a gente a achar a Ji-ah.

Seokga enfim olha para ela. A gumiho o encara com gentileza.

— A sua perna foi mordida por um fantasma faminto.

Hani dá de ombros.

— Ela sarou. E, pra ser justa, talvez eu não devesse ter te chamado de cuzão.

— Já me chamaram de coisas piores — admite Seokga, relutante. — Não entendo por que eu... — Ele esfrega a nuca. — Por que eu me importo tanto. Não sei por que me importo tanto — conclui, com a voz rouca, parecendo atônito consigo mesmo.

Na semiescuridão, Hani é só olhos cintilantes e lábios lustrosos. Os ângulos de seu rosto estão suaves, desfocados devido às sombras. Enquanto a observa, Seokga *deseja*. Deseja beijá-la de novo, deseja acordar ao lado dela de novo. Deseja *ela*. Seus dedos tremem, e ele reprime a vontade repentina de puxar a gumiho para si e unir os lábios aos dela. Mas e se ela não o desejar tanto quanto ele a deseja? E se...

— Tenho mais uma pra você — anuncia Hani, e será que Seokga estaria errado em pensar que a voz dela também está um pouco rouca? — Verdade ou desafio?

Ele mal consegue respirar.

— Desafio — sussurra.

Hani sorri, apontando para ele com o pirulito.

— Ótima escolha.

E então ela está encurtando a distância entre os dois e jogando o pirulito no chão do carro. Mais tarde, Shim terá um ataque por causa disso, mas, no momento, tudo com que Seokga se importa é a maneira como Hani está deslizando uma das mãos ao redor de seu pescoço, puxando-o para mais perto dela. Desajeitados, esbarram o nariz um no do outro, e o sorriso de Hani se expande na fração de segundo antes de seus lábios se encaixarem nos de Seokga, quentes e macios e levemente grudentos por causa daquela porcaria de doce. Açúcar triturado e cereja. É esse o sabor dela.

O coração de Seokga está retumbando, tresloucado, enquanto ele tenta trazê-la para mais perto, mas os Choco Pies e o console do carro estão no meio do caminho, e o deus grunhe baixinho de frustração. Hani solta uma risada, tão límpida e vibrante, e se afasta. Seokga sente uma pontada de decepção quando a distância entre os dois se alarga outra vez, e ele é tomado pela ansiedade de que tudo aquilo não passou de uma piada, de uma pegadinha cruel — mas então, impaciente, Hani enfia seus amados

Choco Pies de volta na sacola, passa por cima do console e se acomoda no colo de Seokga.

Duas ondas de alívio tomam conta dele: a primeira, por haver espaço o suficiente para Hani entre ele e o volante. A segunda, por ela estar mais uma vez aninhada em seus braços, com o quadril sobre o dele, a cabeça abaixada e a cascata de cabelo castanho exuberante e perfumado rodeando-os e fazendo cócegas nas laterais do rosto de Seokga. Os lábios de Hani esmagam os dele, e o deus passa as mãos pela cintura dela, maravilhando-se com as curvas suaves, depois com a textura macia das costas ao deslizar as mãos por baixo do suéter. Ele se pergunta como é possível que ela seja tão linda.

Poderia embriagar-se beijando Hani. Poderia embriagar-se com a maneira como os dentes dela puxam, impacientes, o lábio inferior dele, apenas o bastante para que Seokga sinta os caninos, mas não para machucar de verdade. Para sua mais completa humilhação, está tremendo enquanto Hani rebola em cima dele, em cima de sua evidente excitação, causando ondas deliciosas de calor ao longo de seu corpo e sua coluna — e então ela começa a desabotoar a calça dele.

— Posso? — pergunta Hani, e Seokga fecha os olhos, pensando *Sim, sim, mais do que pode, deve,* sentindo os dedos dela brincando com o cós da cueca. — Seokga?

Seokga ofega, assentindo, e a mão dela se esgueira para dentro, apalpando-o por inteiro, e ele grunhe no fundo da garganta. A respiração do deus trapaceiro está ficando rouca, e um desejo ardente escorre por sua coluna enquanto os dedos delicados de Hani o envolvem e o acariciam de baixo a cima...

Alguém dá duas batidas bruscas na janela do carro. Os olhos de Seokga se abrem repentinamente de susto. Merda. Estão em uma *ronda*, e fizeram tudo, menos vigiar a casa. Será que é Dok-hyun? Seokga já está agarrando a bengala e a transformando em uma espada, mas...

— Pelas tetas de Hwanin! — berra Hani quando Shim espia pela janela, anônimo sem o uniforme, em um moletom com capuz discreto e, o mais bizarro, um par gigante de óculos de sol.

A gumiho afasta a mão e praticamente se joga de volta no assento do carona. Seokga, tendo a sensação estúpida de ter sido flagrado se engraçando com uma menina feito um adolescente, logo abotoa a calça, ajeita o cabelo e tenta acalmar a própria respiração.

— Está tudo bem — diz ele, rouco. — Está tudo bem. O vidro é fumê.

— Seokga? — chama Shim do outro lado da janela, olhando ao redor da rua. — Acabou a ronda. Os dois agentes atrás da casa também não viram nada. Vocês estão dispensados.

Seokga fecha os olhos e pensa que jamais foi tão grato pela existência de vidro fumê.

## CAPÍTULO VINTE E CINCO

# HANI

Com a mala deslizando atrás dela e a bolsa de viagem sobre o ombro, Hani segue Seokga e passa pelas portas de ébano do apartamento dele, tentando não arregalar os olhos de espanto conforme absorve a residência. O chão é de um mármore preto lustroso habilmente polido, parcialmente coberto por um macio tapete branco que se estende sob um comprido sofá creme decorado com diversas almofadas e situado diante de uma mesinha de centro elegante.

Virando o corredor ao lado de um lance de escadas em caracol de ferro forjado, há uma enorme cozinha, com uma ilha da mesma pedra preta que o chão e armários de mogno, sem dúvida repletos de comida gourmet. O horizonte de Nova Sinsi brilha pelos grandes painéis da parede de vidro aos fundos, luzinhas coloridas piscando e cintilando contra o breu do céu noturno. O apartamento de Seokga é simplesmente luxuoso; Hani fecha a boca com uma notável dificuldade, ciente de que o deus trapaceiro está observando suas reações com cuidado. Com curiosidade. Com esperança. Como se quisesse que Hani gostasse da casa. Ela sente uma pontada no coração.

— Bem — começa a gumiho, se virando para encarar Seokga. — Você com certeza gosta de design de interiores.

Antes de irem para lá, Seokga dirigiu até o apartamento dela. Enquanto ele esperava do lado de fora da "espelunca", Hani enfiou mais mudas de roupa limpa e alguns de seus livros de romance favoritos em outra mala. E mais uma coisa. Algo que ela definitivamente não deveria ter pegado, algo que esteve guardado bem no fundo da gaveta de calcinhas, escondido por fios-dentais de renda.

Seokga dá de ombros, um gesto preguiçoso e tranquilo — mas não há como disfarçar o brilho de satisfação em seu olhar. Ele tem ostentado o ar de um deus bastante realizado desde que terminaram a ronda. Hani não sabe bem o que pensar, embora suspeite que *ela* esteja com o ar de uma gumiho bastante realizada.

A ronda não deu em nada — bem, isso não é lá verdade. Deu em algo *bem* prazeroso, mas nada relacionado ao caso do eoduksini. Então os dois seguiram para o próximo plano: atrair o eoduksini. Fazê-lo vir *até eles.*

Shim jamais aprovaria. O haetae é dependente demais dos protocolos e procedimentos do departamento de polícia. E, por isso, não contarão nada a ele até que tenham derrotado Dok-hyun.

Mas, primeiro, um pouco de descanso. Seokga ainda está visivelmente exausto dos acontecimentos em Geoje. Precisa se recuperar. Quando o deus sugeriu que ficassem juntos para planejar a armadilha, Hani ficou tão surpresa quanto radiante.

E culpada.

Apesar de toda a implicância entre os dois, Seokga *gosta* dela. A gumiho que ele deveria matar. Ela tenta não ruminar esse fato. O foco é o eoduksini, é impedir que Iseung se torne um Mundo das Sombras. Hani sempre foi meio procrastinadora, e está mais do que feliz de adiar a reflexão sobre a potencial desavença entre os dois.

— Nosso quarto fica lá em cima — anuncia Seokga, indicando a escada caracol preta. — Ao final do corredor, à direita.

— Desculpa — intervém Hani, com um sorrisinho —, mas você falou *nosso* quarto?

Ela fica maravilhada ao ver um leve rubor escurecer as bochechas dele. O deus pigarreia uma vez, depois duas.

— Não falei — resmunga ele.

Hani solta uma risadinha.

— Falou, sim.

Seokga estreita os olhos.

— Por acaso você gosta de me torturar?

Hani passa a língua pelos dentes.

— Gosto.

O deus trapaceiro aponta para ela.

— Só por causa disso você vai ficar no quarto de hóspedes.

Mas Hani não deixa de notar que a acidez na voz dele está menos *ácida* do que de costume. Talvez tenha algo a ver com ela ter colocado a mão dentro da calça dele e o beijado até dizer chega.

Hani dá de ombros. Para falar a verdade, não acredita que dormiriam um tiquinho de nada se dividissem a cama esta noite, e Seokga precisa descansar. E, além disso, essa nova... coisa de amizade relutante/transa entusiasmada que tem com ele parece perigosa. Sabe que se queimará se brincar com fogo, e o que ela sentiu por Seokga naquele carro foi como uma chama: instável e calorosa. Hani o encara, admirando os olhos esmeralda, o cabelo preto sedoso, a forma como sua boca, que costuma estar em uma linha dura, começou a se suavizar na presença dela. É... bem, *bem* calorosa.

— Hani? — O deus está franzindo o cenho. — Hani?

Ela sai do transe com um sobressalto.

— O quê? — pergunta, envergonhada por ter sido flagrada.

Seokga sorri.

— Eu falei para tomar cuidado. Suspeito que o eoduksini, em algum momento, irá atormentar meus sonhos, e não duvido que irá atrás de você também. Você tem sido vital para o caso, e pode ser que ele te machuque só pra mexer comigo.

Hani sorri contra a própria vontade. Por alguma razão, Seokga admitir que ela se tornou importante para ele a ponto de provocar a ira do eoduksini é... bem, menos assustador do que deveria ser.

— Vital? — pergunta, manhosa.

— Não vá tendo ideias — avisa ele.

— Tarde demais — responde a gumiho, levando a mala até o lance de escadas. — No final do corredor, à direita? — pergunta por cima do ombro enquanto sobe os degraus, que rangem de leve sob seus pés.

— À *esquerda* — corrige Seokga. — O quarto à direita é meu.

— Hmm.

Hani dá um sorriso. Ele revira os olhos, e o absurdo da situação toda vai aos poucos se assentando na mente de Hani. Está no apartamento de Seokga, se preparando para ser sua *colega de casa*. Que loucura. Completamente bizarro.

*Colegas de casa.*

Hani sobe as escadas e vai até o fim do corredor, de olho nas diversas pinturas com molduras ornamentadas penduradas nas paredes. Seokga mora em meio ao luxo. Hani supõe que *ele* foi sábio quando o conceito de cartão de crédito surgiu. *Nem todo mundo é perfeito*, lembra a si mesma.

A gumiho segue as instruções e para diante da porta à esquerda. Mas fita a porta de Seokga do outro lado com curiosidade, perguntando-se o que se esconde por trás dela.

Uma olhadinha não vai fazer mal a ninguém.

Hani gira a maçaneta do quarto de Seokga, espiando lá dentro pela fresta da porta aberta. O quarto está escuro, mas ela consegue vislumbrar uma cama enorme, uma estante de livros abarrotada, um…

— O que está fazendo? — questiona a voz (meio rouca, na opinião de Hani) de Seokga às suas costas, e a gumiho se vira com um sorrisinho inocente.

O deus franze a testa, mas não parece muito contrariado.

— Eu falei a última porta à esquerda.

— Ops — responde Hani animada, rapidamente se esquivando dele e abrindo a porta do quarto de hóspedes.

O cômodo é grande e vasto, e há uma enorme e esplêndida cama e outra parede de vidro com uma vista espetacular para Nova Sinsi. Há um espelho dourado acima de uma cômoda preta polida, e um vaso de flores repousa sobre a madeira escura. Também há um banheiro contíguo, com uma banheira gigante com pés de garra e um chuveiro. Hani ergue as sobrancelhas. Será que Seokga deixaria ela viver ali para sempre?

— Tente não quebrar nada — alerta o deus, irônico, recostado no batente da porta. — Vou colocar na sua conta se quebrar.

Hani revira os olhos, larga a mala na beirada da cama e abre o zíper. Depois faz o mesmo com a bolsa de viagem.

— Já não passou da hora de você dormir? — pergunta enquanto começa a esvaziar a bolsa.

De dentro dela, Hani retira a muda de roupas mais adequada que levou para Geoje e, em seguida, pega da mala as roupas ligeiramente *menos* adequadas que surrupiou de seu apartamento. Incluindo lingerie e vestidos curtinhos.

Seokga estreita os olhos, mas dá um passo de volta para o corredor.

— Grite se estiver sendo assassinada pelo eoduksini.

— Com certeza vou gritar.

Achando graça, Hani observa os lábios de Seokga tremerem.

— Boa noite.

— Boa noite — responde ele, com mais suavidade do que ela jamais ouviu, antes de gentilmente fechar a porta.

Hani suspira enquanto guarda as roupas na cômoda.

A julgar pela aventurazinha no carro, dá para dizer que ela e Seokga não são mais inimigos mortais. Mas então *o que* eles são? Amigos? Amigos que às vezes enfiam as mãos dentro da calça um do outro? Ficantes? Será que são... Poderiam ser algo a mais? Será que vão voltar a se beijar? Hani torce para que sim. Seokga sabe beijar muito bem. Soube disso nas montanhas, mas o beijo desta noite a impressionou. Hani suspeita que, se Shim não os tivesse interrompido, teriam ido muito, muito mais além.

Ela balança a cabeça conforme vasculha um monte de meias. Em questão de dias, sua vida ficou significantemente mais complicada.

Seus dedos roçam em metal afiado, e ela se endireita. É mesmo. As adagas.

Deve ser *mais* do que burrice dela trazer as adagas escarlates para o apartamento de Seokga, considerando que ele está determinado a matar a Raposa Escarlate, mas... se o eoduksini a atacar ali, as adagas são suas armas mais confiáveis. Não tem dúvidas de que, tendo-as em mãos, conseguiria matá-lo. Não confia nas adagas prateadas como confia nas lâminas escarlates. Mas onde poderia escondê-las? Os olhos de Hani se detêm na cômoda. Perfeito. Vai escondê-las em uma nova gaveta de calcinhas.

A gumiho enfia as lâminas sob uma pilha de lingerie e logo fecha a gaveta, com o coração acelerado. O quarto de Seokga está quieto. Talvez o deus já tenha mesmo se deitado. Afinal, velhotes costumam dormir cedo. Hani só pode torcer para que o eoduksini não se aproveite desse fato.

Ela sobe na cama, aconchegando-se nas cobertas macias, e encara, pelos vidros, Nova Sinsi cintilando com luzes de todas as cores. A cama é bem mais confortável do que aquela no Hotel Lótus, mas... Hani suspira, desejando ter o conforto do calor de Seokga.

Ela se pergunta se, do outro lado do corredor, ele a deseja também.

## CAPÍTULO VINTE E SEIS
# SEOKGA

Seokga desperta, não com o cheiro de frutas cítricas e canela, mas com um toque estridente de telefone.

Não sonhou durante seu breve descanso, mas não se sente tranquilo. Sabe que é apenas a calmaria antes de uma tempestade. Pesadelos logo virão — e, com eles, o eoduksini. O deus tem a sensação incômoda e desconfortável de que aquela coisa sabe que ele está de volta em Nova Sinsi.

Sonolento, Seokga estende a mão para o celular e se atrapalha para responder a chamada.

— O quê? — resmunga enquanto se senta na cama e empurra o lençol preto sedoso para longe.

— Detetive Seokga.

— Delegado Shim — responde o deus, boa parte da irritação diminuindo. Ele olha para o relógio digital na mesinha de cabeceira. Quatro da manhã. — Está tudo bem? Encontraram Dok-hyun?

— Não. Mas você vai querer saber que mais três corpos foram encontrados na noite passada, todos eles na Universidade de Nova Sinsi. Temos agentes na cena do crime. — O velho delegado parece estar completamente farto do mundo. — Gostaria que você e sua assistente se juntassem a nós.

Três corpos. Seokga se enrijece.

— Foi o eoduksini?

— Não. — Do outro lado da linha, Shim suspira: — Foi a Raposa Escarlate.

---

Em meio ao ar gélido e cortante da madrugada, Hani e Seokga estão parados sob árvores de cerejeira, encarando os três corpos sem vida sobre os seixos brancos no chão. Para manter as aparências, os agentes haetae ali em volta estão vestidos com o uniforme padrão de policiais humanos, afastando estudantes de olhos arregalados quando eles se aproximam da área isolada que engloba todo o túnel formado pelas árvores. Embora ainda esteja escuro e o sol mal tenha nascido, as luzes vermelhas e azuis dos carros de polícia iluminam os lençóis brancos cobrindo os corpos.

Seokga está profundamente ciente de que um paparazzo dokkaebi está logo atrás da fita de contenção amarela, dando zoom em Seokga e Hani, tirando fotos com a câmera enorme. Sem dúvidas o título da próxima edição de *Fuxico Divino* será: BRIGA DE FAMÍLIA — SEOKGA, O SENSUAL, AINDA BUSCA O PERDÃO DO IRMÃO, O GALÃ HWANIN! (E MAIS: QUEM É ESSA MORENA MISTERIOSA? SERÁ QUE O SOLTEIRÃO DO SEOKGA FINALMENTE ARRANJOU ALGUÉM?)

Se Seokga algum dia descobrir quem é o editor-chefe dessa revista, essa pessoa estará perdida.

Ele cerra os dentes e tenta se concentrar no que Shim está falando sob o barulho das sirenes, mas está cada vez mais difícil de escutar.

— Foram encontrados há uma hora por um zelador. Já estamos pegando o máximo de gravações que conseguimos.

Cansado, Shim esfrega a testa. Chang Hyun-tae está a seu lado, com um olhar sombrio por baixo do chapéu preto.

— Hyun-tae confirmou que não há almas a serem recolhidas. Elas sumiram. A quantidade de papelada vai ser absurda — acrescenta o delegado para si mesmo, balançando a cabeça.

Hyun-tae assente. Sua expressão está incrivelmente exausta.

— Procurei por toda parte — explica ele. — Às vezes, ocorrem erros nesse tipo de trabalho. As almas não são encontradas porque estão se escondendo ou com medo. Mas não é o caso. Elas só sumiram. E também liguei para os meus superiores: o banco de dados interno de Jeoseung confirmou que nenhuma alma desta área estava programada para ser recolhida nesta manhã.

Seokga passa uma mão pelo próprio cabelo. As almas dos rapazes mortos se foram, assim como os fígados. A Raposa Escarlate atacou novamente.

— Que ótimo — murmura.

E Chunbun, o Solstício de Primavera, é daqui a onze dias apenas. Com o eoduksini e a gumiho ainda à solta, as chances de Seokga retornar a Okhwang estão cada vez menores.

— Almas e fígados — repete, com frieza. — Parece que ela estava com fome.

— Parece mesmo.

Ao lado dele, Hani está encarando os três rapazes mortos. Seu rosto está apático… de horror? Choque? Pode ser uma mistura de ambos. Que estranho. Ela não ficou tão pálida quando examinou os outros dois rapazes.

— Por acaso você detectou outro pico de poder? — pergunta Seokga ao delegado Shim.

O velho haetae nega com a cabeça.

— É provável que a Raposa Escarlate não tenha usado um rompante de energia para subjugar as vítimas. Mas a lógica ainda nos diz que isto claramente foi obra dela. — Shim esfrega as têmporas com a mão enrugada. — Sem Dok-hyun, não conseguimos fazer qualquer autópsia. Acredito que um médico-legista humano esteja a caminho; ele pode lidar com o resto. Não há muito mais que possamos fazer até conseguirmos as gravações. Vou te ligar quando tivermos coletado as imagens das câmeras de segurança do campus e da cidade, Seokga. Hani, você já conseguiu dar uma olhada nas fitas dos primeiros assassinatos?

— Consegui olhar algumas — responde ela às pressas. — Não havia nada nelas. Mas há outras seis que não consegui assistir antes de irmos para Geoje. Se quiser, posso devolvê-las à delegacia…

Shim franze o cenho.

— Por que é que elas foram retiradas da delegacia para começo de conversa?

Hani hesita.

— Estávamos tão atarefados que…

— A culpa é minha — interrompe Seokga. — Por necessidade, estivemos nos concentrando mais no caso do eoduksini. Eu não dei tempo a ela para assistir a todas as fitas, então Hani levou algumas para casa. Ela não fez nada de errado.

Seokga vê a gumiho piscando, aparentemente surpresa. O deus tenta não ficar ofendido. Eles são… bom, amigos, não são? É claro que vai defendê-la.

O haetae ergue as sobrancelhas, achando graça. Seokga fecha a cara.

— O quê?

— Nada, nada — diz Shim, satisfeito apesar da cena de crime ao redor deles. — Não foi nada. — O delegado suspira, voltando a atenção para os cadáveres cobertos. — Quando for melhor para vocês, devolvam as fitas que ainda não foram assistidas. Vamos dar uma olhada nelas quando pudermos. Mas, para ser sincero, duvido que tenham qualquer utilidade. Andamos interrogando todas as gumiho velhas o bastante para serem a nossa raposa e que estavam naquela lista que vocês organizaram. Quem quer que ela seja, é muito hábil em se esconder. Esta cidade não tem a menor chance contra ela e o demônio das trevas.

— Vamos encontrá-la — garante Seokga ao delegado.

Sem se despedir, Shim se retira, dirigindo-se cansado até os outros agentes. O trio que ficou para trás permanece em silêncio, todos fitando os corpos. Hyun-tae é o primeiro a se pronunciar enquanto se vira para Hani.

— Fiz o que você me pediu durante sua ausência — declara ele diligentemente.

Seokga não o escuta direito, já que ainda está encarando os cadáveres. Maldita seja a Raposa Escarlate. Que vá para as profundezas de Jeoseung.

— Agora trabalho meio período no Café das Criaturas, das três às cinco da tarde.

— Bom trabalho — responde Hani, com a voz distante, como se falasse com um cachorrinho afobado. Mas ela soa tensa e esganiçada quando diz:
— Seokga.

O deus se vira para a gumiho.

— O quê?

Hani está pálida, mas dá um sorrisinho.

— Vou comprar um chocolate no Café das Criaturas. Já volto.

Seokga assente.

— Vou com você — declara ele.

Um copo de café gelado, doce e amargo ao mesmo tempo, e a subsequente adrenalina da cafeína talvez acalmem seu temperamento, que só vem piorando, e confortem seus nervos à flor da pele.

E tomar café da manhã com Hani talvez tenha um efeito parecido. Ficar perto dela se tornou... mais agradável, no mínimo. Colocá-la no quarto de hóspedes na noite passada foi uma decisão relutante de sua parte, e o deus está ansioso para ficar ao lado dela mais uma vez. Talvez possam conversar a respeito de sua situação. Seokga está... perdido, sem chão. Será que o que houve no carro foi algo pontual? Ele já teve várias ficantes, mas não quer o nome de Hani nessa lista. Quer ela na cama dele, perfumando os lençóis com o cheiro de frutas cítricas e canela, com o nome dele nos lábios.

— Eu também vou — intromete-se o jeoseung saja prontamente, ajustando o chapéu e olhando para Hani.

Seokga fecha a cara.

Uma expressão peculiar cruza o rosto dela, e o deus sente a barriga embrulhar. Ele pondera se Hani prefere ir sozinha. Se já se cansou dele. Será que o beijo no carro foi um erro? Será que ela se arrependeu?

Já faz um tempo desde a última vez que Seokga se sentiu magoado.

Ele não gosta dessa sensação.

Nem um pouquinho.

Mas então Hani sorri, alegre, e dá uma leve cotovelada nele.

— Tenho a impressão de que eu sei qual vai ser o seu pedido — comenta ela com uma bufadinha. Deixando a voz mais grave, recita de cor: — Café com uma colher de creme e uma de açúcar, ou *tema minha ira*.

Seokga fica indignado, ofendido, mesmo quando uma onda de alívio se assenta sobre seus ombros.

— Eu não falo assim.

— Ah, é?

Hani dá uma piscadinha, passando o próprio braço em volta do dele com uma casualidade confortável. Uma intimidade nova, mas completamente bem-vinda. O deus trapaceiro reprime um sorriso involuntário enquanto Hani o olha com o nariz franzido, como se achasse que o que está prestes a dizer é muito, muito engraçado. Seokga ama senti-la ao seu lado.

— Acho que te imitei muito bem. Talvez a gente devesse perguntar a opinião do Hyun-tae.

— Pare.

— Hyun-tae — chama Hani conforme os três começam a se afastar da cena do crime. — De um a dez, sendo que dez é o mais parecido possível, que nota você daria para a minha imitação do Seokga?

— Eu daria nota dez — responde o ceifeiro obedientemente, antes de ver o olhar duro de Seokga e pigarrear de forma abrupta. — Quer dizer, nota cinco. Um meio-termo.

Hani solta uma risadinha abafada, apertando o braço de Seokga. Antes que consiga se deter, ele se aconchega mais perto dela.

E ela também se aconchega mais perto dele.

CAPÍTULO VINTE E SETE

# HANI

Duas gumiho, um jeoseung saja e um deus caído estão sentados à mesa de uma cafeteria vazia.

Uma gumiho encara a outra.

Uma gumiho diligentemente mexe o café gelado, evitando o olhar desconfiado da gumiho mais velha enquanto sua intensamente e se encolhe toda vez que o deus se move.

*Uma* gumiho está se perguntando quem *caralhos* matou três universitários, porque tem certeza absoluta de que não foi ela.

O deus e o jeoseung saja estão sentados em um silêncio constrangido, observando as duas gumiho com expressões igualmente cautelosas.

Alguns segundos se passam.

Depois, minutos.

— Hani — chama Somi em uma voz trêmula, desviando o olhar do café rodopiante e dos cubos de gelo que se chocam contra o copo de vidro. — Como... como foi a viagem para Geoje?

As bochechas dela estão coradas de um rosa muito, muito vibrante, e os olhos brilham de maneira quase febril. O cabelo curto e ondulado está bagunçado e desalinhado, e o avental do Café das Criaturas está manchado de chocolate quente. As mãos estão tremendo. Já estavam tremendo violentamente enquanto preparavam a bebida de Hani.

A gumiho mais velha pigarreia. Se suas suspeitas estiverem corretas — e ela torce para que não estejam —, seus companheiros não podem saber dessa... possibilidade.

— Foi complicada — admite ela, com sinceridade. — Enquanto estávamos fora, o eoduksini atacou a delegacia.

— P-pois é — responde Somi. — Ouvi falar.

— E aí uma fada fez com que eu e Seokga nos beijássemos.

Hani olha de relance para o deus. Seokga parece incrivelmente satisfeito consigo mesmo.

Os olhos de Somi saltam das órbitas de surpresa. Prestes a levar a bebida até os lábios, tem um espasmo na mão ao ouvir as palavras de Hani. O café é derramado por todo o seu colo, e Hani se encolhe.

— *O quê?*

A jovem gumiho está agitada.

Seokga observa com serenidade, bebendo lentamente o próprio café. Não surpreende ninguém que o deus caído não se dê ao trabalho de ajudar. Mas Hyun-tae coloca-se de pé num salto.

— Senhorita Somi, precisa de guardanapos? — diz o ceifeiro, alarmado. As bochechas dele coram quando Somi o olha. — É claro que precisa. Vou lá pegá-los para você. Fique bem aí!

Ele sai em disparada, impulsionado pelo desejo de ajudar.

Se Somi ainda fica assustada com a presença do jeoseung saja, não deixa transparecer.

— O funcionário de meio período tem sido útil — comenta ela para Hani. Seus olhos febris riem, mas ainda estão arregalados de medo. — Ele faz todo o trabalho por mim, sabia, unnie? Tudo que eu preciso fazer é apontar, e ele tira o lixo, esfrega o chão, limpa as mesas… E tudo por um salário menor!

— Está na cara que ele está apaixonado por você — responde Hani, tomando cuidado para manter a voz tranquila e equilibrada, mesmo ao ver as mãos trêmulas da amiga. — Ele tá comendo na sua mão, Somi.

— Né? — Somi mostra um sorrisinho hesitante. Hani olha para aqueles lábios vermelhos demais. A amiga quase nunca usa batom. — A Minji ama ele.

Ao perceber o escrutínio de Hani, Somi aperta os lábios e encara o chão.

— Aposto que sim — diz Hani.

O jeoseung saja faz o tipo de funcionário ideal da chefe: bem disposto para trabalhar, profissional e educado. Tudo o que Hani não é.

Ela se dá conta de que não sente tanta falta assim de trabalhar no Café das Criaturas.

A gumiho mais velha observa Hyun-tae voltar com um rolo de papel-toalha e entregá-lo a Somi com uma deferência que garçons costumam reservar para servir a realeza.

— Mas por que você veio tão cedo? — pergunta Somi, secando a calça com um maço de papel-toalha. — Aconteceu alguma coisa hoje de manhã com... o eoduksini?

Hani formula uma resposta que não vá assustar tanto Somi a ponto de ela dar com a língua nos dentes, e observa cuidadosamente a reação da amiga.

— Houve uma ocorrência na Universidade de Nova Sinsi... parecida com aquela que eu te contei umas noites atrás.

Somi fica em silêncio, de repente extremamente interessada em esfregar a calça. Para o mérito dela, sua expressão é quase casual.

Quase.

— Três homens perderam as almas e os fígados — diz Seokga, erguendo o olhar do próprio café com uma cara de suprema irritação.

Somi assume um tom preocupante de verde e cinza.

— Talvez a Raposa Escarlate tenha que ser atraída como o eoduksini — continua o deus para Hani, que começou a se perguntar se pareceria muito suspeito agarrar Somi e sair correndo. Com a voz entrecortada e gélida, furioso pela falta de pistas, ele continua a falar: — Se as novas gravações que Shim recolher forem inúteis, nós vamos...

Mas Hani não escuta nada. Está observando Somi com muita, muita cautela.

Kim Hani não matou aqueles homens na noite passada.

Kim Hani estava no apartamento de Seokga, com as garras preparadas a noite inteira, meio que esperando que o eoduksini pulasse para fora das sombras e possivelmente tendo fantasias com um certo deus trapaceiro.

Mas Somi...

Somi está Agitada.

É algo que acontece a gumiho bebês quando comem muito e rápido demais. E será coincidência que Hani ofereceu a Somi seu primeiro gostinho de fígado poucos dias antes do assassinato da véspera? Será coincidência que as almas foram roubadas dias depois de Hani explicar a Somi como se fazia isso? Desesperada, Hani torce para que seja apenas coincidência mesmo. Porque Seokga acredita que a Raposa Escarlate está por trás dos cinco assassinatos. E se as gravações revelarem que Somi é a culpada pelos acontecimentos da noite anterior... Merda. *Merda*.

Isso é culpa de Hani. Ela corrompeu Somi, tão ingênua e inocente. E atraiu o perigo direto para a vida da amiga. Na universidade, uma suspeita afligiu Hani, mas a parte racional dela sussurrava que não era possível que Somi tivesse matado os três rapazes. Somi, que ficou uma pilha de nervos depois de consumir aqueles fígados. Somi, que jamais matou um ser humano na vida.

Mas agora, observando os olhos embaçados de Somi, a pele rosada, os dedos trêmulos...

Hani se lembra da curiosidade mórbida sob o semblante inocente da amiga. Deveria ter sido mais esperta. Deveria ter sido mais sensata com sua influência. Durante séculos, cometeu homicídios e se safou, mas esse não é o caso de Somi. E isso é culpa de Hani. Assim como o fato de que agora devorar almas e comer fígados é ilegal.

As entranhas de Hani se reviram uma centena de vezes de culpa.

As gravações mostrarão que Somi é a culpada pelo crime. Ela será considerada a Raposa Escarlate, perseguida e morta.

A menos que Hani interfira.

A menos que dê um jeito de apagar as gravações.

Suor escorre pelo pescoço de Hani quando Somi a encara. A bebê gumiho está pálida, com o rosto descorado. Quando fala, as palavras saem baixas, sustentadas por um fiapinho de voz:

— Hani — chama Somi, ficando de pé abruptamente. — Eu ando querendo te pedir um favor. Tem um... problema com a máquina de gelo lá atrás. Eu sei que você não trabalha mais aqui, mas...

— Vou dar uma olhada com você — responde Hani. Ela se levanta e lança um olhar rápido para Seokga, que está bebendo o café gelado em uma velocidade alarmante. — Já volto.

Ainda absorto nos próprios pensamentos, ele gesticula para que ela vá.

Hani segue Somi até a cozinha escondida atrás do balcão da cafeteria e fecha a porta de aço atrás de si. Ela pressiona as costas contra a porta, só para garantir, e depois encara Somi, que está tremendo perto do enorme freezer.

— Foi você, não foi? — pergunta Hani, em uma voz suave. Gentil. — Somi-ah, você matou aqueles homens?

Os olhos de Somi ficam marejados, e o lábio inferior dela treme rapidamente.

— E-eu não quis, Hani — confessa. — Mas eu... Desde que experimentei os fígados, eu fiquei... fiquei morrendo de vontade. De sentir a adrenalina. E e-eu tentei te falar, mas você estava indo pra Geoje, e não quis te ligar de novo e te incomodar... E aí, na última vez que nos falamos, eu i-ia contar pra você, mas você desligou...

O coração de Hani é dilacerado pela culpa conforme ela se lembra da conversa que teve com Somi antes de entrar no carro de Seokga.

"Espera. E-eu tenho uma pergunta...", Somi sussurrou ao telefone. " Eu ando me sentindo esquisita..."

Mas Hani não lhe deu ouvidos.

— Tentei ignorar — continua a gumiho mais nova, piscando para afastar as lágrimas, mas uma delas escapa e desliza pela bochecha. — Vim trabalhar de manhã até de noite, e dei meu melhor. Até me enturmei com o novo assistente. Fiz café, esfreguei o balcão, fui uma boa funcionária. Fiquei bem por... por um tempo. Mesmo estando com t-tanta vontade que não conseguia ver direito, fiquei bem. Mas aí, ontem à noite...

— A Vontade ficou pior — adivinha Hani.

Pelos deuses. Isso... isso é tudo culpa dela.

A Vontade acontece quando uma gumiho tem hipersensibilidade à torrente de poder que surge ao consumir fígados e almas. Nem todas têm isso, mas não é incomum. A Vontade pode ser saciada ao consumir mais fígados e mais almas, mas o desejo voltará em algum momento e anuviará a mente de uma gumiho com sede de sangue até ela matar e comer mais uma vez. É um ciclo vicioso. No outro dia, Somi estava subindo pelas paredes depois de consumir aqueles dois fígados. Hani atribuiu isso ao fato de ela nunca ter experimentado aquilo antes, mas as mãos trêmulas de Somi contam uma história diferente. Somi é hipersensível a poder. E ainda está com Vontade.

A jovem gumiho assente, e a represa enfim se estraçalha. Ela se desfaz em lágrimas.

— Eu matei aqueles homens — confessa, soluçando. — Eu matei eles e gostei.

— Somi — murmura Hani, afastando-se da porta e envolvendo a amiga em um abraço reconfortante. — Você não tem nada pelo que se sentir mal, Somi. Gumiho foram geneticamente feitas para matar. Pra mim, você não fez nada de errado.

— Mas eles acham que somos a Raposa Escarlate — sussurra Somi em seu ombro. — Eles vão me matar. Hani, eu tô com medo.

— Não — declara Hani, com firmeza. — Não. Ninguém vai encostar em você. — Ela se afasta e segura a gumiho mais nova pelos ombros. — Não vou deixar isso acontecer.

— O que você vai fazer? — pergunta Somi, titubeando.

— Vou te ensinar tudo, tim-tim por tim-tim. Pra que você consiga se alimentar e jamais ser pega. Mas agora... — Ela se aproxima para falar ao pé do ouvido da amiga: — Preciso que você ouça com muita, muita atenção.

Hani chegou à conclusão engenhosa de que Somi não estará nas gravações se as câmeras *não existirem*.

Ela deixa o deus e o jeoseung saja por conta da amiga, dando-lhe instruções bem claras para mantê-los ocupados e dizer que Hani está no banheiro. Sem dúvida, Seokga ficará satisfeito se receber outro café gelado enorme por conta da casa, e Hyun-tae não sairá dali, simplesmente para passar tempo com a "srta. Somi".

Hani tem, no máximo, quinze minutos para ir e voltar da universidade. Quinze minutos para destruir as câmeras posicionadas no local do crime e nas áreas próximas, quinze minutos para ir embora sem ser detectada. Quinze minutos. Com o início do trânsito matutino, roubar o Jaguar de Seokga e pisar no acelerador não vai levá-la a lugar algum. Mas transformar-se em uma raposa talvez vá.

No beco do Café das Criaturas, Hani respira fundo e permite que a transformação tome conta de seu corpo. Permite-se virar uma raposa vermelha elegante, com nove caudas que se agitam de leve ao vento. Permite-se flexionar os músculos e se familiarizar de novo com a forma animal, com a adrenalina repentina de seus sentidos ficando duas vezes mais aguçados. Como raposa, ela consegue ouvir cada sussurro da cidade em um raio de mais de três quilômetros, sentir cada cheiro, ver cada coisa com uma nitidez anormal.

E, como raposa, Hani é muito, muito veloz.

Só pode torcer para que as gravações ainda não tenham sido checadas pelos haetae. Ela inclina a cabeça e espreguiça as juntas.

*Preparar, apontar, vamos lá.*

Ninguém percebe o borrão escarlate que dispara pela cidade um instante mais tarde, nada mais do que um lampejo de vento rubi. Ninguém nota as patinhas se chocando contra o concreto conforme a raposa de nove caudas serpenteia entre os pedestres na calçada, com o focinho arreganhado de determinação.

Ninguém percebe que Kim Hani está correndo como jamais correu na vida, decidida a corrigir seu erro.

*Desculpa, Somi*, pensa ela enquanto corre. *Desculpa mesmo.*

## CAPÍTULO VINTE E OITO

# SEOKGA

Achando bastante graça, Seokga observa a interação entre a gumiho mais nova e o jeoseung saja desastrado.

O ceifeiro está claramente apaixonado. Já a gumiho, não. Estão sentados lado a lado, diante do deus enquanto Seokga bebe seu segundo café naquela manhã. A gumiho, Somi, é claramente jovem. Uma jovenzinha bem nervosa. Está evitando o olhar de Seokga e de Hyun-tae a todo custo, balançando a perna enquanto o ceifeiro a observa com uma expressão sonhadora. Somi fica vermelha quando encontra o olhar de Seokga sem querer. A julgar pelo rubor em suas bochechas, ele a rotula como o tipo de pessoa que lê *Fuxico Divino* e se pergunta qual irmão — o Galã Hwanin ou Seokga, o Sensual — é mais atraente. *Que ridículo.*

O deus bufa baixinho. Somi dá um salto e volta a desviar o olhar. A expressão apaixonada de Hyun-tae não vacila. Jeoseung saja são criaturas estranhas, tão pouco interessadas pelo mundo dos vivos que, quando se apaixonam, se apaixonam rápido — e intensamente. É provável que, apesar de seu rosto, Hyun-tae só conheça Somi há uma, talvez duas semanas no máximo.

Seokga está ficando impaciente sem Hani. Não há uma conversa ou algo para fazer a não ser beber o café e refletir sobre os acontecimentos daquela manhã. Ainda nenhum ataque do eoduksini, mas da Raposa Escarlate, por outro lado...

Chunbun está se aproximando. Seokga ignora a pontada de ansiedade na barriga e repousa o café na mesa. Se não conseguir cumprir as ordens de Hwanin com sucesso até lá... Não quer nem pensar no assunto.

— Senhorita Somi — diz Hyun-tae, afobado. — Ontem nós falamos sobre a possibilidade de pedir aventais mais estilosos para Minji. Você ficará contente em saber que elaborei diversos rascunhos entre uma coleta de alma e outra. Se quiser vê-los, estou com eles aqui, na minha maleta.

Ele dá tapinhas rápidos na maleta preta, alerta e ansioso para agradar. Somi pisca.

— É mesmo?

— Sim, é mesmo. — Hyun-tae assente. — Quatro variações, cada uma de uma cor diferente. Eu me lembro de você ter comentado que gostava de rosa...

Somi fica boquiaberta, ainda agitando a perna. A mesa começou a tremer. Seokga fecha a cara, irritado, enquanto Hyun-tae continua a falar.

—... então levei isso em consideração ao preparar os designs para você.

A essa altura, a mesa está praticamente vibrando.

Seokga já está farto. Ele se inclina para a frente, com os olhos semicerrados, e esbraveja:

— Você está sacudindo a mesa.

Somi se encolhe como se tivesse levado um tapa; seus olhos estão arregalados e marejados, e os lábios tremem. No mesmo instante, Hyun-tae se vira para o deus. O ceifeiro parece horrorizado, como se não conseguisse acreditar que Seokga ousou falar com Somi daquela forma.

— Peça desculpas — exige ele.

Seokga solta uma risadinha baixa. A ousadia do ceifeiro apenas por estar apaixonado é realmente impressionante.

— Não — responde o deus, com frieza.

Somi fica branca feito um fantasma.

Hyun-tae endireita a coluna, claramente ofendido.

— Você...

Mas então a porta do banheiro é aberta no canto da cafeteria e Hani sai a passos largos, disparando até a mesa com o cabelo desarrumado. Há um brilho estranho em seus olhos quando ela se senta ao lado de Seokga.

— O que foi que eu perdi?

A gumiho está ligeiramente ofegante e, antes que Seokga consiga impedi-la, Hani rouba o café dele e bebe um longo gole.

*Ela voltou.* Seokga contém um sorriso enquanto seu humor melhora consideravelmente.

— Pensei que você não gostasse de café.

Hani faz uma careta enquanto repousa o copo na mesa e limpa a boca com o dorso do pulso.

— Não gosto — responde e olha para Somi. — Você vai ficar bem por aqui até o fim do dia?

A frase foi formulada como uma pergunta, mas algo no tom de voz dela cai e a faz soar mais como uma afirmação. Somi assente, e Seokga inclina a cabeça.

— V-vou, sim. Obrigada, Hani.

A gumiho mais velha sorri, e Seokga a observa olhar para Hyun-tae.

— Ei, estagiário.

Hyun-tae se empertiga.

— Sim?

— Continue mantendo sua promessa. — Hani volta a olhar para Somi, que está visivelmente confusa. — Proteja essa daí dos perigos das máquinas de gelo defeituosas. — Ela se põe de pé e puxa Seokga para fazer o mesmo. — A cafeteria já vai abrir. A gente deveria ir embora.

Seokga termina o resto do café gelado e joga o copo na lixeira antes de seguir Hani para o amanhecer do lado de fora. A gumiho espera até que ele a alcance e caminham lado a lado até o Jaguar.

— Quais os planos pra hoje?

Sob a luz do sol, os olhos dela parecem poças de vinho e chocolate derretido. O coração de Seokga dispara, e não é por causa da cafeína. Mentalmente, o deus se dá um tapa na cara.

Ele não é tão diferente assim de Hyun-tae.

Abrindo a porta do carona para permitir que Hani entre, Seokga explica:

— Vamos até a delegacia. Começar as buscas pela Raposa Escarlate e planejar nosso próximo passo em relação ao eoduksini. — Seokga fecha a porta com gentileza antes de se acomodar no próprio assento. Ele dá partida no carro e continua: — As gravações devem nos dar uma pista sobre a gumiho Indomável. Assim como as amostras de DNA nos corpos.

O DNA de todas as criaturas que vivem em Nova Sinsi está registrado no banco de dados dos haetae.

— Talvez a matemos hoje.

— *Hum* — diz Hani, alisando o cabelo. — Isso seria...

O toque estridente do celular de Seokga a interrompe. O deus suspira alto, sem se dar ao trabalho de disfarçar quando atende a chamada. A voz de Shim chega a seus ouvidos.

— Seokga. — O velho haetae parece estar em pânico. — Onde você está?

— O que aconteceu? — pergunta o deus, apertando o volante com firmeza com uma mão e sentindo o coração disparar. — Estou dirigindo. Consigo chegar aí agora mesmo...

— Eu estou bem, eu estou bem. São as gravações da noite passada — responde o delegado, ofegante. — As câmeras, os computadores... foram todos destruídos.

A mente de Seokga dá branco até que não haja nada, a não ser um silêncio ensurdecedor.

— E os corpos?

— Sumiram — informa Shim, com a voz rouca. — Os corpos sumiram.

❋

— Como foi que isso aconteceu? — questiona Seokga, furioso, de braços cruzados diante da mesa de Shim. — Como é que vocês *perderam os corpos*?

A delegacia inteira está em silêncio, a não ser pela voz gélida e autoritária dele. Todos os outros agentes se retiraram da sala assim que Seokga entrou, batendo a bengala nos azulejos do chão em direção a Shim. Antes de ir até lá, passaram no apartamento de Hani para pegar as fitas do primeiro ataque que ela ainda não teve a chance de assistir, deixando de lado as que, segundo ela, não serviriam de nada. Hani as coloca sobre a mesa do delegado, mas o haetae sequer percebe.

Fora a aura de pesar pairando na delegacia, não há qualquer sinal do ataque do eoduksini. Os corpos dos haetae de plantão foram entregues às famílias para serem enterrados, e as manchas de sangue no chão foram limpas. Mas há um cheiro no ar, algo azedo e amargo. Terror. Seokga tenta respirar apenas pela boca.

— Não sei — sussurra Shim.

O sujeito está afundando na própria cadeira, com olheiras escuras, o rosto abatido e mais do que exausto. Em momentos assim, não parece o haetae mais poderoso da cidade e sim um idoso bem transtornado, à beira de um colapso. Seokga pisca e morde a língua.

Houve uma época em que talvez não se importasse. Mas agora, olhando para o velho delegado, Seokga tenta falar com uma voz gentil. Até descruza os braços.

— Eu só não consigo entender como foi que os corpos, as câmeras e as gravações desapareceram.

— Mandei agentes vasculharem a cidade atrás de tudo — responde Shim, rouco. — Entro em contato quando alguma coisa surgir. Sinto muito, Seokga. Sei que esta investigação significa muito para você.

Seokga engole uma resposta ácida. Não é culpa de Shim.

— Fale comigo se encontrar os corpos. — É o que consegue dizer antes de se despedir bruscamente e se retirar da delegacia com Hani no encalço.

A frustração faz seu sangue ferver.

## CAPÍTULO VINTE E NOVE

# HANI

Consolar Seokga é como consolar uma criança emburrada propensa a dar chilique.

No apartamento dele, Hani batuca o caderno que segura em uma das mãos, onde escreveu a pista de Aeri com sua caligrafia caprichada, como Seokga lhe pediu para fazer. Com uma pontada amargurada de decepção, Hani percebeu que o deus ouviu, sim, aquele plural na dica da fada, afinal de contas. Mas Seokga tem sido bem sincero quanto à "inutilidade vexatória" daquilo para identificar a Raposa Escarlate.

Hani está encolhida no sofá estofado, vestida com calça de moletom e um suéter cinza puído, e Seokga está jogado ao seu lado, de olhos fechados e rosto pálido. A gumiho suspira. Ele está assim desde que saíram da delegacia.

— Seokga — chama ela, pela quinta vez. — Precisamos planejar nossa armadilha contra o eoduksini.

Seokga murmura alguma coisa em resposta que parece muito com um *não*.

Hani estremece.

Seria mentira dizer que a culpa não a atingiu. Seria mentira dizer que ela não sente nem um pouquinho de remorso por destruir as câmeras, despedaçar os computadores e jogar os corpos no Rio Han, tudo em 9 minutos e 47 segundos.

Seria mentira dizer que esse joguinho de enganação que ela anda fazendo não começou a... machucar seu coração, de certa forma.

Por causa dela, Seokga está correndo em vão atrás de um alvo.

Mas Hani lembra a si mesma que não pode mudar as circunstâncias. Não faz sentido se afligir com isso. Em vez disso, deve se concentrar no que podem fazer.

Jamais apanharão a Raposa Escarlate, mas, juntos, *podem* pegar o eoduksini. Não se oferecerão para fazer outra ronda; armarão algo mais eficiente. Assim que Seokga deixar de ficar emburrado.

— Seokga — repete Hani, cutucando o ombro dele. — Anda, vai. Não fica assim.

Ele grunhe e, em um gesto estranhamente infantil, se vira para dar as costas a Hani.

— Seokga. Pelo amor dos deuses. — A gumiho puxa-o pelos ombros. — Para de agir feito um bebê. Você está vivo há milhares de anos.

Ela o puxa para trás, e, para sua surpresa, Seokga a deixa fazer aquilo. Algo dentro do peito de Hani se parte um pouco quando a cabeça de Seokga se abaixa até seu colo, e ele a encara com aqueles olhos que costumam ser tão frios e cruéis, mas que agora estão quase vulneráveis.

— Hani — chama ele, naquela voz eternamente rouca. — Se eu não recuperar meu posto de deus, vou acabar com Iseung até não restar mais nada.

Ela faz cafuné no cabelo preto dele.

— Eu acredito em você — responde.

Hani observa Seokga fechar os olhos mais uma vez enquanto ela brinca com o cabelo dele. A garganta dela se fecha.

*Você está sozinho, deus, em um mar de ilusões.*

— Olha — diz a gumiho e estende a mão para o caderninho, mesmo sabendo que não deveria fazer isso. — A gente pode rever a dica da Suk Aeri...

A mão de Seokga se fecha sobre a dela, impedindo-a de pegar o caderno.

— Já a revi uma centena de vezes na minha cabeça — afirma, resignado. — É exatamente o tipo de profecia fraca, mal pensada e completamente inútil que eu deveria saber que viria de uma das yojeong. Não sei nem se qualquer parte dela faz referência à Raposa Escarlate. Estou sozinho em um mar de ilusões. Isso foi sobre Dok-hyun. Eu não deveria me permitir ser enganado por percepções superficiais. Também foi sobre Dok-hyun. Eu deveria olhar para quem possui os olhos dos exaustos. Dok-hyun. A parte sobre os olhos lamuriosos é a única que não bate com ele.

Seokga ergue o olhar para Hani.

— Abaixa — pede ele. — Me mostre seus olhos.

O coração de Hani dá um salto, mas ela se abaixa sobre Seokga mesmo assim, com o nariz quase tocando o dele.

— Bem, seus olhos não estão lamuriosos — murmura o deus, petulante.

— Só cansados — resmunga Hani, tomada por um misto de alívio e culpa. Ela se pergunta outra vez se a pista de Aeri significa que, um dia, chorará por Seokga. — Não preguei o olho noite passada.

O deus sorri presunçoso, mas sem maldade.

— Está com medo, raposa?

— Nem um pouquinho — mente Hani com destreza. — É que a cama é absurdamente desconfortável.

Franze a testa para Seokga, ainda a apenas alguns centímetros de distância.

Ele a encara com um sorrisinho de canto que é bem incomum para o Seokga que ela conhece. Enquanto suas expressões hostis são frias e calculistas, este sorriso é quase involuntário.

— Por que você tá sorrindo?

Seokga arregala levemente os olhos em confusão, e o sorriso vacila.

— Eu... eu não sei — reclama ele, mas Hani reconhece que a frustração não é com ela. É consigo mesmo. — Não sei — repete, mais baixo. Ela poderia jurar que a voz dele treme de hesitação quando fala outra vez: — Hani, o que nós somos?

— Não faço ideia — sussurra ela.

E é verdade. Hani sabe o que *quer* que eles sejam, mas, com as adagas escarlates escondidas no andar de cima e os segredos em seu coração, é algo que ela não deveria almejar.

Mas Hani nunca foi muito boa em ignorar tentações, e há um deus caído em seu colo, olhando-a com uma expressão atipicamente sincera de esperança, provavelmente ansiando pelo mesmo que ela. Seokga é irritante, maldoso, rabugento e frio — mas também tem uma língua afiada que acompanha as brincadeirinhas dela e retruca na mesma medida. Seokga lhe deu a própria camisa e enfaixou sua perna, comprou-lhe remédio e adagas quando ela precisou.

E, pelos deuses, ele é bonito. Nada, em todos os seus 1.700 anos até agora, se compara ao tom exato dos olhos verdes perenes de Seokga nem ao cabelo da cor do céu da meia-noite dele.

Hani começa a divagar, perdendo toda a costumeira confiança de uma só vez.

— Quer dizer, nós somos... nós somos amigos? Temos uma amizade colorida? Eu sei que você gostou quando a gente... quando eu... no carro. Beijar. Mão. Nas calças. E se você quiser fazer isso de novo algum dia, eu não me importaria.

Ela precisa parar de falar. Hani precisa mesmo parar de falar. Mas não consegue. Está colocando tudo para fora.

— Eu aceitaria. Provavelmente bem rápido. Eu gosto de te beijar. Mais do que deveria. Mas não sei como chamar isso. Não sei se eu *quero* ser sua amiga.

As sobrancelhas de Seokga estão franzidas; ele parece magoado. Pelas tetas de Hwanin. Ela se expressou muito mal.

— Não foi isso que eu quis dizer — explica, repentinamente tomada por uma vontade de se jogar da janela. — Quero ser mais do que uma amiga. Mais do que o seu ursinho de pelúcia de mentirinha. Quero continuar te beijando e...

Seokga está rindo. Mas não é uma risada de deboche. É suave. Quase terna.

— Hani, eu também quero.

Um calor se espalha no coração dela.

— Ah — murmura a gumiho. — Ótimo. Isso... isso é ótimo.

O deus trapaceiro sorri.

— E acho que sei o que nós somos afinal. Já decidimos.

— Já? — sussurra ela.

— Quando estávamos voltando de Geoje, lembra?

Os lábios de Hani se curvam para cima. Ela lembra.

— Somos Hani e Seokga.

Seokga ergue a mão e coloca uma mecha solta de cabelo atrás da orelha de Hani. E a ternura com que ele faz isso, a delicadeza tão incomum, a gentileza que lhe é tão estranha... Aquele simples ato responde a todas as perguntas dela.

Hani se abaixa e o beija.

## CAPÍTULO TRINTA

# SEOKGA

Seokga engole um ruído extasiado de surpresa quando os lábios de Hani encontram os dele, quentes e doces e com sabor de chocolate quente.

*O que você está fazendo?*, questiona uma voz em sua cabeça, uma voz fria e rabugenta, uma voz que o tem guiado desde a queda e durante toda a muito longa e mal-humorada vida imortal. *Isto é uma tolice. Afaste-se. Afaste-a. No final, todos sempre o traem.*

Seokga ignora essa voz.

Ele ergue as mãos, puxando a cabeça de Hani mais para baixo. E, caramba, a forma como o cabelo macio dela faz cócegas no rosto dele, a forma como o beijo é um pouco desastrado e atrapalhado por causa da posição de ambos, a forma como o nariz arrebitado dela esbarra no dele... tudo isso basta para que ele se renda por completo, para despedaçar os limites entre os dois.

Ele ama a maneira como ela ofega, ama como seu cabelo cheira a um xampu ridículo e chique. Seokga se maravilha com o calor de Hani, com a maciez de sua pele, com a doçura de seus lábios. Seokga se maravilha com *ela*.

Quando as mãos de Hani seguram as laterais do rosto do deus, ele sente o próprio coração titubear — literalmente — com a sensação dos dedos dela em sua pele. Quer segurar aquelas mãos entre as suas, quer entrelaçar os dedos nos dela, quer traçar as linhas nas palmas dela.

Hani se afasta, mas só um pouco, e Seokga emite um ruído petulante de insatisfação que o deixaria constrangido se não estivesse tão... tão... obcecado. Hani ri, e seus lábios se chocam contra os dele outra vez, a língua percorrendo a dele, uma das mãos brincando com as mechas do cabelo de

Seokga. Algo desabrocha nas planícies áridas do coração do deus, algo verde e pequeno e com cheiro de primavera. Uma semente de felicidade, nutrida pelos beijos de Hani, que acabou de começar a crescer.

Faz tanto tempo desde a última vez que sentiu essa vivacidade, essa alegria, em seu interior.

Seokga se permite sorrir contra os lábios dela conforme vão lentamente interrompendo o beijo. Ele olha para Hani, para essa gumiho por quem, de algum jeito, está totalmente apaixonado.

— Hani — sussurra ele, desejando trazê-la mais para perto, sufocá-la contra si, segurá-la e nunca mais a soltar. — Hani.

Seokga ama o sabor do nome dela em seus lábios, de frutas cítricas e canela e chocolate quente e casa.

*Casa.*

Faz tanto tempo desde que Seokga teve um lar.

— Hani — sussurra de novo, estendendo as mãos até ela.

E pela primeira vez em 628 anos, Seokga sente que enfim encontrou seu lugar no mundo.

## CAPÍTULO TRINTA E UM

# HANI

De lábios inchados e cabelo desalinhado, Hani encara o teto da sala de estar de Seokga muito satisfeita. O deus caído está adormecido em cima dela. Os braços dele envolvem suas costas, e a cabeça está aninhada na curva do pescoço de Hani enquanto ele respira, profunda, lenta e regularmente. Ele é pesado — quase a esmaga —, mas Hani não se importa.

Não, definitivamente não se importa.

Ela passa os dedos pelos lábios delicados do deus, admirando a pura voracidade que consumiu Seokga durante a última hora. A pura voracidade que *a* consumiu.

Certa vez, Hani pensou que Seokga fosse um quebra-cabeças enigmático. Mas agora... agora, vê que os dois são iguais. Duas peças que se encaixam perfeitamente, apesar da diferença de suas naturezas, de suas fendas e pontas.

Passaram uma hora inteira apenas se beijando, mas esse mero ato deixou Hani ardendo de uma maneira que jamais ficou antes. E Seokga ardeu junto, até que as chamas da paixão foram diminuindo para algo mais confortável, algo sonolento e satisfeito. Hani fez um cafuné gentil no cabelo de Seokga até que ele pegou no sono.

Ela solta um suspiro suave, ainda brincando com as mechas pretas sedosas. *Que estranho*, pensa comigo mesma. Há menos de uma semana ela derramou açúcar e creme demais no café de Seokga e entregou a bebida a ele com uma careta. E se por um lado ainda planeja continuar fazendo isso, é completamente possível que entregará o café para ele com um sorriso sincero e não um de desprezo. Mas o disparate da situação logo se esvai. Ela soube na montanha e no carro, e sabe agora. Seokga e ela são *certos* um para o outro.

Hani volta a suspirar, dessa vez de felicidade.

Este momento. Deseja parar o tempo do jeito que está e ficar neste momento para sempre.

Mas Kim Hani nunca teve tanta sorte assim.

Calafrios aos poucos sobem por seus braços, que formigam de desconforto. Hani desvia o olhar do teto para o cômodo diante de si enquanto seus sentidos aguçados chiam para que ela *olhe bem*.

Os músculos dela se retesam conforme as sombras da sala escurecem cada vez mais, espalhando-se ao longo do chão de mármore preto feito tinta derramada e escorrendo em direção ao sofá onde estão deitados. A temperatura do ar cai até que a respiração de Hani forme nuvens de vapor diante de seu rosto e flutue em um nevoeiro branco pálido.

Suas pálpebras de repente ficam pesadas, e cada parte de seu corpo murmura de sono, com os membros lentamente afrouxando e relaxando. *Vamos dormir*, sussurra a mente dela. *Vamos dormir.*

Mas...

Uma palavra perpassa sua mente, uma única e terrível palavra que carrega consigo fios de escuridão. *Eoduksini.*

*Não*, pensa Hani, esforçando-se para manter os olhos abertos. *Não.*

Ela resiste à exaustão debilitante e empurra Seokga para longe, sacudindo os ombros dele para tentar acordá-lo. Para seu imenso alívio, os olhos de jade se abrem bruscamente, límpidos e alertas.

— *O que...*

Hani pressiona um dedo nos próprios lábios, se levanta do sofá e liberta as garras com um leve *snick*.

Parecem estar sozinhos na sala, mas Hani não é boba, e as aparências enganam. Com o coração disparado, ela analisa as sombras mais profundas no cômodo, procurando pela figura de Dok-hyun.

Em silêncio, Seokga também se põe de pé e segura o cabo da bengala, que estava apoiada no sofá. Com um estalo, a bengala se transforma em uma espada afiada de prata cintilante em meio à escuridão que se adensa. As sombras se arrastam ao longo dos painéis de vidro da janela até que obscurecem os raios de sol do fim da manhã, impedindo que qualquer traço de luz entre no apartamento. Hani observa as lâmpadas da sala de estar piscarem e se apagarem.

Inundada pela escuridão, mal ousa se mover. Ela roga para que seus olhos se ajustem ao breu.

Todo o seu corpo está tenso de ansiedade. Algo saltará das sombras a qualquer momento, algo terrível e nefasto que roubará a vida de Hani e de seu deus…

Mas instantes carregados de tensão se passam e nada acontece.

A voz de Seokga corta o silêncio, mais mordaz e fria do que ela jamais ouviu.

— *Mostre sua cara.*

A única resposta que recebe é um silêncio denso e sufocante.

Hani engole em seco. Suas adagas, suas fiéis adagas vermelhas que nunca a deixaram na mão, estão no andar de cima. Será que vale a pena correr até elas? Será que vale a pena empunhá-las diante de Seokga? A gumiho respira fundo e tenta alcançar a pérola de raposa enquanto a energia zune por sua corrente sanguínea, pronta para ser liberada em uma explosão do mais puro poder, caso seja necessário. Aquele clarão com certeza chamará a atenção da delegacia haetae e revelará a identidade de Hani, mas não há outra escolha. Não quando é bem provável que um monstro de Jeoseung esteja observando-os, à espreita.

Uma risada grave e desconhecida se esgueira para fora das sombras, ecoando ao longo do cômodo e repercutindo entre as paredes. É impossível determinar a origem. Hani se vira de um lado para o outro, com as costas pressionadas contra as de Seokga e os punhos erguidos no ar.

— Seokga — sussurra a gumiho. — O que você…

Um cheiro a interrompe. O cheiro de carne em decomposição. Hani sente Seokga enrijecer contra ela.

Os ecos daquela risada vão diminuindo até sumir. Hani fica tensa conforme as sombras se agitam e ressoam, reverberando, e algo emerge das profundezas da escuridão. Ela estreita os olhos, tentando identificar Dok-hyun…

Hani cambaleia quando uma mulher usando uma máscara cirúrgica vermelho-sangue dá um passo à frente.

Ela é alta e magricela, de cabelo preto lustroso que cai até a altura da cintura esguia, e tem grandes olhos pretos envoltos por cílios grossos. Está vestindo uma camisola hospitalar e nenhum sapato, com as unhas dos pés pintadas de um rosa chiclete. As unhas das mãos podem estar pintadas da mesma cor, mas Hani não sabe dizer. A mulher esconde os braços nas costas.

O cheiro de carne em decomposição fica mais forte.

— Não é Dok-hyun — sussurra Hani para Seokga, se ajustando para que fique de frente para a mulher, em posição de ataque.

A mulher de máscara vermelha pisca para ela, e Hani tem a terrível impressão de que ela está sorrindo por baixo da máscara.

— Não. — É a resposta do deus, ríspida e irritada. — Não. O eoduksini está brincando conosco, enviando lacaios medíocres.

Hani pisca devagar, sem entender.

Apreensiva, ela franze as sobrancelhas quando a mulher não reage. Mas então...

— Eu... sou... bonita? — A voz dela é molhada, como se estivesse falando com uma boca arruinada e repleta de sangue.

Apertando os punhos, Hani se pergunta o que há debaixo daquela máscara.

— Não — diz Seokga, com frieza. Com crueldade. — Não, eu ouvi falar de você. A Mulher da Boca Rasgada. — Ele contorna com agilidade a mesinha de centro na frente do sofá enquanto gira a espada em uma das mãos. — Então me poupe dessas cordialidades.

*A Mulher da Boca Rasgada?*

Hani se enrijece quando a mulher ri, produzindo um som úmido horrível, e ergue uma das mãos até a máscara. Em um movimento brusco e violento, ela a arranca e revela uma boca podre cortada de uma orelha à outra. As gengivas estão vermelhas e irritadas, pingando sangue, que cobre a língua destruída.

— Resposta... errada — avisa ela, e revela a outra mão escondida às costas.

A mão direita balança um bisturi de forma ameaçadora. Hani se dá conta de que, ao contrário do que suspeitava, as unhas dela não são rosa chiclete. Estão amareladas e roídas, encrostadas de sangue.

A Mulher da Boca Rasgada se lança para a frente, cortando o ar com o bisturi enquanto avança até Seokga. O deus desvia do ataque com facilidade, parecendo entediado. Hani pula por cima da mesinha de centro e derruba uma pilha de revistas ao se jogar, de garras em punho, na Mulher da Boca Rasgada. A gumiho afunda as garras nos ombros esbeltos da mulher, estraçalhando-os, e a criatura solta berros estridentes. Sangue jorra no ar e molha o rosto de Hani, mas ela já está se mexendo de novo — se esquivando do ataque da lâmina e arremessando a Mulher da Boca Rasgada em direção à parede com um chute circular.

Com um olhar exasperado, Seokga se mexe em seguida e vai até a mulher.

— Sabe, seus joguinhos mal começaram, mas eu já estou farto deles — desdenha o deus para a escuridão.

A Mulher da Boca Rasgada começa a avançar, mas, em um rápido movimento, Seokga decepa a mão que segura o bisturi e bate a mulher contra a parede, segurando-a pelo pescoço.

— O que foi que ele te prometeu? — rosna o deus por cima dos gritos de dor da criatura.

Ela não faz nada além de gritar de agonia, e Hani vê Seokga erguer a espada ensanguentada até o pescoço da mulher. A ponta a espeta de leve.

— Recriar Gamangnara?

A Mulher da Boca Rasgada estremece, balançando a cabeça.

— *O que foi que ele te prometeu?* — esbraveja o deus de novo.

Dessa vez, a lâmina arranca sangue. As sombras na sala de estar parecem escurecer em aviso.

— Um... — A Mulher da Boca Rasgada arfa, de olho na espada. — Um...

— Desembucha.

— Um... mundo... de... trevas — responde a criatura. — O... Mundo... das... Sombras... aqui.

Calafrios percorrem a coluna de Hani.

A Mulher da Boca Rasgada faz força para se libertar, mas desiste quando a espada de Seokga afunda mais na pele de seu pescoço.

— Ele vai... te fazer... sofrer... antes do fim... Tem uma... mensagem... pra você...

— O que é?

O tom de voz de Seokga está irritado. Rígido.

— Ele quer... agradecer... vocês...

— Agradecer a gente? — pergunta Hani, embasbacada. — Pelo quê?

— Ele não... se diverte tanto... há milênios... e está tão... faminto... Vocês dois... serão deliciosos... Seus poderes... combinados... suas vidas... combinadas... vão... saciá-lo... e é muito... divertido... assustar vocês.

— Já ouvi o bastante. — Seokga olha para Hani. — E você?

— Espera. — Hani se aproxima da Mulher da Boca Rasgada. — Qual é o próximo passo dele? Quem ele planeja matar? É ao acaso?

O sorriso sangrento se alarga.

— Gumiho tola... Sua investigação fútil... vai acabar com você... Não existem... finais felizes... na sua história... O deus e a raposa... acaba em... tragédia...

Ela não tem a chance de terminar a frase.

Sangue escuro, misturado a cinzas, jorra pelos ares quando Seokga decapita a mulher, e as sombras do cômodo aos poucos recuam.

— O eoduksini já se alimentou de tantas vidas que seu poder começou a aumentar, e, com isso, sua influência também — comenta Seokga ao se sentar no sofá, encarando o monte de cinzas e a máscara cirúrgica vermelha deixada para trás.

— A Mulher da Boca Rasgada — murmura Hani, ainda de pé, preparada para mais um ataque. — O que ela era?

— Uma Indomável — resmunga Seokga, afagando a imoogi prateada com um dedão. — Sendo mais específico, um determinado tipo de gwisin. Havia apenas uma dela... e, agora, felizmente, não há nenhuma. — Ele fecha a cara. — Vai levar um tempo para limpar essa bagunça.

— A boca dela — fala Hani, lembrando-se do corte voltado para cima que ia de orelha a orelha. — Como foi que isso... Ela morreu desse jeito?

— Foi uma cirurgia plástica que deu errado — responde Seokga. — Já fazia um tempo que eu planejava matá-la. Ela tende a mutilar as vítimas da mesma forma. É revoltante.

Hani torce o nariz.

— Não existe uma chave, né? Pra destrancar o Mundo das Sombras.

— Quem me dera. — O deus trapaceiro cutuca o monte de cinzas com a bengala. — Não tem nada de mais lá — acrescenta, com uma careta —, mas, do jeito que eles ficam tagarelando sobre o lugar, seria de pensar que é uma espécie de paraíso. A verdade é que sempre foi escuro, caótico e muito barulhento. Você deveria ver como eles imploram antes que eu os mate. Sempre perguntando sobre o retorno a Gamangnara, como se eu tivesse o poder de destrancar um plano existencial inteiro. Uma chave seria muito útil.

— Você *era* o rei — aponta Hani, cutucando-o com o ombro.

Seokga responde, em um tom seco:

— Ser o rei de Gamangnara era como ser o proprietário de uma caverna imunda enquanto se mora ao lado de uma mansão. A mansão mais gloriosa que existe. Com uma piscina.

Ele se remexe, chegando mais perto dela. Hani se deleita com o leve pressionar do corpo dele contra o dela conforme Seokga fala, com a voz adquirindo um tom ameno, quase filosófico:

— Mas os Indomáveis não enxergam dessa forma. Aqueles que caíram de lá veem o lugar como se fosse seu lar. Os que nasceram aqui, em Iseung, o veem como um refúgio sem leis. E suponho que, nesse caso, tenham razão.

E só facilitaria meu trabalho se eu pudesse apenas mandar toda a população de Indomáveis de volta para Gamangnara.

Para o seu próprio bem, Hani sente-se absurdamente grata por tal coisa ser impossível. O Mundo das Sombras não parece ser a sua praia.

— Mas Hwanin gosta de me atormentar — reclama Seokga, com a voz ficando gélida. — Já faz tanto tempo que nem mesmo ele consegue reabrir Gamangnara. Então o Mundo das Sombras irá permanecer fechado e *eu* vou permanecer aqui.

As entranhas de Hani se reviram quando ela olha para Seokga, para a tensão amargurada de seu maxilar, para a maneira como suas sobrancelhas estão franzidas, para o nariz pontudo levemente torcido de repulsa.

Ele jamais retornará a Okhwang.

Jamais será um deus.

Por causa dela.

Hani engole em seco, remexendo-se, desconfortável...

Mas de repente os olhos de Seokga se suavizam e encontram os dela. Baixinho, ele diz:

— Não que eu deteste tudo neste reino maldito.

O coração dela dá uma cambalhota, numa mistura curiosa de surpresa, prazer, remorso e ódio por si mesma.

— Café, é claro...

—... e você — completa Seokga.

Ela pisca rapidamente.

— Nessa ordem? — consegue perguntar, torcendo para que ele não perceba a fraqueza em sua voz.

— Existe a chance de mudar de ordem.

Seokga começa a brincar com o cabelo dela com certa hesitação, enrolando uma mecha castanho-escura em um dos longos dedos. Hani se pergunta se ela é a mais cruel de todas as criaturas por se permitir gostar daquilo. Por desfrutar da atenção de Seokga enquanto o engana. Ela se pergunta se deveria se redimir de alguma maneira por suas mentiras.

Mas já faz tempo que Hani não merece redenção.

## CAPÍTULO TRINTA E DOIS

# SEOKGA

SEOKGA ABOTOA O PALETÓ DO ELEGANTE TERNO PRETO ENQUANTO espera por Hani ao lado da entrada do apartamento. Talvez tenha se arrumado demais para uma noite na maior boate de Nova Sinsi, mas um bom terno é como uma armadura. E Seokga planeja ir à batalha de armadura completa.

Esta noite, eles atrairão o eoduksini.

Ele aperta a bengala com mais firmeza quando ouve um som vindo das escadas. O deus se vira e prende a respiração ao ver Hani descendo os degraus, usando um vestido preto justo e com um brilho sensual no olhar.

Os sapatos de salto agulha estalam no piso conforme ela anda até Seokga. As pálpebras dela estão cobertas de uma cor escura, que acentua o calor de seus olhos. O cabelo está impossivelmente mais volumoso e saltita a cada passo. Hani inclina a cabeça sob o olhar de Seokga, e seus lábios brilhantes de gloss se curvam em um sorriso.

E aquele sorriso...

Caralho.

Seokga pisca diante daquele esplendor. A forma como Hani sorri para ele acende algo poderoso em seu peito. Se os raios de sol fossem traduzidos em uma sensação, seria o que ele sente ao ver Hani sorrir assim.

*Seu ridículo*, resmunga aquela voz ranzinza. *Completamente ridículo.*

O deus a ignora.

— Você está... ótima — comenta ele, a língua afiada se embolando com aquelas palavras estranhas.

O sorriso de Hani se alarga, e ela se aproxima de Seokga para ajeitar a gravata dele.

— Até que você sabe se arrumar — responde a gumiho, encarando-o com aqueles olhos de raposa.

Seokga se permite mostrar um sorrisinho de satisfação. Sim. Sim, com certeza sabe. Ele estende o braço para Hani.

— Você consegue mesmo lutar usando esses saltos? — pergunta, por curiosidade, não ceticismo.

Ele suspeita que a resposta seja *claro que consigo*.

Hani lhe mostra um olhar brincalhão.

— O que você acha?

O fato de estar certo o preenche com um orgulho idiota.

Um orgulho idiota e perigoso.

✦

O Dragão Esmeralda é uma criatura feita de música retumbante e luzes estroboscópicas ofuscantes, bebidas ruins e companhia pior ainda. Parado no meio da pista de dança, Seokga bate em um punhado de pessoas com a bengala quando elas chegam perto demais para o seu gosto, girando de um jeito que o faz se perguntar se o mundo de trevas do eoduksini realmente seria tão ruim assim.

Ele sabe que deveria estar agindo descontraído. Afinal de contas, esse é o plano.

O eoduksini tem se escondido habilmente. Shim ainda não tem qualquer pista, mas Seokga sabe como funciona a mente de um demônio. Aquela *coisa* dentro do corpo de Dok-hyun ainda não riscou o nome de Seokga de sua lista. E que maneira melhor de atrair um demônio impetuoso do que fingindo não fazer ideia de que ele está vindo? Se o eoduksini vir Seokga e Hani se divertindo — não o perseguindo —, talvez decida atacar. O que é exatamente o que ambos desejam: que o demônio mostre as caras.

Claro, isso é uma aposta. Pode ser que o monstro simplesmente mande outro gwisin. Mas, depois do incidente com a Mulher da Boca Rasgada, Seokga acredita que Hani e ele mostraram, de uma vez por todas, que Indomáveis comuns não os surpreendem. Então talvez o eoduksini tente uma tática diferente.

Daqui a aproximadamente uma hora, Hani e Seokga sairão do Dragão Esmeralda em direção a um beco ali perto, em meio a risadas e demonstrações de uma típica atitude *descontraída* que, com sorte, fará com que o eoduksini os siga. Porque ele os está observando, com toda certeza. A visitinha da Mulher da Boca Rasgada provou isso.

Seokga fecha a cara quando uma dokkaebi coberta de bijuterias que brilham no escuro gira em sua direção, com os olhos cintilando um convite obsceno. O deus mira a bengala nela com uma carranca cruel.

Uma câmera dispara. *Droga.* Claro que um paparazzo estaria ali — afinal, a maioria são dokkaebi, e Seokga está em uma boate. O título do próximo *Fuxico Divino* será: SEOKGA, O SENSUAL, ATACA UMA DOKKAEBI INOCENTE! O QUE O GALÃ HWANIN TEM A DIZER SOBRE ISSO? Sem dúvidas, algum jornalista enxerido gritará aos céus até que convença Hwanin a dar uma entrevista exclusiva sobre o irmão distante.

Ele sempre concorda em dar.

"Meu irmãozinho Seokga sempre foi problemático. Presumo que tenha a ver com o fato de que Mireuk o deixou cair de cabeça quando era bebê. Ele jamais se recuperou", disse Hwanin certa vez.

E em outra ocasião:

"Seokga sempre teve um ciúme terrível de mim, mesmo quando éramos pequenos. Uma vez, ele se esgueirou para dentro do meu quarto e raspou minhas sobrancelhas enquanto eu dormia. É claro que, depois de eu ter sido visto sem elas, isso se tornou moda em Okhwang, e Seokga ficou furioso durante dias. Depois, ele raspou as próprias sobrancelhas justo quando a moda estava passando, e zombaram dele sem parar."

"No momento em que Seokga surgiu do útero de Mago, ele tentou me atacar. Juro por meu filho. Eu estava segurando-o, olhando para meu mais novo irmãozinho, quando ele começou a me socar com os punhos minúsculos. Não é mesmo de se surpreender que acabou tentando tomar meu trono."

"Certa vez, em meu aniversário, Seokga deixou uma caixa com um belo embrulho à minha porta, com uma fita vermelha e tudo o mais. Fiquei animado para abri-la, para ver o que era. Sabe o que foi que Seokga colocou ali? Meu irmão localizou um chollima, um daqueles estupendos cavalos alados que também calham de fazer, *hã*, fezes monstruosamente enormes. Foi, de longe, o pior presente que já recebi."

Seokga fecha a cara, se vira e tenta encontrar aquele fotógrafo desgraçado.

— Dança! — exclama Hani por cima dos sons graves, agitando as mãos na frente do rosto do deus para chamar sua atenção. — Você parece um velhote mal-humorado! A gente não vai convencer ninguém se você não dançar!

Ela ri, joga a cabeça para trás e, com muita naturalidade, se mexe ao ritmo da música retumbante. Seokga admite que fica constrangido ao lado da agilidade e graça dela.

— Estou tentando — retruca ele, com o tom de voz cáustico pelo desconforto.

Seokga se arrepende na mesma hora, mas Hani inclina a cabeça, com olhos compreensivos.

— É fácil — diz ela, encorajando-o. — É só… dançar no ritmo da música. É divertido, eu juro.

A gumiho coloca as mãos nos ombros dele, tentando fazê-lo se soltar enquanto ela se mexe com a melodia. Seokga, ainda imóvel feito uma pedra, tenta, com grande dificuldade, ignorar a onda de calor que dispara para sua virilha. Ele cerra os dentes.

Se o eoduksini estiver assistindo, deve estar morrendo de rir.

Hani sorri.

— Vamos pegar uma bebida! — grita ela.

— Álcool mortal não tem efeito nenhum em mim — responde ele.

É verdade. Por mais prazeroso que seja beber álcool humano, é fraco e aguado demais. Faz séculos que Seokga não fica bêbado. O que é uma pena.

Mas Hani já está arrastando-o até o bar. Seokga sustenta uma careta, mas gosta da sensação da mão dela em seu pulso; é quase possessiva, de uma forma que não o incomoda nem um pouco. E, que droga, talvez ele precise mesmo de um drinque. A boca de Seokga fica seca quando Hani o coloca ao lado dela no bar e sorri, um sorriso tão feliz e reluzente que, de repente, o deus se sente até fraco.

— Precisamos ficar sóbrios. Por causa do eoduksini.

A voz dele sai rouca. Hani ergue uma sobrancelha.

— Pensei que álcool mortal não tivesse nenhum efeito em você.

Ela estala os dedos para o barman.

— Um shot de soju pra mim! — grita Hani por cima da música. — E, pra ele, a parada mais forte que você tiver!

O barman obedece. Hani entorna o shot de soju enquanto Seokga encara, apreensivo, um shot do que parece ser vodca. Ele segura o copo entre os dedos e faz uma cara de desdém, mas mesmo assim toma tudo, só para divertir Hani, que está gargalhando ao seu lado.

— Pelo menos vai fazer você se soltar!

Ainda rindo, ela pega a mão de Seokga mais uma vez. Uma onda de prazer se espalha dentro dele com aquele gesto, mesmo quando Hani o puxa de volta para a pista.

— O que vocês bebem em Okhwang?

— Álcool que faria os mortais ficarem cegos.

Hani solta uma risadinha abafada e volta a dançar, com os olhos brilhando. Seokga admira a maneira como o cabelo saltitante dela esvoaça pelos ares, como as luzes caem sobre os ângulos do rosto dela, como, apesar de tudo, a gumiho parece estar se divertindo. Uma pontada de orgulho atinge o coração dele de novo, orgulho por ela estar se divertindo ali, com ele, apesar do monstro homicida na cola deles.

— Só relaxa — sugere Hani, puxando as mãos de Seokga, convidando-o a dançar. — Ninguém vai rir de você, não quando já te viram batendo na cabeça das pessoas com a bengala! A gente precisa fazer isso — acrescenta ela suavemente, tão baixo que mal dá para escutá-la.

Hani chega mais perto de Seokga, o bastante para que ele consiga ver a pequena marca de nascença acima da sobrancelha direita dela.

— Precisamos ser convincentes.

Ela tem razão.

É impossível dançar ao som dessa música, mas Seokga vai tentar.

## CAPÍTULO TRINTA E TRÊS

# HANI

Hani ri, coberta de suor, cada fôlego raso e áspero contra a garganta, mas ela não se importa, não se importa nem um pouco enquanto joga a cabeça para trás, de olhos fechados para as luzes estroboscópicas, e dança e dança e *dança*. Sua pele brilha de suor e glitter que grudou depois de esbarrar em alguns dokkaebi risonhos e salpicados daquele pó cintilante, e que agora brilha em Seokga quando ele se mexe com ela.

Hani requebra os quadris, deslizando as mãos corpo acima até passarem pelo cabelo, rindo de prazer ao ver Seokga dançar. Mais cedo, parecia constrangedor — o corpo dele estava rígido, a boca curvada em uma carranca aborrecida —, mas agora ele se move com a mesma graça letal que demonstra quando luta. Eles orbitam um ao outro, dois planetas solitários que se atraem para depois se afastar, girar e oscilar. Todo o resto da boate praticamente desaparece até que restam apenas os dois na pista de dança.

Às costas de Hani, as mãos de Seokga encontram a cintura dela, e a gumiho rebola ao ritmo da batida intensa. Mesmo por cima da música, Hani ouve Seokga arfar — e então gira para encará-lo em uma onda de êxtase, passando as mãos pelo peitoral dele com uma sobrancelha arqueada.

— Divertido, né?

Ela sorri e se vira mais uma vez, com os braços ao redor do pescoço de Seokga, movendo o corpo contra o dele. Consegue senti-lo ficar tenso, mas, depois, ele a segura pela cintura de novo e os dois continuam a dançar, empapados de suor sob as luzes piscantes. Hani já foi a muitas boates na vida, com muitos rapazes, e sabe exatamente como dançar com eles.

— É… bom — responde Seokga, ofegante e rouco.

Mal dá para escutá-lo por cima dos graves estourando.

— Só bom? Que sem graça.

Hani faz um beicinho fingido e se afasta de Seokga, mas ele pega a mão dela e a segura com firmeza. A gumiho encara os dedos entrelaçados dos dois por um instante antes de Seokga abruptamente girá-la, fazendo-a dar piruetas até parar com o nariz rente ao dele. Hani não consegue segurar o sorriso surpreso enquanto seu cabelo se assenta de volta nos ombros. Seokga parece constrangido e triunfante ao mesmo tempo.

Ela sorri.

— De novo — pede.

Seokga balança a cabeça, bastante relutante, mas, de mal grado, a gira uma segunda vez. As luzes da boate saem de foco enquanto ela rodopia, com o cabelo esvoaçando em todas as direções e golpeando o rosto de um dokkaebi. Hani joga a cabeça para trás e ri.

— Sua vez — fala, mas Seokga fica parado feito uma estátua quando ela tenta girá-lo. Hani o empurra e resmunga: — Seu estraga-prazeres.

Ele nem se mexe.

— Não quer dar uma pirueta? Como uma linda bailarina? — provoca Hani.

— Eu não faço *piruetas*.

Hani solta uma risadinha abafada.

— Vai fazer quando eu te pegar.

A boca de Seokga se curva um pouquinho em resposta, mas os olhos dele estão sérios.

— Já está quase na hora.

Hani ignora a barriga se revirando. Aqueles poucos momentos poderiam bem ser os últimos de ambos em Iseung. A luta contra o eoduksini se aproxima.

Mesmo sentindo o corpo se contrair de culpa, pavor e ansiedade, ela consegue dar mais um sorriso.

— Vem comigo! — grita por cima da música, pegando a mão de Seokga e puxando-o pela multidão de criaturas em busca de prazer.

Algumas param de espanto e admiração, e os olhares caem direto sobre Seokga, devorando o deus caído com gosto. Hani não os culpa. De terno preto elegante, com os olhos esmeralda ardendo sob as luzes, Seokga é bonito de se ver.

Há algumas namoradeiras de veludo preto ao redor de diversas mesas nos cantos da boate. Hani se acomoda em uma delas e puxa Seokga consigo. Ela se reclina no respaldo acolchoado, arfando, e assiste ao ir e vir das pessoas dançando. O deus está respirando com dificuldade ao seu lado, e ela sente seu olhar voraz.

Hani não fica surpresa quando os lábios dele colidem contra os dela — machucando e mordendo, mas ao mesmo tempo gentis e doces. A gumiho passa as mãos pelas costas do deus, levando-as para cima conforme o beijo se aprofunda e ela anseia por *mais* — mais dele, mais de Seokga.

Mais, mais, mais.

Hani fecha as mãos ao redor do cabelo dele, agarrando as mechas pretas macias enquanto ele a puxa para o colo. Seokga mordisca o lábio inferior dela, causando uma pequena explosão de doce ardência que a faz vibrar de desejo. As mãos dele estão perambulando por baixo de seu vestido, e uma das alças fininhas já escorregou e revelou o ombro esguio da gumiho. Olhando-a com aqueles olhos esmeralda de cílios volumosos, Seokga deposita um beijo carinhoso na pele desnuda.

E essa é a gota d'água.

Quando Hani é tomada por um impulso repentino de tirar as roupas bem ali, no meio de uma boate lotada, ela se dá conta de que aquilo definitivamente foi longe demais. Com a respiração irregular, a gumiho se afasta de Seokga, senta-se de volta na namoradeira e puxa para baixo o vestido que estava levantado. Arrumando o cabelo, ela arrisca olhar para Seokga: os lábios dele estão inchados e vermelhos, da mesma cor das bochechas. Ele engole em seco, e mechas de cabelo escuro caem em seu rosto de uma forma que faz Hani querer subir no seu colo mais uma vez. Ela quase faz isso.

Mas, de repente, os olhos de Seokga se estreitam, e qualquer indício de luxúria desaparece.

— Você sentiu isso? — sussurra ele, fazendo uma cara fria e cruel, mas não por causa dela.

Hani leva um instante para recuperar os sentidos.

E, então, ela sente.

O ar no Dragão Esmeralda ficou gélido. O peito de Hani se contrai de temor quando ela nota como os movimentos da multidão de pessoas dançando desaceleraram para um ritmo letárgico e sonolento. As luzes coloridas soltam um clarão — e se apagam.

A escuridão aninha a boate em um abraço letal.

— *Funcionou* — murmura Hani, levantando-se depressa. — Ele está aqui.

Aqui, onde há testemunhas. Aqui, onde há civis. É claro que se planejaram para isso, mas receber esse lembrete ainda é aterrorizante.

— Precisamos atraí-lo pro beco — fala Hani, resistindo à nuvem de sonolência enevoando sua mente. — Pra longe de todo mundo.

— Vá — diz Seokga, sério. — Estou logo atrás de você.

Os membros de Hani pesam feito chumbo enquanto ela se esforça para ir até a pista de dança, até a saída que sabe que não está muito longe. Mas... tem algo errado. Ela está desorientada; está zonza.

E está tão, tão cansada.

Hani cerra os dentes e suas pernas se cruzam, fazendo-a tropeçar para um lado. Seokga agarra-a pelo braço, com o rosto tenso e pálido.

— Hani — chama ele, mas sua voz está arrastada. Seus olhos, antes vibrantes de horror, logo se nublam de exaustão.

Tudo se move tão devagar. Cada respiração é profunda e anseia pelo sono.

Hani cai no meio da pista de dança.

E não volta a se levantar.

---

Ela cai por sombras e escuridão, com um grito rasgando sua garganta enquanto dá cambalhotas e despenca pelo vazio.

*O eoduksini*, pensa, em pânico, encarando as trevas infinitas que vão ficando para trás. *Preciso acordar. Preciso acordar...*

Mas não consegue.

Tudo o que consegue fazer é cair.

E cair e cair e cair e cair...

Até que atinge o chão sólido e grunhe quando seus ossos gritam de dor e hematomas azuis-escuros já começam a se espalhar pela pele. Piscando para espantar os pontinhos da visão, Hani se concentra no chão abaixo de si. É impecavelmente branco. Não há uma mancha sequer nele. Como o chão no apartamento de Somi.

Com o estômago embrulhando de horror, Hani se ergue. Está, de fato, no apartamento da amiga, de pé na pequena cozinha onde convenceu Somi a comer os fígados, exatamente uma semana atrás. Aquela é a mesa de madeira lisa, a bancada de mogno, a ilha coberta de vasos de flores, potes de biscoito e uma pilha de livros de receita gastos, comprados em um sebo. Devagar, Hani se pergunta: *Por que ele me trouxe até aqui? Isto não é um pesadelo.*

Quase que em resposta, um soluçar suave lhe chega aos ouvidos.

Hani se vira, com o coração saltando à garganta.

— Ai, deuses — tenta dizer, mas sua língua está pesada dentro da boca. Inútil.

Somi está chorando, sentada no chão e recostada na geladeira. As mãos dela estão pegajosas de sangue fresco, e o suéter branco está manchado de vermelho. Ao redor dela, gotas de sangue brilham no chão que costuma estar impecável.

Os joelhos da jovem gumiho estão recolhidos contra o peito. Somi se balança para a frente e para trás, chorando, com lágrimas escorrendo pelo rosto e para dentro da boca... uma boca vermelha e sangrenta. Hani tropeça em sua direção e se agacha em frente à amiga — mas Somi não consegue vê-la. Toda a sua atenção está voltada àquilo que segura entre as mãos.

Um fígado humano comido pela metade.

*Não*, pensa Hani, encarando a jovem gumiho. *Isto é um pesadelo. Somi está bem... ela está bem. Sua Vontade não deveria ter voltado. Não agora...*

O choro de Somi penetra no coração de Hani feito adagas. Ela observa a amiga erguer o fígado até a boca, arrancar um pedaço e mastigar enquanto soluça cada vez mais alto.

*Não é real*, lembra Hani a si mesma. *Isto não é real. Preciso acordar.* O eoduksini pode estar agachado sobre dela, sugando-lhe a vida. *Preciso acordar...*

Hani fica paralisada quando as sombras da cozinha de Somi se alargam e escurecem, e o ar fica quebradiço com um frio gélido. Ela ouve a porta de entrada se abrir e se fechar.

Não. Não.

Hani agarra Somi pelos ombros e a chacoalha.

— Foge — tenta pedir, mas as palavras estão presas em sua garganta. — Foge...

Uma força invisível arremessa Hani para longe de Somi, fazendo-a bater na parede oposta. Ela ofega, tentando se levantar, mas pausa quando uma voz distorcida corta o ar.

— Somi — chama a voz, às vezes profunda e vibrante, mas aguda e irritante em outros momentos. — Por que está chorando?

Uma figura entra na cozinha.

Hani fica boquiaberta. A figura está borrada, como se fosse parte de um vídeo censurado. Não é possível distinguir nada, a não ser a altura e a estrutura corporal, que são tão medianas que dá raiva. Mas será que também está censurada para Somi? Não. Hani tem certeza que não. O eoduksini está impedindo Hani, e apenas ela, de testemunhar sua aparência.

Por quê? A gumiho mais velha franze a testa. O demônio sabe que Dok-hyun, seu hospedeiro, já foi revelado. É de conhecimento geral no departamento de polícia. Qual é o sentido de se esconder?

Tem algo muito errado nisso tudo.

E não é apenas em relação à censura. Sim, isto parece um pesadelo, mas não parece um *sonho*.

*É real.*

Hani tenta mais uma vez se erguer, mas a força invisível a mantém no lugar. Tudo o que consegue fazer é assistir enquanto a figura borrada anda pela cozinha. Tudo o que consegue fazer é assistir enquanto Somi empalidece de medo antes de se pôr de pé num salto e libertar as garras.

— *Você!* — exclama ela. — Como foi que entrou aqui? Saia. Saia, ou eu vou *te matar!*

*Foge*, pensa Hani, desesperada. *Ai, Somi. Só foge.*

O eoduksini ergue as mãos.

— Não estou aqui para te machucar, Nam Somi.

— É *você*, não é? O eoduksini. — Somi arfa. — Você está aqui pra me matar.

— Não. Não, não estou.

O eoduksini gesticula para as garras de Somi.

— Por que não as guarda? Só quero conversar.

— Saia — rosna Somi.

O eoduksini não lhe dá ouvidos.

— Sabe, quando ouvi falar dos assassinatos na universidade, eu fiquei... impressionado.

— Impressionado? — questiona Somi, ficando mais pálida. — Não fui eu, eu...

— Eu sei que você não é a Raposa Escarlate — continua o demônio.

— O-o quê? — A gumiho se encolhe. — Eu n-não...

— Sua amiga — responde a criatura, e há uma espécie de risada terrível em sua voz distorcida, igual a picos de ruído branco em um rádio com mau contato. — Kim Hani.

Hani fecha os olhos. *Não*, pensa.

— Hani?

A voz de Somi soa tensa e engasgada, como se estivesse se sufocando.

— O que tem ela?

Cada sílaba se mistura à outra em um borrão de pânico.

— O que tem a Hani?

O eoduksini cantarola, claramente apreciando o choque de Somi:

— Kim Hani é a Raposa Escarlate.

— Não — sussurra Somi, rouca. — Você... está mentindo. Seu desgraçado! Saia, saia, *saia!*

Hani arregala os olhos quando Somi atira o fígado no eoduksini, que se desvia agilmente e ri. O órgão derrapa pelo chão em uma mancha vermelha, e Somi se desfaz em lágrimas, em soluços molhados e ofegantes. O coração de Hani se despedaça. Somi sabe que é verdade. Só não quer acreditar. Hani observa a jovem gumiho se agarrar à negação como se fosse uma criança agarrada em um cobertor.

— Diga-me, Somi — diz o eoduksini, em voz baixa. — Diga-me, você sabia que Kim Hani pinta o cabelo de castanho? Que a cor natural de seu cabelo é um vermelho profundo e flamejante? Dizem as lendas que a Raposa Escarlate tinha exatamente a mesma cor. É só olhar para o nome que o mundo lhe deu.

Somi afunda o rosto nas mãos ensanguentadas. Hani engole em seco, com o estômago se revirando de culpa e medo. Sempre faz a manutenção do castanho-chocolate, mas no último mês de dezembro, durante a correria de final de ano na cafeteria, esteve tão ocupada que perdeu o horário no salão. Somi percebeu as raízes cor de rubi, e não pensou muito sobre isso na época... mas agora...

— E você conhece outra gumiho que mate com tanta casualidade quanto ela? — O eoduksini suspira de pena. — Olhe para você, Somi. Destruída pela culpa. A Raposa Escarlate não sente esse tipo de emoção. Mas eu tenho pena de você, Nam Somi. Mesmo.

Somi está tremendo, e lágrimas escorrem por seu rosto quando, repleta de pavor, ela encara o demônio através dos dedos molhados e vermelhos.

— Olhe para si mesma — diz o eoduksini, cruel. — Coberta de sangue, comendo o fígado de um homem. Quantos você matou hoje à noite, quando a Vontade ficou tão forte? Um? Dois? Três? Quatro? Sabe, isso jamais teria acontecido se a Raposa Escarlate não tivesse corrompido você. Se ela não tivesse trazido aqueles fígados até sua casa. Foi esperto da parte dela, não foi?

— C-como você sabe disso?

— Eu estive observando. — O eoduksini dá um passo à frente. — Você é inocente, Nam Somi. Tão, tão inocente. E agora... olhe para si mesma. É um monstro. Consegue imaginar o que vão fazer com você? Desta vez, Hani não está aqui para limpar sua bagunça. Ela está com o deus, no Dragão Esmeralda, realizando atos obscenos em uma namoradeira.

Hani engole o gosto de bile. Seus olhos doem pelas lágrimas que não derramou. *Somi. Somi-ah, eu sinto muito.*

— Vão dizer que você é a Raposa Escarlate. E vão te matar. É o que Hani planejou, afinal de contas.

Somi fica rígida.

— O que você quer dizer... O que você quer dizer com "é o que Hani planejou"?

Hani para de respirar. O eoduksini ri.

Que truque inteligente. O demônio das trevas não é tolo.

Bem aos poucos, Hani começa a se dar conta de que o subestimou.

— Exatamente o que eu falei. — O eoduksini estala a língua. — Kim Hani é muito, muito velha. Como acha que ela conseguiu escapar por tanto tempo? Ela sempre faz outra pessoa levar a culpa por ela. E desta vez é você, Nam Somi.

*Não. Não. Somi, eu não faria isso.* Hani faz força para se libertar. *Somi...*

Mas há uma sensação horrível no fundo de seu estômago.

Se Somi fosse presa, se Hani tivesse que se entregar para salvá-la... sabe que não faria isso.

Seu senso de autopreservação é forte demais.

Seu *egoísmo* é forte demais.

E essa maldita conclusão foi o que a fez aceitar o trabalho de assistente de Seokga: para, primeiramente, afastá-lo de Somi, e dessa forma se assegurar de que jamais precisaria se entregar.

Porque ela deixaria Somi levar a culpa.

O eoduksini tem razão.

O rosto de Somi ficou inexpressivo.

— Ela não faria isso — sussurra de novo, mas em uma voz mais baixa. Incerta. — Ela é minha amiga.

— Amigas não te transformam em um monstro — retruca o demônio das trevas. — Quantas vezes Hani te impediu de deixar Nova Sinsi? Ela precisa que você esteja aqui, para levar a culpa por ela. Encare a verdade, Somi. Encare o fato de que ela matou aqueles dois rapazes e imediatamente foi atrás de você, para alimentá-la com os fígados deles, para despertar sua Vontade e seu desejo de matar, para colocá-la em meio ao fogo cruzado da investigação. Encare que Hani pediu para que confiasse nela enquanto, a cada passo que dá, ela leva o deus para mais perto de você. Encare que ela é a Raposa Escarlate, mas que o mundo jamais saberá disso... Quando te pegarem, verão *você* como a Raposa Escarlate. E você será pega, Somi.

Hani apostou todas as cartas dela nisso. Seokga, o Caído, vai te matar enquanto Kim Hani assiste. Ah, sim. Ela vai assistir. Você realmente acha que Hani se entregaria e revelaria o próprio segredo para te salvar?

Somi está completamente imóvel. A luz cintilante em seus olhos cor de mel se apagou. Está igual a uma estátua de pedra, com fissuras espalhando-se de cima a baixo pelo corpo de mármore. Está quebrada.

— Mas imagine um mundo onde você não precise sentir essa vergonha, Nam Somi. Um mundo onde *você* poderia viver e se banquetear o quanto quisesse. Banquetear-se *comigo*. Um mundo onde você viveria livre das garras de Kim Hani. Eu tenho grandes planos para Iseung. E acho que você vai gostar deles. Iseung está pronta para ser devorada. Junte-se a mim, Nam Somi. Ao meu lado, você saciará sua Vontade sem ser pega. Ao meu lado, você será intocável. Ao meu lado, você não sentirá culpa nem vergonha. Este sofrimento, o *seu* sofrimento, acabará. — O eoduksini estende a mão. — Segure minha mão, Nam Somi. Segure minha mão e deixe para trás essa dor e essa traição.

*Não*, Hani tenta rosnar, mas é em vão. *Não. Somi… Somi…*

— Um mundo onde eu não sinta essa vergonha — repete a jovem gumiho em um sussurro, com uma última lágrima escorrendo pela bochecha pálida. — Um mundo onde eu não sinta essa… essa traição. Amigas não… te transformam em um monstro. — O ódio se enrosca em sua voz, fortalecendo-a. Somi ergue a cabeça. — Eu não vou levar a culpa por Kim Hani.

O eoduksini deve estar sorrindo agora. É impossível saber.

O grito de Hani é silencioso e completamente inútil enquanto assiste a Somi pegar a mão do demônio.

## CAPÍTULO TRINTA E QUATRO

# SEOKGA

Com as mãos algemadas às costas e a boca amordaçada com um tecido de gosto fétido, Seokga é escoltado, sem a menor delicadeza, para fora de sua cela de contenção nas masmorras por um esquadrão de guardas antipáticos do palácio. O hanbok esmeralda está rasgado e aos farrapos, manchado de sangue. Seu próprio sangue, após uma surra ordenada por Hwanin. Cada passo causa explosões de dor pelo corpo dele, e a visão do deus escurece. *Não*. Seokga força os olhos a continuarem abertos enquanto alguém o empurra pelos corredores do Palácio Cheonha, pelas arcadas de madeira arruinada e pelo piso de azulejos frios de pedra que fazem seus pés descalços arderem. Destroços da batalha de seu exército traidor abarrotam o chão. Tem cheiro de sangue, merda e fúria. Seokga se engasga. Não vai desmaiar. *Jamais* mostrará tal fraqueza.

As portas da sala do trono assomam no horizonte. Conforme ele se aproxima, dois guardas balançam a cabeça e abrem as portas surradas, revelando os pilares escarlates rachados e as fissuras no chão escuro lá dentro, assim como o formidável estrado onde está situado o trono de Hwanin: um trono vermelho-rubi, ornamentado com desenhos dourados da lua, do sol e das estrelas, que se repetem no teto de madeira vermelha. O próprio Hwanin está sentado no trono, muito acima do chão, com aqueles estranhos olhos azuis, frios de tanto ódio. O filho, Hwanung, está de pé ao lado dele, praticamente idêntico ao pai em aparência e pelo semblante de nítida aversão.

Seokga acha que é de certa forma poético que a porcaria do trono de Hwanin sobreviveu à batalha.

As outras deidades, reunidas diante do trono, abrem caminho para que Seokga entre, guiado bruscamente pelos guardas de Okhwang. Ali está Jacheongbi, a deusa do amor e da agricultura, cujo cabelo preto trançado com flores de cerejeira combina com a cor de seu elegante hanbok de seda. Os olhos dela se estreitam de desgosto quando Seokga é jogado ao chão, com os joelhos gritando de dor. E lá está Dalnim, a deusa da lua, cujos olhos prateados brilham com nojo enquanto ela se afasta de Seokga e vai para perto do irmão, Haemosu, o deus do sol. Quando Seokga olha para ele, Haemosu franze os lábios de clara repulsa, com uma expressão quase tão sombria quanto o adereço de cabelo de penas de corvo posicionado no topo de sua cabeça.

— Desgraçado — xinga Habaek, o deus dos rios. — Não há uma desgraça dessas proporções desde a época de Mireuk. Que vergonha, seu canalha miserável e detestável. Você realmente puxou ao seu pai. Mago ficaria envergonhada.

Seokga respira pesadamente por trás da mordaça. O velho deus louco. Sem dúvidas é porque Mireuk criou o sofrimento que Seokga agora também sofre. Talvez devesse fazer uma visitinha àquele palhaço patético que chama de pai, na prisão do submundo, e agradecê-lo.

Ou talvez esteja sofrendo por causa de Gameunjang. A deusa da sorte nunca simpatizou com Seokga. Ele a observa; está de pé ao lado de Samsin Halmoni, a deusa da maternidade. Como sempre, Samsin Halmoni está bem, bem grávida. Se existisse um sexto trimestre, Seokga acredita que ela estaria a meio caminho andado.

— Silêncio — ordena Hwanin. A voz dele atravessa a sala do trono. O deus se ergue do assento, e as vestes azuis esvoaçantes farfalham com o movimento. O imperador olha para os guardas. — Retirem a mordaça. A lábia dele não terá nenhuma utilidade, de qualquer forma.

Alguém arranca a mordaça da boca do deus trapaceiro com uma violência brutal. Seokga cospe sangue no chão e encara Hwanin com um olhar feroz.

— É sério, irmão? — pergunta, com sangue escorrendo pelo queixo. — Não está exagerando? Foi só uma brincadeirinha.

— Você tentou depô-lo — lembra Jowangshin, a deusa do lar, em um tom ácido. — Trouxe uma legião de monstros do Mundo das Sombras para o nosso reino celestial. Arruinou metade do palácio. Um yong Indomável quase me partiu ao meio com uma mordida. Você deveria ser mandado lá para baixo, para Jeoseung, com Mireuk.

— Silêncio — repete Hwanin com frieza, ainda encarando Seokga.

Jowangshin lança a Seokga um último olhar de escárnio antes de se virar.

— Recrutar vinte mil Indomáveis de Gamangnara é covardia — declara Hwanin, comedido. — Mas suponho que faça sentido. Já que você, Seokga, é um covarde. — Ele desce do estrado, com as vestes esvoaçando atrás de si. — Um covarde invejoso e com sede de poder. Sempre desejou o que nunca pôde ter. Quando planejamos nos desfazer de nosso pai, você sabia que eu reclamaria meu direito de nascença, mas mesmo assim me desprezou quando o fiz. E ainda carrega esse ressentimento no coração. Já faz um tempo que estou à espera de uma tentativa de golpe... desde que tomei o trono, eu soube que aconteceria. Não fiquei surpreso por ter dado errado. Pelo contrário, fiquei decepcionado por ter sido tão... desleixado.

Seokga revira os olhos.

— Ah, faça-me o favor — diz, tentando usar a lábia para se defender do que quer que Hwanin tenha planejado contra ele. — Eu sou o deus da dissimulação, irmão. O deus da trapaça. Deus da desonestidade de forma geral. Essa pequena... tentativa de dar um golpe é mera parte de minha natureza, assim como dar à luz todo dia faz parte de Samsin Halmoni. Não faz sentido eu levar a culpa.

— Samsin Halmoni não tentou me *matar* — retruca Hwanin, olhando Seokga de cima.

Ele tem um ponto. Mas Seokga dá uma risadinha.

— Olha, irmão. Isso aqui não passou de uma pedra no meio de um caminho muito longo e eternamente sinuoso. Você e eu somos imortais. Vamos fazer as pazes, já que temos que passar a eternidade juntos em Okhwang.

— Bom, eis a questão — responde Hwanin, bem baixinho. — Não temos, não.

*Ah, não.* Seokga não gosta do brilho nos olhos azuis e estrelados de Hwanin. *Ah, não...*

— Providenciei uma punição apropriada para você, irmão. Uma punição que o levará para bem longe da minha vista por séculos.

Hwanin inclina a cabeça.

— Hwanung, venha até aqui. — O deus das leis obedientemente se junta ao pai e sorri de canto para Seokga. — Eis sua punição, Seokga, o Ardiloso: Gamangnara, seu reino, será fechado para toda a eternidade. E eu juro a meu filho, Hwanung, deus das leis e promessas cumpridas, que, de agora em diante, você está expulso de Okhwang e irá para Iseung, o reino dos mortais, junto de seus demônios. E verá seus poderes destituídos. Para se redimir, Seokga, o Ardiloso, você viverá em desgraça como Seokga, o Caído, até que tenha exterminado vinte mil monstros Indomáveis. Só terá se redimido diante de meus olhos quando assim o fizer. Somente então eu permitirei que volte para casa. Somente então voltará a ser um deus.

Seokga se engasga, e Hwanin sorri para ele com crueldade.

*Não. Não. Não.*

— Não — diz, rouco, enquanto os deuses ao redor dão risadinhas. Isso não... Hwanin não pode... *Não.* — Você não pode...

Hwanin se abaixa para encará-lo, olho no olho.

— Com toda certeza eu posso, e com toda certeza irei.

Um sentimento de traição cortante e impiedosa atravessa o peito de Seokga tão profundamente quanto uma adaga finamente amolada.

— Isso não é justo — rosna Seokga. A fúria se sobrepõe à razão. — Minha natureza...

— Considere-se sortudo, *irmão*, por eu não o ter mandado a Jeoseung.

— Iseung é bem, bem pior, com aqueles mortais ranhentos — sibila Seokga.

— Talvez.

Hwanin dá de ombros, dando as costas ao irmão para subir os degraus em direção ao trono. Anteriormente, não ousava mostrar as costas ao irmão mais novo, por medo de Seokga enfiar-lhe uma adaga. Fazer isso agora é uma alfinetada proposital, um lembrete de que o deus trapaceiro falhou completamente.

— Mas você não tem consideração por nada, Seokga. Nem por ninguém. Iseung lhe ensinará uma grande lição.

— Seu maldito do caralho...

Hwanin retoma o lugar ao trono com naturalidade.

— Adeus, Seokga — despede-se com frieza. — Um dia voltarei a vê-lo, talvez daqui a mil e tantos anos.

Seokga grita da mais pura fúria, debatendo-se em suas algemas.

— Como *ousa*? Seu...

Hwanin suspira, parecendo entediado.

Ele estala os dedos, e então tudo fica branco.

Seokga está caindo, caindo pelos céus... e caindo rápido.

✦

Seokga acorda com um arquejo profundo, empapado de suor quente e pegajoso. Deitado sobre algo duro e sentindo gosto de bile, não vê nada além da escuridão e só sente terror.

Ele... O que foi que...

Ele caiu. Está fadado a cumprir essa punição por toda a eternidade. *Maldito seja* Hwanin. *Malditos sejam* os outros deuses. *Maldita seja* Iseung.

Mas... Não. Não, aquilo foi há 628 anos. Seokga treme, tentando se sentar, enquanto os acontecimentos dos últimos séculos voltam com tudo. Os Indomáveis. A Raposa Escarlate. O acordo, o acordo de *Hwanin*.

O eoduksini.

Hani.

Seokga se senta, apertando os olhos no breu da boate. *Onde ela está?* O deus trapaceiro fica paralisado quando sua vista enfim se acostuma às sombras cobrindo o lugar.

Corpos frouxos estão caídos ao seu redor, uns por cima dos outros, e veias pretas protuberantes se alastram sobre eles. Sangue escorre pela pista de dança em uma poça vermelha brilhante, e Seokga percebe que não está encharcado por uma camada densa de suor quente: está encharcado de sangue. Sangue *deles*. A multidão agitada e rodopiante do Dragão Esmeralda já não existe mais. As pessoas que dançavam jazem sem vida no chão que tremia com o estrondo dos graves e o pisotear de pés apenas alguns momentos atrás; o rosto delas está contorcido de horror e seus olhos sumiram, não deixando nada no lugar a não ser órbitas vazias. Os peitos estão arruinados, e os corações se foram. Corpos empilhados uns por cima dos outros, formando torres de morte e mutilação.

Seokga se levanta com dificuldade, se afogando em um mar de carnificina. Um terror ofuscante e incapacitante o toma por completo. Está vivo... mas onde está Hani? *Onde está Hani?*

Se ela foi devorada... Se... se ela foi levada...

Um ruído grave e rouco escapa dos lábios de Seokga quando ele cai de joelhos. Ele abaixa a cabeça, lutando para se manter consciente conforme uma onda de tontura martela seu crânio.

— Hani — grunhe ele, vasculhando os corpos atrás dela. — Hani...

Seokga se vira, ignorando como o chão parece girar, e a avista: Kim Hani, paralisada, com uma mão frouxa estendida em sua direção.

*E se... e se...*

Seokga se engasga, quase choramingando. Mas, apesar de o rosto de Hani ainda estar contorcido de horror, ela está viva. Está respirando. Está *respirando*.

Seokga cambaleia até ela.

— Hani — chama, sacudindo seus ombros gentilmente. — Acorda.

Tolos. Foram tão tolos de achar que poderiam impedir o eoduksini.

— Hani.

Mas ela não se mexe, ainda presa ao fluxo de um pesadelo.

O deus poderia jurar que as sombras do Dragão Esmeralda bruxuleiam com uma risada.

— *Você* — rosna Seokga para a escuridão, embora saiba que o demônio não se revelará. Não, a criatura está se divertindo demais. — Você vai *pagar*, porra. Juro por Hwanung.

Com os músculos tremendo de exaustão, ele ergue Hani nos braços. A cabeça dela pende enquanto Seokga atravessa com dificuldade o mar de cadáveres e sangue. O corpo em seus braços não é tão pesado quanto o horror que faz seu coração afundar.

CAPÍTULO TRINTA E CINCO

# SEOKGA

— Você *percebe* a dimensão do que acabou de fazer? — questiona Shim.

A pura fúria e decepção no rosto do delegado machuca Seokga mais do que deveria. Shim, parado do lado de fora da entrada do apartamento do deus, treme de raiva. Faz três horas desde o ataque no Dragão Esmeralda. Três horas e já há espirais de escuridão anormal se entremeando por Nova Sinsi, unindo-se às sombras profundas dos becos e cantos escuros, aumentando em tamanho e em força. Seokga assistiu a tudo pelas janelas do apartamento.

— Shim. Entre — diz o deus.

Talvez possa oferecer a ele uma xícara de café, um pouco de comida e um lugar para se sentar. O delegado parece instável e...

— Não — esbraveja o haetae.

As linhas de expressão no rosto dele estão mais profundas do que de costume, e Seokga vê que a mão de Shim treme enquanto ele a ergue e aponta — *aponta* — para o deus caído. Em outra época, Seokga ficaria com vontade de esmurrá-lo na mesma hora. Mas com Hani adormecida em sua cama e o eoduksini aos poucos devorando Iseung, não consegue sentir nada além de um remorso cansado.

— Não. Protocolos do departamento de polícia, Seokga. Era só isso que você precisava seguir. Em vez disso, deliberadamente escondeu seus planos e fez o que bem entendeu. Suas ações custaram vidas. E o que foi que ganhou em troca? Alguma coisa?

Seokga engole em seco.

— Não. Mas, Shim, suas rondas jamais teriam funcionado.

— Minhas rondas também não matariam civis — retruca o velho delegado.

O deus não tem resposta para isso.

— Estou incrivelmente decepcionado com você, Seokga — sussurra Shim. Seria tão melhor se ele gritasse. Se batesse em Seokga. Aquela raiva silenciosa é difícil demais de aguentar. — Durante todos esses anos, eu aturei seu sarcasmo cruel e seu complexo de superioridade. Durante todos esses anos, eu o respeitei. Até gostava de você. Você me lembrava do meu filho: genioso, só para esconder o coração gentil. Mas *isto aqui?* Esta é a última vez que você terá qualquer relação com minha delegacia. Pode encontrar outro lugar. Vá para os haetae de Seul ou Incheon, Busan, Daegu. Qualquer outro lugar, menos aqui. Não suporto olhar para você nem por mais um instante.

O delegado se vira para ir embora, mas Seokga recua como se tivesse levado um tapa de verdade. Não consegue se impedir de segurar o ombro de Shim com urgência.

— Espere. — Seokga se pega falando em uma voz gutural. — Espere. Por favor.

O haetae fica tenso sob as mãos de Seokga.

— Eu posso dar um jeito nisso — promete o deus, desesperado. — Deixe que eu dê um jeito nisso.

Se não recuperar sua posição de deus, Seokga não vai querer sair de Nova Sinsi. É onde está Hani, onde está o café. Não quer deixar a delegacia, por mais encardida e apertada que possa ser.

Mas, acima de tudo, não quer que Shim o odeie.

Há um longo e pesado silêncio antes de o haetae suspirar e se virar. Seokga lentamente abaixa a mão.

— Por favor — pede o deus, rouco.

Algo se suaviza atrás dos olhos duros e raivosos do haetae.

— Acho que você nunca me disse essa palavra antes. Nunca, em todo esse tempo que nos conhecemos. Cheguei no departamento de polícia quando tinha 37 anos. Agora tenho 63. E nunca ouvi você falar "por favor" até hoje.

— Eu nunca fiz uma merda tão grande quanto essa — responde Seokga.

— Ninguém nunca fez uma merda tão grande quanto essa. Desculpe a grosseria.

— Vou dar um jeito nisso. Juro por Hwanung. Vou deter o eoduksini. — O deus caído engole em seco. — E, se eu o deter, você não pode me banir. Não pode.

Será que esse é seu destino? Ser exilado aonde quer que vá?

Shim balança a cabeça, passando uma mão enrugada pelo cabelo ralo.

— Eu não estava te banindo — diz, em um tom áspero. — Estava te demitindo.

— Também não faça isso.

Seokga se pergunta com o que poderia subornar o delegado. Dinheiro? Não, muito óbvio.

— Vou parar com meu complexo de deus.

— Seokga, não acho que isso seja possível. — Mas há um indício de um sorriso pesaroso no rosto do haetae. — Não posso deixar você trabalhar com o departamento de polícia no momento. Se vai agir assim, vai ter que ser por conta própria. Para o bem ou para o mal. Se eu ouvir que suas ações causaram mais mortes de inocentes, será a gota d'água. Você não vai voltar.

— Eu entendo.

Shim pega algo de dentro do bolso e pressiona o objeto na mão de Seokga. É uma fotografia.

— Tecnicamente, eu não deveria dar isto a você, já que são provas do departamento de polícia e você já não está mais oficialmente em nenhum dos casos. Mas talvez você queira dar uma olhada. — O delegado o encara. — Identificamos a Raposa Escarlate mais cedo na noite de hoje. As evidências na cena do crime indicam que ela está trabalhando com o eoduksini.

Seokga repousa devagar o olhar sobre a fotografia que segura nas mãos.

E seu sangue gela.

## CAPÍTULO TRINTA E SEIS

# HANI

A ESCURIDÃO É LENTAMENTE SUBSTITUÍDA PELA LUZ. Hani acorda em uma cama quente, com braços fortes ao redor de sua cintura. Ela pisca, sonolenta, sem entender nada. Sua mente corre atrás de uma recordação de quem ela é — de *onde* ela está —, mas não consegue apanhar os fios de lembranças que a provocam, pendendo fora de seu alcance. O pânico toma conta, flamejante e descontrolado, e Hani se senta com um solavanco e um grito na garganta.

O quarto não é familiar. Paredes pretas, um piso lustroso de mármore preto, uma estante de livros lotada de livros, e mais livros, e mais livros. As janelas estão cobertas por cortinas cinzas, e a única fonte de luz é uma elegante luminária na mesinha de cabeceira. O cômodo pesa com o cheiro de pinheiros e sabonete. Esse perfume, de certa forma, é familiar.

— Você acordou — diz uma voz rouca.

Ela olha para baixo. Na cama, ao lado dela, há um homem deitado entre os lençóis pretos. Um homem com uma boca firme e cruel que, de algum jeito, ela sabe que pode exibir o mais radiante dos sorrisos. Um homem com olhos esmeralda gélidos, que se suavizam quando a veem. Um homem que… está lhe estendendo os braços, preocupado. Um homem que não é um homem afinal, mas um deus. Aos poucos, a gumiho se permite ceder nos braços dele. Um nome é sussurrado em sua mente, com uma delicadeza amorosa. *Seokga.*

— Seokga — fala Hani, devagar, experimentando o nome na boca.

E como se aquele nome fosse uma palavra mágica, as lembranças retornam com uma nitidez terrível. Hani se enrijece nos braços de Seokga, engasgada de pânico. A boate. O eoduksini. Somi.

O pesadelo que parecia real demais para ser só um sonho.

O pesadelo que, por mais que ela tente segurar, insiste em escorrer por seus dedos. Sabe que há algo importante a ser lembrado, algo que está *errado*. O que é? Lá está Somi, e também... Dok-hyun. Mas parece que ela se esqueceu de algo importante sobre o eoduksini. Algo... essencial.

Mas tudo de que se lembra é Somi lhe dando as costas por acreditar que Hani a traiu. Ela se desvencilha dos braços do deus.

— Seokga — chama, engasgando-se de novo. — *Seokga*...

— Você dormiu o dia todo — explica ele, bem baixinho. — Um dia e uma noite. O eoduksini atacou o Dragão Esmeralda. Tirando nós dois, não houve sobreviventes. Shim está... — Seokga engole em seco. — Shim está furioso conosco. Não podemos mais trabalhar no departamento de polícia.

*Não houve sobreviventes.* Aquela multidão de pessoas dançando, os dokkaebi cheios de glitter... todo mundo se foi. Hani ergue uma mão trêmula até a boca.

— Não...

Eles fracassaram.

Eles *fracassaram*.

— Hani — chama Seokga, gentil, aninhando-a contra si mais uma vez. — Você dormiu por um longo tempo. Pare um pouco para...

— Somi — diz Hani, rouca. — Preciso ligar pra Somi.

Os braços de Seokga se retesam ao redor dela.

— Sugiro que não faça isso.

— E-eu tive um sonho — sussurra a gumiho. — No sonho, o eoduksini foi até ela. E ele falou...

*Junte-se a mim, Nam Somi. Ao meu lado, você saciará sua Vontade sem ser pega. Ao meu lado, você será intocável. Ao meu lado, você não sentirá culpa nem vergonha. Este sofrimento, o seu sofrimento, acabará.*

As palavras ecoam, distorcidas e horríveis, em sua mente.

— Você viu Dok-hyun?

Hani não entende por que seu primeiro instinto é responder que não. Ela o viu, *sim*, não viu? É inegável que o demônio estava naquela visão. Não estava? O que Hani está esquecendo?

— Vi. Ele a manipulou, disse que... E-eu preciso ligar pra Somi.

— Hani — murmura Seokga, afagando o cabelo dela. — Tem uma coisa que você precisa saber.

*Ai, deuses.*

— O quê?

— Você não conhece a Somi. Não de verdade.

A gumiho sente a voz de Seokga ressoar na garganta enquanto ela descansa a cabeça em seu peito, mal conseguindo respirar.

— Sei que você acha que ela é uma gumiho bebê, que não tem mais do que 20 anos humanos. É isso o que os documentos dela dizem também. Mas ela andou mentindo para você, Hani. Somi é velha... bem, bem velha.

*Não.*

— Nam Somi é a Raposa Escarlate — continua Seokga, baixinho. — Ela está cooperando com o eoduksini neste momento. A pista de Suk Aeri. Aqueles que eu procuro estão mais próximos do que imagino. Olhos lamuriosos. No Café das Criaturas, percebi que os olhos dela estavam embaçados. Naquela hora, você estava no banheiro, então talvez não tenha visto. Mas agora tudo faz sentido. Era Somi esse tempo todo. E, Hani, desde aquela noite na boate, as coisas... pioraram.

Hani fecha os olhos, incapaz de respirar ou falar. Seu pior pesadelo se tornou realidade. *Somi não é a Raposa Escarlate*, é o que quer dizer. *Sou eu. Sou eu.* Mas... não consegue.

Talvez o eoduksini esteja certo a seu respeito, afinal.

*Você realmente acha que Hani se entregaria e revelaria o próprio segredo para te salvar?*

— Nova Sinsi está em estado de emergência — explica Seokga, ainda fazendo cafuné em Hani, como se quisesse reconfortá-la. Mas não adianta. — Os haetae estão fazendo o melhor que podem, mas, no último dia, houve quarenta assassinatos. Vinte pelo eoduksini, e vinte...

— Vinte pela gumiho — sussurra Hani, com lágrimas ardendo no fundo dos olhos. Isso é tudo culpa dela. O nó em sua garganta está impossivelmente grande. — Você... Como você sabe que é ela?

— As gravações das câmeras de segurança. Fotos de civis — responde Seokga em voz baixa. — Mas nem mesmo isso é necessário. Ela não está se dando ao trabalho de esconder nada, Hani. As pessoas a viram. Aqui.

O deus se remexe, retirando algo do bolso.

É uma foto preta e branca de baixa definição: Somi, de pé sobre corpos, dentro do que parece ser uma loja de conveniência. Com dedos trêmulos, Hani segura a foto e engole em seco. Há sangue na boca de Somi.

— Shim disse que ela está trabalhando com Dok-hyun.

Hani se encolhe ao lembrar das palavras que ela mesma falou tanto tempo atrás.

*Talvez a Raposa Escarlate e o eoduksini estejam trabalhando juntos.*

— Assim que encontrarmos um deles, encontramos o outro. E então...

— E então? — sussurra Hani. — E então o quê?

Seokga fica em silêncio por muito tempo antes de se desvencilhar da gumiho e andar lentamente até a janela.

— O eoduksini ficou mais forte — afirma o deus, detendo-se perto das cortinas. Na luz fraca, ele não passa de uma silhueta. — A cidade está sendo assolada por pesadelos... pesadelos e escuridão.

Devagar, Seokga puxa as cortinas e revela um céu noturno tão escuro, tão impenetrável, que as luzes piscantes da cidade mal estão visíveis.

— Parece com Gamangnara — murmura ele.

Hani engole em seco.

— Isso... isso foi obra do demônio?

O semblante de Seokga está sombrio.

— Estamos no meio da tarde, Hani. A essa hora do dia, a luz do sol deveria estar dourada. Brilhante. Mas o eoduksini se tornou poderoso demais. Indomáveis estão infestando as ruas, e é só questão de tempo antes de os humanos se darem conta da existência deles em uma escala que não conseguiremos controlar. Os xamãs estão trabalhando dobrado. Não saí do seu lado desde a boate, mas a situação de Nova Sinsi está estampada em todos os canais de notícias. Os mortais acham que foi um vazamento químico de uma fábrica que causou a escuridão. Mas a escuridão está se espalhando, e logo verão que isso não é verdade. — Seokga faz uma careta. — Hwanin mandou uma mensagem enquanto você estava inconsciente. Se não contivermos a situação logo, esqueça a porcaria do Chunbun. Ele terá que se envolver.

*Merda.* Hani esfrega o rosto, sentindo o estômago se revirar. Aquela escuridão do lado de fora...

— Deixa eu ligar pra Somi — pede em um sussurro. — Por favor. Meu celular... Deixa eu tentar ligar pra ela.

Os olhos de Seokga escurecem, mas ele assente, deixa o cômodo e volta um instante depois com o aparelho de Hani em mãos. O deus gentilmente o entrega a ela antes de mais uma vez encarar além da janela, com as costas eretas e os ombros tensos.

*Isso é tudo culpa minha,* pensa Hani enquanto a chamada toca uma vez. Duas vezes. *Preciso contar a verdade para Seokga.*

Mas será que a verdade vai mudar algo? Não é Hani que está por aí causando uma onda de assassinatos. Somi ainda vai ser executada. Então Hani manterá a boca fechada — e se odeia por isso.

A chamada é atendida, mas não é a voz de Somi que responde. É a de Hyun-tae.

— Kim Hani. Aqui quem fala é Hyun-tae.

— Hyun-tae. — Hani aperta o celular entre os dedos trêmulos. — Onde você está? Está com a Somi?

— Não. — A voz dele está carregada de remorso. — Não. Eu fui informado de suas... discrepâncias. Ela deixou o celular na cafeteria duas noites atrás, e estive com o aparelho desde então.

— Você está tentando encontrá-la? Tem alguma pista? Tem alguma coisa?

— Não. — Hyun-tae parece estar em um estado profundo de pesar quando murmura: — Não consigo acreditar que a srta. Somi seja do mal.

— Ela não é — esbraveja Hani. — Ela só... está um pouco equivocada, só isso.

Hani não está furiosa porque Somi começou a matar. Não, não tem problema. Ela mesma já matou várias pessoas na época dela. Na verdade, sente uma culpa paralisante porque foi ela quem despertou a Vontade de Somi, sem saber de sua sensibilidade a poder.

Hani reprime uma sensação de terror sobrepujante.

E o fato é que Somi está ajudando o eoduksini a devorar o mundo. Se continuar assim, aliada a um monstro... É bem possível que ela se torne um, afinal.

Hani escuta Hyun-tae suspirar do outro lado da linha. O jeoseung saja, com seus olhos amorosos e bochechas coradas, está claramente priorizando o bem de Somi. E isso... é exatamente do que Hani precisa no momento. Alguém que esteja do lado de Somi. Que pode lhe dar o benefício da dúvida. Alguém com quem Hani pode trabalhar, sabendo que a pessoa não machucará a jovem gumiho.

Seokga obviamente planeja machucá-la. Mas Hyun-tae...

— Hyun-tae — diz Hani. — Quanto tempo você demora pra chegar aqui?

✦

Hani está sentada na ponta da longa mesa de jantar de Seokga, com o deus à sua esquerda e Hyun-tae à direita. Seokga está aninhando uma xícara de café nas mãos, encarando as profundezas escuras da bebida. Naquele momento, deixa transparecer sua idade muito avançada e muito cansada.

Hani toma um pequeno gole do chocolate quente — preparado para ela pelo deus —, repousa a xícara na mesa e enfim declara, em uma voz rouca:

— Não vamos matar a Somi.

Essa frase é direcionada a Seokga, que ergue o olhar do café, fixa a atenção em Hani e franze a testa.

— Ela é a Raposa Escarlate.

— Não — insiste Hani. — Não tem como sabermos. Ela foi manipulada. Até que tenha a chance de se explicar, ela não deve ser ferida.

— Deve haver uma explicação — comenta Hyun-tae, pesaroso, ajustando os óculos e piscando de cansaço. Estão sentados ali há bastante tempo, enquanto, do outro lado das janelas, um mar de escuridão rodopia e redemoinha pela cidade. — Tem que haver.

Ah, e tem. Mas Hani não comenta sobre isso e continua a falar:

— Por acaso o novo legista encontrou alguma marca deixada por adagas escarlates nos corpos mais recentes? Nas últimas vítimas da gumiho Indomável?

— Não encontrou — responde Hyun-tae depressa, arregalando os olhos. — Você tem razão... ele não encontrou.

Encarando o jeoseung saja com o que parece ser irritação, Seokga retruca:

— Mas ele encontrou nos dois primeiros.

Muito cautelosamente, Hani fala:

— Deveríamos considerar que há duas gumiho Indomáveis em Nova Sinsi. Uma é a Raposa Escarlate. A outra é Somi. — Seokga abre a boca para argumentar, mas Hani o interrompe. — Eu sei o que isso parece, mas também sei que, sem dúvida alguma, Somi é jovem demais pra ser a Raposa Escarlate. Ela só tem 1.020 anos no total, considerando a forma de raposa e a de humana. O histórico dela deve mostrar isso.

Os lábios de Seokga se retesam.

— Eu já falei, Hani. Os documentos dela foram habilmente forjados. Tem um motivo para a Raposa Escarlate não ter sido capturada esse tempo todo. E a pista de Aeri leva direto a ela.

— Mesmo assim. — Hani encara Seokga e aperta a xícara mais firme. — Até que Somi tenha uma chance de se explicar, ela não deve ser ferida.

Quando Seokga não responde, a gumiho suaviza a voz:

— Por favor. Por mim.

O deus resmunga baixo um xingamento e olha para o café.

— Tá.

Hani relaxa, mas não totalmente. Seokga está nitidamente ansioso para matar Somi e acabar com tudo, apesar das promessas que fez.

— Devemos encontrar a srta. Somi — diz Hyun-tae. — Temo por sua segurança.

— Hyun-tae — chama Hani ao se virar para o jeoseung saja —, você é um ceifeiro. Quando é notificado de uma morte? É antes ou depois de ela acontecer?

— Nós recebemos um número ao início de cada turno — explica ele prontamente, endireitando-se na cadeira. — Não recebemos nenhum detalhe específico de quem morre ou onde morre antes do acontecimento em si, mas recebemos um número. E é irremediável. No passado, os haetae tentaram utilizar essa informação para salvar vidas, mas nunca funcionou. De uma forma ou de outra, os números serão esses. Esta manhã, recebi o número três. Um deles morreu em um acidente de carro, o outro em um hospital, e o último caiu de um telhado. Eu sabia que haveria três mortes, mas só recebi a chamada no walkie-talkie com a localização dos corpos depois de terem falecido.

A mente de Hani se agita em uma velocidade atordoadora.

— Você sabe os números de hoje à noite?

— Do turno da noite? — Hyun-tae meneia a cabeça. — Não. Eu trabalho durante o dia. — Ao perceber a ideia de Hani, ele acrescenta devagar: — Mas suponho que eu poderia me oferecer para cobrir Pak Dong-wook esta noite. Ele anda querendo tirar uma folga. Quer dizer... Eu sei que preguiça é um pecado, e não tenho a intenção de incentivá-lo, mas...

Com os olhos brilhando, Seokga o interrompe:

— Se soubermos os números de hoje à noite, e se forem maiores do que o normal, podemos presumir que Somi e o eoduksini irão atacar. Se recebermos uma chamada que indique um possível ataque de Somi, podemos ir até os corpos enquanto o rastro ainda está fresco. Se encontramos um, encontramos o outro. Somi irá nos levar até o eoduksini. Dois coelhos com uma cajadada.

— *Um* coelho com uma cajadada — retruca Hani, em tom de aviso.

Seokga assente, mas só de leve.

Hyun-tae empurra a cadeira para trás e se ergue abruptamente.

— Vou até Jeoseung agora mesmo pegar os números do turno da noite com meus superiores.

— Espera. — Hani franze a testa. — Precisamos nos preparar para enfrentar o eoduksini de novo.

Foi fácil, incrivelmente fácil, para o demônio fazer Hani perder a consciência na boate.

— Precisamos de um plano. — Ela aperta os olhos para Seokga. Algo lhe ocorre. Devagar, ela pergunta: — Seokga, você teve sonhos? No Dragão Esmeralda?

Será que ele sequer adormeceu?

O deus assente, com o rosto ficando sombrio.

— Tive.

Hani quase pergunta com o que ele sonhou, mas muda de ideia. As feições do deus caído estão bem marcadas e atormentadas. Seja lá qual foi o sonho de Seokga, provavelmente não quer conversar sobre o assunto. Em vez disso, pergunta:

— Durante quanto tempo você ficou apagado?

— Duas horas. Talvez três.

Apenas três horas. Já Hani ficou desacordada durante uma noite e um dia.

— Como... como você acordou?

— Só acordei. O pesadelo terminou, e eu acordei. — A lembrança dolorosa deixa o semblante dele soturno. — Foi... desnorteante.

— Por que você acordou antes de mim? — pergunta-se Hani, franzindo tanto o cenho que sua cabeça dói.

— Eu sou um deus — responde Seokga, soando bem egocêntrico.

— Você é um deus *caído* — corrige Hani, ignorando a carranca ofendida dele. — Seus poderes são equivalentes aos meus. Será que o eoduksini te libertou? Ou... ou foi outra coisa? Algo que você fez durante o sonho? Algo...

Exausto, Seokga esfrega as têmporas.

— O demônio me mostrou uma lembrança — explica, na voz tensa e fria que usa quando está descontente.

Não é necessário perguntar qual foi a lembrança. As sombras sob os olhos dele dizem a Hani tudo o que ela precisa saber. O deus sonhou com algo que o atormenta todos os dias em que habita o reino de Iseung, tão abaixo de seu lar em Okhwang. Isso está bem claro.

— Aconteceu tudo como na vida real. E depois eu acordei.

Ele balança a cabeça e ergue a xícara de café até a boca.

Hani pisca. Uma, duas vezes.

*Café.*

Não pode ser.

Essa é a explicação mais fácil e mais simples, então não pode ser verdade. Simplesmente *não pode*. Não, Seokga deve ter feito algo dentro da lembrança para se libertar das garras do eoduksini. Deve ter recobrado algum tipo de poder divino, nem que por alguns instantes...

Mas, na manhã antes do ataque, no Café das Criaturas, o deus bebeu duas xícaras enormes de café com uma colher de creme e uma de açúcar. Bebeu até a última gota. Não foi pouca cafeína.

Será que é coincidência? Ou será que, pela primeira vez na vida, Gameunjang está quebrando um galho por ela? Hani reprime uma risadinha de incredulidade que tenta subir pela garganta. Será que *café* é a solução? Será que café, justo a bebida que ela mais detesta, é a mais poderosa defesa contra um demônio das trevas?

Hyun-tae e Seokga a encaram. Desconfiado, o deus questiona:

— No que você está pensando?

Com um sorriso maligno se espalhando pelos lábios, Hani diz:

— Estou pensando que deveríamos fazer mais café.

## CAPÍTULO TRINTA E SETE

# HANI

Depois de Hyun-tae partir para Jeoseung atrás dos números, não resta muito que Seokga e Hani possam fazer além de esperar.

E esperar com Seokga é algo muito, muito prazeroso.

É o melhor tipo de distração: a única coisa que faz a mente de Hani parar de correr em círculos em torno de Somi e do eoduksini e das ruas infestadas de sombras do lado de fora.

Hani se contorce de prazer enquanto Seokga beija seu pescoço, fazendo a pele dela arder, incendiando seu corpo. A gumiho está em meio a um mar de lençóis pretos de seda, passando as mãos pelas costas nuas, torneadas e musculosas do deus, deslumbrada com a forma como ela fica febril debaixo dele. Jamais se sentiu tão viva como se sente sob o toque de Seokga; o mero roçar da pele dele contra a dela a arrepia, e o desejo a distrai do emaranhado de culpa e horror que faz seu interior se contrair. Ela suspira, passando as mãos pelo cabelo de Seokga enquanto os lábios dele reencontram os dela. Hani sente quando ele reprime um sorriso, e se pergunta como é que aquele deus caído — aquele pilar de gelo e aço — se derrete por completo quando está perto dela.

Perto dela e de mais ninguém.

— Hani — murmura ele contra os lábios da gumiho.

E lá está aquele olhar de vulnerabilidade delicada que ela adora, que viu pela primeira vez no rosto adormecido de Seokga em Geoje, acentuado pelos raios de sol da manhã. Agora não há sol — apenas a escuridão cobre a cidade de Nova Sinsi —, mas, de alguma forma, aquela expressão permanece a mesma.

— Hani — repete Seokga, com uma voz embargada de desejo.

— Seokga — responde ela, em um tom provocante, brincando com uma mecha do cabelo preto.

— Você... — Ele fica tão incerto, tão tímido, que ela sente o próprio coração partir. — Você quer fazer... tudo?

— Quero — sussurra ela de volta. — Sim, eu quero.

Uma explosão da mais pura felicidade perpassa o rosto de Seokga, e, de repente, ele parece jovem, tão mais jovem do que seus milhares de anos de vida. Hani sorri para o deus, traçando com a mão a curva bem definida de seu rosto. Seokga se aconchega no toque dela, fechando os olhos.

— Eu ainda te odeio — diz ele baixinho, com um sorriso presunçoso se insinuando.

— Também te odeio — murmura Hani, risonha.

Os olhos verdes se abrem novamente e, brilhando, concentram-se nela.

— Acho que vamos ter que mudar isso — sussurra o deus.

Hani sorri quando Seokga começa a brincar com a camisa dela, desabotoando-a devagar até que os nós dos dedos gelados estejam roçando a curva dos seios. O olhar dele se anuvia ao ver o sutiã.

— Tira isso.

Com os lábios repuxados em um sorriso, Hani se senta e retira a camisa. O tecido macio se amontoa no chão quando ela o joga da cama. Seokga assiste, corado, enquanto ela larga o sutiã e ergue uma sobrancelha.

Hani o observa engolir em seco.

Enquanto ela se livra, com certa avidez, do restante das roupas, as bochechas dele ficam da cor de cerejas maduras. Hani está adorando a voracidade com que Seokga a encara.

— Sua vez — diz a gumiho.

O sorriso dela se alarga conforme o deus rapidamente se despe e se aproxima para beijá-la de novo, dessa vez sem aquela última barreira entre os dois.

A boca dele está quente e pesada e faminta. Ele deita Hani nos travesseiros, deixando um rastro de beijos pelo pescoço dela, pelo peito, pela barriga e... mais embaixo. *Bem* mais embaixo.

Hani arfa e agarra os lençóis pretos com os punhos. Sem qualquer pressa, Seokga a provoca, desfrutando da crescente tensão no corpo dela. O brilho travesso nos olhos do deus mostra que ele está gostando daquilo. Hani inclina a cabeça para trás quando ele aperta a cintura dela com as mãos e ela cai daquele precipício, com o nome dele na boca.

Seokga se ergue com um sorrisinho. Os lábios dele estão reluzindo, e os olhos estão vívidos de malícia.

Tremendo de prazer, Hani puxa o deus para colá-lo ao corpo dela. Ele beija o topo da cabeça dela e, devagar e com firmeza, une-se a ela.

Enquanto ele remexe o quadril, apoiando cada mão em um lado do travesseiro, Hani percebe que Seokga não é um amante egoísta. Não, não é nem um pouco egoísta. Ele é carinhoso e gentil; está com a respiração rasa, os olhos vibrantes cobertos de desejo e talvez um pouco de nervosismo. E Hani sabe que isto é diferente de todas as outras vezes, para ambos. O amor que fazem é ritmado, como a batida de uma música favorita: doce e vagarosa.

Quando dançam em direção àquele perigoso precipício, dançam juntos: Seokga arfa suavemente, enterrando o rosto na curva do pescoço dela, e Hani aperta as pernas ao redor da cintura esguia dele, segurando-o perto de si, para jamais soltar.

E, durante um bom tempo, ela não o solta. Ambos se agarram, sonolentos e saciados. Seokga brinca com o cabelo dela, desembaraçando devagar as mechas emboladas. Hani cai em um sono leve assim, com os dedos do deus caído em seu cabelo e a mão dele sustentando seu coração.

✦

Um tempo depois, a barriga de Hani ronca muito, muito alto.

Deitado ao lado dela, Seokga solta uma risadinha, envolvendo-a pela cintura e escondendo o rosto em seu pescoço.

— Está com fome, raposa?

— Talvez — admite Hani, sorrindo contra o travesseiro.

No mesmo instante o deus ergue a cabeça, e ela consegue praticamente sentir as engrenagens do cérebro dele se mexendo.

— O que você quer comer?

— Seokga — murmura Hani ao se virar para encará-lo —, você sabe cozinhar?

Por alguma razão inexplicável, ela tem a sensação de que, apesar da cozinha deslumbrante, Seokga nunca na vida cozinhou para si mesmo. E ela tem razão. Hani o observa estreitar os olhos e dizer, em um tom bastante indignado:

— É claro que sei cozinhar.

— *Hmm*.

Ela ri e dá um peteleco no nariz dele. Seokga fecha a cara, mas a expressão carrancuda é pouco convincente.

— Então vou querer gimbap.

— Gimbap — repete Seokga, hesitante.

Hani está achando muita graça.

— Gimbap — repete ela também, reprimindo um sorriso. — É bem simples.

— Eu já fiz antes.

— Ah, é?

— É.

— Pra um deus da dissimulação, você não sabe mentir muito bem.

— Só não sei mentir pra você, ao que parece — resmunga ele. — Sou um ótimo mentiroso em qualquer outra situação.

Hani sorri, mas seu peito se contrai. Ela é muito boa em mentir para Seokga. Tem mentido para ele desde que o conheceu. Desvia o olhar abruptamente, deslizando para fora da cama para recolher as roupas do chão. Enquanto veste as calças de moletom, Hani se permite imaginar qual seria a reação de Seokga se… se ela contasse a verdade agora. O deus com certeza não a mataria. Ou talvez matasse, se significasse que ele recuperaria o próprio poder. Se significasse que Hani o enganou, que o prejudicou. O que ela realmente fez.

— O que foi? — Seokga a observa por olhos estreitos de preocupação desconfiada.

— Nada — responde Hani, depressa. — Eu só estou… só estou preocupada com hoje à noite.

— A cafeína é um belo truque — comenta Seokga, também se levantando da cama.

Hani cora ao ver a pele desnuda dele, e logo começa a abotoar a própria camisa.

— Acho que você tem razão. Para que possa se alimentar, o eoduksini paralisa as vítimas com pesadelos. Mas não dá para sonhar se você não consegue dormir.

— Mas parece fácil demais — murmura Hani, ajeitando o cabelo. — Simples demais.

— As melhores respostas costumam estar bem diante de nossos olhos — responde Seokga, com um sorriso torto tão incomum a ele que Hani chega a piscar de surpresa. — É só que não costumamos percebê-las… até que percebemos.

Ele se coloca diante de Hani, envolvendo a cintura dela com as mãos enquanto beija o topo de sua cabeça.

— Fico feliz que você tenha decidido ser minha assistente — sussurra ele em seu cabelo. — Por mais detestável e irritante que você seja.

— Obrigada — agradece Hani, cheia de uma graça fingida.

Ela sente Seokga sorrir.

— De nada — responde ele, divertindo-se.

Hani ri e faz um gesto obsceno enquanto se afasta e segue em direção à porta.

— Você é impossível.

— Você é insuportável.

— Você é intolerável — retruca Hani, descendo as escadas até a cozinha.

— Você me tolera. — Seokga sorri presunçoso e a segue, apoiando-se em um dos balcões de mármore preto. — Daria até para argumentar que você faz *mais* do que só me tolerar.

Ela revira os olhos e solta uma risadinha abafada, repentinamente se lembrando das fanfics de Somi. Não foi de forma alguma como as fantasias da jovem gumiho; não houve qualquer grunhido animalesco. Mas, pensando bem, teve algo bem saliente…

Seokga estreita os olhos quando Hani mostra um sorriso afiado.

— Será que eu quero saber?

— Não quer.

Hani se vira, e sente um peso no peito ao pensar em Somi. Queria poder voltar aos dias em que o único vício da amiga era escrever safadezas.

— O que você tem por aqui? — pergunta a gumiho, abrindo as despensas em busca de algo suficientemente nutritivo. Mas os armários nos quais presumiu haver comida gourmet contêm apenas… — Miojo?

Hani encara as centenas de pacotes de macarrão instantâneo, reprimindo uma risada. Às suas costas, Seokga praticamente grunhe de dor. Hani se volta para ele, agora rindo abertamente.

— Você só se alimenta de miojo e café?

— Não — resmunga Seokga, evitando o olhar dela. — Eu costumo comer fora. Mas, quando não como, gosto de fazer miojo. Dá pro gasto. E é fácil.

A gumiho sorri e pega dois pacotes de macarrão.

— Quer o apimentado ou o de camarão? — pergunta, erguendo ambos nas mãos.

Os olhos de Seokga param no apimentado, mas ele dá de ombros.

— O que você não for comer.

— Deveríamos misturar os dois — sugere Hani, já partindo em busca de uma panela para ferver a água. — Camarão apimentado.

— Não.

— Sim — retruca Hani, meiga. — Miojo de camarão apimentado. — Ela encontra a panela e a coloca no fogão. — Pega água — ordena por cima do ombro.

Ela vira o botão do fogão e uma chama ganha vida.

Seokga suspira, mas obedece. Quando a água ferve, Hani joga os dois pacotinhos de tempero dentro da panela, divertindo-se de uma maneira meio estranha.

A cidade está sendo devorada pela escuridão enquanto ela e Seokga estão fazendo miojo. *Assim parecemos duas pessoas horríveis*, pensa a gumiho, sentindo uma vontade completamente inapropriada de rir e de chorar.

— Camarão apimentado vai ser nojento — comenta Seokga, retirando o macarrão do pacote e colocando-o gentilmente na água. — Você é uma troglodita.

Hani revira os olhos e pressiona o miojo no fundo da panela com uma longa concha, para que o macarrão amoleça e se separe.

— Você vai gostar.

E o deus gosta.

Seokga e Hani estão sentados lado a lado no sofá, comendo o miojo de camarão apimentado. Hani sorve ruidosamente o macarrão, saboreando o aspecto mundano da coisa toda. A normalidade. Quase consegue fingir que Somi ainda é doce e inocente, e que o eoduksini jamais escapou de Jeoseung.

Quase.

Até que Seokga engole uma porção de miojo e olha para ela com uma expressão sombria.

— Nam Somi terá uma, e apenas uma, chance de se explicar — declara o deus, repousando os palitinhos na tigela.

Hani franze a testa. Aquela discussão claramente não terminou apesar de terem se engraçado na cama.

— Mesmo que não seja a Raposa Escarlate, ela ainda é uma Indomável. Nada muda o fato de que matou vinte pessoas ontem.

Dá para ver que Seokga está tentando ao máximo dizer tudo de uma maneira gentil, mas é impossível não notar a frieza das palavras. Ele está falando sério. Uma única chance, e apenas uma.

Com dificuldade, Hani engole tanto o macarrão quanto sua crescente irritação.

— Matar faz parte da natureza de uma gumiho — responde, tão calma e naturalmente quanto consegue. — Não dá pra culpá-la por seguir seus instintos mais básicos.

Seokga a observa cautelosamente.

— Mas existe uma diferença entre vocês duas. Você não age de acordo com esses instintos selvagens, e ela escolheu fazer isso. É uma questão de escolha.

— Não são selvagens — responde Hani, apertando os palitinhos nas mãos. — São naturais. E talvez ela esteja com Vontade. É o que acontece quando...

— Conheço esse termo.

Hani suspira, repousando a tigela no sofá. Com o coração disparado, pergunta:

— O que você faria se fosse eu em vez de Somi?

— Pelo amor dos deuses. — Seokga faz uma careta e desvia o olhar para a própria tigela. — Não estou no clima para essas situações hipotéticas ridículas, Hani.

— Você me mataria? — Suor escorre pela coluna dela conforme ela indaga: — Ou faria o que eu te pedi pra fazer por Somi e me daria o benefício da dúvida? Você ainda acreditaria que o instinto de matar é selvagem ou levaria em consideração que, pra uma gumiho, é... natural? Claro, agora é tabu, mas... é natural. Assim como tigres comem filhotes de elefante, gumiho comem homens e roubam suas almas.

Ela prende a respiração. Seokga está em silêncio, com um semblante astuto.

— Então... o que você faria? — insiste Hani, tensa. — Se fosse eu, e não Somi?

Seokga fecha a cara e enfia os palitinhos no macarrão com força. Em um tom severo, ele responde:

— Por sorte, não temos que contemplar essa situação. Você não é a Raposa Escarlate.

Seokga sustenta o olhar da gumiho por um longo instante. De repente, Hani se sente febril e trêmula; sua cabeça lateja com uma dor embotada enquanto o encara de volta. Por fim, o deus desvia o olhar, com um músculo saltando no maxilar.

— Tá. Eu juro por Hwanung, o deus das promessas cumpridas, que darei a Somi uma chance. Por você. E apenas uma. E no momento em que ela colocar qualquer um de nós em perigo, eu farei o que for necessário. Mas prometo que a morte dela vai ser rápida. E limpa.

A morte dela.

A morte de *Somi*.

De repente, a comida na barriga de Hani ameaça voltar pela garganta. Ela se coloca de pé e tapa a boca com a mão.

— Banheiro — consegue dizer antes de disparar da sala até o banheiro e trancar a porta atrás de si.

Hani cai no chão, com a bochecha quente no azulejo frio do banheiro, e leva os joelhos até o peito, sem conseguir respirar direito.

Quando enfim se levanta para jogar água no rosto, Hani olha para o próprio cabelo. No mesmo instante, ela estremece. Porque lá está, bem no centro, entre as camadas de castanho-chocolate, o mais leve indício de um vermelho-rubi suntuoso.

Não se pode esconder suas raízes, afinal de contas.

Hani fecha os olhos e engole em seco.

*Mas que confusão*, sussurra uma vozinha em sua cabeça. *Mas que confusão de merda.*

CAPÍTULO TRINTA E OITO

# SEOKGA

Sete.

Esse é o número de hoje, das oito às dez da noite. Sete mortes em Nova Sinsi. Não é um número excessivamente alto, mas também não é baixo para um período de duas horas. Na cozinha, Seokga troca olhares de preocupação com Hani. Hyun-tae está ali com os dois.

— É possível que os sete sejam mortos ao mesmo tempo — explica Hyun-tae e franze a testa em desaprovação. — Dong-wook cobre poucas horas. Nunca entendi por que ele é tão preguiçoso se seu turno só dura duas horas — acrescenta baixinho antes de se dirigir a Hani e Seokga mais uma vez. — Se morrerem pelas mãos da srta. Somi, será entre as oito e as dez desta noite.

No momento, são seis e meia. Exausto, Seokga esfrega as têmporas.

— Os níveis mais altos de cafeína no sangue são atingidos entre quinze e quarenta e cinco minutos depois do consumo — continua Hyun-tae, como se estivesse recitando o parágrafo de um livro didático. — Então... se quisermos estar no ápice da cafeína até, digamos, as oito... devemos começar a beber por volta de sete e quinze.

— Leva dez horas pra cafeína sair do corpo — murmura Hani ao lado dele. — Se cada um beber quinze xícaras, deve ser o suficiente pra hoje à noite.

Decidiram que quinze xícaras de café preto forte é a quantidade máxima que conseguirão beber sem sofrer um ataque cardíaco — ou, no caso da imortalidade de Seokga, sentir palpitações não letais, mas muito irritantes e debilitantes.

— Meu toque está configurado no volume máximo — garante Hyun-tae. — Quando houver uma chamada, vamos ouvi-la.

— Se você vem com a gente, vai precisar de armas — diz Hani, olhando para o jeoseung saja. — Tenho um par de adagas prateadas que pode pegar emprestado. Você foi bem treinado?

— Fui — assente Hyun-tae. — Tenho certeza de que consigo usá-las caso haja necessidade.

Seokga franze a testa, confuso. Ele comprou aquelas adagas para *Hani*, não para um ceifeiro sofrendo de paixonite.

— Você também não pode ir sem uma arma, Hani.

O coração dele está apertado, contraído de preocupação. Seus nervos estão à flor da pele, não de irritação, mas de medo.

Ele se importa com ela. Tanto. Tanto, tanto.

E depois daquele momento que passaram na cama... Ele mandaria esta cidade, este mundo, para Jeoseung se assim pudesse passar a eternidade com Hani nos lençóis pretos de seda.

Precisa que a gumiho fique segura. *Precisa* que ela fique bem. Seokga sente seu coração ser atravessado por uma lasca de gelo só de imaginá-la ferida, e considera pedir a Hani para que fique ali, de fora da luta, longe dos perigos, mas sabe que isso é impossível.

Ele adora o fogo e a coragem feroz dela.

Seokga adora *ela*.

E jamais tentaria mudá-la.

O deus prende a respiração e observa a raposa com aquela sensação horrível no peito.

— Eu comprei as adagas para *você* — fala, antes de lançar a Hyun-tae um olhar mordaz. O jeoseung saja pisca, pego de surpresa. — Foi um presente. São suas.

O medo faz a voz dele ficar mais ríspida do que queria.

— São suas, Hani — repete o deus, mais gentil. — Por favor, use-as.

— Eu tenho outra coisa que posso usar — murmura a gumiho em resposta, e Seokga não deixa de notar que ela não o olha nos olhos.

Mas Hyun-tae está andando de um lado para o outro na cozinha, abrindo e fechando as portas dos armários.

— Onde está o café? — pergunta o ceifeiro, e Seokga sente uma onda de irritação ao vê-lo revirar suas coisas.

— Está no outro armário. Não, não esse aí — rosna o deus. — Aquele ali, à sua esquerda. Não, a sua *outra* esquerda.

Murmurando uma torrente de xingamentos, Seokga empurra Hyun-tae com os ombros e abre a porta de seu estupendo estoque de cafeína...

E congela.

O armário está vazio.

Hani se engasga, espantada.

— Você não tem café *nenhum*? — questiona ela. — Logo *você*?

Seokga se encolhe, e Hani tapa a boca com a mão, seus olhos brilhando de bom humor. Parece que Seokga andou bebendo muito mais café do que achava. Mas ele poderia jurar que ainda havia pelo menos alguns sacos...

— Pelas tetas de Hwanin — comenta Hani, balançando a cabeça. — Não sei se rio ou se choro. A única vez que eu preciso que você tenha café...

— Eu vou sair para comprar — declara Seokga soturnamente, apertando a bengala.

É arriscado se aventurar por Nova Sinsi, ainda mais com o eoduksini imaginando todas as maneiras de dar o troco no deus por fechar Gamangnara, mas eles não têm escolha. Além disso, não é como se Nova Sinsi tivesse deixado de funcionar. Se por um lado as criaturas foram alertadas quanto ao demônio, os humanos acreditam que a escuridão se deve a um pane químico ou alguma teoria irrisória do tipo, e estão seguindo suas vidas (com um risco maior de serem assassinados). O mercado estará aberto, e terá café.

— Eu vou com você — sugere Hani, depois olha para Hyun-tae, mas o ceifeiro recua.

— Eu, *hã*, preferiria não ir — responde enquanto empurra os óculos nariz acima, nervoso. — Se não houver problema.

— Não há problema algum — garante Seokga.

Ele não gosta de Hyun-tae e quer passar um tempo a sós com Hani, mesmo que seja no meio de uma cidade coberta de sombras e infestada de Indomáveis. Como se soubesse exatamente no que o deus caído está pensando, Hani olha para ele, e o canto da boca dela se ergue. Há uma covinha ali, e Seokga sente uma vontade repentina de beijá-la. Mas, antes que ele possa se aproximar, Hani já está saltitando porta a fora e olhando-o, travessa, por sobre o ombro.

— Eu quero dirigir.

✦

Acontece que Hani é uma péssima motorista no escuro. Gotas de suor se acumulam no pescoço de Seokga enquanto ela atravessa a cidade, esbarrando o amado Jaguar XJS dele contra meios-fios, batendo em postes de luz e em uma estátua fálica construída por uma cheonyeo gwisin durante sua ausência.

— Talvez você devesse ir mais devagar — sugere o deus com os dentes cerrados.

— Não podemos nos dar ao luxo de estar assim em público por muito tempo — responde a gumiho, e logo passa por cima da fantasma virgem que se jogou na frente do carro, tentando defender sua estátua, que era enorme em altura e diâmetro. — Opa.

Seokga fecha os olhos e tenta não ficar enjoado. Quando Hani enfim para derrapando do lado de fora do Mercado Yum mais próximo ao apartamento de Seokga, ele se atrapalha para abrir a porta do carona e praticamente cai de cara no chão. O deus aproveita para apreciar a calçada por um instante. Está parada. Imóvel. Firme. Seokga pressiona a bochecha contra o concreto frio e jura nunca deixar Hani dirigir seu carro de novo, por mais que goste dela. Alguns limites jamais deveriam ser ultrapassados.

Um pé cutuca suas costas.

— Seokga — chama Hani, rindo. — Um deus caído todo esparramado em cima de uma vaga de estacionamento é um pouquinho triste de se ver.

O deus grunhe e se coloca de pé. O mundo ainda está girando.

Dentro do Mercado Yum, luzes fluorescentes oferecem um contraste muito bem-vindo com a escuridão do lado de fora. Uma música toca nos alto-falantes ruidosos.

— Ai, eu amo essa — comenta Hani.

Ela pega um carrinho, equilibra um pé na barra de baixo e se empurra para a frente como se estivesse em um patinete. Com a bengala estalando no chão, Seokga se apressa para manter o ritmo dela.

— É "Good Bye", do Shin Hae Chul. Já ouviu?

O mercado está praticamente vazio, tirando dois funcionários entediados nos caixas e um punhado de universitários estocando miojo e parecendo exaustos e atordoados, como se estivessem repassando fichas de estudo na cabeça.

— Eu odeio música — responde o deus, ainda um pouco mal-humorado graças à viagem de carro dos infernos.

Hani olha para ele como quem diz *que merda, hein* enquanto empurra o carrinho em busca do corredor de café.

— Até o TLC? — questiona ela, ainda encarando Seokga.

Quando a gumiho dá um encontrão em um expositor de papelão de Choco Pies, o deus aperta o topo do nariz, com uma afeição exasperada.

Ele decide que ela não deveria ter permissão de dirigir nenhum tipo de veículo móvel, mesmo que seja um carrinho de supermercado.

Seokga prefere morrer a admitir que, na verdade, gosta bastante de TLC. Só não passa um ar de deus trapaceiro ter um CD delas escondido em algum lugar no fundo do carro. Então, ele balança a cabeça.

— Aqui — diz, guiando Hani para o corredor de café, para evitar que ela, de alguma forma, destrua o estabelecimento inteiro.

O corredor de café do Mercado Yum é o paraíso de Seokga. Consegue sentir a irritação se esvaindo ao olhar para as fileiras e fileiras e fileiras de café. Ele respira fundo. Como ama café.

— Esse aqui parece bom — comenta Hani, pegando um pacote de grãos. — Quer dizer, tão bom quanto café possa parecer. Eu gosto que aqui diz "intenso". Soa promissor. Ela joga o pacote no carrinho, hesita e depois coloca mais quatro. — Só pra garantir.

Seokga abre a boca para responder, mas as palavras desaparecem quando as luzes da loja piscam uma, duas vezes, e então se apagam completamente.

— Boa coisa não é — murmura Hani, e Seokga concorda.

Os pelos de sua nuca se eriçam, e seus ouvidos se esforçam para discernir algum som no ambiente repentinamente silencioso. A voz de Shin Hae Chul já não sai mais dos alto-falantes, e o deus não consegue escutar nada além de um sussurrar esquisito, como se muitas bocas no mercado estivessem se mexendo e proferindo murmúrios. O ar de repente parece viciado, velho e doentio. Sem raios de sol passando pelas janelas, o lugar está um breu total.

Por um instante.

As luzes voltam em uma explosão ofuscante, revelando um rosto manchado a meros centímetros de Seokga. Ele grita, tropeça para trás e esbarra no carrinho de compras com um chacoalhar metálico antes de empunhar a bengala, agora em forma de espada. O demônio diante deles fica de quatro e ri. Parece vagamente humanoide. Uma doença se apossou dele e o desfigurou.

— Pelas tetas de Hwanin! — exclama Hani, se engasgando. — O que é *isso*?

Seokga só precisa olhar uma vez para a pele arruinada por milhares de calombos protuberantes soltando pus e a saliva verde escorrendo da boca cheia de bolhas para descobrir.

— Demônio da peste — explica ele, e a criatura sorri, revelando dentes amarelados. — Indomável. Provavelmente um filho bastardo de Manura, a deusa da varíola. Só consegue infectar uma pessoa se tocar nela.

— Caralho — resmunga Hani. — Aposto que é cortesia do eoduksini.

— Pois é — rosna o deus antes de o demônio avançar.

O corredor é muito estreito. Seokga desvia para um lado, mas cerra os dentes quando o demônio chega perto demais. O deus empunha a espada na direção da criatura enquanto, ao mesmo tempo, desvia do golpe das unhas pretas e curvadas. O demônio o encara com malícia e se coloca sobre dois pés, cercando-o até que Seokga esteja encostado em uma prateleira. O monstro ergue uma das mãos para esfolar a bochecha dele...

Algo atinge a cabeça do demônio com muita, muita força.

Rosnando, o demônio da peste se afasta bruscamente para encarar Hani cheio de ódio. Ela está atirando um saco de café atrás do outro na criatura, acertando-a com exímia pontaria todas as vezes.

— Que nojo! — grita a gumiho, pegando mais sacos da prateleira. — Você podia pelo menos colocar uma máscara!

O demônio grunhe, um som molhado e doentio, e volta a ficar de quatro, deixando Seokga de lado para rastejar em direção a Hani, que solta um xingamento. O corredor é estreito demais. Seokga encontra o olhar dela e sibila: *Corra*.

Ele não precisa insistir. A gumiho dispara para fora do corredor, com o demônio da peste desembestando atrás dela, e Seokga no encalço. Os três correm pelo mercado, e Seokga mal tem tempo de perceber que os outros clientes, assim como os funcionários, estão caídos no chão, cobertos de furúnculos. Merda.

O trio pisa forte no chão de linóleo enquanto Hani os leva até o lugar mais espaçoso do mercado, onde fica a seção de frutas e vegetais. Ela pula sobre a enorme bancada de maçãs, com o demônio logo atrás.

— SEOKGA! — berra a gumiho. — FAZ ALGUMA COISA! Eu não sei como lutar contra essa coisa sem me arriscar a *tocar nela*.

Seokga aperta a espada com mais força e recua o braço conforme eles correm em círculos ao redor do grande cesto de melões. Precisa tomar cuidado. Não pode acertar Hani.

— SEOKGA! — grita ela.

O deus deixa a espada atravessar o ar.

A lâmina afunda em um pescoço carnudo. Ofegante, Seokga salta para longe quando pus verde jorra no ar, manchando os produtos frescos — mas, por sorte, não acerta Hani, que se joga atrás de uma mesa de caquis ali perto. Com um grunhido, o demônio começa a se dissolver em cinzas fétidas.

Quando não resta nada além de uma poça de pus e poeira, Hani se levanta devagar de trás da barricada.

— Obrigada — agradece ela, rouca. — Isso foi incrivelmente nojento.

— Ele encostou em você? — pergunta Seokga, indo na direção dela e colocando as mãos em seus ombros.

Ele a inspeciona freneticamente atrás de furúnculos ou qualquer outra descoloração preocupante. Demônios são coisinhas asquerosas, e suas doenças ainda mais. Seokga gira a gumiho, ergue o cabelo dela, checa sua nuca. Não há nada à vista, mas...

— Seokga — chama Hani em uma voz gentil, virando-se para segurar o rosto dele entre as mãos. — Eu estou bem.

Ela pressiona os lábios nos dele, e o deus fecha os olhos, tomado de alívio. No entanto, ao se afastar, ela acrescenta, em um tom travesso:

— Mas se quiser checar cada pedacinho de mim mais tarde, fique à vontade.

Seokga ri. Não consegue se segurar.

Hani sorri, parecendo satisfeita consigo mesma, e então gesticula para a espada coberta de pus.

— Deixa eu adivinhar: vamos precisar limpar isso aí.

Ela tem razão.

— Demônios da peste — resmunga Seokga.

Não poderá empunhar a espada até que esteja desinfetada. Ele torce para que haja lencinhos antibactericidas e luvas em algum lugar dali.

E há. Hani vai buscar o café enquanto Seokga limpa a espada a duras penas e a devolve à forma de bengala. Ele chama uma ambulância para as vítimas do demônio e informa a situação a Shim, que repassa a mensagem para a equipe de limpeza de plantão. A Unidade de Acidentes Mágicos do Hospital de Nova Sinsi, escondida dos olhares mortais por um encanto, deve conseguir tratá-los bem o suficiente antes de apagar suas memórias.

— O eoduksini sabia onde estávamos — comenta Hani, guardando os sacos de café no porta-malas do carro. Cauteloso, Seokga analisa o estacionamento escuro. — Dok-hyun está nos observando.

— Vamos para casa — sugere ele baixinho, e, quando Hani assente, o deus se pergunta quando foi que sua casa se tornou o lar de ambos.

Algo caloroso se espalha em seu peito.

Hani sorri.

— Posso dirigir?

Aquele calor é dominado por uma irritação carinhosa.

— Não mesmo — responde Seokga, e logo reclama o assento do motorista.

## CAPÍTULO TRINTA E NOVE

# HANI

Sozinha em seu quarto, Hani se prepara para uma noite repleta de violência.

De pé em frente ao espelho dourado e ornamentado, ela junta o cabelo e o torce bem apertado, arrastando os dedos pelo couro cabeludo e tentando não estremecer enquanto faz um coque austero, evitando olhar para as raízes vermelhas. Faz muito tempo desde a última vez que foi à luta — muito, muito tempo. Seu último combate, como é de se esperar, foi em 1888, quando Jack, o Estripador, estava dilacerando a população feminina de Londres. Hani não deixou aquilo passar impune por muito tempo. Também não roubou a alma do sujeito com um beijo.

Só matou aquele desgraçado.

Seus dedos ainda se lembram dos movimentos preparatórios para uma batalha. Ela termina de prender o cabelo e, em seguida, amarra os cadarços do coturno tão apertados quanto consegue, puxando-os antes de entrelaçá-los em nós resistentes.

Está vestindo roupas que não atrapalham seus movimentos: calça legging preta e uma blusa de moletom folgada. Escolheria uma camisa mais justa, mas está escondendo as adagas escarlates nos antebraços para poder sacá-las a qualquer momento. Não quer ficar pensando no que acontecerá depois de as lâminas vermelhas chamarem a atenção de Seokga. A desvantagem dessa estratégia é que ela precisa manter os braços eretos, para não desajeitar as adagas embainhadas, mas Hani consegue lidar com isso. Sua pérola de raposa é uma arma formidável e que canaliza energia para suas palmas abertas. Não está completamente indefesa.

A gumiho suspira enquanto encara o espelho e passa os dedos pelo pequeno vale vermelho de cada lado da linha do couro cabeludo.

Não há como saber como esta noite terminará. De forma alguma. No final, Hani pode acabar morta. Somi pode acabar morta. Seokga pode acabar morto.

Esse pensamento faz seu peito doer de medo e culpa. Hani percebe — e nota como é precipitado se dar conta de tal coisa — que não quer viver em um mundo sem Seokga. Sem suas carrancas cruéis que se derretem em sorrisos ternos. Sem seus hábitos alimentares esquisitos, de consumir café e miojo.

*E se ele nunca recuperar a posição de deus por sua causa?*, sibila uma voz amargurada em sua cabeça. *Acha que ele vai querer viver em um mundo sem você? A paz que você encontrou com ele logo será destruída, de qualquer forma. Olha o que o seu egoísmo causou. Somi está sendo perseguida. Seokga está fadado a perambular por Iseung durante séculos. Sua gumiho tola e estúpida.*

Hani pisca rapidamente, dando as costas ao espelho para não ver os próprios olhos reluzindo por conta das lágrimas. Ela respira fundo e tenta se recompor. *Vamos matar o eoduksini primeiro*, diz a si mesma, indo em direção à porta. *A gente lida com o resto depois.*

Ela encontra Hyun-tae perto da parede de vidro da sala de estar, segurando o chapéu nas mãos; o cabelo branco dele brilha na iluminação fraca do apartamento. Em silêncio, Hani se junta ao ceifeiro e olha para a escuridão cobrindo a cidade lá embaixo. Seokga não está em lugar algum. Ótimo. Hani não quer que ouça a conversa deles.

— Hyun-tae — chama ela, baixinho. — Preciso te pedir uma coisa.

Cansado, o sujeito se vira para ela. Por trás dos óculos, sombras acentuam a pele debaixo dos olhos dele.

— Eu farei qualquer coisa pela srta. Somi — responde ele, transparecendo sua costumeira presteza, feito um erudito. — Não acredito que ela seja… má. Darei o meu melhor no que quer que eu possa fazer para ajudá-la.

Hani assente, ainda encarando o mundo abaixo.

— Preciso que você a tire da cidade — pede ela em voz baixa, pressionando a palma da mão no vidro frio. — E a leve pra um lugar bem, bem longe. Para Tóquio ou Londres. Pros Estados Unidos. Pro México. Só a leve para algum lugar em que Seokga não possa segui-los de imediato. Esconda ela. Faça como prometeu e a mantenha a salvo.

— Ele está planejando matá-la. — diz Hyun-tae, sem emoção na voz. — Não é?

— Não há nenhuma explicação que Somi possa dar para dissuadi-lo — murmura a gumiho. — Seokga sabe disso. Eu sei disso. Somi vai morrer hoje à noite se você não fizer nada. — Ela encara o próprio reflexo no vidro, e desta vez não desvia os olhos quando se enchem d'água. — A única culpa de Somi é seguir a própria natureza. Ela foi abordada e manipulada em um momento de fragilidade. E você tem razão, Hyun-tae. Nam Somi não é a Raposa Escarlate. — Hani pressiona a palma da mão com mais força contra o vidro. A frieza faz sua pele arder. — Ela está sofrendo e está com medo. Está sendo instigada pela própria vergonha e pelo desejo de parar de se sentir assim. Quando você a levar, diga a ela... que eu sinto muito. Que a encontrarei em breve. Que eu vou ensiná-la a controlar sua Vontade. — A gumiho engole em seco. — Assim que Somi nos guiar até o eoduksini, preciso que faça tudo o que puder para tirá-la de vista. A pérola de raposa dela ficou mais poderosa, você vai precisar se equiparar com a força dela. Leve-a para longe. E a mantenha a salvo, alimentada, até que eu apareça. Pode fazer isso por mim?

Hani enfim olha para Hyun-tae. A pele do ceifeiro está pálida, e seus olhos estão esgotados e exaustos, mas seu rosto se aguça de determinação.

— Pode fazer isso pela Somi?

Ele assente.

— Manterei minha promessa — responde suavemente. — Protegerei a srta. Somi até o fim.

— Ótimo.

Hani fica zonza de alívio. Hyun-tae está zelando pelo bem de Somi. Disso ela tem certeza.

— E não mencione uma palavra desta conversa para Seokga, o Caído.

— Eu não ousaria.

Hyun-tae veste o chapéu mais uma vez e também se vira para a janela. Seus olhos vasculham as ruas abaixo como se, de alguma forma, conseguissem localizar Somi em meio às sombras.

✴

Hani ergue no ar sua décima quinta e última xícara de café.

— Saúde — diz para Hyun-tae e Seokga, com o estômago agitado.

Ela *odeia* essa bebida. Sua boca está com um gosto desagradável, mas a cafeína começou a surtir efeito. Ela está prestes a explodir de energia. Não conseguiria dormir agora nem se tentasse. Seus dedos se contraem em torno da xícara de café, e seu joelho pula para cima e para baixo para aliviar parte da energia nervosa daquela bebida asquerosa.

— Saúde — repete Hyun-tae, antes de virar a própria xícara com determinação.

Seokga arqueia uma sobrancelha.

— Saúde — diz, com ironia.

Hani faz uma careta e engole até a última gota de café. Depois, limpa a boca com o dorso da mão. Seu coração está martelando por causa da cafeína, e ela espera não ter um ataque cardíaco. Está contando com a genética gumiho para impedir que isso aconteça.

— E agora? — pergunta Hyun-tae.

— Vamos achar os corpos e torcer para que tenham sido deixados pra trás pela Somi — anuncia Hani. — Se for o caso, o rastro ainda estará fresco para encontrá-la.

— E como planeja fazer isso? — indaga Seokga, apreensivo. — Ando querendo te perguntar isso.

— Vou me transformar. — Hani remexe os ombros, desconfortável com a cafeína zumbindo no sangue. — Eu conheço o cheiro de Somi. Na minha forma de raposa, meus sentidos ficam duas vezes mais aguçados. Vou segui-la, e vocês dois vem atrás de mim até onde ela estiver.

— O eoduksini vai tentar nos arrastar para dentro de pesadelos. — Seokga repousa a caneca na mesa. — Se a teoria de Hani estiver certa, ele não vai conseguir. Vamos continuar acordados.

— Nós vamos matá-lo. Trabalhando juntos, em equipe. Quando ele morrer, a escuridão por toda Nova Sinsi deve se dissipar.

— É um ótimo plano. — Hyun-tae assente, ajustando o chapéu. — Já são quase oito horas. Devo receber a ligação logo. Tudo o que precisamos fazer agora... é esperar — diz ele, baixinho.

## CAPÍTULO QUARENTA

# SEOKGA

A LIGAÇÃO CHEGA ÀS 20H46.

Sete corpos foram encontrados perto do Rio Han, no parque municipal.

Eles não perdem tempo.

Seokga acelera pela noite impenetrável no carro funerário de Hyun-tae (que requisitou do rapaz com uma expressão carrancuda e severa). Hani e o jeoseung saja ficam em silêncio conforme ele estaciona o veículo cantando pneu próximo ao rio. A respiração do deus está rasa de ansiedade. Os três passam correndo pelas cerejeiras, indo em direção à calçada que ladeia o rio, com os sapatos batendo contra o chão, até que os corpos surgem no horizonte. Um cachorro perdido está uivando e correndo ao redor de um dos cadáveres, que ainda segura uma guia na mão ensanguentada.

— Bem, pelo menos ela não matou o cachorro. Tenho certeza de que isso vale de *alguma* coisa — resmunga Seokga em um tom seco, um pouco aliviado.

Hani olha feio para ele e se ajoelha ao lado de um dos cadáveres.

— Os fígados sumiram — murmura. — Hyun-tae?

— As almas também — confirma o jeoseung saja, soturno.

Apesar da cafeína, ele parece incrivelmente cansado, com um semblante opaco e vazio.

— Como isso é *possível*? — questiona Hani. Está olhando para os corpos no chão, tão profundamente abalada que gotas de suor surgem em sua testa. Ou talvez seja por conta do café. — Ela não deveria conseguir roubar almas tão rápido assim. Isso não é normal. Gumiho roubam almas com beijos. Como foi que ela teve tempo de beijar todo mundo aqui? — Hani se vira para Seokga, que a encara. — E os outros vinte. Como... como foi que ela fez isso?

— Não sei — responde Seokga, sombrio.

O deus não sabe se é por causa dos corpos ou da cafeína, mas ele está agitado, batucando a bengala no chão e se remexendo para a frente e para trás. Mesmo com o peito contorcido de apreensão, ele acrescenta:

— Mas você sabe o que fazer.

Os três estão no olho do furacão. É só uma questão de tempo antes de trovões e raios e uma chuva potente tomá-los de assalto.

Hani assente e abre a boca, como se quisesse dizer algo, mas engole as palavras e fecha os olhos. Curioso, Seokga observa a mudança acontecer: Hani se transforma em uma raposa elegante, com nove caudas em alerta. Ela ergue o focinho para o ar e fareja.

A raposa olha para o deus por olhos castanho-vinho — os olhos de Hani. *Me segue*, eles parecem ordenar antes de a gumiho sair em disparada, um borrão vermelho na escuridão.

— Ela é rápida — comenta Hyun-tae de maneira estúpida ao lado do deus.

Seokga sente uma onda de orgulho, mas aperta a bengala com firmeza. Hani é *mesmo* rápida.

— Mantenha o ritmo! — esbraveja, irritado, antes de ele mesmo começar a correr, seguindo o feixe vermelho diante de si.

Arfando, ele força os músculos até o limite; cada passo os faz queimar. Mas a cafeína o impulsiona, e ele consegue acompanhar Hani ao longo da cidade sinuosa, passando por restaurantes e lojas fechadas, por becos estreitos e ruas secundárias serpenteantes. Hani parece uma estrela cadente voando pela noite, uma estrela cadente para a qual Seokga faz um desejo: que ambos saiam vivos dessa batalha. Juntos.

Hani leva os dois pela cidade, em direção a um pequeno distrito de galpões em torno do Rio Han. Hyun-tae está respirando com dificuldade atrás de Seokga. A raposa enfim desacelera e para em frente a um enorme galpão decrépito. O telhado de telhas está retorcido e distorcido, metade afundado e com manchas de ferrugem de um tom alaranjado escuro. Seokga olha para o portão enquanto a gumiho assume a forma humana de novo; espirais sobem até que ela se torna Kim Hani mais uma vez. O enorme cadeado na porta é risível por proteger um grande pedaço de madeira podre que serve de entrada principal.

— Ela está aqui — anuncia Hani, ofegando e limpando a testa. — Consigo sentir o cheiro dela. Mas também sinto o cheiro de outras coisas. —

A gumiho olha para Seokga. — Tem outros Indomáveis lá dentro. Não sei dizer de que tipo… mas não são normais.

— E o eoduksini?

Hani dá de ombros, ainda com a respiração pesada.

— É impossível discernir o cheiro do demônio. Não tinha cheiro nenhum na boate quando ele atacou nem na loja de conveniência. Se ele tiver mesmo um cheiro anormal, de alguma forma conseguiu escondê-lo. Mas a lógica me diz que ele está lá dentro. Precisa estar.

— Quantos Indomáveis?

— Trinta. Talvez mais. Por sorte, não tem mais demônios da peste. — Hani meneia a cabeça. — Dá pra lidar com os Indomáveis. São fáceis de matar. Mas é com o eoduksini que eu me preocupo. Será possível que ele sabia que viríamos até aqui? E preparou seu exército pra nos enfrentar?

Seokga sente um frio na barriga, mas tenta recobrar o controle. Não é hora de entrar em pânico.

— É possível — admite ele —, mas uma luta ainda é uma luta. Nós três estamos prontos. Sabemos o que nos aguarda.

*Eu espero.*

Quando isso terminar, pode ser que ele se torne um deus… ou um cadáver.

E se Hani… não. Seokga não pode pensar nisso.

Hani vai ficar bem. Ela vai ficar bem.

Vão todos ficar bem.

Mas…

Seokga respira fundo para se preparar. É por isso. É por *isso* que ele nunca se permitiu… se importar com alguém como se importa com Hani. Porque torna tudo mais complicado. Se importar com alguém faz com que sinta a coluna sendo dilacerada por lâminas de ansiedade, faz com que pense nos piores cenários possíveis e torça para que jamais se tornem realidade. Se importar faz sua pele ficar úmida de suor. Ele está cambaleando à beira de um abismo de horror, afundando os pés no chão e torcendo para não cair.

Seokga se pergunta se Hani está sentindo a mesma coisa.

Torce para que não esteja. Ele precisa que ela esteja com a cabeça no lugar, que seu coração esteja firme. Precisa que ela saia disso viva. E bem.

O deus observa Hani assentir devagar e analisar o cadeado.

— Não acho que deveríamos entrar por aqui — declara a gumiho, balançando a cabeça. E a voz dela está equilibrada, estratégica. Ótimo. — Precisamos surpreendê-lo o máximo que pudermos a essa altura do campeonato.

— O que você sugere? — pergunta Seokga, vendo-a estreitar os lindos olhos enquanto pensa atentamente.

Hani se vira na direção dele, parecendo surpresa... e satisfeita.

— Eu tenho uma ideia.

Ela aponta para o telhado afundado do galpão, indicando o buraco escancarado no meio.

— Ah, não — lamuria-se Hyun-tae.

A gumiho sorri.

— A gente entra *por ali*.

## CAPÍTULO QUARENTA E UM

# HANI

Hani grunhe ao afundar as garras nas fendas entre os tijolos de concreto cinza do galpão e se erguer em direção ao telhado, tomando cuidado para desviar das janelas rachadas. Seokga não está muito atrás dela, e Hyun-tae, para o mérito dele, está conseguindo acompanhar bem. Uma rajada gélida de vento noturno assobia nos ouvidos da gumiho enquanto ela escala. Os sussurros do vento a provocam. *Covarde. Mentirosa. A culpa é sua. O sangue da Somi logo vai estar nas suas mãos. Mentirosa. Mentirosa. Mentirosa.*

Hani morde o lábio inferior com força e sobe no telhado, rastejando de bruços pelas telhas até o enorme buraco que leva para dentro do galpão. Um suave grunhido anuncia a presença de Seokga; ele se deita ao lado de Hani na mesma posição, com os olhos brilhando nas sombras e encarando o lugar por onde entrarão.

— Maldito demônio — rosna enquanto Hyun-tae se junta a eles, ofegante. — Quando ele for mandado de volta para Jeoseung, vou garantir que o rei Yeomra lhe dê uma punição adequada. Melhor ainda: eu mesmo farei isso.

— Seria bom olharmos lá para baixo — sussurra Hyun-tae. — Seria sensato vermos com o que vamos lidar.

Hani assente e, fazendo o máximo de silêncio possível, se arrasta em direção ao buraco. Procurando manter o rosto escondido, ela segura a beirada das telhas destruídas e olha para as sombras e a escuridão lá embaixo. Seus olhos levam um tempo para se ajustar, mas quando se ajustam...

O interior do galpão está imundo. O chão de pedra está entulhado de lixo, as paredes, cobertas de pichações desleixadas, e há vários carros revirados, amassados e amontoados em cima de um mar de vidro quebrado. Mas não é nada disso que captura a atenção de Hani.

O galpão, como era de se esperar, está infestado de Indomáveis. A gumiho observa aglomerados de bulgasari Indomáveis dilacerarem os carros e enfiarem o metal na boca com mãos ávidas, rindo enquanto mastigam. Hani estremece. É mais do que provável que aqueles carros tenham sido raptados com os motoristas ainda dentro. E não há sinal de nenhum deles.

Bulgasari Indomáveis não são as únicas criaturas ali. Hani reprime um xingamento quando avista uma multidão de baegopeun gwisin gordos disparando por entre as hordas de outros Indomáveis, enchendo as bocarras com algo vermelho e cru. *Então foi aí que os motoristas foram parar.*

Há algumas gumiho recostadas em pilares de cimento em ruínas, e os olhos de Hani saltam de uma para outra enquanto a procuram. Ela retesa o maxilar quando vê um punhado de dokkaebi e alguns mul gwisin ensopados, mas não encontra Somi.

Nem Dok-hyun.

Hani recua, senta-se nas telhas e balança a cabeça para os dois companheiros.

— Somi não está aqui — sussurra. — Nem o eoduksini.

O rosto de Seokga se endurece.

— Devem estar em algum lugar lá dentro. O cheiro de Somi nos trouxe até aqui.

— É verdade. — Hani morde o lábio inferior. — Você tem razão. Ela deve estar aqui... tem que estar. Só não a vi. — A gumiho franze a testa. — O eoduksini conseguiu conquistar um montão de seguidores muito rápido.

Hani está feliz de não haver yong ou imoogi Indomáveis, já que os poderosos dragões e serpentes seriam osso duro de roer. Também não há samjokgu. Ela sente uma onda de alívio. Os ferozes cães transmorfos de três pernas podem acabar com a vida de uma gumiho.

— A ideologia dele é atraente — sugere Hyun-tae, soturno. — Recriar o Mundo das Sombras. Caos desenfreado. É exatamente o tipo de coisa que reuniria Indomáveis com saudade de casa.

— O que vamos fazer? — Agitada, Hani olha para o buraco. — A gente entra agora? Ou espera a Somi e o eoduksini aparecerem?

— O eoduksini presumiria que vamos esperar — responde Hyun-tae, puxando as adagas prateadas de dentro dos bolsos e apertando-as nas mãos. — E não podemos ceder ao que ele quer. Deveríamos ir agora.

O ceifeiro está nitidamente ansioso para encontrar Somi.

— A menos que esteja nos observando — retruca Hani, cautelosa.

Com um semblante sombrio, Seokga murmura:

— Se for assim, então não importa o que façamos, não temos o elemento surpresa. Mas sugiro que nos arrisquemos e torçamos para que ele não esteja nos observando. Vamos pegá-lo de surpresa... ou, no pior dos casos, acabamos com essa batalha mais cedo.

*No pior dos casos, a gente morre*, é o que Hani acha. Mas ela fica em silêncio e deixa o próprio rosto falar por ela.

Esta batalha é diferente de tudo que já enfrentou antes.

As chances de sobreviver são baixas, para dizer o mínimo.

O semblante de Seokga se suaviza. Baixinho, ele fala:

— Vai ficar tudo bem. Vamos voltar a ver a luz do dia raiar sobre Nova Sinsi, Hani. Juntos. Juro por Hwanung.

O deus toma a mão da gumiho, e Hani se encolhe de surpresa ao sentir o calor emanando da palma dele.

— Juro por Hwanung, o deus das leis e promessas cumpridas, que o sol voltará a brilhar sobre nós dois.

Hani arregala os olhos.

— Você não deveria fazer promessas que não pode cumprir.

Hwanung obrigará Seokga a se responsabilizar pelo juramento e, se ele não conseguir cumpri-lo, não há como saber que punição o aguarda.

— Vou dar um jeito de cumprir essa aqui — responde o deus, acariciando a pele dela. — Prometo.

A mão dela está chamuscando sob a dele, queimando e formando bolhas conforme a promessa se assenta. Encarando Seokga, Hani resiste a uma onda de emoção avassaladora. Se saírem vivos desta batalha, ela vai dar um jeito de... se explicar. Sem dúvida.

Com o choro entalado na garganta, Hani beija Seokga com suavidade. Com delicadeza. É um beijo tão doce quanto amargo, leve e hesitante.

E que se parece demais com um beijo de despedida.

*Você vai perdê-lo*, pensa consigo, reprimindo as lágrimas. *De qualquer forma, depois de hoje, você vai perdê-lo.*

— Vamos ver o amanhã — sussurra Seokga contra os lábios dela. — Vamos ver o alvorecer.

Hani mal tem tempo de sorrir — um sorriso triste e desolado — antes de o telhado estremecer debaixo deles... e desmoronar por completo.

## CAPÍTULO QUARENTA E DOIS

# SEOKGA

Com o terrível som de metal se partindo, Seokga está caindo daquele precipício, despencando, horrorizado.

E tudo o que ele consegue fazer é torcer para que os dois saiam bem dessa.

*Caralho.*

## CAPÍTULO QUARENTA E TRÊS

# HANI

Hani despenca pelos ares com um grito de choque preso na garganta, a pele se rasgando nos destroços que tombam junto com ela. Mal tem tempo de esticar os braços para a frente antes de se estatelar no chão de concreto, só consegue se jogar em uma cambalhota para dispersar o forte impacto.

Em meio à dor cegante, está vagamente ciente dos guinchos de surpresa escapando do grupo de baegopeun gwisin e os gritos afrontados dos Indomáveis ao redor. Hani se levanta com dificuldade, grunhindo, cuspindo sangue e erguendo as garras. Seokga também está tentando se erguer ao seu lado, com a espada em riste. Hyun-tae sumiu de vista, mas Hani não tem tempo de pensar sobre isso. Seokga pressiona as costas contra as dela e os dois são aos poucos cercados por trinta Indomáveis de expressão hostil.

— O que caralhos acabou de acontecer? — pergunta Hani, com a boca cheia de sangue mais uma vez.

Ela cospe no chão de concreto, formando uma mancha escarlate.

Hani deixa a pérola de raposa de prontidão, permitindo que seu corpo vibre de energia, de poder. A descarga de cafeína no sangue coloca seus sentidos em alerta máximo, e suor se forma em sua nuca.

— O que caralhos acabou de acontecer? — questiona ela novamente, feroz, enquanto os bulgasari se aproximam com lascas afiadas de metal em punhos.

Estão cercados. Completamente cercados de Indomáveis agressivos.

Mas que *desgraça*.

E Somi ou Dok-hyun não estão em lugar algum. Hani só consegue torcer para que Hyun-tae encontre sua amiga, que a encontre e a nocauteie antes de levá-la para um lugar seguro.

— Acho que acabamos de cair do telhado — responde Seokga, rouco.

Hani sorri com desdém quando alguns dokkaebi dão um passo à frente, empunhando as chamas azuis escaldantes de fogo dokkaebi nas palmas das mãos.

— Fiquem paradinhos, porra — rosna ela, deixando que as próprias mãos esquentem com o poder dourado da pérola de raposa. Possui mais do que o suficiente depois da comilança em Londres. E, com tantas gumiho no galpão, um pico de poder não seria associado a ela.

Mas o círculo de Indomáveis cercando os dois está ficando mais estreito. Hani se enrijece.

— Seokga — chama ela, baixinho —, precisamos atacar primeiro. — Se não, a horda de Indomáveis terá a vantagem. — Vamos atacar agora.

— Juntos — responde o deus, e ela consegue sentir a esperança e o desespero em sua voz.

— Juntos — concorda Hani... antes de atacar.

Ela mira nos dokkaebi primeiro, arremessando-os para longe com um golpe de poder dourado e incandescente. Eles se chocam contra uma pilastra de cimento, guinchando e disparando chamas azuis das quais Hani se desvia com facilidade. Ela dispara outro ataque da pérola de raposa na direção deles, silenciando seus gritos para sempre. O cheiro de carne queimada preenche o ar conforme a pele das criaturas cozinha.

Mas Hani já está se dirigindo às gumiho que marcham até ela, com os próprios poderes dourados nas mãos. Hani reprime um xingamento quando uma explosão de poder a acerta, chamuscando a lateral de sua cintura.

Não quer matá-las, mas que escolha tem? Hani engole outra onda de culpa amargurada e se vira bruscamente, atingindo uma gumiho na barriga com o coturno pesado e desfigurando o rosto de outra com as garras. Sangue jorra pelos ares e mancha o rosto de Hani. A náusea percorre seu corpo, e fica ainda pior por conta da bebida asquerosa se agitando em seu estômago.

As gumiho revidam, lutando agressivamente, com as garras zunindo — mas elas não são páreo para o poder da Raposa Escarlate. Outra explosão de energia faz com que duas das sete Indomáveis saiam voando alto antes de despencarem ao chão com estalos doentios e os membros entortados em ângulos esquisitos. Sangue vermelho se acumula no concreto. As outras cinco hesitam e, aos poucos, recuam. Ótimo. Raposas espertas.

Hani quase pega as adagas quando uma pequena horda de baegopeun gwisin dispara em sua direção, mas muda de ideia. Ela deixa a pérola de raposa aquecer suas palmas e preencher seu sangue com um poder crepitante.

Os fantasmas gordos e famintos que avançam até ela são incendiados até torrarem. A pele flácida deles enruga e queima antes de finalmente se desfazer em cinzas fedorentas.

— Nossa, que nojo — comenta ela, ofegante, com o coração martelando.

O café com certeza fez efeito, e os dedos de Hani estão tremendo. Sua boca está com um gosto péssimo, a língua está seca e o estômago parece estar dando cambalhotas.

— *Hani!* — grita Seokga.

A gumiho se vira e vê o deus se defender dos dentes afiados de um bulgasari enquanto as criaturas tentam espancá-lo com um pedaço de metal.

— Não esgote suas energias...

Ela balança a cabeça antes de invocar mais poder.

Aquilo não vai esgotá-la. Sua reserva de energia é quase infinita. Não significa que nunca se esvaziará, mas vai ser preciso mais do que isso para exaurir sua pérola. E a cafeína está aumentando sua energia. Ela espera que isso dure. Quando perder o efeito, Hani ficará exausta e, provavelmente, vai cair e apagar.

Outra horda de baegopeun gwisin avança, só para se deparar com o mesmo destino. Mas Hani arfa quando um par de braços fortes envolve seu pescoço e o aperta até que ela veja estrelinhas. Ela se engasga, esmurrando o punho para trás; suas garras perfuram a barriga de alguém como se fossem um alfinete estourando um balão. Hani se liberta da chave de braço e, ao se virar, encara os olhos raivosos de uma haetae. Ela disfarça a surpresa. Haetae Indomáveis são raros, mas não quer dizer que não existam.

Com um rosnado, a criatura salta à frente e, no meio do ar, se transforma em um leão com chifres e escamas. Hani mal consegue pular para longe antes de a haetae pousar com força e soltar um rugido de tremer o chão.

Hani não está impressionada.

A criatura avança nela, e, com um grunhido, Hani salta no ar, dá uma cambalhota e aterrissa nas costas da besta. A haetae ruge de novo, desta vez de indignação, e se agita descontroladamente enquanto Hani se equilibra em cima dela. Uma explosão de poder faz a criatura tombar, morta.

A gumiho procura por Seokga. O deus está exterminando mais um grupo de baegopeun gwisin, sem saber que há um dokkaebi de pé a poucos metros atrás dele, com fogo azul se agitando nas mãos. Hani cerra os dentes e dispara o próprio poder na direção daquele desgraçado, sentindo uma onda de satisfação quando a criatura cai e se transforma em cinzas.

O ruído da batalha é ensurdecedor. Hani executa mais quatro bulgasari com facilidade, vasculhando o galpão atrás de Somi. Ainda não vê nada. Ela se esquiva dos braços inchados e azuis de um mul gwisin, e elimina o fantasma de água com uma risada de desdém. Não há água naquele lugar. Um mul gwisin é inútil.

O número de Indomáveis diminuiu consideravelmente. Onde antes havia trinta, agora há apenas dez, no máximo. Hani grunhe quando uma das gumiho que ainda restam e que não fugiu corta o rosto dela com as garras. Tropeçando para trás, Hani a encara com raiva, uma menina de cabelo curto e olhinhos de inseto.

— Vá para casa — esbraveja. — Saia daqui enquanto ainda pode.

— Não — desdenha a gumiho Indomável; poder dourado irrompe de suas mãos esticadas. — Eu quero um mundo onde possa me esbaldar. Um mundo onde...

Hani manda a criatura pelos ares com uma única explosão de energia.

— Um mundo de quê? — murmura para ninguém em particular, eliminando um baegopeun gwisin com outro golpe. — Não entendi direito.

Graças aos esforços em conjunto de Hani e Seokga, restam apenas mais quatro Indomáveis. Hani se junta a Seokga novamente e espia o deus, que olha para ela de esguelha enquanto decapita outro mul gwisin.

— Como é que o seu poder é tão ilimitado? — questiona ele, ofegante.

Hani morde a língua e mata dois dokkaebi com outra explosão da pérola de raposa.

— É uma longa história — responde, rouca e sem ar.

Só há mais um Indomável: um baegopeun gwisin gordo que encara os dois, horrorizado. Hani observa a criatura se virar e começar a correr em direção a um dos buracos nas paredes do galpão, cortesia de uma explosão perdida.

Hani mata o pequeno demônio antes que ele possa percorrer mais de um metro. A criatura desmorona em um monte de cinzas.

O lugar está mergulhado em um silêncio anormal. Os únicos sons vêm da respiração pesada do deus e da raposa, e dos sussurros de cinzas sendo arrastadas pelo concreto enquanto uma brisa noturna remexe os amontoados no chão. Nem Hani nem Seokga falam por um longo momento, ensopados de suor, vasculhando desconfiados o galpão vazio atrás de outra ameaça. Mas não há nenhuma. Estão sozinhos.

— Onde está Hyun-tae? — pergunta Hani. — Pra onde caralhos ele foi?

— Não sei — responde Seokga, tenso. — Não sei.

Hani se esforça para acalmar a própria respiração.

— Onde estão...

Sentindo calafrios, ela se interrompe quando a temperatura do ar cai para um frio cortante e quebradiço que queima seus olhos. As sombras do galpão se adensam, rodopiando nas pilastras de concreto, entremeando-se pelas pilhas de cinzas cobrindo o chão. Hani segura a mão de Seokga e os dois mergulham na mais completa escuridão. A mão dele, que costuma estar gelada e macia, está suada. Os dedos de Seokga tremem, assim como os dela. O deus, ao que parece, não é imune aos efeitos de quinze xícaras de café.

— Seokga — sussurra a gumiho, rouca, com o coração retumbando contra as costelas.

— Estou aqui. — A voz dele não está tão firme quanto de costume. — Estou aqui, Hani.

Hani treme conforme o ar fica ainda mais frio. Está mais gélido do que o mais rigoroso dos invernos. Fogo gelado abocanha seus ossos, e ela estremece. Invoca o poder da pérola de raposa na palma das mãos, mas nem mesmo a energia dourada aparece em meio à escuridão.

O eoduksini chegou.

— Mostre a sua cara — ordena Hani, cuspindo as palavras com tanta fúria que seu sangue esquenta. — Mostre a sua cara, seu covarde do caralho.

Não há resposta.

Hani rosna quando uma onda de exaustão açoita seu corpo, claramente causada pelo demônio do submundo.

— Não vai funcionar — vocifera com os dentes cerrados enquanto resiste à onda e mentalmente grita de alívio que o café, a cafeína, funcionou. Funcionou *de verdade*. — Não desta vez. Mostre a sua cara. Hoje teremos uma luta justa.

Seokga aperta a mão dela com mais força enquanto uma risada muito, muito grave surge da escuridão. As sombras impenetráveis começam a recuar, se afastando em espirais até se aglomerarem perto de um dos carros virados. Hani estreita os olhos para tentar enxergar, mas não consegue ver quem está ali.

Aos poucos, bem aos poucos, as sombras tremulam antes de caírem ao chão feito roupas despidas. Feito penas caindo do corpo de um corvo.

Hani morde a língua tão forte que sente o sabor de sangue.

Hyun-tae está de pé em cima do carro virado, com olhos duros e frios, inclinando a cabeça em um cumprimento. E, ao seu lado, de mãos dadas com ele, está Nam Somi.

## CAPÍTULO QUARENTA E QUATRO

# SEOKGA

Chang Hyun-tae.

Seokga encara o jeoseung saja de pé em cima do carro arruinado. O pânico dá um branco em sua mente. Hyun-tae está trabalhando para o eoduksini? Para Dok-hyun?

Com um sorriso cruel e insensível, Hyun-tae bate palmas, preenchendo o galpão com o som de aplausos cortantes.

— Ora, ora — diz o ceifeiro, suavemente. — Isso com certeza é fascinante.

Ao lado de Seokga, Hani está paralisada. Seus olhos estão fixos em Somi. A Raposa Escarlate parece ignorá-la.

— Queria que pudessem ver a cara de vocês — continua Hyun-tae, tirando os óculos e jogando-os no concreto, onde se estilhaçam. — Impagável. Simplesmente impagável.

O jovem e solícito jeoseung saja desapareceu. Em seu lugar, há um monstro com um sorriso morto e olhos duros envoltos por sombras extenuadas.

— Vocês realmente acharam que era Dok-hyun? Quer dizer, se acharam, significa que fiz bem meu trabalho. Mas ainda assim... vocês dois são tão estúpidos.

— Era você — diz Hani, rouca. — Esse tempo todo, era você. Como?

— Era eu. — Hyun-tae exibe um sorriso monótono. — Sim, era eu. Este corpo tem sido... útil. Deveriam ter visto como o coitado desse rapaz resistiu. Foi tão conveniente, sabe? Chang Hyun-tae estava batendo o ponto no turno da manhã na mesma hora em que eu estava escapando. Ele tinha acabado de conhecer esta daqui. — Ele aponta para Somi. — E ficou tão distraído de amor que foi muito simples roubar sua forma sem que ninguém suspeitasse de nada. A alma dele está no além agora. — O demônio sorri. — É inútil tentar recuperar este corpo para ele.

*Olhe para quem possui os olhos dos exaustos.*

Da primeira vez que Seokga viu o ceifeiro na delegacia, considerou-o um rapaz de aparência jovial. Só que depois do primeiro assassinato, os olhos de Hyun-tae ficaram cercados daquelas manchas roxas por baixo dos óculos. Mas Seokga não pensou que fosse...

Ele é um tolo. Um tolo imortal.

— A testemunha. Ela descreveu Dok-hyun; ele atacou o departamento de polícia... — Seokga perde toda a destreza com as palavras e olha boquiaberto para o eoduksini, que dá de ombros.

— Aquele pobre e desajeitado patologista. — Hyun-tae bufa. — Exausto por conta do luto, atormentado por ansiedades constantes, sem amigos e perdido. Tão solitário. Tudo que ele queria na vida era um pouco de descanso, talvez tomar um café com você, Seokga. Mas você o tratava com tanto desprezo, antes mesmo de começar a ligar os pontos errados. Cortesia minha, é claro. Foi tão fácil fazer você se virar contra ele e fazer o sujeito levar a culpa por mim. Eu peguei aquele jaleco preto na casa dele, o jaleco da família Lee, com o haetae. Tinha um sobrando.

Seokga fecha os olhos brevemente. Hyun-tae pegou o jaleco do falecido Dae-song.

— Depois foi bem fácil me parecer com ele.

Hyun-tae agita a mão. Sombras sobem em espirais e cobrem seu cabelo, acinzentando as mechas brancas. Ele aponta para os óculos destruídos e solta uma risadinha.

— Um truque simples, mas eficaz. E Dok-hyun com certeza não foi quem atacou a delegacia — continua Hyun-tae, com um sorriso malicioso. — Fui eu. Mandei sombras lá pra dentro e tirei Dok-hyun da cela. No meio do escuro, ninguém se deu conta de nada. Todos o culparam, mas como poderiam imaginar?

— As cordas — diz Hani, devagar. — As mordaças dentro da casa...

— Parece que o pobre Dok-hyun não lidou muito bem com a morte do pai — comenta o eoduksini, rindo. — Como consequência, ele adotou alguns passatempos bem, hmm, *depravados*. Tentou encontrar companhia dessa forma. Mas isso não é crime, sabe. Lee Dok-hyun era inocente.

— Era? — questiona Seokga, com o estômago embrulhado.

— Ah. Será que esqueci de mencionar? Eu o matei.

O coração do deus está descontroladamente acelerado. Seokga não sabe se é pela cafeína ou pelo choque de perder Dok-hyun. Dok-hyun, que era inocente. Dok-hyun, que ele culpou.

— Seu filho da...

Hyun-tae ri.

— Choi Ji-ah viu um homem que batia exatamente com a descrição de Dok-hyun e fez exatamente o que eu esperava. Só cimentou as suspeitas errôneas de vocês. Foi bem divertido. E foi ainda mais divertido escoltar minhas vítimas daqui de Nova Sinsi até o além sem levantar qualquer suspeita. — O rosto dele se contorce de repente, de nojo e fúria gélida. — Exceto aquela garota, minha primeira vítima, Euna. Ela me reconheceu. Começou a gritar até perder a voz.

O deus caído engole em seco, se lembrando de como Euna ficou histérica depois de Hyun-tae bater na janela do carro funerário.

— Fiquei bem empolgado fazendo isso... e observando vocês dois. Ah, sim. Estive observando vocês há um tempo. — Olhando para Hani, ele acrescenta: — Eu vi *você* na mesma hora. Senti seu poder, sua vida. Sabia que absorvê-la seria uma delícia. Tão delicioso quanto matar o deus que trancafiou minha casa. Mas o mais divertido foi assistir a vocês dois fazendo seus joguinhos. — Os olhos dele se movem até Seokga, que aperta a espada com mais força. — Sim, deus, seus joguinhos são bem mais interessantes do que você imaginaria. Sua gumiho tem escondido um segredinho de você... que na verdade é um segredo bem, *bem* grande. Não é mesmo, Hani?

Hani se enrijece, mas Seokga o ignora. O eoduksini está tentando distraí-los, disso ele sabe. O deus trapaceiro não se importa com os monólogos, as explicações, a soberba. Tudo o que quer é matar o demônio e acabar logo com tudo. Mas sabe que a melhor coisa que pode fazer no momento, por si mesmo e por Hani, é manter o eoduksini e Somi falando enquanto calcula diversas estratégias — diversas sequências de ataque — em que ele e Hani saem vitoriosos. Vivos e bem. Porque se sua imprudência custar a vida de Hani... ele jamais se perdoaria.

— Então, é você que anda assolando Nova Sinsi. E *você* — rosna Seokga, olhando para Somi — tem trabalhado com ele.

A garota olha para ele com olhos avermelhados.

— Sim — responde baixinho antes de se empertigar, endireitar os ombros e erguer o queixo. — Sim, é verdade.

Desgraçados. Os dois são uns desgraçados.

— Somi — chama Hani, com a voz sensível e falhando por conta da dor. Ao ouvir a agonia dela, Seokga fica furioso como nunca. — Não é assim que se faz.

A jovem gumiho fica em silêncio, mas Seokga acha que vê um tremor. Ele continua a falar, encarando o demônio com ódio:

— Você planejou os números desta noite, não foi? Fez Somi matar sete mortais para nos trazer até aqui porque queria continuar brincando conosco. Quebrou o telhado para que caíssemos nesta armadilha de Indomáveis. Deveria saber que essas criaturas não são páreo para nós. Eu sou um deus, seu demônio miserável. Achou mesmo que alguns dokkaebi poderiam me machucar?

Mentalmente, Seokga ainda está considerando as opções. Se saltar à frente, com a espada erguida no ar, e pegar o demônio de surpresa... Mas decide que ainda não deve agir depois de notar os olhos de Hyun-tae se estreitando, como se o eoduksini soubesse exatamente como os músculos de Seokga estão tensos. Então o deus trapaceiro continua falando, explorando seu dom da lábia:

— Você por acaso é tão tolo assim? — provoca Seokga.

Embora ainda esteja semicerrando os olhos, o eoduksini responde preguiçosamente:

— Pensei que seria divertido assistir a vocês lutando contra eles. E eu tinha razão. Considere isso um aperitivo antes do banquete. — O demônio estala a língua. — É verdade, Seokga, o Caído, que *eles* não conseguem te matar, mas *eu* consigo. Estou de olho em você há um tempo. Desde que você apareceu no Mundo das Sombras e tomou o trono.

— Não aja como se não tivesse sido cúmplice nisso — zomba Seokga.

— Todos vocês ficaram *felizes* de me receber, seus monstros insuportáveis. Vocês se uniram às minhas forças por vontade própria. Se curvaram, sorriram para mim e puxaram meu saco.

— Não. — Aquela única palavra é dita com um cuspe venenoso. — *Eu* não me juntei ao seu cerco em Okhwang, deus, porque era óbvio para qualquer um que você fracassaria miseravelmente. E fracassou. — O demônio habitando o corpo de Hyun-tae sussurra: — Enquanto eu fiquei para trás em Gamangnara, você jogou a chave de minha casa fora. O Mundo das Sombras foi invadido e, apesar de minha forma incorpórea, eu fui *arrastado* para Jeoseung e obrigado a trabalhar como torturador dos mortos sob aquela administração deprimente.

Um latejar fraco começa a açoitar as têmporas de Seokga, possivelmente da cafeína, mas é mais provável que seja da porra do *monólogo* do demônio. O deus está com dificuldade de manter a compostura.

O eoduksini, claramente exasperado, joga as mãos para cima.

— Por acaso você sabe como isso é *chato*? Eles já estão mortos! Qual o sentido? — Ele balança a cabeça, e Seokga fica desconcertado de ver que aqueles lábios se contorceram em um sorriso voraz. — Mas este plano está repleto de vida. Você pode até ter tirado Gamangnara de mim, deus trapaceiro, mas eu vou recriá-lo do zero. Tenho certeza de que sua energia será deliciosa. Nunca tirei a vida de um deus antes. Ou de uma gumiho tão prolífica — acrescenta o demônio ao olhar para Hani. Seokga mal consegue respirar de tanta fúria. — Finalmente eu me vingarei contra você, Seokga, o Caído, Seokga, o Trapaceiro. Finalmente, depois de todos esses séculos, você irá morrer pelas mãos de Eodum, devorador de mundos, monstro das sombras e semeador de caos!

Há um momento de silêncio.

Hani e Seokga trocam olhares confusos, e o deus pisca.

— Quem?

Hyun-tae, ou Eodum, aparentemente, fica boquiaberto.

— Quem? — repete ele, em uma voz esganiçada. — *Quem?* O que quer dizer com *quem*?

Com frieza, Seokga responde:

— Quero dizer que eu nem ao menos sei quem você é.

O deus ergue a espada no ar e a prata cintila. A outra mão ainda segura a de Hani. Teme o momento em que terá que soltá-la.

Eodum rosna, tremendo de ódio. As sombras ao redor dele ficam mais profundas e mais escuras.

— Eu te vou *matar*, Seokga. Então você saberá meu nome — sibila o demônio. Ao descer do carro e aterrissar no concreto graciosamente, ele acrescenta: — Mesmo que não consiga fazer você ficar inconsciente graças a seu pequeno truque com cafeína.

Seokga murmura um xingamento.

— Você! — esbraveja, com a voz trêmula de raiva enquanto se lembra de abrir o armário e encontrar um espaço vazio onde antes havia café. — Eu *sabia* que eu tinha alguns pacotes sobrando...

De todos os crimes que Eodum cometeu, jogar fora o precioso café de Seokga é, de longe, o pior de todos. O sangue do deus trapaceiro ferve de raiva.

O demônio sorri.

— E aí vocês foram até o mercado. Gostaram do demônio da peste? Imagine minha decepção quando vocês dois voltaram, vivos e bem. Mas, sinceramente, não achei que o café funcionaria. Pensei que, assim como a sua ideia de sitiar Okhwang, fosse uma completa estupidez. Parece que eu estava errado. Uma pena. Mas não importa. Há outras maneiras de se matar um deus e uma raposa. Como minha pequena mensageira disse, a história de vocês não tem um final feliz. Mas, primeiro, estou com vontade de mais um... aperitivo.

Estalando a língua, ele se dirige a Somi:

— Por que não dá as boas-vindas aos nossos amiguinhos?

— Não — sussurra Hani. Ela retira a mão trêmula do aperto de Seokga. — Somi, não faça isso.

A outra gumiho sai de cima do carro com passos silenciosos.

— Você mentiu pra mim — declara Somi em uma voz trêmula de ira, concentrando-se em Hani. — Você me enganou. Você me deixou assim. Você me causou essa Vontade, essa sede de sangue. Eu estou assim por *sua* causa.

— Somi...

— É a verdade, não é? Diz que não é, Hani. *Diz que não é!*

Hani fica em silêncio.

— Entendi. Você ainda não contou pra ele, né?

Somi olha na direção de Seokga. Ele fica tenso, com os pensamentos tropeçando em confusão, mas continua fitando o eoduksini, que começou a sorrir. Está tentando não dar ouvidos à gumiho tagarela, mas ela continua a falar, soltando uma risada amargurada:

— Eu imaginei. Você é exatamente quem ele disse que é.

— Meu bem, manipularam você...

— E agora eu não consigo mais parar! — exclama Somi, ofegante. — Não consigo parar. Sabia que agora consigo matar multidões? Sem nem mesmo um beijo? Aposto que você nunca descobriu como fazer isso, Hani, mas eu descobri. *Descobri* por causa do que você fez comigo. É bem simples, na verdade. Primeiro, só precisa matá-los pela metade. É nessa hora que a alma começa a se erguer no ar. Se você for rápida, consegue sugá-la. Agarrá-la. Como se pegasse uma borboleta com uma rede. — Um brilho maníaco e fervoroso cintila nos olhos dela. — Eu consumi tantas almas, Hani.

Eodum dá uma risada suave.

— É o que nos faz o par perfeito — diz o demônio. — Estamos sempre famintos.

— Calem a boca! — berra Seokga, com o coração disparado e suor escorrendo pela coluna. Porra de cafeína. — Calem a boca, caralho.

Somi ergue as mãos, onde há um poder dourado se formando.

— Eu deveria ter percebido, desde o momento em que você me deu aqueles fígados. Você estava planejando me usar como bode expiatório esse tempo todo.

Ela dá um passo na direção de Hani, visivelmente trêmula. Seokga percebe que as mãos de Somi estão manchadas de sangue seco. A boca está encrostada, e o suéter cor de creme está sujo.

Fígados.

Que *fígados*?

O eoduksini está rindo, e Seokga se força a abandonar o raciocínio. Não vai se permitir ser distraído.

— Somi — implora Hani. — Isso não é verdade. Lembra que eu enterrei as provas para você? As gravações, os corpos, eu me livrei de tudo. Será que eu teria feito isso tudo se eu fosse tão ruim quanto você está dizendo?

A outra gumiho hesita, assim como Seokga. A mente dele está girando de ansiedade e confusão. Será que Hani sabia esse tempo todo que Somi era a Raposa Escarlate? Foi ela quem se livrou das gravações e dos corpos na universidade? Seokga aperta os lábios. Será que não foi mera coincidência Hani ter passado tempo demais no banheiro, minutos antes de Shim ligar para avisá-lo sobre as provas que desapareceram?

Quantas vezes Seokga menosprezou essas coincidências por estar absorto demais em seus sentimentos por Hani? Por estar, no fundo, relutante demais para se perguntar o que aquilo significava? Por estar com medo demais de ser traído outra vez? De ser deixado sozinho?

A espada de Seokga vacila e retorna para a lateral do corpo.

Perplexo, o deus trapaceiro olha para Hani, sentindo o peito se contrair involuntariamente pela traição. Ela o impediria de voltar a ser um deus? Tudo por causa de uma Indomável que calhava de ser sua colega de trabalho?

Mas o que Somi quer dizer com *bode expiatório*?

E *que fígados*?

— O que você fez? — pergunta Seokga, baixinho.

No momento, ele dará o benefício da dúvida a Hani, mas quando essa batalha terminar... Ele tem muitas, muitas perguntas a fazer para Kim Hani.

Os olhos dela estão arregalados, mas ela ignora Seokga e foca apenas em Somi, que aperta os punhos e liberta as garras.

— Então diz pra ele — ordena Somi, ofegante. — Diz a verdade pra ele, *agora*. — A jovem gumiho aponta para Seokga com um dedo que treme violentamente. — Diz pra ele, Hani.

Uma suspeita horrível começa a surgir nos cantos da mente de Seokga. Ele a afasta bruscamente. Não. Não pode ser ela. Não pode ser Hani.

— Do que ela está falando?

— Eu... — Hani se vira para ele com os olhos marejados. — Eu...

Mas ela xinga e se volta para Somi, cujos olhos se estreitaram.

— Entendi — diz a jovem gumiho enquanto Eodum as observa com prazer, mostrando um sorriso ávido.

Somi está pálida de raiva, com lágrimas tingidas de rosa escorrendo pelo rosto ensanguentado.

— Eu estava certa. Não sou nada além do seu bode expiatório.

— Somi, por favor, me escuta. Me deixa explicar...

— Não. Não. Quem vai morrer não sou eu — afirma Somi, a voz cheia de determinação. — Quem vai morrer não *pode* ser eu.

Ela avança em direção a Hani; cada um de seus movimentos carregado de propósito. Seokga ergue a espada no ar mais uma vez, mas, no tempo que leva para fazer isso, as duas gumiho já estão em meio ao calor da batalha, em um borrão de garras e chamas douradas.

Hani desvia do ataque de Somi e se esquiva de um soco.

— Somi, você não entende...

— Eu entendo muito bem — rosna ela, atirando mais uma explosão de poder em Hani, que desvia por pouco.

— Pare de usar seu poder.

Com o coração na boca, Seokga observa Hani mergulhar para evitar mais um clarão arremessado em sua direção.

— Você vai se exaurir.

— Pare de se segurar! — grita Somi, esganiçada, atacando a outra gumiho em um frenesi. — *Lute comigo!*

Mas Hani continua se esquivando e bloqueando os golpes, jamais partindo para o ataque.

Seokga procura por uma maneira de se infiltrar na briga, mas, se mirar em Somi, há muitas chances de que acabará atingindo Hani em vez disso. Não há nada que possa fazer a não ser se voltar para o eoduksini. Com as cordas vocais estranguladas de ódio, ele espuma de raiva.

— *Você.*

Antes que consiga pensar duas vezes, Seokga avança contra o demônio, e sua espada corta o ar... e atinge metal quando Eodum se afasta com facilidade do carro, parecendo entediado. O deus trapaceiro observa veias pretas protuberantes começarem a se enrolar pela pele de porcelana do jeoseung saja, envolvendo os braços e o pescoço e se esgueirando por todo o rosto cruel. A evidência da escuridão dentro do corpo de Hyun-tae se mexe, deslizando sobre ele feito serpentes vivas. Eodum ri.

— Ora, deus — diz ele, recolhendo as sombras até estar segurando fios de escuridão nas mãos como se fossem chicotes. — Você não pode achar de verdade que tem a mínima chance contra mim.

Com um movimento preciso e fluido, Eodum gira o pulso. Seokga reprime um grito de dor quando uma sombra fria e afiada rasga sua pele e o manda pelos ares. Sangue escorre do ferimento em seu peito enquanto ele se coloca de pé, ofegante.

Eodum suspira.

— Sua luta é em vão.

Às suas costas, Seokga ouve Hani grunhir de dor. Mas não pode tirar os olhos do eoduksini.

— Criatura imunda e ranhenta — vocifera, invocando o próprio poder.

Magia esmeralda serpenteia até o demônio, cortando a escuridão. *Contenham-no*, ordena o deus, cujas têmporas estão gotejando suor. *Contenham-no*. A cafeína facilitou o acesso ao poder — porém dificultou o controle dele. Seokga faz força para guiar a magia na direção certa, mas a mente é um turbilhão de ansiedade, o sangue esquentando em provável pânico.

— Eu sou um deus...

Eodum espanta os fios esmeralda como se fossem moscas vagamente irritantes.

— Talvez você pudesse me vencer se fosse Seokga, o Deus. Mas como Seokga, o Caído... — Ele sorri e lança uma onda de escuridão cortante sobre Seokga. — Ora. Isso aqui é quase fácil demais.

Seokga engasga enquanto se afoga nas sombras, e a dor explode ao longo de seus membros: a sensação de mil lâminas afiadas afundando em sua carne e milhares de socos sendo desferidos em seu crânio. Divertindo-se de uma maneira cruel, Eodum sussurra pelas camadas da consciência do deus: *Aceite seu destino, Seokga, o Caído. E então talvez eu deixe a gumiho viver.*

Seokga sufoca com o próprio sangue, cego, totalmente aprisionado.

Um clarão de luz brutal e ardente o atinge, destruindo a escuridão em pedacinhos como cacos de vidro explodindo de uma taça de vinho que se estilhaçou. Seokga arfa, resfolegando, e encontra o olhar de Hani do outro lado do galpão. Ela ainda está ocupada com Somi e tem cortes e ferimentos no rosto, mas estica uma das mãos, brilhando com uma luz dourada, na direção dele enquanto se defende dos ataques de Somi com a outra.

*Como?*, pensa Seokga, pondo-se de pé com ajuda da espada. *Como ela tem poder o bastante para fazer isso?*

Hani está empunhando a pérola de raposa há tempo demais. E, de alguma forma... ela ainda não se exauriu. Para uma gumiho possuir tanto poder, precisa consumir milhares de almas.

*Agora, não. Concentre-se.* Seokga avança, cortando o ar com o máximo de velocidade e força que possui. Mas outra onda de escuridão cega o deus. Ele trinca os dentes enquanto a risada de Hyun-tae o envolve em uma carícia sinistra. Sem conseguir ver nada, Seokga golpeia com a lâmina, em vão. Apenas quando o poder de Hani destroça as trevas mais uma vez é que ele consegue atacar e tirar sangue do ceifeiro, afundando a lâmina ao longo de seu peito.

Por um instante, nenhuma criatura se move, e o deus e o demônio encaram o sangue pingando do corte. Mas então o eoduksini rosna e todo o bom humor some de seu rosto.

— Você cometeu um erro.

Uma bocarra de escuridão ruge e engole Seokga por completo.

## CAPÍTULO QUARENTA E CINCO

# HANI

Seokga está gritando.

Gritando, com a voz abalada e desamparada e repleta de dor enquanto o eoduksini lança ondas e mais ondas de escuridão sobre ele. Há tantas sombras que Hani não consegue dispersar o breu ao mesmo tempo que afasta Somi.

Os gritos do deus estilhaçam algo no interior dela.

Hani esteve se contendo. Mas não vai continuar assim.

— Você tem uma chance — avisa a Somi, dobrando os pulsos. As adagas escarlates deslizam até suas mãos. O brilho rubi reflete nos olhos de Somi, que fica boquiaberta e hesita em atacar. — Você tem uma chance de sair deste galpão, Somi. Porque, se não fizer isso, não posso prometer que não vou te machucar. Não enquanto o seu amiguinho está machucando *ele*.

Algo parece ter se libertado em Hani: um tipo primitivo de crueldade descontrolada vem à tona após se desvencilhar dos grilhões que a mantiveram no lugar pelos últimos cento e quatro anos.

— Saiba que sinto muito pela dor que te causei, Somi. Eu sinto *mesmo*. Mas o eoduksini planeja fazer pior do que isso. Não vou ficar parada e deixar este mundo ser destruído.

Ela gira as adagas ao mesmo tempo que os gritos de Seokga ficam mais desesperados. Seu corpo inteiro anseia por correr até ele, mas precisa lidar com isto aqui primeiro: a amiga que se tornou inimiga.

— Então, vá embora agora, ou não vou me responsabilizar pelo que farei a seguir.

Somi engole em seco, alternando o olhar entre as adagas de Hani e o rosto dela.

— Você tem três segundos — declara Hani, com a voz letalmente suave.
— Um. — A outra gumiho dá um pequeno passo para trás. — Dois.

Hani observa algo mudar na expressão de Somi. A apreensão se torna sede de sangue. Com os lábios contorcidos de ódio, Somi arreganha os dentes.

Que seja, então.

Não há mais como voltar atrás, não há mais como reparar os laços se desfazendo entre as duas. Hani respira fundo.

— *Três*.

Estremecendo, Somi ergue os punhos. Como se percebesse que a criatura que a está observando por trás dos olhos de Hani já não é mais sua colega de trabalho do Café das Criaturas.

Não, aquela é a Raposa Escarlate.

E Somi nunca teve chance contra ela.

Um chute de Hani em sua barriga. Um soco no maxilar. Um golpe contundente na cabeça pelo cabo da adaga.

A jovem gumiho desmorona no chão, inconsciente, mas viva. Hani embainha as armas debaixo das mangas antes de se virar para Eodum, que, alegre, ataca a figura frágil de Seokga. Em meio aos lampejos de escuridão, ela mal consegue distinguir o rosto contorcido de dor e as costas arqueadas do deus.

O sangue de Hani é preenchido por uma fúria que ela jamais sentiu antes quando os gritos de Seokga cessam e dão lugar a choramingos de agonia.

*Choramingos.*

Seokga, o deus da dissimulação, o deus da astúcia, o deus da malícia, está *choramingando*.

Hani cerra os dentes e deixa o poder fluir da pérola para a palma das mãos; sua pele arde conforme ela invoca mais. Mais. *Mais*. Séculos de energia acumulada se condensam enquanto ela se dirige até Eodum, com o coração disparado em velocidade máxima e os baques de seus coturnos contra o chão, formando uma canção de guerra.

— *Ei* — rosna Hani.

As palmas de suas mãos gritam de dor pelo poder escaldante queimando sobre elas. Eodum hesita e ergue o olhar. Hani se liberta.

Um oceano de energia dourada colide com a escuridão. Chamas estalam ao se chocar contra as sombras, estilhaçando-as em um milhão de fragmentos de obsidiana. O ataque é menos preciso do que poderia ser, já que ela está afogada em cafeína e trêmula, mas ainda é eficaz o bastante.

Hani sorri de desdém e Eodum solta um ruído de ódio, reunindo os chicotes de escuridão nas mãos.

— Nem pense em *tentar* — vocifera Hani, lançando outra explosão na direção dele.

O galpão estremece quando o poder dourado encontra o alvo. Mais escombros despencam do telhado quebrado. Eodum bate em uma pilastra de cimento, grunhindo enquanto cambaleia. Os olhos dele estão incandescentes. Sangue escorre de um corte em sua testa.

Hani faz uma careta, invocando mais poder da pérola de raposa.

— Ainda não terminei — avisa, mesmo quando a parte racional de sua mente a implora para ir mais devagar.

Exaurir a pérola de raposa resulta em morte, e ela está muito perto de fazer isso com a quantidade de poder que está reunindo.

Eodum ri, mas não há qualquer divertimento em sua voz. Nada, a não ser intimidação e violência.

— Você vai se arrepender disso.

— Talvez — concorda Hani, ofegante. — Ou talvez não. E eu estou mais inclinada a achar que *não*.

Enquanto Seokga geme no chão, o demônio dispara na direção da gumiho, com sombras estalando pelos ares. Hani se engasga quando um chicote de trevas atinge a lateral de seu corpo em um golpe gélido, deixando um corte profundo.

*Mais*, exige a si mesma. *Eu vou esgotar a porra da minha pérola de raposa se for preciso.*

Eodum sorri com desprezo. Uma onda de escuridão assoma às suas costas.

— Parece que eu subestimei você, Kim Hani.

Ela sorri, dócil, mesmo enquanto seus braços formam bolhas e fervilham com a quantidade de poder que começou a reunir.

— Subestimou mesmo — cantarola Hani.

E, quando uma onda de escuridão ruge em sua direção, Hani canaliza todo o seu foco no demônio habitando o corpo de Hyun-tae.

Poder puro e concentrado adquirido ao longo de séculos devorando almas ferve em seu sangue. A dor a sufoca, e ela reprime um grito. Pelos deuses, como aquilo dói. E queima. Queima muito, muito mesmo.

Mas Seokga está ferido. E, mesmo se estivesse inteiro, mesmo com força total, ainda assim não seria páreo para o demônio. Já não é mais um deus, e Hani é a única que ainda está de pé. Precisa tentar, precisa ao menos *tentar* colocar um ponto-final no terror que o eoduksini está espalhando por Iseung.

Então, quando as trevas se aproximam dela, Hani mira em Eodum, com os dedos bem abertos e a pele borbulhando de queimaduras.

E Kim Hani explode.

Um poder brilhante e vibrante irrompe de suas mãos, incendiando a escuridão com uma força plena. Em uma torrente de ouro derretido, ela parte o peito do eoduksini ao meio.

Hyun-tae titubeia. Espirais de fumaça sobem do buraco escancarado e em brasa.

De novo. Cerrando os dentes de agonia, Hani lança outro clarão de poder avassalador sobre o demônio. E o atinge com tudo. Eodum cai, mas não se transforma em cinzas.

O eoduksini ainda está vivo.

Hani não pode permitir que continue assim.

Mas também não consegue deter o grito de dor que surge em sua garganta ao invocar os últimos resquícios de poder, o acúmulo de séculos de carnificina, de seu banquete em Londres. Seus braços estão de um vermelho berrante e a pele está irreparavelmente queimada. Ela dispara as últimas chamas do poder na direção do corpo de Hyun-tae, rasgando o ar como uma lâmina dourada.

Hani não vê se Eodum se transforma em cinzas ou não. Não vê se ele se transformou em nada, em partículas de poeira escura flutuando até o chão. Torce para que seja o caso, mas não vê nada.

Porque os olhos de Kim Hani estão fechados enquanto ela grita de agonia e seus braços fumegam. Ela desaba no chão conforme uma dor terrível e flamejante destrói cada um de seus nervos, de suas células, cada molécula de seu ser. Suas costas se erguem do chão em um arco. Está se despedaçando, queimando e queimando e queimando enquanto agulhas de lava arrancam sua pele dos ossos. Sabe que, se tentar invocar a pérola de raposa, não haverá qualquer resposta. O poder se foi, e em seu lugar só restam brasas que jamais voltarão a se acender.

Ela se esgotou.

E isso significa... significa que está morrendo.

Em algum lugar, apesar dos gritos moribundos, uma partezinha de Hani ainda é capaz de pensar. De refletir. *Morrendo.* Que palavra estranha, que carrega consigo a mesma conotação de um capítulo que termina. O fim da linha. Não pode estar morrendo. Ainda há tanta coisa que tem que fazer. Que precisa fazer. Precisa se desculpar com Somi. Se desculpar com cada fibra de seu ser, com uma sinceridade vulnerável e sofrida. Precisa mostrar a Seokga como se faz um gimbap. Precisa acordar nos braços dele e observar seu rosto adormecido e sereno. Precisa provocá-lo e implicar com ele até que sua carranca se transforme em um sorriso.

Mas ela está morrendo.

Morrendo.

É uma experiência bizarra.

*Pelo menos vai acabar logo*, sussurra uma voz sarcástica em meio à dor. *Essa é a beleza de se estar morrendo. Não vai durar para sempre...*

Hani tem a vaga impressão de que ouve um grunhido. Seokga está rastejando para perto dela, com sangue escorrendo da boca e do nariz.

— Hani — chama ele. — Hani.

Ela tem dificuldade de fechar a boca em meio às lamúrias, de abrir os olhos. Só consegue abri-los um pouco, para observar o rosto de Seokga enquanto ele soluça. O deus também está chorando, chorando de agonia e sofrimento. Um dedo trêmulo e sujo encosta nos dedos arruinados dela.

— Hani... não. Não, você *não pode*. — Os lábios dele se contorcem com um pouco daquela fúria antiga e cruel. — Você *não pode* morrer. Você *não pode*...

Ele se dobra para um dos lados, e um jorro escarlate mancha o chão.

Seokga está ferido. Bastante ferido.

E também está morrendo.

Isso fica evidente na palidez de sua pele, na opacidade lúgubre de seus olhos esmeralda. Ele se vira para ela de novo. O deus caído está morrendo, e ele sabe disso.

— Admito que seus esforços foram... corajosos — diz uma voz rouca.

*Não... Impossível.*

Eodum está de pé, do outro lado do galpão, apertando o ferimento no peito com uma mão. Um sorriso terrível se alarga em seus lábios cortados, exibindo dentes ensanguentados, e sombras deslizam por seu corpo, curando as feridas com a escuridão.

— Mas como eu... falei — continua a dizer, cambaleando e se encolhendo enquanto estala o pescoço uma, duas vezes. — A história do deus e da raposa não tem... um final feliz.

Os gritos de Hani morrem em sua boca, já que, por um instante, a dor foi ofuscada pelo horror. Horror e choque. E uma *fúria* do caralho.

O eoduksini está vivo.

Apesar de tudo, ele está *vivo*.

*Não. Não.* Hani respira com dificuldade, agarrando-se à vida com cada fôlego que resta em seus pulmões. Ela vai continuar presente para dar um fim àquilo tudo... de alguma forma.

Tem que haver um jeito.

*Tem que* haver um jeito.

Frenéticos, seus olhos vão de Hyun-tae, que está erguendo os braços e ordenando que as sombras se reúnam, para Seokga, fraco e moribundo.

Seokga, o Caído, está morrendo.

Não... existe um jeito. Existe um jeito, *sim*... se Hwanin permitir.

A boca de Hani começa a se encher de sangue.

De alguma maneira, sabe que Hwanin está assistindo; que, de cima de seu trono em Okhwang, os estranhos olhos do imperador dos deuses estão fixos na cena no galpão. Estão fixos no irmão que, apesar de tudo, ele não deseja que morra. Hani consegue senti-los, antiquíssimos e atentos, fitando as três figuras em Iseung.

*Talvez seja porque eu não queira que você morra, maninho.* Foi com essas palavras que ele se despediu de Seokga naquele dia no restaurante. Os ouvidos enxeridos de Hani escutaram muito bem.

*Talvez seja porque eu não queira que você morra.*

Então, pela primeira vez na vida e enquanto se engasga com um gosto de cobre escarlate, Kim Hani ora para Hwanin, o deus-rei. Hwanin, o irmão mais velho de Seokga.

*Hwanin*, pensa ela em meio à névoa agonizante. *Eu sei que você está ouvindo. Sei que está nos assistindo.*

*E sei que você está vendo que seu irmão está à beira da morte.*

Por alguns breves instantes, o silêncio em sua mente é ensurdecedor. Mas então...

O galpão parece desmoronar e se dispersar com o vento, rodopiando até não ser mais nada. Hani se deixa levar pela corrente de inexistência, ponderando, preocupada, se já passou pelo véu que separa a vida e a morte. Se está pegando a estrada Hwangcheon até Jeoseung, se está flutuando no rio Seocheongang em direção aos corredores de Yeomra. Uma pequena parte dela fica admirada. Nunca viu o completo vazio antes. Tudo antes deste momento foi alguma coisa. Mas...

Com certeza isso significa que ela está morta.

— Não, não está — diz uma voz fria enquanto Hani é puxada para fora do nada. — Desejo falar com você, Kim Hani.

Hwanin dá um passo para fora do vazio deslumbrante, com uma expressão séria e os olhos pontilhados de milhões de estrelas.

— Já que você veio aqui fazer um acordo.

## CAPÍTULO QUARENTA E SEIS

# Hani

O VASTO VAZIO DE REPENTE É SUBSTITUÍDO POR ALGO. Hani está no meio de uma extravagante sala do trono. Seus coturnos enlameados ficam nitidamente deslocados sobre o piso preto lustroso, tão polido que ela consegue ver o próprio reflexo ao olhar para baixo. Pilares escarlates sustentam um teto imenso de madeira vermelha suntuosa com espirais de tinta dourada retratando estrelas, luas e sóis.

De alguma forma, a gumiho está em Okhwang. O reino celestial dos deuses.

Diante dela há um magnífico estrado, um lance de escadas rubi que levam a um trono largo e de encosto alto, onde Hwanin está sentado. Com um sobressalto, Hani se dá conta de que ele a observa.

Ele a observa sem qualquer emoção, com o queixo levemente erguido e as mãos entrelaçadas sobre o colo. Hwanin veste um hanbok tradicional e esvoaçante do mais profundo azul e uma cinta de fita branca ao redor da cintura. Ao seu lado está um deus mais jovem com o mesmo longo cabelo prateado, porém olhos diferentes: azuis-escuros, mas sem estrelas pontuadas nas profundezas. Hani sabe que aquele deve ser Hwanung. Filho de Hwanin.

Ajoelhando-se no chão, a gumiho faz uma profunda reverência com as mãos entrelaçadas debaixo da testa, quase encostando a cabeça no piso. Ela se dá conta de que seus braços não estão cobertos das horríveis queimaduras que adquiriu alguns minutos atrás. Hani tenta não pensar muito no assunto, uma vez que sua mente já está se afogando em um oceano de pânico. Ela se levanta apenas quando Hwanin, em uma voz baixa, permite.

— Então — diz o imperador dos deuses. — Kim Hani.

Hani ergue o queixo, incapaz de não ficar na defensiva ao ouvir o tom desaprovador dele.

— Sou eu — responde, afiada. *E daí?*

Hwanung se retesa, mas Hwanin não parece se incomodar.

Como irmão mais velho de Seokga, é bem provável que seja preciso muito mais do que isso para impressioná-lo.

— Ouvi sua prece. — Hwanin inclina a cabeça. — Em alto e bom tom, Kim Hani. Você estava praticamente gritando comigo. Não foi muito fácil de ignorar. Meus ouvidos ainda estão zumbindo.

— O eoduksini...

— Sim, estou ciente dos eventos que estão acontecendo no momento naquele galpão. — Hwanin suspira. — Yeomra precisa ficar de olho em seus funcionários. Esse eoduksini desgarrado me deu minha primeira enxaqueca em 628 anos.

Hani não está nem aí para a *enxaqueca* dele.

— Seokga está morrendo — esbraveja ela. — E eu também. Nada está impedindo que o eoduksini faça o que bem entender. Eu te chamei, Hwanin, para pedir pela sua intervenção divina...

— No momento, não tenho o menor interesse em encarar o eoduksini — responde o deus-rei, sereno. — Primeiro, vamos ver como Seokga se sai.

Hani contém por pouco uma série de insultos e passa a tremer de raiva.

— Você deixaria Seokga se virar sozinho? Ele vai morrer dentro de *instantes* se não fizer nada.

Talvez ela tenha superestimado a boa vontade de Hwanin de salvar o próprio irmão. Talvez tudo isso — o demônio, o acordo com Seokga — fosse apenas uma manobra para se livrar do deus caído de uma vez por todas.

Como se sentisse suas suspeitas, Hwanung franze a testa para Hani.

— Deixe meu pai terminar.

Hani morde a língua e olha feio para ambos os deuses.

— Muito pelo contrário. — Hwanin se inclina para a frente no trono. — Seokga morrerá dentro de instantes se *você* não agir, Kim Hani.

A gumiho titubeia.

— O que...

— Um acordo — responde Hwanin, gesticulando para Hwanung. — Um meio-termo.

Hani aguarda. Cada momento que se passa parece durar uma eternidade. *O que está acontecendo no galpão? Será que Seokga ainda está consciente?*

— Meu acordo original com Seokga pode lhe ser familiar — continua Hwanin. — Caso Seokga, o Caído, mate tanto a Raposa Escarlate quanto o eoduksini, sua posição de deus será restituída. Bem. Estou disposto a modificar os termos... um pouquinho.

— Como assim? — Hani inspira. — O que preciso fazer?

— Eu sei seu segredo, Kim Hani. — Os olhos do deus-rei brilham. — Você é a Raposa Escarlate.

Ela se enrijece.

— Sou.

Não deveria estar surpresa por Hwanin saber. A essa altura, quem é que *não* sabe?

*Seokga não sabe*, lembra a si mesma, amargurada. *Ele ainda não sabe. Certo?*

— Estou disposto a cumprir o acordo pela metade. Estou vendo que, no estado atual, Seokga não será capaz de derrotar o eoduksini. O demônio ficou forte demais em pouquíssimo tempo. Não levei isso em consideração. Eu esperava que meu irmão o encontrasse de imediato, o enfrentasse e o matasse. Não foi esse o caso. Então, deixe-me fazer um pequeno ajuste à minha promessa. — O imperador olha para Hwanung. — Modifique o acordo desta maneira, meu filho: caso Seokga mate um dos Indomáveis mencionados anteriormente, ele recobrará, na mesma hora, metade de seus antigos poderes. Caso mate o outro Indomável, recobrará a outra metade e terá sua posição anterior restituída imediatamente. Juro por Hwanung, deus das leis e das promessas cumpridas.

*Caso Seokga mate um dos Indomáveis mencionados anteriormente, ele recobrará, na mesma hora, metade de seus antigos poderes.*

Hwanung fecha os olhos e aperta a mão do pai.

— Está feito — anuncia um instante mais tarde, abrindo os olhos. Eles brilham azul-celeste por um segundo antes de retornarem ao azul-escuro de costume.

— Você consegue fazer isso? — indaga Hani. — Consegue modificar promessas feitas a Hwanung?

Hwanin dá um sorriso rígido e ameno.

— Sou o pai dele. Posso mexer uns pauzinhos. É mais fácil fazer a alteração se a nova promessa requer mais dor e sacrifício do que a primeira. — O deus-rei sustenta o olhar da gumiho. — Kim Hani, acredito que saiba o tipo de acordo que estou oferecendo.

Ela sabe.

E, bem levemente, consegue assentir.

— E, antes que eu mande sua consciência de volta para o reino mortal, Kim Hani, deixe-me fazer uma pergunta. — A voz de Hwanin, embora esteja firme, carrega consigo um quê de incerteza. — Meu irmão... se importa com você. Tenho dificuldade de entender por quê. Não sei se ele se importa tanto a ponto de lamentar o que virá a seguir, mas essa é a natureza de Seokga. Ele ama apenas a si mesmo, e a mais ninguém.

*Mentira.* Mas Hani apenas faz uma careta diante do evidente insulto e cruza os braços.

— O que você está tentando dizer? — questiona. — Desembucha.

Hwanung a encara com dureza.

— Como ousa...

— Como você fez isso? — pergunta o deus-rei. Hwanin devolve o olhar feroz, enfim deixando de lado o semblante calmo. — Como o convenceu a se importar com você?

*Ele está com ciúme*, percebe Hani, aos poucos. *Com ciúme por Seokga ter escolhido mostrar seu lado gentil para mim. Seu lado... amoroso.* Essa conclusão parece irrelevante diante do que ela sabe que precisa fazer a seguir, mas ainda assim sente que a inveja de Hwanin é um sinal monumental de que uma nova vida aguarda Seokga. Uma nova vida em Okhwang. Uma vida em paz.

Sem ela.

Hwanin a encara, à espera de uma resposta.

Mas Hani apenas dá de ombros e abre um sorriso maléfico.

— Me deixe reencarnar depois de morrer e eu te digo tudo o que precisa saber.

Hani com certeza será mandada para as câmaras de tortura e para os sete infernos em Jeoseung, mas vale a pena arriscar.

O imperador celestial pigarreia.

— Você matou mais pessoas do que qualquer outra gumiho na história.

— Obrigada.

— Não vai reencarnar. E também vejo que não está planejando me informar suas estratégias. Que assim seja. — Hwanin fecha a cara, e, por um instante, a semelhança familiar entre ele e Seokga fica nítida. — Adeus, Kim Hani.

Antes que ela tenha sequer tempo para piscar, o deus estala os dedos e o mundo fica branco.

## CAPÍTULO QUARENTA E SETE

# SEOKGA

— Hani — chama Seokga, sentindo gosto de lágrimas e sangue ao se inclinar sobre ela, como se para protegê-la do eoduksini.

A gumiho está flácida, imóvel. Seus braços estão completamente carbonizados. O deus não consegue confirmar se está respirando.

Um olhar castanho-vinho, pesado e desfocado de dor, encontra o dele quando os olhos dela se abrem de repente. Viva… ela está viva. Mas por quanto tempo?

— Hani — sussurra Seokga enquanto o galpão escurece.

Eodum está invocando a escuridão conforme se aproxima deles, com uma raiva palpável. Ele usa as sombras para recolocar a carne de Hyun-tae sobre as feridas. É isso… Este é o fim.

Hani pisca para o deus com os olhos embaçados de lágrimas.

— Seokga — murmura ela. Seokga mal percebe que uma das mãos arruinadas da gumiho está se movendo, remexendo o bolso atrás de alguma coisa. — Este mundo irá… ver a luz do dia mais uma vez.

Ela estica a mão para o deus, e Seokga a pega. Os dois partirão juntos.

Hani olha para ele. Sangue escorre de sua boca.

— Preciso que você saiba que não foi tudo… mentira. Eu… juro.

Ela está delirante, mais pálida a cada segundo que passa.

— Hani — sussurra Seokga. — Só feche os olhos.

O deus caído olha por cima do ombro, para o eoduksini que se aproxima, a apenas alguns passos de distância. Sombras envolvem os braços dele, e a escuridão esvoaça às suas costas feito uma capa. Seokga faz força para ficar de pé. Ele fará uma última tentativa…

Mas, de olhos arregalados, Hani o puxa de volta para baixo com o resto de sua energia.

— Seokga — sussurra ela. — Seokga.

Ele balança a cabeça. Não. Essa não pode ser a última vez que Hani diz seu nome.

A gumiho sorri para o deus, um sorriso vibrante e lindo apesar do sangue escorrendo de sua boca.

— Faz ele sofrer — pede ela, baixinho, e pressiona algo frio na mão direita de Seokga.

Acontece tudo tão rápido que o deus não tem tempo de perceber que é o cabo de uma adaga — uma adaga escarlate — antes de Hani agarrar a mão dele e levar a ponta da lâmina na direção do próprio peito.

Hani guia a adaga que ambos seguram e a crava no próprio coração.

## CAPÍTULO QUARENTA E OITO

# HANI

**P**RECISEI FAZER ISSO, pensa Hani enquanto olha para cima, para Seokga. Sua própria adaga escarlate está cravada em seu peito. O rosto de Seokga está arrasado de horror, e a gumiho acha que ele pode estar gritando seu nome... Mas não consegue ouvir mais nada. Mal consegue enxergar.

*Desculpa*, é o que quer dizer, mas sua língua está flácida e inútil dentro da boca. *Me desculpa, me desculpa.*

*Mas este é o meu sacrifício.*

*Por você.*

*Por Somi.*

As pálpebras de Hani começam a se fechar.

*A minha vida toda, eu fui egoísta.*

*Quero que meu fim seja altruísta.*

Enquanto Hani fecha os olhos pela última vez, uma única lágrima desliza por sua bochecha ensanguentada.

## CAPÍTULO QUARENTA E NOVE
# SEOKGA

Seokga observa aquela última lágrima escorrer pelo rosto imóvel e sem vida de Hani.

O mundo nunca esteve tão silencioso.

É como se ele tivesse sido sugado para dentro de um vácuo onde nada existe, a não ser o latejar em seu crânio e o horror gélido que começou a congelar seus ossos.

— Hani.

É o que acha que pode estar falando, de novo, de novo e de novo, mas os sons saindo de sua boca são guturais, animalescos, e não lembram em nada palavras reais.

Ela está morta.

Morta, pelas mãos dele. Seokga encara os próprios dedos. Horror e traição escurecem sua visão, até ficar completamente preta. Ele não entende. Não *entende*.

*Isto é um pesadelo*, pensa em meio a um rugido crescente em sua cabeça. *Um pesadelo causado pelo eoduksini.*

Não é real. Não *pode* ser real.

Kim Hani não pode estar morta.

Morta, com uma adaga escarlate cravada no peito.

*Uma adaga escarlate.*

Seokga perde o fôlego que restava em seus pulmões ao se dar conta daquilo. Sua visão fica nítida em um clarão de luz. O horror que sente se multiplica por dez.

Uma adaga escarlate. A *porra* de uma adaga escarlate.

*... Olhe para quem possui os olhos dos lamuriosos...*

A última lágrima de Hani enfim pinga no chão, e o som parece ecoar por todo o galpão. E pela alma de Seokga.

Nunca foi Nam Somi.

*Aqueles que você procura estão mais próximos do que imagina, mas você está sozinho, deus, em um mar de ilusões...*

Não. *Não.*

Seokga aninha a cabeça de Hani entre as mãos. A pele dela está fria feito pedra. A dor apunhala o estômago do deus quando o cabelo dela cai em volta do rosto. Quando ele vê, pela primeira vez, uma pequena faixa vermelha bem no topo da cabeça de Hani.

*Não permita que sua mente seja enganada por percepções superficiais... Verdades escondidas sob a insinceridade...*

— Arrgghh!

As costas de Seokga se arqueiam enquanto o sangue dele esquenta, borbulhando, e uma transformação dilacera seu corpo. Algo antigo e potente corre pelas veias do deus, incendiando sua corrente sanguínea enquanto flui pelo corpo. *De volta. Finalmente, finalmente de volta.*

A dor infligida pelos ataques do eoduksini esmaece. Em seu lugar, há um zunido familiar. Uma corrente de eletricidade faz os músculos dele se contraírem e acende faíscas em seu encalço.

Seu poder.

Está de volta.

Seokga percebe que não recuperou todo o poder conforme Eodum se aproxima, estalando um chicote de sombras no ar. Não todo, mas uma boa parte. Com uma onda de magia correndo pelas veias, quase parece que o demônio está se movendo em câmera lenta. Seokga invoca os fios esmeralda e se depara com a solidez deles. Estão inteiros. Um arsenal de armas à disposição.

Seus olhos se demoram no corpo de Hani. Naqueles lábios que nunca mais sorrirão, nunca mais soltarão uma resposta espertinha. Naqueles olhos que nunca mais se iluminarão com a risada cintilante e radiante.

Seokga olha mais uma vez para a adaga escarlate e, enquanto um soluço escapa de sua garganta, ocorre-lhe que faz um tempo que suspeita da identidade dela. Mais do que ele se permitiu perceber, afastando as suspeitas da mente, incapaz de confrontar aquela possibilidade. Desejando permanecer em uma realidade que sempre foi boa demais para ser verdade. Ecos de lembranças perpassam sua mente, carregando consigo o doce cheiro de frutas cítricas e a ferroada da traição, que sempre lhe foi familiar.

*O que você faria se fosse eu em vez de Somi?* Ele se lembra do rosto dela no momento em que fazia a pergunta, tão hesitante e apreensiva. E amedrontada. *Você me mataria?*

Ele se esquivou daquela situação hipotética que não era tão hipotética no fim das contas, incapaz de encarar a verdade — ou sequer se permitir ponderar se havia algo a mais por trás daquelas palavras, porque... porque...

Mesmo se isso implicasse perambular Iseung por mais uma eternidade, Seokga não conseguiria matar Kim Hani. Não conseguiria matar a Raposa Escarlate.

Mas ela está *morta*.

Então foda-se tudo.

Uma ira que Seokga, o Caído, jamais sentiu o faz jogar a cabeça para trás, um monstro hediondo faminto e sedento por sangue.

E, quando a escuridão o alcança, Seokga se vira.

E ele *luta*.

## CAPÍTULO CINQUENTA
# SEOKGA

Mais tarde, a Coreia do Sul anunciará que o violento tremor de Nova Sinsi foi um terremoto. Cidadãos assustados evitarão lugares altos pelas próximas semanas, temendo outro incidente. Mas a verdade é que a cidade tremeu enquanto um deus e um demônio travavam uma batalha para decidir o destino do mundo.

Seokga se esquiva facilmente de uma onda de escuridão, andando de um ponto do galpão a outro, saltando pelo espaço em pouco mais de meio segundo. Teletransporte. Ah, como sentiu falta disso.

A espada canta em suas mãos conforme avança contra Eodum. O demônio cometeu um número infinito de pecados. Se quisesse, Seokga poderia controlá-lo.

Hani queria que o eoduksini sofresse. E coerção não é o mesmo que sofrimento.

Mas *dor* é.

Seokga rosna ao mirar a espada na lateral do corpo de Eodum. O eoduksini desvia e lança mais uma onda de sombras vorazes em direção ao deus. Seokga se teletransporta para ficar diretamente à frente do demônio; a escuridão não consegue alcançá-lo.

— *Você tirou tudo de mim* — vocifera, rouco, levando a lâmina até o pescoço do eoduksini.

Eodum sorri, mas é um sorriso repleto de dor. Os ataques de Hani o enfraqueceram consideravelmente. Seu peito borbulha com queimaduras, mesmo sob os cuidados dos tendões de trevas.

— Vejo que você recuperou alguns de seus poderes — comenta o demônio. — Que fascinante. — As sombras do galpão recuam quando a lâmina de Seokga roça o pescoço dele, e a carne sob a arma estremece. — Eu me pergunto que tipo de acordo a gumiho firmou com seu irmão.

A mão de Seokga treme de pesar e fúria. Ele fende o pescoço do demônio e tira sangue. Poderia acabar com tudo ali, poderia acabar naquele instante. Mas...

*Eu me pergunto que tipo de acordo a gumiho firmou com seu irmão.*

Hani. Hani, a Raposa Escarlate, que morreu por suas mãos. O acordo entre Seokga e o irmão. O poder que ele possui e que parece, sem dúvida alguma, ser metade do que já foi. Exatamente metade.

*Metade de um acordo cumprida.*

*Metade de meu poder devolvida.*

Seokga fecha os olhos e escuta o som do próprio coração se partindo, de novo, de novo e de novo.

O eoduksini tosse. O som é molhado e gorgolejante.

— Eu só quero voltar — diz ele, com sangue reluzente escorrendo dos lábios. — Quero minha casa de volta. Eu poderia tê-la recriado aqui.

Um ódio por si mesmo, amargo e ácido, queima a garganta de Seokga feito náusea. Se o Mundo das Sombras não tivesse sido fechado, o eoduksini não estaria aqui. Hani estaria viva.

*Hani...*

— Acho que vou aproveitar bem o meu tempinho com você — sussurra o deus, mal conseguindo respirar enquanto encara a criatura que o observa pelos olhos do ceifeiro. — Vou fazer você gritar antes de acabar com tudo.

Eodum fica pálido.

E Seokga mantém sua palavra.

## CAPÍTULO CINQUENTA E UM

# HANI

É ESTRANHO SER UMA ALMA SEM CORPO.
Enquanto Seokga paira sobre o monte de cinzas que costumava ser o eoduksini, a alma de Hani dá um passo para fora das sombras do galpão. O céu acima está tingido pelos raios do sol, que iluminam o prédio abandonado em uma suave luz amarela. A aurora chegou, espantando a escuridão da cidade de Nova Sinsi com dedos esguios e rosados. O dia raiou, lindo e vibrante.

O demônio está morto, e o mundo está em paz.

Mal tocando os pés no chão, Hani se aproxima de Seokga. Mesmo daqui, ela consegue sentir o poder emanando dele em ondas. Seokga voltou a ser um deus, livre para retornar a Okhwang.

Mas ele não se retira.

Seokga cambaleia até o corpo de Hani e cai de joelhos, chorando em silêncio. Hani encara a si mesma, morta e fria, com uma sensação estranha e distante. Aquela é ela e, ao mesmo tempo, não é.

Aquele corpo não é nada sem uma alma no interior. Não é *ela* sem sua alma ali dentro.

Hani coloca uma mão esfolada e arruinada nas costas de Seokga. A mão o atravessa, translúcida, mas, de alguma forma, Seokga ainda sente o toque. Sente a presença *dela*.

Ele ergue a cabeça, e seus olhos vermelhos de cansaço encontram os dela.

— Hani — sussurra o deus.

— Logo o jeoseung saja virá me buscar — diz ela, baixinho, e engole em seco. — Para... me levar pra Jeoseung.

*Para me levar aos sete infernos.*

Hani jamais reencarnará, não com o sangue que possui nas mãos. Infelizmente, os deuses não compartilham da crença de que gumiho nasceram para matar. Ela olha para o corpo inconsciente de Nam Somi, deitada, flácida, a alguns metros dali.

— Não a machuque, Seokga. Foi culpa minha. Eu... Ela tem razão. Eu a corrompi. Ela nunca foi a Raposa Escarlate. Era eu esse tempo todo.

A confissão escapa de seus lábios com o gosto de cravos amargos.

Seokga está balançando a cabeça fervorosamente, de olhos arregalados e lábios comprimidos. A gumiho percebe que ele não quer saber da traição, mas ela precisa contar. Ele *precisa* entender.

— Aceitei o trabalho como sua assistente pra te levar na direção errada. Ouvi Hyun-tae mencionar a vaga para Shim no Café das Criaturas. Vi uma oportunidade e a agarrei com tudo. — Hani olha para Seokga, para sua expressão desolada pela dor, para os olhos avermelhados. — Deixa a Somi em paz. Com o tempo, ela vai aprender a controlar a Vontade.

Hani torce, desesperadamente, para que esteja certa.

Seokga está quieto, e a gumiho não consegue dizer se o desamparo no olhar dele é de traição ou de pesar. As bochechas do deus estão manchadas de lágrimas, e ele se apoia na espada como se, sem ela, fosse desmoronar no chão, feito uma marionete cujas cordas foram cortadas. As palavras horríveis continuam saindo da boca de Hani, ganhando impulso e velocidade conforme se apressa para se explicar, para fazê-lo entender.

— Hwanin me ofereceu uma solução. Ele modificou seu acordo. Isso tinha que acontecer pra você derrotar o demônio. Sem seu poder, você teria morrido, e Iseung teria se transformado no Mundo das Sombras.

— Mas você morreu — vocifera Seokga. A voz dele falha, e o rosnado se torna um sussurro trêmulo. — Você *morreu*, Hani.

Ela consegue dar um sorrisinho.

— Morri mesmo — concorda, mal acreditando. Nada parece real. É como se estivesse em outro pesadelo, um do qual nunca poderá acordar. — Mas você conseguiu o que queria...

— O que eu queria — responde Seokga, levando uma das mãos ao peito, onde o coração dele ainda bate — era *você*. Queria que o sol brilhasse sobre nós de novo, Hani. Eu te fiz uma promessa. Prometi por Hwanung...

Hani ergue a cabeça para o céu. A aurora começou a se espalhar, esgueirando-se em um toque dourado de Midas matizado de rosa.

— Olha. O sol está brilhando sobre a gente, Seokga. A gente venceu.

— Não foi isso que eu quis dizer — retruca ele. — Hani, não foi nada disso que eu quis dizer.

Ela balança a cabeça.

— Às vezes, promessas são cumpridas das maneiras mais estranhas.

A gumiho engole as lágrimas enquanto segura o rosto de Seokga nas mãos, tentando não soluçar ao ver como elas atravessam a pele dele, completamente insignificantes.

— Você vai renascer — insiste o deus, respirando irregularmente. — Eu vou te encontrar aonde quer que você vá, Hani. Quem quer que você seja.

— Seokga, eu não tenho a opção de renascer — murmura ela.

— Não. — Os olhos dele se arregalam. — Não.

Hani dá de ombros, mas seu estômago se contrai diante da perspectiva de tormento eterno. Talvez até seja infligido por Eodum. Mas ela precisa parecer forte... por Seokga.

— Se existir horário de visitas no inferno, você pode me encontrar lá.

Na mesma hora, o som de pneus esmagando cascalho soa do lado de fora do galpão. Um jeoseung saja veio buscar Hani.

Os outros Indomáveis se transformaram em cinzas quando morreram, rodopiando até Jeoseung sem ter o luxo de serem escoltados. Mas Hani está ali, a mais Indomável de todas as criaturas, com o corpo íntegro e intacto sobre o chão. Com um carro funerário esperando do lado de fora.

Ela não sabe bem o que isso quer dizer.

Talvez... talvez a Raposa Escarlate tenha morrido como uma heroína. Não chega a absolvê-la de seus pecados, mas é o suficiente para que desça até os infernos com dignidade e honra.

— Sinto muito — sussurra Hani, encarando Seokga, o deus cuja carranca pode se transformar em sorriso, cujos olhos podem derreter de um gelo frígido para um calor cintilante. — Sinto muito mesmo. Por tudo.

— Não — sussurra ele. — Hani, não. Sou eu quem sente muito.

— Você não tem motivo nenhum para se desculpar.

— Minha mão... — O trauma na voz do deus é denso e arrasado. — Foi ela que te matou.

— A escolha foi minha — afirma Hani. — A decisão foi minha. Minha mão guiou a sua. E fico feliz que tenha sido assim. — Ela não se vira ao ouvir quebrarem o cadeado que fecha as portas do galpão nem quando a porta range ao ser aberta. — Vá pra Okhwang, Seokga. Vá para o seu palácio. Viva como desejou viver durante todos esses anos. Eu vou ficar bem.

Uma mentira descarada. Hani vai sofrer por uma eternidade, e ela não está nem um pouco ansiosa para isso. Mas mantém o sorriso gentil e tranquilizador e deposita o vestígio de um beijo em Seokga. A boca deles não se toca de verdade, mas, mesmo assim, Hani parece sentir um lampejo de calor nos lábios quando se afasta.

— Talvez você possa convencer Yeomra a pegar leve comigo.

— Kim Hani? — chama uma nova voz. Um jeoseung saja entra no galpão, repousando os olhos sérios em Hani. — Idade: 1.700 anos. Causa da morte: uma pérola de raposa que se esgotou e um ferimento no coração. É você?

A palavra fica presa no fundo da garganta de Hani, mas ela se força a responder:

— Sim.

— Não.

Seokga se vira para o ceifeiro, com os olhos brilhando de dor e a espada erguida.

— Você não pode levá-la — avisa em um grunhido. — Você *não vai* levá-la. Fique longe.

O deus se coloca à frente de Hani, que facilmente passa através dele. A raposa se vira para olhá-lo uma última vez.

— Adeus, Seokga — sussurra ela, traçando os planos do rosto dele, memorizando os ângulos definidos e os contornos frios.

Manterá essa lembrança dele por perto quando estiver passando pela punição eterna.

— Hani...

Com o coração se partindo, ela se inclina para a frente. Seus lábios fantasmas roçam os de Seokga e ele treme, balança a cabeça. Hani se afasta e o deus estica a mão em sua direção. Os dedos passam direto pelo ombro dela. Jamais voltará a tocá-la.

Um raio de sol magnífico se arrasta por Nova Sinsi feito uma gema de ovo vertendo-se da membrana de porcelana estilhaçada. Hani dá as costas a Seokga e segue o jeoseung saja para fora do galpão. Segue-o até o refinado carro funerário preto.

Ela não olha para trás.

Enquanto começa a descida até Jeoseung, Hani não sabe se fica aliviada ou decepcionada por Seokga não ir atrás dela.

## CAPÍTULO CINQUENTA E DOIS
# HWANIN

As portas da sala do trono abrem com tanta força que as paredes do Palácio Cheonha estremecem.

Os ataques de birra do irmão de Hwanin tendem a começar dessa forma. Em um mundo que não para de mudar, há uma constante: o deus trapaceiro abrindo portas com um estrondo.

*Ah, ótimo*, pensa Hwanin, trocando um olhar desconfiado com o filho. *Lá vamos nós.*

Seokga entra marchando na sala do trono, com os olhos injetados e tresloucados, agitando a espada para afastar o punhado de guardas reais que tentam impedir sua entrada. O cabelo dele está imundo de sangue, a pele está salpicada de cortes e hematomas. Hwanin reprime um suspiro quando o irmão derruba os guardas no chão e se dirige até ele.

— Irmão — rosna Seokga, disparando pelos degraus até o trono. — *O que foi que você fez?*

— Olá para você também — diz Hwanin, dispensando Hwanung com um aceno de mão.

— Pai — chama Hwanung, baixinho. — Eu não acho que eu deveria deixá-lo sozinho com o tio...

— Vá — insiste Hwanin gentilmente.

Está certo de que, apesar da raiva de Seokga por ele, conseguirá lidar bem com o irmão por conta própria. Se as coisas piorarem, ele simplesmente o banirá. De novo.

Com um olhar hostil, Hwanung começa a se desmaterializar, sem dúvidas para reclamar com sua mais nova amiga. Hwanin olha para os guardas, que grunhem de dor conforme se levantam.

— Saiam, todos vocês.

A respiração de Seokga está pesada. Hwanin inclina a cabeça. Nunca viu o irmão mais novo tão... em pânico. Tão... emotivo. Mesmo quando foi sentenciado à punição em Iseung, ele estava mais calmo do que isso.

— Você sabia? — questiona Seokga, com a voz aos frangalhos de raiva, pesar e fúria. — Esteve observando esse tempo todo? Você sabia que Hyun-tae era o eoduksini? Que Hani era a Raposa Escarlate?

Hwanin suspira pelo nariz. Estava esperando por essas perguntas.

— O conhecimento dos céus é meu — responde ele, devagar. — Sim, Seokga, eu sabia sobre Kim Hani. Mas Eodum passou despercebido por mim. Ele mudou de corpo em Jeoseung, onde os céus não enxergam. Mas ainda assim foi esperto. Nem mesmo Yeomra o viu.

Que criatura traiçoeira e desagradável.

Hwanin sabia que Kim Hani, a Raposa Escarlate, estava bisbilhotando naquele restaurante em Nova Sinsi no dia em que ele convocou Seokga para apresentar sua oferta. Mas o que Hwanin desejava era ver Seokga se esforçar para descobrir a identidade da gumiho Indomável, vê-lo se esforçar para reclamar o título de deus.

E uma parte pequena e rancorosa dele escolheu permanecer em silêncio enquanto observava a garota se unir a Seokga como assistente, depois como amiga, depois como parceira. Hwanin desejou ver o irmão ser traído como ele mesmo foi há 628 anos. Mas ao ver Seokga começar a... se importar com a gumiho, o deus-rei ficou extasiado. O homem que Seokga acabou se tornando perto daquela mulher era muito diferente do irmão que Hwanin conhecia.

Achou aquilo confuso e fascinante. Então não disse nada e meramente continuou observando. A certa altura, mandou Hwanung até Iseung para trazer-lhe um saco de pipoca de cinema com manteiga extra. A história do deus e da raposa era uma novela viciante.

Mas Hwanin não sente a necessidade de explicar seus motivos para Seokga. Então, simplesmente fala:

— Essa luta era sua, irmão. Não vi qualquer razão para me intrometer nem para guiá-lo.

— *Você* — diz Seokga, e Hwanin fica surpreso ao ver que o irmão está... *chorando*. Lágrimas escorrem pelas bochechas ensanguentadas dele, sem dúvida fazendo os cortes e ferimentos arderem. — Você falou para Hani que...

Indignado, Hwanin se empertiga diante da ingratidão. Estava esperando receber agradecimentos, não ataques ingratos.

— Que, se ela morresse pelas suas mãos, metade de seus poderes seriam restituídos? Sim. Sim, eu falei. E mantive minha palavra. O eoduksini voltou para Jeoseung, de onde Yeomra me garantiu que ele jamais escapará novamente. Iseung está a salvo de se tornar um Mundo das Sombras. Você é um deus de novo. Voltou para Okhwang. O que mais quer? — Hwanin franze o cenho. — Não me diga que está de luto por essa mulher.

Será que a paixão do irmão pela gumiho não é passageira? Será que continua ali com ele mesmo depois da morte dela? Impossível.

— Ela iria morrer de qualquer forma. Eu dei à morte dela algum significado. Você deveria me agradecer.

O deus-rei observa Seokga se encolher.

— Você me fez matá-la — responde o irmão. — Você... você me fez *matá-la.*

Seokga soa como se estivesse preso em uma chave de braço. Ele cambaleia, vacilante.

— E-eu *a matei.*

Hwanin calmamente cruza as pernas, irritado pela falta de *compreensão* de Seokga. Será que não consegue ver que fez tudo aquilo por ele?

— Seokga, sua ingratidão é surpreendente. É impressionante, até mesmo para você.

— Eu fiz uma promessa a ela. Uma promessa por Hwanung. Que nós veríamos o nascer do sol juntos mais uma vez. — Seokga aponta para Hwanin com um dedo trêmulo. — Você a colocou nesse joguinho. Você e o eoduksini.

Hwanin se endireita de raiva, erguendo o queixo, enfurecido.

— Não me compare àquele demônio...

— Então prove que estou errado — exige Seokga. Seu peito está subindo e descendo rápido, e todo o corpo dele treme com tanta violência quanto uma folha ao vento. — Prove que estou errado, irmão. Permita que Kim Hani reencarne. Permita que ela ande sobre Iseung mais uma vez. Permita que renasça.

— Não. Você conhece os procedimentos...

— Hani salvou Iseung. — Seokga está subindo os degraus do estrado, com os olhos relampejando. — Ela esgotou a pérola de raposa e enfraqueceu o eoduksini. Sem isso, eu não conseguiria matá-lo. Ela salvou o reino que você tanto ama da escuridão e do horror eternos. Será que isso não compensa todo o resto? Deixe que ela renasça. Ela não virou cinzas quando morreu, diferente dos outros Indomáveis. Será que isso não significa nada, irmão?

Hwanin morde o interior da bochecha.

— Seokga...

Ele se interrompe abruptamente quando vê Seokga fazer o impossível. O irmão *se curva* diante dos pés do trono e encosta a testa no chão em um gesto submisso.

— Por favor — sussurra Seokga. — Hwanin, por favor.

Seokga nunca lhe disse *por favor* antes.

Seokga nunca *se curvou* para Hwanin antes.

Mas ele faz ambas as coisas por essa gumiho.

*Como o convenceu a se importar com você?*, foi o que Hwanin perguntou a Kim Hani, incapaz de conter a curiosidade. O ciúme. Ela tocou um lado de Seokga que a rivalidade fraterna sempre o impediu de acessar. Rivalidade fraterna, inveja e aquele detalhezinho da tentativa de golpe.

A gumiho mostrou um sorrisinho irônico ao imperador antes de dar de ombros e pedir pelo mesmo que Seokga pede neste momento. Reencarnação.

Hwanin sabe, no fundo da alma, que, se negar, o Seokga que viu em Iseung desaparecerá. O deus da dissimulação voltará a ser frio e indiferente, tão amargo e hostil quanto um vento invernal. Ele se fechará para Hwanin para sempre, trancando as portas do coração com as correntes inquebráveis do ódio.

Mas, caso o deus-rei concorde, *este* Seokga pode continuar a existir. E, talvez um dia, os dois irmãos poderão se... reconciliar.

Com essa revelação, a decisão está tomada.

Hwanin fecha os olhos.

— Erga-se, Seokga.

Tremendo, o irmão se levanta com dificuldade.

— Por favor — sussurra de novo. — Por favor, Hwanin. Eu faço qualquer coisa. Eu dou *qualquer coisa*.

Hwanin abre os olhos e os fixa no semblante pálido de Seokga.

— Ela pode reencarnar a qualquer momento — diz devagar, tentando ignorar como o irmão quase desaba no chão de alívio. — Pode ser daqui a um minuto, daqui a um dia, daqui a um ano, ou daqui a vários séculos. Nem eu nem Yeomra temos controle sobre isso. Mas tudo bem, irmão. Eu enviarei um recado para Yeomra colocar Kim Hani no processo de reencarnação. E já que estou me sentindo *generoso* — acrescenta, enfático, esperando uma grande demonstração de agradecimento assim que terminar de falar —, ela receberá uma forma reconhecível. Ela terá os mesmos olhos. Olhos de raposa, castanho-vinho. É isso o que eu ofereço em troca de... — Hwanin hesita. Não pode pedir pela amizade de Seokga. Não deseja uma camaradagem forçada, uma fraternidade forçada. Então, o imperador de Okhwang diz: — Em troca de jurar que você permanecerá fielmente ao meu lado. Mais um golpe, irmão, e este acordo será anulado.

— Jure por Hwanung — responde Seokga, ofegante e de olhos arregalados. — Jure por seu filho.

Hwanin inclina a cabeça.

Pela primeira vez em 628 anos, quando as mãos de ambos se tocam, o aperto é caloroso. Gentil.

— Eu juro — diz Hwanin em voz baixa. — Eu juro para você, irmão.

# FUXICO DIVINO
### EDIÇÃO #92814

### IRMÃOS REUNIDOS!!
#### O GALÃ HWANIN E SEOKGA, O SENSUAL, OS IRMÃOS OUTRORA DISTANTES, FAZEM AS PAZES!
*Por Suk Aeri, editora-chefe*

O MUNDO FOI ABALADO NO Chunbun passado quando, sem suspeitar de nada, ficamos sabendo, por um pronunciamento oficial enviado diretamente à nossa porta, que os irmãos Hwanin e Seokga, outrora distantes, se reconciliaram.

*Dá para acreditar?*

Banido a Iseung há 628 anos (mas quem está contando de verdade, não é?) depois de ter (pateticamente) tentado e falhado em instigar um golpe, o deus caído enfim retornou para casa no reino dos deuses e teve sua posição divina restituída.

"Fico feliz que Seokga se juntou novamente ao panteão", contou o imperador Hwanin — rei dos deuses, imperador de Okhwang, governante substituto de Iseung, filho de Mireuk, filho de Mago, bonitão além da conta, defensor virtuoso da moral, vencedor do prêmio de Deus Mais Sexy de Todos os Tempos — ao *Fuxico Divino* em 21 de março. "Suas ações contra o eoduksini provaram seu mérito. Nós lhe damos as boas-vindas de braços abertos."

Quando procurado para fazer um comentário em relação a sua recente reascensão à divindade, Seokga — antigo não deus, mentiroso duas caras, há muito tempo vencedor do prêmio Gostosão Só Que *Não* do *Fuxico Divino* e infame namorado de passeadoras de cães idosas — transformou-se em um lobo e mordeu a perna de nosso repórter. (Que, no momento, está na Unidade de Acidentes Mágicos no Hospital de Nova Sinsi e aceita doações.)

Nós, aqui em Iseung, certamente sentiremos falta do deus de olhos verdes e suas várias travessuras... mas um passarinho contou ao *Fuxico Divino* que ele não vai se ausentar por muito tempo.

Afinal, não há nada melhor do que estar em casa.

# EPÍLOGO

Nova Sinsi, Coreia do Sul, 2018

Pela primeira vez em vinte e seis anos, as cerejeiras floresceram mais cedo.

Um não mortal caminha sobre a calçada coberta de pétalas, com uma brisa fresca de março bagunçando seu cabelo escuro enquanto segue devagar a trilha sinuosa ao longo do parque municipal. Na mão esguia do homem há uma bengala, lustrosa e preta com uma cobra prateada envolta no longo cabo. Os olhos maliciosos do animal encaram o dono, que inclina a cabeça para o céu de início de primavera e saboreia o brilho caloroso da luz do sol.

Em uma árvore ali perto, uma pequena flor de cerejeira é arrancada de sua casa entre as demais flores, rodopiando para cima no mesmo vento que afaga o rosto do não mortal. A flor dança na brisa, circulando, rodando e girando de prazer enquanto se ergue mais alto, mais alto, mais alto... antes de aos poucos flutuar até a calçada, procurando um bom lugar entre as outras flores caídas. Mas a flor de cerejeira não aterrissa onde planejou. Em vez disso, esvoaça até os ombros esguios do homem, descansando sobre o tecido preto e macio do terno.

Seokga suspira, dá um peteleco para tirar a flor do ombro e segura um espirro. Jacheongbi ainda está claramente injuriada pela pegadinha que ele aprontou alguns dias atrás, usando o dom de criar ilusões para dar vida a um dos vasos de flor dela. A planta perseguiu a deusa por toda Okhwang até que Hwanin ordenou que Seokga deixasse de criar algazarras. Relutante, ele obedeceu. Mas a deusa com certeza não ficou nem um pouco satisfeita pela falta de um pedido de desculpas.

Parece que isto é vingança de Jacheongbi. Balançando a cabeça, Seokga continua a trilhar seu caminho pelo parque municipal, passando por casais andando de mãos dadas pelo espetáculo das doces flores de cerejeira cor de rosa. Vários deles param para tirar fotos, pressionando as bochechas uma contra a outra e sorrindo. Seokga os observa com o coração pesado. *Talvez*, pensa ele, enfim desviando o olhar, *se as coisas tivessem sido diferentes...*

Ele empurra o pensamento para longe. Aquilo tem assolado o deus desde 1992. Deter-se nisso é inútil. Então, ele escolhe visitar a cidade, torcendo em vão para vislumbrar uma garota — ou um garoto — com olhos castanho-vinho angulosos.

Estatisticamente, é pouco provável que seu amor perdido tenha renascido na mesma cidade onde a história dos dois começou e terminou. Mas Seokga não consegue se segurar e visita Nova Sinsi de tantos em tantos meses para vasculhar as ruas atrás dela. Atrás de Hani.

Nova Sinsi mudou rapidamente desde 1992, crescendo e se expandindo em uma velocidade quase alarmante. A cidade já não é mais o lugar imundo que foi em outra época; agora, é um centro cintilante de cultura e estilo, e as ruas estão quase irreconhecíveis. Apartamentos como a antiga espelunca de Hani foram demolidos e substituídos por arranha-céus elegantes que refletem os raios de sol sobre a cidade.

Às vezes, para relembrar os velhos tempos, Seokga visita o departamento de polícia. O delegado Shim faleceu há bastante tempo, mas deixou aquele mundo sendo amigo de Seokga. O abraço apertado que recebeu do haetae depois de deter Eodum é uma lembrança que Seokga ainda guarda com carinho. Shim Jung-kook, neto do antigo detetive, tornou-se o novo delegado haetae. Seokga imagina que ele esteja grato por haver poucos ataques de gumiho Indomáveis. Nam Somi, a gumiho de todos aqueles anos atrás, parece ter saído de Nova Sinsi. Após a batalha contra Eodum, Seokga sinceramente se esqueceu da gumiho de cabelo ondulado no galpão, tão absorto que estava em voltar para Okhwang e exigir a reencarnação de Hani a Hwanin. Mas o punhado de ataques de gumiho Indomáveis de Seul a Montreal... ele acredita que esses sejam obra de Nam Somi. Mas não se dá ao trabalho de localizá-la. O último desejo de Hani foi que Somi fosse deixada em paz, e assim ela permanecerá.

Às vezes, Seokga e Shim Jung-kook saem para beber juntos. É... agradável ter alguém com quem compartilhar uma garrafa de soju. Alguém com quem bater um papo. Ele não costuma falar com as outras divindades de Okhwang, exceto pelas vezes que se comunica com pegadinhas (em sua maioria, inofensivas). Nesta manhã, Seokga se esgueirou para dentro do Palácio Cheonha e arrancou todas as penas de corvo do adereço de cabelo de Haemosu antes de substituí-las por penas rosa ridículas que encontrou em um armarinho de Iseung. O deus trapaceiro escapou antes que Haemosu pudesse alertar Hwanin sobre o ocorrido.

Seokga manteve a promessa de permanecer leal ao irmão. Mas Kim Hani ainda não se encontra em lugar algum.

Reprimindo outro espirro, ele se dirige até um banco. Ficará ali por um tempo, observando o ir e vir dos mortais e o cair das flores de cerejeira. E então voltará para o palácio nos céus.

Seokga fecha os olhos e inspira o ar da primavera. Ali é tranquilo. Talvez vá comprar um café antes de voltar para casa. Não existe café em Okhwang.

O Café das Criaturas, assim como sua cidade natal, cresceu exponencialmente desde 1992. Agora é uma rede com quatro estabelecimentos em Nova Sinsi, seis em Gwangju, sete em Seul e oito em Busan e Incheon. Às vezes, Seokga pede o café de sempre. Em outras ocasiões, pede chocolate quente.

Na verdade, um chocolate quente cairia muito bem agora. Ele olha ao redor, atrás de olhares intrometidos, antes de cruzar o tempo e o espaço até parar do lado de fora do Café das Criaturas original.

O sininho toca quando ele entra e sente o cheiro de grãos torrados e chá sendo preparado. Sem querer, procura por Kim Hani no caixa, mas se decepciona como sempre. Quem anota os pedidos é uma bulgasari de má postura, mastigando um pedaço de metal como se fosse chiclete. Ela ergue o olhar desinteressado quando o deus surge ao balcão. Seokga percebe que os olhos dela são de um castanho comum. Ele logo pede o chocolate quente e, segurando o copo de papel morno entre as mãos, sai da cafeteria para a rua.

Seokga toma um gole, saboreando a doçura sobrepujante. Lembra-se daquele dia em Busan, de acordar com chocolate quente e pãozinho de ovo com morango. Ele sorri para o copo enquanto caminha. Hani ficaria tão feliz com ele — por beber aquela porcaria de bebida e *gostar* dela.

Está, de fato, gostando tanto do chocolate quente que quando o fio vermelho aparece pela primeira vez — amarrando-se ao redor do dedo mindinho dele, que se projeta levemente para longe do copo de café —, Seokga nem sequer percebe. Ainda está saboreando a intensidade do chocolate, a doçura leve do chantili, a maneira com que o rosto de Hani desliza por suas lembranças... rindo enquanto o provoca, fechando a cara enquanto eles brigam, corando furiosamente enquanto traça os contornos do corpo dele com os olhos. Incapaz de segurar o corpo da gumiho contra o seu, o deus costuma segurar o rosto dela dentro da própria mente, lembrando cada detalhe com fervor — cada sarda, cada covinha —, com medo de um dia perdê-la de vista.

Não tem certeza, a princípio, do que o afasta daquele devaneio. Talvez seja a brisa fresca de primavera que acaricia seu rosto enquanto ele perambula debaixo das cerejeiras. Talvez seja a risada das crianças ali perto, jovens e felizes e vivazes. Ou talvez seja aquela curiosa sensação ao redor de seu mindinho... quase como se algo estivesse *amarrado* a ele...

Os olhos verdes do deus trapaceiro se estreitam quando ele olha para baixo.

E, naquele instante — naquele instante singular e anteriormente irrelevante —, o coração de Seokga para no peito.

O fio é fino e cintila de leve sob os raios de sol, com a luz mosqueando o tom suntuoso de escarlate. Está amarrado em volta do mindinho em um nó complexo, um padrão intricado que quase se assemelha a uma pequena flor. Dali, flui por entre as árvores floridas como se fosse um rio vermelho sinuoso. O fio contorna e dá voltas ao redor dos casais sorridentes, que não percebem sua presença, enquanto se entremeia cidade adentro, conectado a algo — a alguém — ao longe.

O chocolate quente de Seokga cai e mancha a calçada em uma explosão de creme, açúcar e cacau. Ele sequer nota. Não se importa.

Nada mais importa além *disto*.

Tremendo de espanto e esperança, Seokga ergue a mão mais alto, balançando para lá e para cá. Estudando o fio, as pequenas fibras que compõem aquela manifestação física de destino.

De amor verdadeiro.

Ele sabe, com uma certeza absoluta, que há alguém do outro lado desse fio. Alguém esperando por ele.

E sabe que só há uma pessoa a quem o Fio Vermelho do Destino o conectaria. Apenas uma pessoa a quem está predestinado de corpo, coração e alma.

Conforme o sol do fim da manhã ilumina Nova Sinsi com uma luz brilhante e bela, Seokga começa a seguir o fio.

Em direção a Hani.

# GLOSSÁRIO

Baegopeun gwisin: Um tipo de fantasma faminto.

Bulgasari: Criatura que possui uma fome insaciável por metais. Retratada como um híbrido de javali com urso, sua pele parece ferro.

Cheonyeo gwisin: Fantasma virgem.

Chunbun: Solstício de Primavera.

Dalnim: Deusa da lua.

Dokkaebi: Um tipo de goblin ou duende coreano muito habilidoso.

Eoduksini: Demônio da escuridão.

Gamangnara: Mundo das Sombras; reino dos monstros.

Gameunjang: Deusa da sorte.

Gangcheori: Um tipo de dragão monstruoso.

Gumiho: Entidade metamorfa, conhecida como o espírito da raposa de nove caudas.

Gwisin: Palavra coreana para fantasma.

Habaek: Deus dos rios.

Haemosu: Deus do sol.

Haetae: Entidade com o poder de julgar quem comete crimes e proteger regiões indefesas. Quando assumem sua forma bestial parecem com um enorme leão com chifres e escamas.

Hasegyeong: Filho do deus do gado.

Hwangcheon: Estrada que leva para o além, pós-vida.

Hwanin: Deus-rei dos céus, irmão de Seokga.

Hwanung: Deus das leis, filho de Hwanin.

Imoogi: Um tipo de dragão sem asas ou serpente monstruosa.

Iseung: Reino mortal.

Jacheongbi: Deusa da agricultura.

Jangsan beom: Espíritos de tigre que imitam vozes humanas para atrair mortais.

Jeoseung: Reino dos mortos, governado pelo rei Yeomra.

Jeoseung saja: Ceifeiros que recolhem as almas dos mortos e preenchem os formulários do submundo para mandá-las a Jeoseung. Geralmente se vestem inteiramente de preto e usam chapéus. A pele é pálida e os olhos encovados.

Jikdo: Espada longa, parecida com a katana.

Jowangshin: Deusa do lar.

Mago: Deusa da terra, mãe de Seokga e Hwanin.

Manura: Deusa da varíola.

Mireuk: Deus criador que separou o céu da terra, criador de todos os reinos, pai de Seokga e Hwanin.

Mul gwisin: Um tipo de fantasma gorgolejante ou afogado.

Okhwang: Reino divino, governado pelo imperador Hwanin.

Samjokgu: Um tipo de demônio metamorfo.

Samsin Halmoni: Deusa da maternidade.

Seocheongang: Rio vermelho que corre em Jeoseung, reino dos mortos.

Woldo: Uma haste longa com uma grande lâmina na ponta, parecido com o guandao chinês.

Yedo: Outro tipo de espada longa.

Yojeong: Expressão coreana para fada.

Yong: Um tipo de dragão celestial muito poderoso.

Yongwang: Deus do mar.

Yongwangguk: Reino submerso governado por Yongwang.

## AGRADECIMENTOS

Agradeço, do fundo do meu coração, à minha agente, Emily Forney. Também agradeço sinceramente à minha brilhante editora, Sarah Peed, e ao resto do time incrível da Del Rey Books. Obrigada a Ayesha Shibli e Tricia Narwani no setor editorial, e a Scott Shannon, Keith Clayton e Alex Larned no setor de relações públicas. Agradeço a Ashleigh Heighton, Sabrina Shen e Tori Henson do departamento de marketing, assim como a David Moench e Jordan Pace no de publicidade. Agradeço a Nancy Delia, Pam Alders e Paul Gilbert na parte de produção, e a Edwin Vazquez na de design. Agradeço a Belina Huey e Regina Flath no departamento de arte. Também devo agradecer à talentosa Sija Hong, a artista por trás da maravilhosa capa americana.

Agradeço à Molly Powell e à equipe da Hodderscape, assim como à Kuri Huang, que ilustrou a bela capa britânica. Obrigada também à Anissa e ao time da FairyLoot (um sonho que virou realidade).

Eu não seria a contadora de histórias que sou hoje sem o incentivo da minha família. Obrigada aos meu pais por sempre apoiarem meus sonhos, por maiores que sejam. Obrigada aos meus adoráveis irmãos, que sempre encontram maneiras criativas (insultos) de me manter humilde. Agradeço à minha avó e ao meu avô. Obrigada à minha 할머니 e ao meu 할아버지, a quem dedico este livro. Obrigada à Serena Nettleton, minha melhor e mais antiga amiga. Amo todos vocês.

Por fim, gostaria de agradecer a você que está lendo. Espero te ver em breve, em mais uma aventura.

Este livro foi impresso pela Vozes, em 2025, para a Harlequin.
O papel do miolo é o avena 70g/m² e o da capa é o cartão 250g/m².